Le bouquet de Saint-Jean

JEAN-GUY SOUMY

Les moissons délaissées

***

Le bouquet de Saint-Jean

FRANCE LOISIRS
123, boulevard de Grenelle, Paris

Édition du Club France Loisirs, Paris,
réalisée avec l'autorisation des Éditions Robert Laffont

ISBN 2-7242-8920-X

En Limousin, au XIX*e siècle, la misère pousse les paysans à émigrer de manière saisonnière, principalement à Paris, pour devenir maçons : ce sont les maçons de la Creuse. François Ribière et son frère Louis, d'un an son cadet, n'échappent pas à ce sort cruel qui les tient éloignés près de neuf mois par an de leur village des Couteilles.*

Leur première campagne a eu lieu en 1860. François est alors âgé de quinze ans. Les périls sont nombreux sur les chantiers d'Haussmann et la dureté des tâches ne fait pas oublier le chômage ou l'accident qui frappent tant de ces « limousinants ». La nostalgie du pays abandonné aux femmes au moment des travaux les plus pénibles de l'été rend plus difficile encore cet exil.

Peu à peu les deux adolescents se fortifient l'âme. François, au contact des républicains, Louis en apprenant à lire, écrire et compter après d'interminables journées de travail sur les chantiers. Et puis il y a Marie, la jolie fiancée de François qu'il épouse au printemps 1864. Mais leur bonheur ne dure pas. Une semaine plus tard les Creusois repartent de nouveau limousiner à Paris.

Alors que François accepte sa condition de migrant saisonnier, son frère Louis se révolte contre une situation qu'il juge sans espoir. Il vit d'expédients jusqu'au jour où il est remarqué par une célèbre demi-mondaine qui lui ouvre le monde des affaires. Louis, lancé par sa protectrice, devient un grand entrepreneur de travaux publics.

De son côté, Marie, la femme de François, ne peut supporter la séparation d'avec son mari. Seule et à grands risques, elle prend le chemin de Paris. Intelligente, courageuse, elle trouve sa voie dans la haute couture. Quelques années plus tard, toujours tenaillé par le mal du pays, François repart vivre en Creuse et exploite une propriété rendue désormais confortable grâce aux largesses de Louis.

Mais la guerre de 1870 bouleverse les destins. Marie vit à Paris. François, resté en Creuse, part la rejoindre. Tandis que Louis a fui en province, la Commune compte François Ribière dans les rangs des révoltés. En 1871, dans le cimetière du Père-Lachaise, François est tué au côté de Marie qui ne doit la vie sauve qu'à l'intervention de Constant, un mouchard de la police napoléonienne, aujourd'hui dans les rangs versaillais. Marie est condamnée à la transportation en Nouvelle-Calédonie.

Quatorze ans plus tard, en 1885, Louis, marié et père de trois enfants, est un notable : grand capitaine d'industrie, député creusois, propriétaire d'un château à La Chapelle-Saint-Martial, tout près des Couteilles. Mais l'absence de Marie, retenue au bout du monde, le hante toujours...

Pour mon père et ma mère.

1

Marie !

— LES FINS DE SIÈCLE, monsieur le député, se terminent souvent très mal.

Louis Ribière se tourna vers l'archiprêtre assis en face de lui contre la vitre du wagon.

— Je ne vous comprends pas, mon père, répondit-il. Regardez toute cette joie.

Il eut un geste en direction de la foule qui avait envahi le quai de la gare de Bourganeuf. Le train inaugural composé de quatre voitures de première classe s'immobilisa. *La Marseillaise* retentit, saluée par un coup de sifflet de la locomotive. Au fond du compartiment, le conseiller général Laroche se dressa et porta son haut-de-forme à hauteur de la poitrine. Le préfet et le commissaire du chef-lieu d'arrondissement l'imitèrent ainsi que le conservateur général des forêts.

— Les trains vont vider notre belle Creuse, monsieur Ribière. Paris est un aimant qui attire les limailles de l'humanité.

Louis fixa l'ecclésiastique.

— C'est de cette poussière d'hommes, mon père, que vous avez la charge.

L'archiprêtre eut une mimique d'apaisement.

— L'Angleterre va aux Indes, nos limousinants vont à Paris, conclut-il en souriant.

Louis détourna les yeux. Des drapeaux tricolores pavoisaient les volets de la gare toute neuve. Le soleil de cet automne 1885 rougissait l'horizon des forêts de la Chassagne qui entouraient la ville. Louis scruta du haut du marchepied les visages pâlis par l'attente du train officiel.

— Monsieur Ribière, se permit le préfet, c'est à vous de descendre le premier.

Le représentant du gouvernement s'effaça. C'était un homme sombre portant monocle et moustache à la mousquetaire. Sachant combien l'entrepreneur parisien avait usé de son influence pour que la ligne Vieilleville-Bourganeuf fût déclarée d'intérêt public, il ajouta :

— Après tout, Bourganeuf vous doit son train.

Des exclamations saluèrent les personnalités : « Vive le député Ribière ! Vive le train à Bourganeuf ! » Sur le quai, le préfet marchait au côté de Louis, le tricorne à la main. Les conseillers d'arrondissement de Bénévent, de Pontarion et de Royère se tenaient en retrait du maire. Un officier de cavalerie, corseté comme une demoiselle, se mit au garde-à-vous au passage du cortège.

La clique municipale reprit *La Marseillaise* dont les échos se brouillèrent sous la marquise. Des mains se tendaient vers Louis. Le chef de gare, tout galonné dans son uniforme bleu à col rouge, frayait le passage au représentant de la Compagnie d'Orléans vers une estrade pavoisée. Le capitaine des pompiers invita le député à grimper sur les tréteaux.

Le conducteur, drapé dans un long burnous, descendit de sa locomotive. La Polonceau à trois essieux lâcha un dernier floconnement de buée qui se perdit dans le ciel. Des enfants couraient le long du quai, le visage à hauteur des canalisations de cuivre. Le maire de Bourganeuf se lança dans une improvisation :

— Grâce au train inaugural, nous venons de découvrir, chers concitoyens, des vallons parfumés et cet air pur et serein que seul un touriste pourrait évoquer à son aise. Quel employé n'a pas l'âme ravie de travailler à la Compagnie !

Vers minuit, Louis quitta le banquet qui avait ponctué la fête inaugurale. À la table d'honneur, il s'était retrouvé à côté de l'archiprêtre.

— Le chemin de fer fera de la France une nation de vagabonds, monsieur Ribière. Le qu'en-dira-t-on est le meilleur gardien de la vertu. À Paris, personne ne connaît personne.

— Le train apportera la chaux et permettra d'exporter le granit, si recherché pour la construction, avait répondu Louis. Je ne vois là que de belles perspectives, mon père.

L'ecclésiastique, tout en dégustant un buisson de cailles et d'engoulevents, avait observé :

— Et l'heure, monsieur le député ? Avez-vous remarqué l'heure de la gare ?

Louis avait pris un air étonné.

— Elle est en avance d'une heure sur le soleil, monsieur le député. Eh bien, moi, je ne tournerai les aiguilles de ma montre que lorsqu'ils tourneront le soleil !

Louis avait choisi d'en rire. À la fin du repas, l'archiprêtre avait demandé :

— Avez-vous suivi les obsèques de Victor Hugo en juin dernier ?

— J'étais dans le cortège au côté de Mme Daudet. Monseigneur Dupanloup était à ma droite, mon père.

L'autre avait eu une expression prudente.

— Il se dit que ces fastes ont été organisés pour faire oublier les obsèques de Gambetta, murmura-t-il.

Louis prit un air étonné.

— Je ne le crois pas. Sans vouloir vous blesser, mon père, la nuit qui a précédé les funérailles, les filles des maisons de Paris ont régalé gratuitement sur les pelouses des Champs

Élysées. Il se dit qu'elles étaient sincèrement émues. On prétend même que certaines portaient des rubans noirs à un endroit que la pudeur... La presse n'a rien rapporté de tel concernant Gambetta, me semble-t-il.

En montant dans sa voiture à vapeur qui l'attendait sur la place, Louis souriait encore.

— Vous êtes bien gai, patron, lança Gilles Pirolo, qui surveillait la chaudière placée entre les deux roues arrière du phaéton.

— Je n'ai pas l'occasion de m'amuser tous les jours depuis que je me suis lancé dans la politique, répondit Louis en relevant son col.

— J'ai fait le plein d'eau et il y a cent kilogrammes de charbon dans la réserve ! s'exclama le jeune chauffeur. Nous pouvons parcourir quarante kilomètres !

— La moitié me suffira ce soir, grogna Louis en s'installant sur le siège du passager. La Chapelle-Saint-Martial n'est pas si loin.

Gilles Pirolo jeta un coup d'œil sur le manomètre :

— Neuf kilos de pression : nous allons partir ! Un quart d'heure de préparation suffit, ajouta-t-il fièrement.

La chaudière soufflait sa vapeur séchée qui se perdait dans la nuit. Gilles Pirolo sauta sur le siège de droite et saisit le levier de changement de marche. Les grandes roues caoutchoutées d'un mètre vingt de diamètre roulèrent sur le pavé en cahotant.

— Si on m'avait dit un jour que je conduirais une Trépardoux à vapeur, je ne l'aurais jamais cru, avoua le garçon.

— Je te l'avais promis, remarqua Louis.

— Promettre va tellement loin.

Gilles engagea le véhicule dans la côte de la rue du Puy. Louis songea au soir de novembre 1876 où il s'était rendu dans une ferme que maître Fromentin lui conseillait d'acheter pour l'adjoindre au domaine de La Chapelle-Saint-

Martial. C'était une belle propriété près de Chaussadas, traversée par le ruisseau de Caquechy, qui se jetait dans l'étang. D'habitude, Louis ne passait jamais sur le bien. Cette fois, le notaire avait insisté. Dans une porcherie, ils avaient trouvé un gamin en haillons. « Comment t'appelles-tu ? » avait demandé Louis. « Gilles Pirolo », avait répondu le gosse. « Tu es en famille avec les Pirolo des Couteilles, ceux qui ont fait de mauvaises affaires ? — Ils m'ont laissé à la louée de printemps. Je ne sais pas où sont mes parents. »

Louis avait acquis la ferme et le gamin avec. Mieux traité, l'adolescent avait repris des forces. Dès qu'il avait un instant, il se glissait dans la pénombre de l'atelier de Mathias, le forgeron du domaine. Il restait des heures à observer le travail, tirant sur le soufflet, portant les marteaux, tenant les fers sur la bigorne en tournant la tête pour voir comment s'y prendre. Son manège avait amusé Louis, qui avait proposé au garçon d'occuper le petit pavillon de gardien à l'entrée du château.

Ils franchirent le sommet de Très Vents une demi-heure plus tard. La route dominait les forêts du puy Chézeau et de la Jarousse. La lune s'était levée au-dessus d'un horizon d'arbres gris pommelé dans une immobilité magique. Des nuances noires et vert sombre, filées de brume, faisaient émerger d'amples vallonnements. Tout au fond se dressait le puy des Grands Vaux. Le massif ressemblait à une île dévoilée par la nuit. Louis ne pouvait se rassasier de cette vision. À ses côtés, Gilles Pirolo restait concentré sur la conduite, évitant les ornières que le maigre fanal sortait de l'obscurité au dernier moment.

Ils traversèrent Pontarion désert. Les murailles du château surplombaient le Taurion, qui écumait dans une gorge rugueuse. Un chien aboya près de l'église. L'essoufflement de la voiture à vapeur troubla le silence du bourg drapé dans un sommeil de caveau.

Ils arrivèrent en vue de La Chapelle-Saint-Martial. Au

loin, on devinait les fermes du Breuil. Louis essayait d'oublier le brouhaha de l'inauguration. Les élections législatives qu'il venait de remporter comme « indépendant de conciliation » l'avaient épuisé. À gauche, le comité d'investiture du candidat républicain avait grandement facilité sa tâche par ses divisions internes. Le conservateur *Courrier de la Creuse* avait eu beau jeu d'écrire devant le nombre pléthorique de candidats provenant du corps médical : « Trois médecins et un apothicaire au chevet de la République. Celle-ci doit être bien malade. » Au moins, personne n'avait soutenu que Louis Ribière faisait campagne pour empocher l'indemnité parlementaire. Les mille cinq cents ouvriers de l'entreprise Ardouin-Ribière étaient un gage suffisant de désintéressement.

— Arrête-moi là ! s'écria Louis en posant la main sur l'avant-bras de Gilles.

La voiture s'immobilisa.

— Nous sommes presque rendus. Je finirai à pied. Rentre au château. Ne m'attends pas.

Louis sauta de la voiture et resta planté au milieu de la chaussée, regardant la guimbarde redémarrer en tressautant. Quelque temps encore, il guetta son souffle avant de pouvoir se concentrer sur le silence de la nuit.

C'était une nuit tranchante qui ciselait les ombres. Sur le bord de la route, les cimes de grands sapins dodelinaient en taillant dans le ciel leur découpe noire. Le souffle des eaux de l'étang de La Chapelle glissa jusqu'à Louis. Une fine senteur de vase lui parvenait, mêlée à la résine. Il respira profondément en fermant les yeux. « Trente-huit ans, songea-t-il. J'ai déjà trente-huit ans. »

Cet été, il s'était accordé quelques jours de repos en Creuse. Toute la famille s'était réunie pour fêter son anniversaire. Son beau-père et associé, Guy Ardouin, avait consenti à venir. Louis avait été sensible à cette intention du grand promoteur immobilier. En présence de son père,

Clémence avait fait des efforts pour se montrer gaie et chasser de son visage cet ennui dépressif qui désolait leur mariage. « La neurasthénie est la maladie du siècle », avait dit le docteur Grellety consulté parmi tant d'autres. Louis passa la manche de son pardessus sur son visage. Une odeur de tabac resta sur ses lèvres.

Les grilles du château bordaient la chaussée de l'étang. Louis s'avança jusqu'au muret de pierre qui plongeait dans l'eau. Dans une barque à l'ancrage, il découvrit une gaule et une bigne d'osier appartenant à Hugues, le plus âgé de ses deux fils. Non loin de la berge, des nénuphars réfléchissaient la brillance lunaire. Des ajoncs froissaient leurs tiges dans un bruissement de soie. Louis songea à son frère François. Ici même, dix-huit ans plus tôt et fortune faite, Louis avait annoncé à son aîné son projet de construire le château. François n'était plus là pour rassasier sa faim de terre. Marie, sa veuve, transportée en Nouvelle-Calédonie au lendemain de la Commune, n'avait plus donné signe de vie depuis quatorze ans.

Louis frissonna. Il était trois heures du matin. Dans la métairie, au fond du grand pré qui longeait le parc, un coq chanta. À la fenêtre du pavillon de Gilles Pirolo brilla la tache dorée d'une bougie brusquement soufflée. Louis grimpa les marches du perron de la cour d'honneur. Au moment de rentrer, il se retourna vers le portail qui, depuis la déportation de Marie Ribière, restait ouvert jour et nuit.

Dans le couloir du premier étage il passa devant la porte de la chambre de Clémence. Par l'interstice laissé sur le plancher, il perçut un filet de lumière. Louis frappa doucement.

— C'est moi. Puis-je entrer ? Vous ne dormez pas ?

Clémence était assise dans son lit, un livre à la main.

— Vous savez comme la campagne ne me réussit pas, répondit-elle en reposant sa lecture. Je ne parviens pas à dormir tant que vous n'êtes pas rentré. Nous vivons dans une société de nerfs.

Louis s'assit sur le rebord du lit. La chambre était tendue d'un velours rose ciselé sur fond de satin crème. Deux aiguières en opaline et une vasque de fonte dorée trônaient sur le manteau de la cheminée où scintillaient les dernières braises. Une grosse lampe en porcelaine, fonctionnant au pétrole importé de Russie, éclairait la pièce.

— Comment s'est déroulée votre journée ? s'inquiéta Louis.

— Je n'ai eu le cœur à rien, répondit Clémence.

Louis saisit la main de sa femme.

Clémence était d'une blondeur diaphane. Au temps de leurs fiançailles, elle aimait rire. Mais sa santé fragile s'était détériorée après la naissance de Simon, leur troisième et dernier enfant.

— Hugues est allé pêcher tout le jour sur l'étang. Seul, commenta Clémence.

— Je sais, répondit Louis. Il a oublié sa canne à pêche dans la barque.

— Élise et Simon ont fait seller leurs poneys. Ils ont rendu visite à votre père qui s'entête à vivre dans sa masure aux Couteilles.

— C'est là que je suis né, reprit Louis.

— Il n'empêche ! Ce n'est pas une bonne chose pour les enfants que le spectacle de cette saleté à laquelle leur grand-père Alexandre est indifférent. Je pense surtout à Élise.

— Le regard ne salit pas.

— Si ! justement, rétorqua Clémence en refermant son livre. Figurez-vous que l'abbé Geoffroy m'a rendu visite cet après-midi. Il m'a raconté l'histoire de la fille d'un notable de Guéret. L'abbé a tu son nom. La gamine, de l'âge d'Élise, s'était introduite dans le bureau de son père. Bien entendu elle a découvert l'enfer de la bibliothèque paternelle.

— L'enfer ?

— Oui ! Les ouvrages interdits. Vous me comprenez !

Louis opina.

— On a retrouvé la malheureuse, un livre traitant de notre économie féminine dans les mains. Trop tard ! La pauvre l'avait déjà feuilleté et le plus grand trouble s'était emparé d'elle. D'après l'abbé, sa peau avait pris une couleur terreuse. Elle devint par la suite d'une nature irascible et éprouva un goût irrépressible pour les alcools forts.

Clémence s'était interrompue. Sur un ton de reproche, elle ajouta :

— Maintenant que vous voilà député, que faites-vous contre les éditeurs de romans-feuilletons qui lancent la jeunesse dans le sens de la chair ? Vous écrivez les lois, non ?

— La liberté de la presse a été votée en 1881, s'amusa Louis. Tout cela n'existe pas ! En Creuse, nous disons : « Sans les frayeurs, les curés crèveraient de faim. »

Clémence regarda Louis. Une tendresse mêlée d'agacement passa dans ses yeux.

— Vous avez peut-être raison. Cette histoire est extraordinaire. Pourtant, l'abbé Geoffroy est un saint homme. Lorsque nous sommes en villégiature en Creuse, il est mon confesseur.

Louis porta la main de sa femme à ses lèvres.

— Vous devez trouver que je suis folle, Louis. Mais je m'inquiète pour vous tous.

Louis s'approcha de Clémence. Il la prit dans ses bras. Elle avait trente-cinq ans. Dans sa robe de nuit de coton, Louis sentit son corps contracté. Jamais Clémence ne lui avait fait reproche de sa liaison passée avec la scandaleuse Blanche de Montalan. Deux mois avant leur mariage, un soir de septembre 1872, Louis avait accompagné à l'Opéra la demi-mondaine affublée de son mari, le prince Henckel de Donnersmarck, cousin de Bismarck. Lorsque le parterre s'était rendu compte de la présence de la courtisane et du Prussien, les premiers sifflets avaient fusé. Il avait fallu se résigner à quitter la loge sous les huées. Le lendemain, Louis avait rompu définitivement avec Blanche. Quelques jours plus tard, Clémence, qui ne pouvait ignorer la mésaventure de l'Opéra, avait profité d'un instant de solitude pour lui saisir la main. De ce geste-là, Louis savait qu'il serait éternellement reconnaissant à sa femme, quoi qu'il advînt.

— Vous avez encore maigri, Clémence, murmura Louis sur un ton de reproche.

— Vous trouvez ?

Se ravisant :

— Je ne pouvais plus endurer mes nouveaux corsets. J'ai toujours considéré mon ventre comme mon ennemi.

— Ne dit-on pas que les corsets doivent arrondir le ventre en demi-terme, selon la dernière mode ? rappela Louis pour dissiper le désespoir de Clémence.

— Si vous saviez, Louis...

Louis déposa un baiser sur l'épaule de son épouse.

— Parlez-moi de cette inauguration. C'était important, je suppose ? trouva-t-elle à dire.

— C'est dans la bataille pour cette gare que j'ai remporté mon siège. Cette victoire électorale va servir le projet qui me tient à cœur.

— La ferme-école ?

— Oui. Je compte pouvoir m'y consacrer dès que les premiers chargements de chaux arriveront à la gare. Nos paysans prendront l'habitude d'utiliser les engrais. Ils seront disposés alors à envoyer leurs enfants apprendre les nouvelles techniques agricoles.

Clémence passa la main dans les cheveux noirs de son mari.

— Je vous trouve bien enthousiaste.

— Je souhaite aider la Creuse.

— L'abbé Geoffroy me disait que la gare ne ferait qu'attirer dans le chef-lieu de canton tous les marginaux. Il paraît qu'Hachette va y installer un point de vente de journaux dont certains inciteraient à la débauche. Songez aussi à tous ces limousinants qui vont partir définitivement.

— Rien de tout cela ! Le chemin de fer freinera la

migration. Le travail arrivera sur place. Les paysans seront moins pauvres. C'est ainsi.

Clémence eut une moue dubitative.

— Dites-moi : quand recevons-nous ? Vous m'aviez parlé d'une réception que vous souhaitiez organiser avant notre départ, demanda-t-elle.

— Nous avons le temps...

— Justement pas ! Rien n'est simple dans votre Creuse.

Clémence avait tendu son front à baiser. Un instant, Louis avait tenté de la retenir dans ses bras. Il n'avait pas insisté.

— Je souffle votre lampe ? demanda-t-il au moment de quitter la chambre.

Clémence n'avait pas répondu. Ses yeux brillaient dans la pénombre.

Une fois dans sa chambre, Louis s'était affalé sur son lit sans se dévêtir. La rangée de fenêtres donnait sur la cour d'honneur et, par-delà, sur l'étang. Épuisé, il n'avait pas eu le courage de regarder le parc plongé dans la nuit.

Des aboiements furieux l'éveillèrent alors qu'il avait l'impression de s'être à peine endormi. D'un bond, il fut sur pied et s'approcha de la fenêtre. Les chiens jappaient au fond du chenil. Gilles Pirolo sortait du pavillon de garde, une lanterne à la main. La lune, dont le disque découpait les cimes des Grandes Buigues, tirait des ombres sur le pavé de la cour. Une brume blanchâtre filait sur l'étang depuis la queue de la retenue jusqu'à la chaussée.

Une silhouette apparut. Elle avança droit vers le perron, ne se retournant pas sur Gilles Pirolo, qui agitait sa lanterne à hauteur de visage.

— Marie ! hurla Louis.

Il dévala les escaliers. Sur le seuil, il resta planté : Marie Ribière était là !

— Marie, murmura-t-il. C'est toi.

Il avait la gorge nouée. Depuis cette annnée 1871 où l'horrible nouvelle de la mort de son frère François et de la transportation de Marie en Nouvelle-Calédonie lui était parvenue, il attendait. « Personne ne peut me rendre mon frère, s'était-il répété jusqu'à la folie. Mais elle ! »

— Marie, reprit-il en descendant doucement les marches.

Une capeline à large bord dissimulait le visage de la jeune femme. Le fils Pirolo s'était reculé et attendait, la lanterne au poing. Marie porta la main à ses cheveux et retira le chapeau. Louis la dévisagea. Avait-elle changé au cours de ces années de bagne ? Il eût été incapable de le dire. Ses traits s'étaient sûrement durcis mais pour s'affiner encore. « Aucune prison ne pouvait l'enlaidir », songea Louis. Les joues s'étaient creusées, affinant la sensualité des lèvres. Le front offrait une expression de volonté. Il régnait toujours dans son regard l'assurance des très jolies femmes.

— Marie, murmura-t-il.

— Je suis revenue, Louis.

Louis eut la tentation de s'élancer vers elle et de la prendre dans ses bras. Il allait avancer quand une silhouette sortit de l'ombre. Louis resta interdit. Le garçon dépassait d'un pouce la taille de Marie. Ses cheveux fous lui faisaient une crinière châtain. Bien que très jeune, il se dégageait de sa personne une impression de force.

— Je ne suis pas revenue seule, Louis.

Louis lança un regard défait à la jeune femme.

— Quatorze ans ont passé, Louis, reprit-elle, immobile.

Le jeune homme vint se planter derrière elle.

— Quatorze ans, c'est long, Louis.

— Je t'ai écrit mille fois, Marie. Tes parents t'ont écrit. Tous nous avons cherché à...

— Qu'as-tu fait pendant ce temps ?

Il montra le château derrière lui, d'un geste découragé.

— Tu vois ce garçon ?

La voix de Marie s'était faite plus tendre. Elle se retourna et prit le bras de son compagnon.

— Il est beau, n'est-ce pas ? Regarde-le bien. Dis-moi qui il est. Cherche.

Marie !

Louis était à cinq pas de Marie, incapable de répondre, détaillant dans la pénombre la silhouette de l'adolescent.

— Cherche, Louis. Si tu ne trouves pas, je repartirai comme je suis arrivée. Avec lui. Cherche !

Louis avait froid. Le vent s'engouffrait dans la cour et cassait les reins. Marie était agrippée au bras du jeune homme. Louis voyait les doigts de sa belle-sœur serrer la toile de sa veste. Le visage du garçon se dérobait. La tignasse brouillait les traits. Les yeux fuyaient et revenaient avec fixité se plonger dans le regard de Louis. La peau était mate, les joues creuses, le nez fin et bien dessiné. Le menton avait une expression teigneuse presque familière. Une manière de provoquer que parfois il avait observée...

— Cherche dans ton cœur si tes yeux restent aveugles, reprit Marie. Trouve, je t'en supplie !

Des idées absurdes labouraient la tête de Louis. Il passa la manche de sa chemise sur son front. La brume sur l'étang, comme souvent à l'approche de l'aube, sortait des rives pour traverser les grilles et avancer dans la cour. De la petite carriole à âne, que les bonnes avaient oublié de ranger, seuls les deux brancards dressés sortaient du brouillard. Un oiseau de nuit s'envola d'une toiture.

— Je t'en prie, Louis !

— François ! s'écria Louis. François !

Il s'élança vers eux et les serra dans ses bras, de toutes ses forces. Au moment où leurs souffles se mêlaient, Marie par-dessus l'épaule de Louis vit une silhouette de femme dans l'encadrement d'une fenêtre au premier étage.

Louis pleurait.

— Je le savais. Ce soir, je le savais.

— Mon fils s'appelle François, comme son père, murmura Marie.

Louis relâcha son étreinte et s'adressant à la nuit il cria :

— Gilles ! Ferme le portail. *Barre*-le dorénavant tous les soirs. Nous n'attendons plus personne.

Gilles se dirigea vers les lourds battants. Il posa sa lanterne sur le pavage et repoussa lentement les grilles.

Louis accompagna Marie et François jusqu'au premier étage.

— Voilà ta chambre, Marie. Depuis quatorze ans, les draps sont changés chaque semaine.

La jeune femme ne répondit pas. Elle entra en prenant la main de son fils. Louis remarqua comme l'adolescent avait la démarche de son père. Le balancement de ses épaules de lutteur rappelait l'énergie qui bandait les muscles de François quand il montait son auge, à l'arraché, au sommet des échafaudages.

Marie alla jusqu'à la fenêtre. Elle prit François par la taille et s'abîma dans le spectacle de l'aube. Louis n'osait pas bouger. Le parquet craquait. Gilles Pirolo, sur le palier, attendait sans songer à poser l'unique ballot des deux voyageurs. La lampe à pétrole sur le bureau près de la cheminée éclairait de dos les deux silhouettes face au jour naissant. Le temps jouait avec des images abandonnées. Marie, la taille toujours fine, sans corset, les épaules larges et le cou d'une infinie souplesse, les cheveux d'un noir de jais rassemblés en chignon, posait sa tête contre l'épaule du garçon. « Ces deux êtres ne font qu'un », songea Louis.

Marie se tourna vers le grand lit couvert d'un piqué rouge. Une expression douloureuse tira ses lèvres.

— François pourra s'installer dans la pièce contiguë, dit Louis. Il n'y a qu'une porte de séparation.

Marie n'avait pas réagi. Louis s'était retiré en silence. Il avait eu la tentation d'aller prévenir Clémence du retour de sa belle-sœur. Mais, au moment de frapper à la porte de sa chambre, il y avait renoncé.

À dix heures du matin, les cris de Hugues se chamaillant dans la cour d'honneur avaient tiré Louis d'un mauvais sommeil.

— Adèle, va demander à Gilles d'atteler l'âne ! criait le garçon. Immédiatement je te dis, sale *peccata* !

— Allez-vous vous taire, monsieur Hugues ! Vous déparlez, avait répondu Adèle, la petite-fille de Justin Vallade, employée au château depuis trois ans. Vous ne savez même pas ce que veut dire ce mot !

— Si, je le sais ! hurlait Hugues de sa voix de fausset de treize ans.

— Ah ! oui ? avait dit Adèle, excédée.

— Parfaitement ! C'est l'abbé Geoffroy qui l'a appris à ma mère. L'abbé Geoffroy est un saint homme et toi tu n'es qu'une *peccata* !

— Pauvre monde ! Bonnes gens ! Qu'allez-vous encore imaginer ?

— *Peccata !*

— Arrêtez ou j'irai le dire à votre mère !

— Ne me touche pas !

Louis avait entendu le bruit d'une course sur le perron.

— *Peccata, peccata !* criait toujours Hugues.

Hors de lui, Louis bondit de son lit et se précipita à la fenêtre.

— Hugues ! hurla-t-il.

Le gosse leva la tête. La vision de son père en chemise, les joues bleues de barbe, le planta en pleine course.

— Cela fait plusieurs minutes que je t'entends traiter Adèle de *peccata*. Monte dans ma chambre m'expliquer ce qu'est une *peccata*.

Le gosse blêmit. Adèle jeta un regard suppliant à Louis.

— Allons ! Dépêche-toi. Je t'attends.

Louis s'assit sur le bord du lit. Il en voulait à son fils de l'avoir éveillé ainsi. « Pourvu que Marie ne l'ait pas entendu », songea-t-il.

Hugues frappa à la porte.

— Entre !

L'enfant avança vers son père. Louis le dévisagea. Bien que la crainte tirât ses traits, ses yeux brillaient de provocation. Les cheveux courts accentuaient la rondeur de son visage. Il portait une blouse de velours noir galonnée de motifs tyroliens avec un petit col droit, serrée par une ceinture de cuir et retombant sur des knickerbockers lacés sous le genou. La silhouette tout entière exprimait énergie et espièglerie. À plusieurs reprises, les pères de l'école de la rue Cardinet, qui avaient en charge son éducation ainsi que celle de Simon, son frère de neuf ans, avaient signalé la répugnance du jeune garçon à se plier à la règle commune ainsi que son extrême intelligence. En avance de deux ans sur la marche des autres élèves, il progressait dans les humanités avec l'aisance d'un élève de première.

— Ton maître de latin, Hugues, est très satisfait de toi. Aussi vas-tu sans difficulté me donner le sens du mot *peccata* dont tu affublais Adèle.

Le gosse ne baissa pas le regard. Il eut une expression ébahie.

— Ce n'est pas du latin, père.

— Cherche bien, Hugues, reprit Louis d'une voix qui dissimulait mal l'exaspération.

Le gamin fit mine de chercher, roula les yeux au plafond tout en se dandinant sur place comme chaque fois qu'il était en proie à une tension violente.

— Dans quelles circonstances as-tu entendu ce mot ? Tu parlais de l'abbé Geoffroy.

Trop heureux de se défausser sur l'abbé, qu'il détestait, Hugues s'anima.

— Je l'ai entendu qui bavardait avec mère. Il disait qu'en recevant la cure de Pontarion il se considérait comme le dernier des hommes dans le dernier des pays. Et...

— Quoi d'autre encore ?

— Que les paysans se prennent par la bouche comme les poissons. Et qu'on avait bien raison de les traiter de *peccata* ! Voilà ! s'écria Hugues, soulagé.

— Alors je vais te dire ce que signifie ce mot, reprit Louis, qui voulait en finir. *Peccata* signifie « pécheur ». Les vilaines gens qui appellent ainsi les paysans aux environs de Tulle, car l'abbé a raison sur ce point, veulent signifier que le paysan, c'est le péché vivant. Te rends-tu compte du mal que tu faisais à Adèle ?

Hugues hocha la tête d'un air peu convaincu.

— Dis-moi maintenant qui est Adèle ?

Le gamin recouvra toute son énergie pour s'écrier :

— C'est une bonne !

Louis secoua la tête.

— Oui, et bien davantage. Je vais te dire qui est Adèle. Cette jeune fille est la petite-fille de Justin Vallade. Tu connais la maison des Vallade, aux Couteilles.

— C'est la plus sale avec un tas de fumier devant la porte d'entrée, s'exclama Hugues. Dedans, il y a les poules qui montent sur la table et même des canards !

— Justin Vallade est mort, il y a longtemps. En 1861, ton oncle François, mon frère, est tombé d'un échafaudage à Paris. Dans sa chute, il s'est transpercé le ventre sur une poutrelle.

Hugues eut une grimace de dégoût.

— Il perdait son sang. Il fallait faire vite. C'est Marcel Vallade, le fils de Justin, l'oncle d'Adèle, qui est allé chercher un chariot. Marcel a porté le corps de mon frère François jusqu'à l'Hôtel-Dieu. Tu comprends cela ?

Hugues hocha la tête tout en exprimant un ennui considérable.

— Adèle est la nièce de cet homme aujourd'hui disparu.

Louis se leva. Hugues blêmit.

— Maintenant, écoute-moi, Hugues. Dans l'existence, on ne fait rien sans fraternités et sans solidarités. Ceux qui m'ont fait du bien, je leur garde toujours un coin de mon cœur. C'est un principe de vie. Approche.

Hugues, les bras le long du corps, avança d'un pas.

— Va chercher ma règle.

Hugues jeta un regard suppliant à son père, puis se dirigea vers le bureau. Il prit une baguette en bois de rose aux bords renforcés par une fine cornière de cuivre.

Hugues rapporta la règle en traînant les pieds. Louis s'en saisit.

— Tends les mains, les doigts en l'air.

La règle s'abattit par cinq fois sur les doigts rougis sans que Hugues reniflât les larmes qui ourlaient ses cils.

Lorsque Louis descendit au salon, il trouva Adèle, qui lui lança un regard empreint de reproche.

— Où est Madame ? demanda-t-il, d'une voix glacée.

— Madame est restée dans sa chambre. Elle ne descendra pas pour déjeuner.

— Où sont ma belle-sœur et mon neveu ?

Louis lut sur le visage d'Adèle une expression curieuse.

— Ils sont partis à pied. Vous dormiez encore.

— Partis ?

— Vers Maisonnisses. Ils n'ont pas dit à quelle heure ils rentreraient, soupira Adèle.

Intrigué, Louis alla sur le perron. Septembre dorait les grands tilleuls sur l'esplanade devant les grilles du château. Des rides, soufflées par un vent qui tombait des Grandes Buigues, couvraient le lac.

L'arrivée d'une carriole attelée à un petit cheval brun le tira de ses rêveries.

— Évrard ! s'exclama Louis. J'avais complètement oublié notre rendez-vous. Comment vas-tu ?

— Bien ! Et toi, cher député ?

Louis serra la main du bonhomme. L'autre avait une silhouette trapue avec une encolure de propriétaire foncier dans sa pelisse noire. Sa tête rubiconde de maquignon dégageait un air de rouerie. Par moments, un pli des lèvres rappelait à Louis un petit-fils de négrier bordelais croisé chez la Montalan.

— Entre, nous avons à parler.

Louis conduisit le visiteur dans son bureau au rez-de-chaussée. C'était une vaste pièce aux murs couverts de boiseries qui occupait l'essentiel de l'aile nord du château.

Une bibliothèque monumentale de style Renaissance élevait une muraille de reliures rouge et or. Sur un bureau de cèdre, des piles de dossiers s'entassaient. Dans un angle de la pièce, un petit salon Louis XVI était disposé devant la cheminée où brûlait une bûche.

— Assieds-toi, dit Louis en désignant un fauteuil.

L'autre jeta sa pèlerine sur le canapé et s'installa en poussant un soupir.

— Alors l'inauguration, hier ?

— Très bien, répondit Louis.

— Cette ligne de chemin de fer, nous lui devons beaucoup, commença Évrard. Au moins cinq cents voix.

— Tant que ça ? réagit Louis.

— Ne crois pas que ton élection était assurée. Certes, la moitié de tes électeurs a un fils ou un cousin qui travaille pour toi. Ce n'est pas forcément une bonne chose.

Louis acquiesça.

— Les salaires, les accidents, la jalousie. Tu sais comme ils sont, nos paysans !

Louis regarda l'autre.

— « Ménager un honnête homme ! Un honnête homme est inoffensif. Ménager un méchant ? Oui, celui-là peut me nuire. » Ici, c'est ce que chacun pense. Au cours de la campagne, j'ai lancé que, sur la place de Paris, il n'y avait pas que les Creusois qui maçonnaient ! « Il y a les Italiens », j'ai dit. Ah ! les Italiens ! Rien que de prononcer leur nom, ça en a ramené plus d'un à la raison.

Louis s'était assis en face d'Évrard.

— D'ailleurs, s'il est bon qu'un député soit riche il n'est pas bien qu'il soit à l'origine de sa fortune.

Louis haussa les épaules.

— J'avais d'autres handicaps ? demanda-t-il ironiquement.

— Je vais t'en citer un autre, mon cher : ta manie de faire ta circonscription en voiture ! Je suis certain que tu as perdu au moins cent voix. Rien de moins. Tous mes hommes sont d'accord pour le dire. Dubreuil, le hongreur de Morterolles et qui pèse, crois-moi, a dit au Grand Café de Bourganeuf, le matin des élections : « Au moins Chamberet, le candidat blanc, vient nous voir à bicyclette. C'est un honneur qu'il nous fait, car il a bien du mérite à grimper les côtes sans se faire tirer les fesses par une machine qui effraie les bêtes. » Je t'avais conseillé le tilbury. Mais tu n'as pas voulu m'écouter.

Louis regardait Évrard avec amusement. L'homme lui était sympathique. Il était un agent électoral hors pair à qui il devait largement son succès. Grâce à lui, Louis sentait le moindre changement d'opinion, le moindre frémissement.

— Les cinquante mille francs que m'a coûtés la campagne ? demanda Louis. Ce n'était pas un trop lourd handicap, non plus ?

L'autre eut un plissement des yeux.

— L'argent ne suffit pas toujours. On a connu des candidats champignons qui ont balayé des ministres.

— Je sais, répondit Louis.

Évrard ouvrit un dossier. Bien que les pensées de Louis fussent tournées vers Marie et François, il dut se plonger dans les rapports de son agent électoral. Évrard, aidé par tous ceux qu'il graissait, avait une idée étonnamment précise de l'opinion des membres influents de la circonscription :

— Moreau, le marchand de vins de Soubrebost : ses sentiments paraissent s'être améliorés depuis qu'il nourrit l'espoir que son fils fasse son service militaire à Limoges. Voilà le dossier... Giraudier, le boulanger, aussi mauvais à notre endroit que son pain... Nous pouvons toujours compter sur Ducher, le marchand de bois de Vidaillat, à condition que tu obtiennes une recette buraliste pour son fils blessé au Tonkin.

— Je revendique un certificat de *civettisme*, plaisanta Louis.

Évrard fronça les sourcils.

— Ducher est un homme qui nous a rendu d'énormes services. Quand le marquis de Terriou, ce vieil orléaniste abruti de liqueurs fortes, a voulu lancer la rumeur de ta liaison passée avec la Montalan, c'est Ducher qui nous a prévenus. Nous avons pu réagir à temps. Ducher mérite cette recette, insista Évrard.

Louis regardait par la fenêtre. Il guettait le retour de Marie. Évrard n'en finissait pas.

Vers midi, Louis demanda :

— Tu déjeunes avec nous ?

— Non, répondit l'autre. Je dois être à deux heures à la fabrique.

— Les affaires vont bien ?

— J'ai embauché un nouvel apprenti. À quatre, ils arrivent à façonner dix-huit mille clous par semaine. Ce n'est pas mal.

— Comment va Rosa ?

— Bien, je te remercie. Elle doit se rendre à Paris pour voir sa sœur.

— Préviens mon secrétaire. Il prendra les billets.

Louis accompagna Évrard sur le perron. Gilles Pirolo ramena par la bride le petit cheval.

— Je vais donner une réception avant mon départ. Bien entendu, je compte sur vous.

Évrard hocha la tête et grimpa dans la carriole.

Louis le regarda partir. C'était le chemin qui menait à la route de Maisonnisses qu'il surveillait.

Le matin, vers neuf heures, Marie et François étaient descendus à la salle à manger. Marie, sans se présenter, avait commandé à Adèle un chocolat et un café pour son fils.

— Nous t'accompagnons à la cuisine, avait-elle dit à Adèle. Nous y prendrons notre déjeuner.

Devant le ton tranchant de Marie, Adèle n'avait pas bronché. « En voilà une qui est habituée à commander », avait-elle pensé en faisant chauffer le lait.

— Comment t'appelles-tu ? avait demandé Marie, qui s'était assise sur le banc de la grande table de cuisine.

— Adèle, Madame.

— Adèle comment ?

— Adèle Vallade.

— Comment va Justin ?

— Il est mort, Madame. Voilà sept ans depuis ce printemps.

Marie avait détourné les yeux. À l'autre extrémité du banc, François caressait une grosse chatte.

— Quel âge as-tu, Adèle ? avait demandé Marie.

— Dix-huit, Madame.

Marie fouilla dans sa mémoire. Ainsi Adèle, la fille de Marthe, était cette enfant entrevue lors de son dernier passage aux Couteilles en juin 1869.

— Tu sais qui je suis ? demanda Marie, en reposant le bol sur la table.

Adèle secoua la tête.

Marie s'était levée. François sur les talons, elle était sortie de la cuisine en disant :

— Ne touche pas à ma chambre. Fais *brander* le feu dans celle de mon fils. Je veux que, ce soir, il y fasse bon.

Derrière les carreaux de la cuisine, Adèle avait suivi le couple étrange prendre sans hésiter la direction de la Vedrenne. Marie donnait le bras au garçon, qui tenait à la main une baguette de noisetier. Leurs silhouettes avaient disparu par les Grandes Coutures, retrouvant le sentier qui longeait le lac comme s'il leur était connu depuis toujours.

— Si on savait ce qui se passe, on aurait des portes en fer, murmura la fille.

Marie et François évitèrent Lachaud en tirant droit au travers des Caurades. Dans les labours, ils aperçurent un attelage. Marie, postée en lisière, tendit la main.

— Ton père aimait labourer. En Creuse, la terre est grasse. Ce n'est pas comme là-bas. Elle brille sur le versoir.

— Elle est noire comme de la cendre, dit le garçon.

Ils reprirent leur course. La grande hêtraie, vers le village de Chauchepaille, alignait ses troncs gris régulièrement espacés. Dans le soleil, les feuillages prenaient les tons clairs qui précèdent l'embrasement de l'automne.

— S'il ne pleut pas, la forêt ressemblera bientôt à un incendie, remarqua Marie.

Ils s'engagèrent sur la route de Maisonnisses qu'ils traversèrent en piquant droit sur le cimetière. La gorge serrée, Marie poussa la grille. Elle avança dans l'allée.

— Tissier, commenta Marie. C'était un ami de ton père. Ils ont fait tous les chantiers ensemble. L'Opéra Garnier, l'église Saint-Augustin. Et là... Oh ! mon Dieu !

Marie s'était arrêtée devant le caveau des Chaumont.

— Eugénie et Édouard Chaumont. Leur ferme était au Mondoueix. C'est au cours d'une veillée chez eux que j'ai laissé tomber mon fuseau. Ton père l'a ramassé. En redescendant aux Couteilles, il gelait à pierre fendre. Dans la nuit, nous nous sommes saisi la main.

Marie découvrit le prénom d'une jeune femme.

— Alice. Vingt-trois ans. Et là encore !

Marie tendit le bras vers une autre tombe marquée d'une simple pierre fichée dans une terre finement ratissée.

— Adeline Tissier. Je l'aimais, Adeline... Nous gardions nos bêtes ensemble. Elle décidait avec ma mère du jour de *bugeade*. Adeline, te voilà au côté de ton Jacquettou, ma bonne vieille.

Marie avait repris l'allée.

— Catinaud, le charron de Saint-Georges-la-Pouge. Il était brave homme, Catinaud.

François se serra contre sa mère. Il regardait par-dessus le mur du cimetière les vallonnements couverts de forêts et de labours. Le froid mordait dans la pente. Le muret, loin de protéger, enroulait la bise qui giflait le visage. À l'horizon, en direction d'Outrelaigue, il observa un déval d'herbe rase. Il cherchait en vain le flamboiement des eucalyptus, des daturas, du mimosa ou la blancheur des fleurs de niaouli recouvrant les tombes du cimetière de Nouméa.

Marie s'agenouilla. Les noms de Gerbeau, Léonie et Sébastien étaient gravés dans le granit. François et sa mère se recueillirent ensuite devant le caveau des Ribière. C'était une pièce monumentale surmontée d'une croix qui dominait les autres sépultures. Sous le nom de Joséphine Ribière, gravé en lettres d'or, deux dates indiquaient : 1823-1878.

Marie et François rentrèrent aux Couteilles par la route de Sardent. En bordure de la petite châtaigneraie, ils s'arrêtèrent pour découvrir le village blotti au pied des bois de La Vergne.

— C'est là, murmura-t-elle.

— Quelle maison ?

— La maison de mon père, c'est la grosse ferme qui domine les autres. Tout contre, c'est la ferme des Ribière. C'est là que François et ton oncle Louis sont nés. C'était moins brillant que le château de La Chapelle, n'est-ce pas ? L'ai-je attendu, ton père, sur le petit pont de pierres plates, là-bas !

François lui saisit la main.

— Comment s'appelle le ruisseau ?

— Le ruisseau de Vauve. On y pêche des écrevisses avec des balances. À pleins plateaux. Je te montrerai !

Marie sourit.

— Les cheminées fument, remarqua François.

— Tu penses ! La soupe mijote tout le jour.

Se retournant soudain vers son fils, Marie chantonna d'un ton enjoué :

— La soupe fait l'homme, la femme fait la soupe !

Elle releva le col de la veste du garçon.

— Cette maison abandonnée, à l'écart du village, c'était celle de Chopineau. Il est mort de la dysenterie. Les Pirolo y ont vécu ensuite. Tu as vu le garçon qui est sorti avec une lanterne, cette nuit ? J'ai entendu Louis l'appeler Gilles Pirolo.

François sourit. Sa mère s'animait.

— Le grand châtaignier avec des branches basses que tu aperçois dans notre *sagne*...

Elle tendit la main.

— À droite de la porcherie ! Devant la haie de noisetiers. Elle n'était pas si grande, la dernière fois ! C'est dans ce châtaignier que je montais me réfugier quand j'avais du chagrin. Bien souvent Marthe Vallade est venue m'y retrouver. Marthe, la mère d'Adèle.

Marie resta songeuse. La prenant par la main, François proposa :

— Viens. Il faut y aller maintenant.

Elle eut une expression embarrassée. Elle se reprit et dit :

— Tu as raison, François. Allons voir ton grand-père.

Ils marchèrent à découvert droit sur le village avec le sentiment d'être observés.

— Tu crois qu'ils savent qui vient ? demanda François.

— Nous sommes arrivés de nuit. Pourtant tout le monde est au courant que Marie est de retour et qu'elle n'est pas seule ! Même les rochers ont des yeux.

Avant de se rendre chez Alexandre, ils grimpèrent le raidillon qui menait à la ferme de Gerbeau. Le cœur de Marie battait violemment. Elle prit François par le bras. Rien n'avait changé depuis quinze ans. De la fontaine jaillissait toujours une eau glacée qui lançait un arceau de cristal dans l'abreuvoir. Les portes des étables vides étaient ouvertes sur une pénombre de paille et de bois. Les deux battants du *parturadour* dégageaient l'alignement des *cornadis* lustrés par le frottement des encolures. Marie eut une pensée pour La Rouge, Marquise et La Belle qui devaient avoir pris depuis longtemps le chemin des foires d'où les vieilles carcasses ne reviennent jamais.

— C'est là que je me suis mariée. Les tables étaient rangées en longueur. On avait mis des draps pour cacher les bêtes. Si tu avais entendu le vielleux jouer jusqu'à l'aube ! Mes noces ont duré deux jours.

En passant devant la façade, elle jeta par la fenêtre un

coup d'œil dans la salle commune fermée à clef. Elle chercha son lit sous l'escalier. Mais la pénombre de l'alcôve lui cacha le gros dessus surpiqué couvert d'un voile de poussière grise.

Lorsqu'ils frappèrent à la porte de la maison d'Alexandre, ils entendirent le bruit d'une chaise renversée.

— C'est moi, Marie ! Père, ouvrez-nous.

Personne ne répondit. François regarda sa mère.

— Il y a quelqu'un. J'ai entendu du bruit.

— Père, c'est moi, Marie !

— Va-t'en !

Marie blêmit.

— Père, je vous dis que c'est Marie.

— Va-t'en ! Je ne veux pas vous voir, toi et l'autre. Partez !

Marie tambourina à la porte.

— C'est votre petit-fils !

— A beau mentir qui vient de loin !

— Ouvrez-moi ! Pour François !

Soudain la porte s'ouvrit sur Alexandre. Les rhumatismes qui lui rongeaient les articulations avaient continué leur œuvre. Le père de François restait trapu, le visage émacié barré d'une moustache à la gauloise. Il tenait un *barou.*

— Ne prononce pas le nom de mon fils ! Tes mots, pour moi, c'est des copeaux ! Tu m'entends ? Il n'était pas assez bien pour toi, François ? Il te fallait des parures et tout pour faire la vie à Paris. Des filles comme toi, il pouvait en trouver autant qu'un évêque peut bénir ! Tu as le front de revenir avec celui-là ?

Marie regardait Alexandre. Elle n'entendait plus ses injures. Elle fixait ses yeux qui avaient la clarté de ceux de François. Entre deux respirations, ses fossettes se creusaient, prises dans les poils mal rasés de la barbe. Le visage prenait alors une expression qui la ramenait vingt ans en arrière.

— Ton retour me fait autant plaisir qu'une pierre dans un sabot.

— François m'aimait. Vous n'y pourrez jamais rien, répondit calmement Marie.

— L'amour ! C'est presque tout dans les livres et presque rien dans la vie ! Si tu n'avais pas pris le manche de la louche, si mon pauvre fils ne s'était pas laissé mener, il ne serait pas mort. Qu'avait-il besoin de retourner à Paris assiégé par les Prussiens pour te retrouver ? Ceux qui se marient s'assemblent pour la vie !

Alexandre éructait comme un diable.

— Les poules qui chantent comme les coqs, il faut leur tordre le cou !

François, qui était resté sans rien dire, s'avança vers le vieil homme. Alexandre le regarda. Le garçon saisit le bâton que tenait son grand-père et le lui arracha des mains. Sans le quitter des yeux, il brisa le *barou* comme s'il se fût agi d'une baguette et le jeta aux pieds du vieillard soudain muet.

Pour apaiser leur peine, Marie et François marchèrent le long des chemins creux, allant jusqu'à la Genête, dont les eaux sombres bordaient la route.

— C'est là que ton père retrouvait les autres limousinants. Ils prenaient la direction de Maisonnisses et montaient droit sur Guéret. Leur première étape les conduisait jusqu'en Berry. Ils arrivaient à Paris en cinq jours.

Ils reprirent le chemin de la Royère, du Condrot, de Villevegoux. De la lisière sud des Grandes Besses, Marie montra à François la belle Terrade que Gerbeau avait tant convoitée. Le garçon écoutait sa mère, cherchant à s'imprégner de son émotion. Mais la froidure des éclairages, la densité des terres enchâssées dans des murets de pierres bleues rouillées de lichen, la lourdeur des feuillages lui glaçaient le cœur. Son oreille guettait en vain le roulement de l'océan et le rythme des vagues se heurtant à la barre entre le grand récif sud et la passe de la Sarcelle. Il attendait l'illusion qui couvrirait les fayards de lianes, donnerait aux châtaigniers des couleurs de papayers et ferait de la belle chenevière, derrière la couture des Riboulet, une plantation de goyaviers.

Ils franchirent au soir les grilles du château et montèrent à leur chambre. Dans l'escalier, ils croisèrent Adèle.

— Le dîner est toujours à huit heures ? demanda Marie.

— Oui, Madame.

La salle à manger du château était à l'extrémité d'une enfilade de deux salons séparés par de larges portes vitrées. Une rangée de portes-fenêtres ouvrait en façade sur la cour d'honneur. L'immense buffet de chêne, les portes surchargées de cuirs embossés de salamandres et aux colonnes torses, était signé de Félix Lenoir. Les chaises, aux dossiers capitonnés, entouraient une table oblongue posée sur des piétements ornés de têtes de griffon. La suspension à pétrole dispensait sur la table une lumière ocrée.

Louis, Clémence et les trois enfants étaient déjà installés. Louis tendit la main.

— Prenez place. Marie, à ma gauche. François, entre tes cousins germains.

Lorsqu'ils furent assis, Louis, d'un mouvement de la main, congédia Adèle qui arrivait avec une soupière.

— Quel moment plus précieux que celui du repas pour dire que notre famille s'est enrichie ? dit-il d'une voix grave.

Il fit un tour de table et s'arrêta sur Hugues, qui soutint son regard.

— Marie, ma belle-sœur, est revenue. Elle est ici chez elle. Votre mère et moi, nous l'accueillons comme une sœur. Elle fut l'épouse de François, mon frère.

Louis prit la main de Clémence. La jeune femme sourit.

— Son fils porte le prénom de mon frère. Je vous prie de le considérer comme votre frère, comme mon fils.

Marie tourna la tête vers Élise. La jeune fille avait la blondeur fragile de sa mère. Elle baissa le visage en rougissant. Hugues fixait son couteau au manche de corne en faisant mine de se désintéresser des propos de son père. Quant à Simon, de quatre ans son cadet, il se tourna vers François en souriant.

— Nous n'existons que parce que nous sommes unis, reprit Louis. Nous tous autour de cette table, ce soir, nous formons un cœur qui saignera toujours à la moindre blessure de n'importe lequel d'entre nous. Je vous le dis solennellement. Ne l'oubliez jamais.

Louis regarda la clochette à portée de main de Clémence, qui sonna Adèle.

Dès le lendemain matin, Marie demanda à Gilles Pirolo d'atteler le tilbury. Elle prit la direction de Villevialle. Le trot de la petite jument résonnait sur la route. Dans l'ombre du puy Mont-Gatu, le chemin s'enfonça entre deux talus sillonnés de sentiers effacés par l'humus. Un busard s'envola d'un chêne et frôla la capote de la voiture. Marie observa son vol jusque dans un creux de prés fumants de rosée et bordés d'une lisière à l'ombre bleutée.

Entre Villevialle et Saint-Hilaire, Marie suivit les eaux de la Gosne qui ronflait au fond d'une gorge dominée par des aplombs de granit. Le tablier d'un pont accompagna l'attelage d'un roulement de planches. Dès la sortie du bourg, le paysage changea. Des landes d'ajoncs et de genévriers tordus par les rigueurs de l'hiver encadraient la route en exhalant un parfum âcre. Des touffes d'herbe folle moutonnaient sur les pacages austères criblés d'arbustes moussus. L'air devenait piquant. Au loin, elle aperçut un troupeau gardé par une bergère immobile. Un chien jappa. Les bêtes levèrent la tête.

Marie longea le cimetière de Vidaillat. Elle prit à gauche, traversa Les Bordes et arrêta le tilbury devant un logis de ferme flanqué d'une bergerie en pignon. Les murs appareillés étaient taillés dans le beau granit d'Auphelle, près de Royère, dont Louis disait qu'il était le plus sain à la construction. Deux fenêtres minuscules faisaient un regard vide à la façade coiffée d'un chaume sur lequel était plantée de la joubarbe, pour protéger de la foudre. Marie flatta le chanfrein de la jument et attendit. Une vieille, fagotée dans un tablier noir, sortit de la maison.

— Augusta Lechapt ? demanda Marie en avançant.

L'autre eut une expression inquiète.

— Je suis Marie Ribière... Marie Ribière ! ajouta-t-elle devant l'incrédulité de la femme.

— C'est-y Dieu possible, marmonna Augusta Lechapt.

Elle alla au-devant de Marie et lui saisit les mains en la fixant dans les yeux.

— Finissez d'entrer.

Un gamin blême se risqua sur le seuil. Il avait les pieds emmaillotés dans des sacs.

— C'est mon petit *Paris*, dit Augusta. Il me rapporte vingt francs par mois, régulièrement payés par l'administration. C'est monsieur Louis qui me l'a fait avoir. Sans lui je ne sais pas comment je durerais. Le remplaçant du docteur Villevet m'a dit qu'il faudrait le conduire aux eaux. Pensez !... Dételle la jument ! lança-t-elle au gosse abandonné.

Les murs étaient noircis par la fumée. La souillarde dégageait une odeur rance. Augusta chassa une poule qui sortit en caquetant. Le chien famélique, qui n'avait pas aboyé, alla se cacher sous la maie.

— Asseyez-vous, dit la femme en indiquant une chaise devant l'âtre.

— Vous devez imaginer les raisons de ma visite.

Augusta baissa la tête.

— Je suis là pour vous parler de votre mari, Gédéon, reprit Marie.

— Vous êtes revenue de si loin ? remarqua Augusta.

— Avec du pain et de l'eau on peut faire le tour du monde, répliqua Marie.

Augusta attrapa un bout de châtaignier qui se consumait et le replaça sous le chaudron.

— Gédéon était au 175e bataillon de la garde nationale

quand il a été pris place de la Boucherie, dit Marie. Les nôtres venaient de battre en retraite depuis la gare de Rueil.

— Vous y étiez ? interrompit Augusta.

— Non. Mais il me l'a raconté. Il y avait aussi le fils Martinien, de Lavaud. Celui-là, il était avec Paintendre, le commandant des Enfants perdus, dans les tranchées des Hautes-Bruyères. Ils l'ont fusillé sur place.

— Je l'ai jamais su, dit Augusta à voix basse.

— Nous avons fait le voyage sur le même bateau : la *Virginie*. Gédéon était dans la cage des hommes avec le marquis de Rochefort. Il y avait aussi le petit Rastoud et Berger, de Boussac, qui jouait si bien de la flûte. Et puis des blanquistes de la première heure, de véritables traîne-fossés, nés furieux pour mourir furieux. Sans oublier Allemane et Demphel qui passèrent leur temps à la double chaîne sur l'île Nou.

— Chat échaudé ne craint plus l'eau froide, marmonna Augusta.

— Vous dire que nous avons souffert, Augusta, ce n'est pas assez. Au plus dur, j'entends encore Gédéon répéter : « Si tu as faim, mange ta main. Garde l'autre pour demain. »

Augusta regarda le sol.

— Il ne se plaignait jamais, reprit Marie. Nous étions sous la coupe du colonel Alleyron, le boucher de la caserne Lobcau.

Augusta attendait.

— Lorsqu'il a reçu la lettre annonçant la mort de sa mère, votre Gédéon a pleuré. Le courrier arrivait tous les mois. Pour l'attendre, il montait sur une petite butte au-dessus de la maison du vaguemestre.

— Le curé de Saint-Hilaire lui a refusé les sacrements pour la punir d'avoir un fils communeux, précisa Augusta. Je ne l'ai pas fait dire à Gédéon dans la lettre.

Marie se tut.

— Comment a-t-il passé ? demanda Augusta.

— Il a attrapé la fièvre après avoir travaillé en forêt.

Certains soirs, on nous versait la soupe dans notre soulier. Alors des médicaments... !

Marie fixa Augusta dans les yeux.

— Je suis restée à ses côtés jusqu'à la fin, Augusta. Il y avait aussi Mme Lachaise, la cantinière du 66e, et Mme Mariani, l'ambulancière. Je suis venue vous dire qu'au dernier moment il n'était pas seul.

— Heureux comme une carcasse, murmura Augusta en saisissant les mains de Marie.

— Et ici ? demanda Marie.

— Ça n'a guère été facile. Les chapeaux à corne tous les quatre matins. La maison fouillée. J'ai dû aller voir le procureur de Guéret deux fois ! Les habits bleus m'ont interrogée. Mais je n'ai rien dit. Ma fille est morte de la pellagre un an après le conseil de guerre.

— Trois cent quatre-vingt mille lettres de dénonciation rien qu'à Paris, gronda Marie. Bien souvent signées.

— Seuls les mouchards sont bien payés, dit la veuve de Gédéon.

Marie la regarda.

— Les mouchards reçoivent toujours leur dû, un jour ou l'autre, Augusta.

Marie hésitait. Elle se pencha vers la femme et lui demanda :

— Avez-vous connu Edmonde Petit ?

Augusta marqua le coup.

— Edmonde était de Soubrebost, répondit la vieille. Nos pères avaient limousiné ensemble. Ils étaient natifs du Monteil-au-Vicomte.

— Edmonde était mon amie, ajouta Marie. Nous avons passé cinq ans toutes les deux dans la même case sur l'île Ducos. En 1879, nous avons été autorisées par le gouverneur à vivre sur la Grande-Terre, à Nouméa, en résidence surveillée.

Augusta acquiesça.

— Edmonde Petit n'était pas à Paris lors de la Commune.

Elle était en Creuse. Ses frères se trouvaient rue Mouffetard, chez l'Amélie. Le plus jeune avait été adopté par la Commune dès que son aîné avait été tué sur la barricade de la rue de la Roquette. Le petit a été mis en maison de force.

Marie marqua un silence. Augusta s'était approchée d'elle. Leurs visages se frôlaient dans la pénombre.

— Edmonde n'a jamais su pourquoi elle avait été condamnée, poursuivit Marie. Elle n'avait pas caché le souci qu'elle se faisait pour ses frères. Mais parler n'est pas faire.

Augusta remua la tête.

— Elle a été dénoncée par un notable, murmura Marie. Elle est morte là-bas, tant de chagrin que de lassitude, par la faute de cet homme.

Marie posa la main sur l'épaule d'Augusta, qui approcha son tabouret.

— Je sais son nom, Augusta. Je vais vous le dire...

Elle se pencha à l'oreille de la femme. Marie ne put voir les yeux qui se fermaient.

— C'est bien cela ? demanda-t-elle.

Augusta hocha la tête.

— Vit-il encore ? Où peut-on le trouver ? demanda Marie.

— Les bons nageurs font les bons noyés, murmura Augusta Lechapt. Je vais vous dire où le trouver. Vous n'aurez guère à aller loin.

Au moment du départ, Augusta s'inquiéta :

— La bonne Louise, l'avez-vous connue ?

— C'est elle qui a appris à lire à mon fils.

— Votre fils ?

— Lorsque François a été tué au Père-Lachaise, j'étais grosse. Je l'ignorais encore. Sur le bateau, j'ai cru que c'était le chagrin qui occasionnait mes retards. Le docteur Villevet avait dit que je n'aurais jamais d'enfant. Mais il s'était trompé une fois de plus, le brave homme ! Lorsque j'ai compris que j'avais un petit qui grandissait en moi, l'idée de me jeter par-dessus bord pendant la promenade quotidienne sur le pont m'a abandonnée.

— Comment il s'appelle ? demanda Augusta.

— François, répondit fièrement Marie.

En embrassant Augusta, Marie dit :

— Votre Gédéon repose dans le cimetière des déportés. Là-bas, les tombes sont de granit rose. Dans la boîte, nous lui avons mis une fleur rouge de cotonnier sauvage à la boutonnière.

— Du cotonnier ?

Le gamin en boitillant amena l'attelage. Marie remonta dans son tilbury. Elle claqua la langue, et la jument prit son petit trot. Jusqu'à ce qu'elle tournât après le pont du ruisseau de Malplanchas, Marie songea à la vérité cachée à Augusta Lechapt. En procédant à la toilette mortuaire de Gédéon, elle avait découvert un prénom gravé sur sa peau de « rien à perdre » creusois. C'était celui d'une petite blanchisseuse de Nouméa avec laquelle il avait refait sa vie.

Les jours suivants apportèrent un peu de sérénité aux habitants du château. François avait tenté de se joindre à Hugues et à Simon partant chaque matin pour une promenade à poney autour du lac. Mais bien vite il y avait renoncé tout autant par maladresse à monter que par manque de goût. Bien qu'à peine plus âgé que ses deux cousins, François s'ennuyait à leurs propos d'écoliers. Simon était le plus calme. Il restait des heures silencieux et jamais François ne lui avait entendu proférer les méchancetés dont Hugues était coutumier. Élise, depuis l'arrivée de Marie et de son fils, était invisible. Sa mère la retenait à ses côtés pour des travaux de couture. Quant à Marie, elle partait chaque après-midi rôder aux alentours des Couteilles. Un jour, elle avait aperçu Alexandre sur le chemin de Villevegoux s'en revenant de faucher un regain.

Les préparatifs de la réception prévue par Louis plongèrent le château dans une atmosphère fébrile. Clémence avait pris les choses en main avec le sérieux qui lui faisait répéter : « La tenue d'une maison, c'est sa moralité. »

Adèle, aidée de trois bonnes originaires de Pontarion et de Sardent, avait roulé les tapis, lavé les rideaux, déhoussé les canapés. Les vitres avaient occupé les femmes tout un jour tandis que Gilles Pirolo, réquisitionné, était grimpé sur une grande échelle pour lessiver les lustres. Au milieu de cette armée en tablier blanc et coiffe brodée, Clémence, avec une énergie insoupçonnable, commandait les opérations. Marie, que le manège amusait, avait proposé de se joindre à la troupe.

— Il y a toute l'argenterie, avait répondu Clémence. Nous ne serons pas trop.

Marie avait retroussé ses manches. L'astiquage des couteaux et des couverts avait duré l'après-midi entier, laissant délicieusement filer le temps au bout des doigts trempés dans le blanc d'Espagne.

Le matin de la réception, Marie entendit des éclats de voix et des pleurs dans la chambre d'Élise. Elle frappa à sa porte.

— Élise ? C'est moi, Marie. Je peux entrer ?

Clémence en colère sortit sur le palier. Elle foudroya Marie du regard et dit sur un ton acide :

— Élise fait la coquette. Elle ne veut plus de sa robe de l'an dernier. Il est trop tard pour faire venir une couturière de Guéret !

— Montre-moi, avait dit Marie en forçant doucement le passage.

Élise était en chemise avec un pantalon de grosse toile descendant jusqu'aux chevilles. En voyant entrer sa tante, elle croisa les mains sur sa poitrine d'enfant. Clémence haussa les épaules et regagna ses appartements.

— Où est-elle, cette horrible robe ? demanda Marie.

La gamine leva un visage rongé par les pleurs. Ses épaules maigrelettes dégageaient un cou sans grâce et décharné. Les bras aux attaches fines paraissaient démesurément longs.

— Tu es belle, murmura Marie. Sais-tu que j'aimerais avoir ton âge ? Et toute cette jeunesse.

Elle passa les mains dans ses cheveux qu'elle releva sur la nuque.

— Tu as des cheveux magnifiques. Quand nous nous connaîtrons mieux, je te ferai une capeline aux couleurs de l'automne, avec des pétales de fleurs en velours de soie. Une autre pour le printemps et ainsi pour chaque saison.

Marie contourna la gamine et posa les mains sur ses hanches.

— Regarde comme tu es déjà bien cambrée. Il n'y a pas de miroir ? ajouta-t-elle. Dans le cabinet de toilette, peut-être ?

Élise secoua la tête.

— Mère ne veut pas que j'aie de miroir.

Marie n'insista pas.

— Tu n'auras pas besoin de ces horribles corsets qui cambrent les reins en « S » jusqu'à les briser.

Elle se dirigea vers le lit, sur lequel était jetée la robe. S'inspirant des tournures proéminentes qui étaient à la mode, munie d'un pouf moins accentué que pour une femme, la robe grise blousait à la taille sur des fronces étroites.

— Quelle horreur ! s'écria Marie. Tu avais raison de protester.

Elle saisit la robe et la jeta sur un fauteuil.

— Ce qu'il te faut, c'est quelque chose de discret mais de féminin quand même. Voyons, tu es déjà grande. Tu as presque ma taille. Regarde-moi dans les yeux quand je te parle, ajouta Marie en lui saisissant le menton.

Élise rougit.

— J'ai dans l'armoire de ma chambre quelque chose qui pourrait bien te convenir à condition de le reprendre. Ne bouge pas, je reviens !

Marie avait planté là la gamine. Elle s'était précipitée dans sa chambre pour revenir avec une brassée de robes qui frémissaient dans ses bras. Elle les posa sur le lit.

— Tu savais que mes robes étaient restées au château ?

— Non, se risqua Élise. Je ne suis jamais entrée dans votre chambre. C'était interdit.

— Qui l'interdisait ?

— Père.

— Lorsqu'on t'interdit quelque chose, tu obéis ?

Élise baissa les yeux et reprit une attitude méfiante.

Marie chantonnait en palpant les tissus, en tirant sur les fronces, en retroussant les doublures. Élise la regardait, sur la défensive.

— Tu sais qu'avant la Commune j'avais un magasin de mode, rue Volney ? Par la suite, en Nouvelle-Calédonie, dès que j'ai eu la possibilité en 1876 de vivre à Nouméa en résidence surveillée, j'ai repris mon métier de couturière. J'avais la femme de M. Simon, le maire, comme cliente !

Elle tendit une robe de taffetas à carreaux portée sur un jupon rayé.

— Que dirais-tu de celle-ci ? demanda-t-elle.

Élise fit la moue.

— Tu as peut-être raison. Elle est trop décolletée. À cette époque, je portais des robes très ouvertes.

Marie se ravisa :

— Je vais te dire, Élise. Le vêtement nous rend d'autant plus désirables, nous autres femmes, que nous sommes moins naturelles.

Marie fouilla de nouveau dans l'amoncellement de tissu et extirpa une robe plus sage en brocart mauve.

— Celle-ci ! Nous allons la reprendre. Je vais refaire le col, ajouter sur le corsage une frange de tulle. Uniquement pour satisfaire ta mère. Nous le fermerons avec des boutons dorés. Je vais remonter les emmanchures et y ajouter des sous manches pour grossir un peu les bras. Tu vas quitter cette chemise et enfiler cette tournure.

Élise recula.

— N'aie pas peur. Tu te changeras lorsque je serai partie, se reprit Marie.

Elle emporta la brassée de vêtements dans sa chambre en fredonnant.

Ce soir-là, le château brillait de toutes ses torchères depuis le portail jusqu'au perron recouvert de tapis d'Orient. Gilles Pirolo conduisait les attelages à l'écurie où une table avait été dressée pour les cochers. M. Fleury, l'inspecteur général des enfants assistés, et son épouse arrivèrent les premiers dans un tilbury à la capote baissée. Louis les accueillit aux côtés de Clémence, qui portait un élégant costume beige, la taille longue, la tournure cambrée à la dernière façon de Paris. Les traits tirés, Clémence se montrait aimable sans ostentation. M. Autorde, directeur général des Archives, et M. Legrave, l'ingénieur en chef des Ponts et Chaussées, se présentèrent en même temps dans la cour d'honneur. L'original M. Chauvelin, le vérificateur en chef des Poids et Mesures, célibataire convaincu, arriva à bicyclette sous les cris d'admiration de Mme Giraud, la femme du chef de la première division administrative de la Creuse. Les chefs de cabinet ainsi que le préfet arrivèrent peu de temps après dans une calèche attelée à la Daumont. Le président du conseil général, flanqué des conseillers de l'arrondissement de Bourganeuf, ne tarda pas. Le chef de cabinet de la sous-préfecture de Bourganeuf et son épouse, une grande femme rousse qui se mourait d'ennui en Creuse, arrivèrent en priant Louis d'excuser le sous-préfet, convoqué à Paris à la suite des élections difficiles de 1885.

Une centaine de personnalités se trouvaient dans les salons surchauffés. Clémence fit ouvrir les portes-fenêtres afin d'apporter un peu de fraîcheur.

— Qui pensez-vous voir élu au soir du 28 décembre à la présidence de la République ? demandait ingénument M. Darfeuille, l'agent voyer du département, au sénateur Parry.

L'autre prit un air d'importance et, clignant des yeux, remarqua :

— Qui peut savoir ? Jules Grévy.

— La loi Naquet qui autorise le divorce est une infamie, proclamait l'épouse de l'architecte du département. J'ai deux filles. Je ne suis plus tranquille.

— J'ai bien connu Clemenceau lorsqu'il soignait dans un dispensaire de Montmartre, confiait Louis au préfet, qui acquiesçait avec déférence.

— Un maçon creusois à Paris peut économiser l'équivalent de seize hectolitres de blé par campagne, énonçait le contrôleur général des Poids et Mesures.

— Tant que ça ? remarquait Mme Fleury, dont la robe garnie en travers était surchargée de godets et de galons.

— Cela représente du pain blanc pour huit personnes pendant une année, précisait le bonhomme.

— Il faut avoir lu l'abbé Labrune, d'Aubusson. Son ouvrage sur les engrais chimiques est une somme, insistait le sénateur.

— L'abbé est un prophète. J'envisage de le consulter pour le projet de ferme-école qui me tient à cœur, avait répondu Louis.

Se tournant vers Clémence :

— Clémence ! Je vous en prie, occupez-vous de mon ami Évrard et de sa femme qui viennent d'arriver.

Comme Élise n'osait pas entrer dans le salon de grand apparat, Marie l'avait prise par le bras et l'avait entraînée au milieu des convives. Lorsque Clémence avait découvert sa fille, elle avait eu une mimique contrariée.

Vers dix heures, Louis frappa dans ses mains. Un arc de cercle se forma autour du maître de maison. Louis fit signe à Clémence et à Marie de s'approcher.

— Mes chers amis. Le sort des urnes m'a été favorable. Je n'en estime pas moins mes adversaires. Mais si nous n'étions réunis ce soir que pour célébrer cette victoire, la fête serait peu digne de figurer pour longtemps dans nos cœurs. Au bonheur de voir triompher mes idées s'est ajouté celui de retrouver la personne à qui je dédie cette soirée.

Des regards s'interrogèrent dans la foule d'invités. Louis les ignora. Mme Autorde et l'épouse du chef de cabinet échangèrent un coup d'œil complice. La belle Mme Giraud regardait Louis effrontément.

— La femme grâce à laquelle ce soir ma joie est complète est ici. Je vous présente Marie Ribière, ma belle-sœur, tenue loin de nous par le sort cruel de l'histoire.

Un moment de stupeur frappa l'assistance. Louis prit la main de Clémence et attrapa celle de Marie. Il força les deux femmes à faire face aux invités. Des murmures filèrent. Le commissaire de police de Bourganeuf entendit : « Quel front ! S'il ne pesait pas tant ! » « L'argent autorise tout. Une communeuse ici », murmura un homme portant jaquette en cheviot noir.

Louis regardait droit devant lui. Les visages se dérobaient. Il était le maître. Il pesait quatre-vingts millions de francs-or. Ardouin-Ribière ouvrait des chantiers partout en France, en Europe et aux colonies. Louis parlait d'égal à égal avec les plus grands maîtres de forge. Schneider était son ami tout comme le financier Cornélius Herz que lui avait présenté son beau-père. Sur un simple coup de téléphone, il était reçu par n'importe quel ministre d'État.

Le préfet, les mains à hauteur du visage, applaudit ostensiblement. Ce ne fut qu'un crépitement. Le visage de Louis exprimait la force qu'il y a à ne s'illusionner sur rien.

Le roulement des conversations reprit. Les physionomies sous l'éclairage des lustres prenaient des expressions à la Daumier. Clémence allait parmi ses hôtes, un mot agréable pour chacun, incapable de dissiper une impression de gêne. Marie, qui avait un moment disparu afin de retrouver François resté dans sa chambre, était revenue vers son beau-frère.

— Louis. Tout enfant, tu m'avais promis de me conduire en barque sur l'étang. Je voudrais que tu tiennes ta promesse ce soir.

Louis marqua un temps d'étonnement. Il dit :

— Mes invités n'ont pas besoin de moi. Allons-y !

Ils partirent sous le regard curieux du commissaire de police, qui parlait avec la jolie Mme Giraud. Au moment de franchir le portail, ils se retournèrent sur le château. Du côté des écuries, les calèches étaient alignées comme à l'entrée des remises de gare.

Ils marchèrent jusqu'à la chaussée de l'étang, où ils trouvèrent une barque. Aux premiers coups de rame, le lien avec la fête se distendit. Le château devint un reflet entre la terre et le ciel. Les bruits s'estompèrent au profit du seul clapotis contre la coque.

C'était comme une nuit d'été au cœur de septembre. Il eût été possible d'imaginer dans l'obscurité que les feuillages inclinés sur les rives n'étaient pas encore jaunis. Le vol d'un martin-pêcheur siffla à l'avant de l'embarcation où Marie était assise, la main plongée dans l'eau. La barque frôla des nénuphars qui crissèrent contre son bois. Louis relevait les rames. Le silence affinait les sens. Ils glissaient tous deux sur un champ d'étoiles miroitant dans l'eau.

Le château n'était qu'un brasero lointain. Un vent léger enveloppa l'embarcation, chargé des parfums d'herbe brûlée d'un feu de broussailles allumé en lisière des Baudes. Depuis leur départ, ils se taisaient. Marie passa sa main mouillée sur ses lèvres. Louis la regardait. La soie de sa robe bouffait autour de sa taille en scintillant. Son collier brillait comme un croissant de lune sur sa gorge nue.

— J'attendais ce moment depuis si longtemps, murmura Louis.

Louis tenait les rames hors de l'eau. La barque glissait.

— Moi aussi, répondit Marie.

Ils restèrent silencieux. Marie se pencha sur l'eau couleur de plomb fondu.

— J'ai quelque chose à te demander, Louis, murmura Marie.

— Demande-moi ce que tu veux, Marie. Je ne pourrai jamais rien te refuser.

Marie plongea la main dans l'eau glacée.

— Penses-tu vraiment ce que tu viens de dire ? demanda-t-elle.

— Ne te l'ai-je pas déjà prouvé ? Ce soir, par exemple.

— C'est vrai. Tu n'étais pas obligé de m'imposer ainsi. J'aurais pu vivre dans l'ombre.

Louis sourit en secouant la tête.

— Tu n'es pas faite pour l'ombre, Marie.

— Ce que je vais te demander est cruel.

Louis ne répondit pas. La barque dodelinait en craquant. Louis, en étendant les jambes jusqu'aux pieds de Marie, renversa une boîte d'appâts oubliée par Hugues.

— J'avais une amie qui s'appelait Edmonde Petit. Elle est morte par la faute d'un homme. Je ne peux me résigner à l'admettre. Oh ! rassure-toi, je ne te demande pas la vie de cet homme. Je te demande de le ruiner.

— Le ruiner ! s'exclama Louis.

— Le ruiner. Qu'il renonce à sa maison, à son confort, à sa vie de famille, à sa notabilité. Qu'il pleure chaque soir sa prospérité passée. Qu'il soit objet du mépris qu'on réserve aux pauvres. Puisqu'il semble qu'on se soit accommodé de sa dénonciation.

Louis blêmit.

— Son nom ? s'inquiéta-t-il.

— Évrard. Ton agent électoral. Le seul notable creusois à avoir dénoncé un pays au lendemain de la Commune ! Ce bon Évrard par la grâce duquel elle est morte dans mes bras en Nouvelle-Calédonie. Évrard !

Louis regardait Marie.

— Ce que tu me demandes là est impossible, balbutia-t-il. Tu imagines ce qu'il représente pour moi ?

— Il n'y a que des choses impossibles entre nous, rétorqua Marie.

— J'ai besoin d'Évrard. Politiquement, il représente la circonscription. J'ai besoin d'être au plus près du milieu politique. C'est une nécessité pour mes affaires.

— Alors, c'est non ? trancha Marie.

Louis se taisait.

— Rentrons, dit Marie. J'ai froid.

Lorsqu'ils mirent pied à terre, une calèche sortait de la cour d'honneur. Ils se plaquèrent dans l'ombre des tilleuls et restèrent l'un contre l'autre.

— N'y a-t-il pas mieux à faire, Marie, que d'alimenter cette haine qui infecte encore ton cœur ?

— Sait-on jamais ce qui nous infecte ?

Louis tenait Marie contre lui. Ils regardaient tous les deux en direction du château.

— Marie ?

— Oui, Louis.

— Je suis d'accord.

Marie se dégagea et marcha seule vers les grilles, sans se retourner vers Louis, qui restait le dos plaqué contre l'écorce des arbres centenaires.

Les derniers équipages quittaient le château. Marie avait rejoint François dans sa chambre et s'était assise sur le rebord de son lit.

— Tu dors ?

— Non, répondit le garçon, qui ajouta : Je suis triste.

Marie pressa la main de son fils.

— Je pense à Jean, poursuivit François. Le jour où nous sommes allés aux Couteilles, tu m'as montré le ruisseau de Vauve. Ça m'a rappelé le gave qui descendait sur le canal de la Havannah. Avec Jean, nous y pêchions des journées entières.

Marie se tut.

— Pourquoi vous êtes-vous quittés ? Nous n'étions pas heureux, tous les trois ? Moi, je pense toujours à lui.

— Il arrive qu'un homme et une femme ne souhaitent plus vivre ensemble, sans bien savoir pourquoi, répondit Marie d'une voix blanche.

Ils restèrent silencieux.

— Tu l'as entendu ? demanda brusquement le garçon, la voix nouée par l'angoisse.

— Non, répondit Marie en caressant le front de son fils. Je n'ai pas entendu le canon.

— Si je n'entends pas le canon qui annonce la nuit, je ne peux m'endormir ! dit-il, brisé par l'inquiétude.

— Ne parle pas, mon petit, si tu veux que je l'entende.

— Demain, j'irai te cueillir une corbeille d'euphorbes.

— Oui, mon François.

— Je sais dire « ami » en canaque. C'est Louise qui me l'a appris.

— Comment dit-on ?

— *Taïau*. C'est joli !

— Dors, mon enfant. Il se fait tard.

— Mais ils n'ont pas tiré le canon, maman ! Tant que le canon n'a pas grondé, c'est encore le jour et je ne dois pas dormir.

— Je sais. Respire bien. Je suis là. Je ne m'en vais pas.

Marie passa la main dans les cheveux de François. L'adolescent jetait de temps à autre la tête sur son oreiller. Il attendait les deux coups de canon que les autorités militaires de Nouvelle-Calédonie faisaient tirer pour annoncer le partage du jour et de la nuit.

— Comment va Latour ? demanda François. Ils ne le conduiront pas boulevard de la Guillotine, hein, maman ?

— Non, mon enfant. Personne n'ira boulevard de la Guillotine.

— Et Duchêne et Saurel, tu crois qu'ils sont perdus en mer, qu'on ne les retrouvera jamais ?

— Ils ne sont pas perdus. Dors, je crois entendre quelque chose.

Marie serra la main de François. Des larmes coulaient sur ses joues. Elle fixait le noir de la chambre, les yeux tournés vers la porte. Soudain elle eut un mouvement de tout le corps.

— Tu les as entendus ? dit-elle en forçant la voix.

— Non, murmura François.

— Moi, je les ai entendus ! Deux coups qui ont bien résonné, ma foi, dans les sept collines bleues qui dominent la baie. Tu peux dormir, c'est la nuit.

Elle sentit la main de son fils desserrer son étreinte. Elle se dégagea et plongea le visage dans ses bras.

À l'instant où elle disait à François avoir entendu le canon, c'était le bruit mat de la chute d'un corps qu'elle avait perçu dans les appartements de sa belle-sœur.

2

Rue de Courcelles

Les Ribière repartirent pour Paris la deuxième semaine de septembre. Marie souhaita rester seule en Creuse avec François. Si la complicité qui la liait à Élise s'était approfondie, ses rapports avec Clémence étaient plus difficiles, sa belle-sœur lui marquant parfois une froideur douloureuse. Il fut convenu qu'Adèle Vallade demeurerait à son service ainsi qu'une lingère et une cuisinière. Les cinq autres bonnes, recrutées pour l'été, regagnèrent leurs villages alentour. La plus jeune habitait La Chaize. Ses deux frères, une fois mariés, s'étaient installés à Paris. Marie avait essayé de lui arracher quelques paroles.

— Tu es triste de quitter le château ? Tu ne désirerais pas aller à Paris servir Louis et retrouver tes frères ?

— Poule et femme qui s'écartent de la maison se perdent, avait-elle répondu, le visage fermé.

Marie et Adèle s'entendaient à merveille. Chaque matin, Marie faisait appel à la jeune fille pour lui préparer l'eau de son tub. Alors qu'elle se tenait debout dans la cuvette, Adèle versait sur ses épaules et sa nuque une eau chaude qu'elle avait eu grand-peine à monter à l'étage.

— Que vous êtes belle, Madame ! s'autorisa Adèle, la première fois.

— Malgré mes trente-huit ans ! C'est cela que tu veux dire ? s'amusa Marie en passant sur son corps un gant de crin.

Adèle protesta.

— Va me chercher encore de l'eau tiède. Tu dois trouver que je te donne bien du travail.

— Pour sûr que madame Clémence ne m'en donne pas tant !

— Elle n'utilise jamais le tub ? La baignoire, alors ?

— Je ne l'y ai jamais vue dedans, s'esclaffa la bonne. D'ailleurs...

Adèle se tut.

— Qu'est-ce que tu allais dire, Adèle ? Allons, ne fais pas la sotte ! Moi, je ne te cache rien, plaisanta Marie en pivotant sur elle-même, les bras levés.

— Madame dit que c'est un péché que de se laver !

— Ah oui ?

— J'ai entendu l'abbé Geoffroy affirmer que les peuples qui se vautraient dans la propreté n'avaient pas d'avenir. Que l'avenir était aux peuples sales. Sont-ils plus sales que nous, les Prussiens, Madame ?

— Certes non ! Au contraire. Parle-moi de ma belle-sœur.

— Madame Clémence est très stricte sur ce point. Elle m'a lu dans un livre un passage où il était écrit que le bain annuel ne devait jamais excéder cinq minutes et que sa température devait être au degré près.

— Là-bas, lorsque je me baignais dans l'océan, je ne me préoccupais pas de tout cela.

Adèle faisait couler doucement le filet d'eau sur les épaules de Marie. L'eau ruisselait sur les reins, glissait sur les hanches ou courait sur la poitrine pour se perdre le long des cuisses.

— Hier, je me suis lavé les cheveux. Comment tu t'y prends, toi ? avait demandé Marie.

— Je ne fais que les démêler.

— Moi, j'utilise du jaune d'œuf.

Marie saisit une serviette et commença à se sécher. Adèle reposa le broc et l'aida à se frictionner. Les doigts de la fille chatouillaient Marie, qui ne pouvait s'empêcher de rire.

— Sais-tu comment j'ai réussi à garder ce teint clair, là-bas, malgré le soleil ? dit-elle en étendant la jambe dans la lumière de la fenêtre.

— Non, répondit Adèle.

— Avec de l'huile de cacao et des eaux de fraise ! Mais les femmes des colons s'y prenaient autrement.

Adèle eut une mine intéressée.

— Le soir, tu te laves le visage avec du sang de volaille.

— Quelle horreur !

— N'as-tu pas remarqué comme les bouchers ont une belle peau ?

— Et pour les dents ? demanda Adèle en riant.

— Tout le temps de ma détention, je ne pouvais m'acheter du dentifrice fait avec de la corne de cerf en poudre et du miel. Alors je me lavais les dents à l'espagnole.

— À l'espagnole ?

— Tu te rinces la bouche tous les matins avec ton urine.

Adèle éclata de rire.

— Madame Clémence ne se lave pas les dents, elle. Ni le reste !

— Et Élise ? interrogea Marie en enfilant une chemise de coton.

— La petite, c'est bien pis. Une fois, ils sont arrivés en Creuse après être passés prendre la demoiselle à sa pension, le matin. Elle était encore en uniforme. Je la reverrai toujours. Je suis montée avec elle dans sa chambre. Ah, Madame ! Elle était souillée depuis plusieurs jours. C'est à croire que les sœurs de l'institution n'y prennent pas garde. Même moi, qui ne suis qu'une paysanne, je n'aurais pu imaginer qu'il fût possible de laisser une jeune fille dans une telle condition.

Marie regarda Adèle. Pour rompre, elle demanda sur le ton de la plaisanterie :

— Et toi, Adèle, tu te laves ?

L'autre reprit son air rieur :

— Ça non, Madame ! Il est inutile que je me dégrossisse. Je sue.

Un jour Adèle demanda à Marie si elle avait revu Quatre-Vents.

— Il est ici ? s'exclama Marie.

— Bien sûr. Le pauvre vieux n'en pouvait plus de sa vie de colporteur.

Des images enfouies revenaient en mémoire. Marie revoyait le vieil homme accompagné de son gros chien noir tirant sa carriole garnie de livres édifiants, d'images d'Épinal et de calendriers. Lorsqu'elle avait décidé de rejoindre François à Paris, c'était Quatre-Vents qui lui avait indiqué le chemin pour la gare de Saint-Sulpice-Laurière.

— Où vit-il ? demanda Marie.

— Il habite après la ferme de la Genétine. La maison est au bord du ruisseau de l'Étang.

Marie jeta sur ses épaules une limousine retrouvée dans une armoire sous les combles du château. Depuis le départ de Louis, le temps s'était mis au froid. La lumière pâlissait de jour en jour. Gilles Pirolo affirmait qu'il gelait les matins dans les fonds.

— Adèle, sais-tu où est François ? demanda Marie sur le point de partir.

— Il est à La Vergne, cria Adèle de la cuisine.

— Encore ! Que trouve-t-il donc là-bas ? ne put réprimer Marie.

Adèle arriva, une pomme de terre et un couteau à la main. Elle riait.

— Dame ! C'est bien de son âge. À La Vergne, il y a de la jeunesse.

Devant l'air interrogateur de Marie, elle précisa :

— Il se promène souvent avec Étienne, le fils à la Mariette. Le gamin va bientôt rejoindre sa tante, la Julie, qui tient une loge à Paris.

— Julie Riboulet, des Couteilles ? La femme de Francœur ?

— Oui. Étienne, vous l'avez croisé ici, il y a trois jours, avant le départ de monsieur Louis. Il était venu avec son grand-père demander de l'embauche. Monsieur Louis a dit : « Présente-toi le 1er octobre à cette adresse au chef de chantier. Dis que tu viens de ma part. En ce moment, il n'y a du travail nulle part. Sauf pour un de La Vergne. » Voilà ce qu'a dit monsieur Ribière. Devant moi, Madame !

— Julie vit à Paris ? interrogea Marie.

— Elle est concierge. S'il n'y avait qu'elle ! J'y ai aussi ma belle-sœur. La fille Giraud et le Tonin de Saint-Hilaire se sont mis à leur pain au printemps dans le XIIIe arrondissement. La Catherine de Pradeix également. Pourtant elle n'était pas fine, celle-là. Mon père disait : « Malin comme la Catherine qui cache le beurre sous la braise. » Elle a trouvé à se placer chez des bourgeois de la rue de Vaugirard. Moi, Madame, je dis...

— Que dis-tu ? interrompit Marie.

— Je dis que la perdrix chez les grands a moins de goût que le lard chez soi.

— Julie et Francœur ne reviennent jamais au pays ?

— Depuis que Julie a pris le train, personne ne l'a revue aux Couteilles.

Adèle s'apprêtait à retourner à la cuisine quand elle ajouta :

— Lorsque l'Étienne est venu demander du travail, monsieur Louis lui a donné vingt francs pour s'acheter son billet de chemin de fer !

Emmitouflée dans sa cape, Marie partit en direction de la Genétine. Elle longea le ruisseau de l'Étang qui serpentait derrière le château. Depuis un pont de pierres plates, elle vit des brebis à genoux qui buvaient dans une anse au milieu des roseaux. Une gamine de quinze ans gardait le troupeau. Sur ses talons, une chienne au poil rêche guettait la moindre expression de sa maîtresse. Marie songea à Fleurette et au temps où elle gardait les vaches aux Couteilles sous les lisières des Grandes Besses. La jeune fille vit Marie et lança sa bergère pour ramener les bêtes. Le chien partit en jappant, mordillant les plus enragées aux cuisses, évitant les cornes du bélier. La bergère tourna le dos et repartit dans la lande, petite silhouette noire entourée de moutons sous un ciel menaçant.

Marie arriva devant la chaumière habitée par Quatre-Vents. D'une minuscule bergerie à la porte ouverte s'échappait une odeur de litière de genêts. Marie appela :

— Quatre-Vents ! C'est moi, Marie !

Quatre-Vents sortit de la masure. Le temps avait brisé ses traits réguliers. De sa stature de géant, il ne restait qu'une silhouette cassée. Ses yeux bleus avaient perdu l'éclat qui les animait quand il vendait ses almanachs et ses rubans.

— Marie ! C'était donc vrai. Tu es de retour.

— Quatre-Vents, murmura-t-elle.

Elle fit un pas vers le vieil homme.

— Je ne te dis pas d'entrer, Marie. La maison est sale comme un nid de huppe. Hier, des amis colporteurs sont passés me voir. Ils ont laissé leurs malles. Viens, marchons.

Ils suivirent le chemin qui longeait le ruisseau. Ils évitèrent la Genétine et grimpèrent par le sentier creux qui escaladait les bois des Peyraches.

— Je ne reconnais pas le pays, Quatre-Vents. Ils sont tous partis. Marthe Vallade, Julie Riboulet, les Chaumont, les Coutisson...

— La race commence à se séparer de cette terre creusoise qu'elle aimait par-dessus tout.

— Ils reviendront ?

— Pour mourir, ma fille. Si la Faucheuse leur en laisse le temps.

— Nous sommes des voyageurs tous les deux, n'est-ce pas, Quatre-Vents ? s'exclama Marie en saisissant le vieil homme par le bras. Je n'ai jamais oublié ce que vous m'aviez dit à mon retour de Paris.

— Que t'avais-je dit ? demanda Quatre-Vents.

— Vous m'aviez dit : « Il y a une immensité devant toi. » Vous savez que je l'ai traversé, cet océan ? Mon Dieu, qu'il était grand !

Elle appuya la tête contre le vieux colporteur qui murmura :

— Certains, ici, ont voyagé à tes côtés, Marie. Ils ont vu les côtes d'Afrique, les escales à Port-Saïd, Aden, Ceylan, Timor.

— Ils ont vu les grands requins qui faisaient les chiens de garde autour de la *Virginie* ?

— Oui.

— Et les albatros blancs capturés à l'hameçon par les marins qui les suspendaient par les pattes pour qu'ils meurent sans tacher la blancheur de leurs plumes ?

Quatre-Vents ne répondit pas.

Ils étaient arrivés au sommet du puy. Un rocher couvert de mousse sur son flanc nord occupait le centre d'une clairière. Marie s'assit sur une souche. Le vent balançait les cimes. La rumeur lui rappela le roulement de l'océan lorsqu'elle grimpait dans les collines dominant la baie de Nouméa. « La forêt et la mer ont le même souffle », songea-t-elle.

— Que pensez-vous de Louis ? demanda Marie.

— Je pense qu'il y a des baronnages de toutes sortes.

Quatre-Vents s'installa à côté de Marie sur le tronc.

— Le temps n'a pas apaisé ta colère, Marie.

— C'est vrai.

— Il faut t'en guérir. Regarde comme les choses ont changé. Nous vivons en république.

— Quelle république ! Proclamée furtivement grâce à l'amendement Wallon ! Ferry-Tonkin envoie ses canonnières aux quatre coins du monde.

— Comme tu es violente ! Je t'assure que le monde a

tourné. Les prêtres de Pontarion n'ont plus le droit de sonner les cloches pour dissiper les orages. Les engrais qui arriveront à la gare de Bourganeuf vont remplacer les messes à Saint-Joseph, le jour du mariage des oiseaux. Les paysans commencent à croire au « santificat d'études », qui vide tout aussi sûrement la campagne que les chemins de fer en permettant d'entrer dans l'administration. Et, moi, je crois en l'œuvre de Ferry car toute ma vie j'ai vendu des livres à de pauvres bougres qui ne savaient pas lire.

Marie prit la main de Quatre-Vents.

— Laissez-moi le temps.

Elle regarda le vieux colporteur dans les yeux. En hésitant, elle dit :

— Là-bas, j'ai voulu refaire ma vie...

Quatre-Vents tourna la tête.

— Après cinq ans sur l'île Ducos, nous avons été autorisés à nous installer à Nouméa, avec un permis de séjour, poursuivit Marie. J'ai repris mon métier de couturière. J'ai fait la connaissance d'un ancien ouvrier typographe qui avait été pris sur une barricade, faubourg Saint-Antoine. Il s'appelle Jean.

Marie dévisagea Quatre-Vents comme si elle guettait un signe.

— François avait quatre ans. Jean s'est occupé de lui comme un père.

Le vieux colporteur pressa la main de Marie.

— Jusqu'à notre amnistie en juillet 1880, nous sommes restés à Nouméa. C'est étrange, mais après ce que nous avions vécu les cinq premières années, aux mains de la chiourme, nous avons connu une sorte de bonheur. Jean avait trouvé à s'employer dans une imprimerie et je m'étais fait une petite clientèle.

Elle saisit son mouchoir et le passa sur ses yeux.

— Dès que nous avons appris que nous étions amnistiés, nous nous sommes embarqués pour Sydney, en Australie. Nous devions y prendre un bateau pour la France comme mon amie Louise Michel, qui a voyagé sur le *John Helder*. Avec Jean, nous avons hésité. Nous avions le sentiment qu'une fois en France ce serait la fin de notre couple. Nous sommes restés à Sydney cinq ans. Jean avait trouvé une place de typographe et j'avais ouvert un magasin que j'avais appelé « À la mode de Paris ». Nous vivions en paix. François avait trouvé un équilibre entre Jean et moi. Les dimanches, nous allions sur la plage où Jean avait construit un cabanon. Nous réparions nos forces.

Quatre-Vents acquiesça.

— Et puis, poursuivit Marie, d'une voix serrée, Jean a été repris par ses idées de révolution. Il rentrait tard, après d'interminables réunions pour un syndicat qu'il avait créé dans l'imprimerie. Un jour, il s'est battu avec un contremaître. Il a été renvoyé. Il enrageait contre la société et l'ordre. Tout le mal qu'il avait vécu au bagne ressortait. Toutes les humiliations...

Marie pressait le mouchoir dans ses mains.

— La police est venue à plusieurs reprises fouiller notre appartement. Jean a résisté. François était terrorisé. J'ai décidé de rompre. Tu comprends, Quatre-Vents, je n'ai pas le goût du malheur. Avant d'être envoyée en Nouvelle-Calédonie, j'étais heureuse dans mon magasin de mode, rue Volney. La révolte, je l'ai apprise au bagne. Mais je ne voulais pas que Jean entraîne François vers l'anarchie. Je ne veux pas que mon fils meure comme son père, pour des idées.

— Pour un idéal, corrigea Quatre-Vents.

— En janvier, j'ai pris un courrier pour l'Europe. Jean est resté là-bas, parmi ses compagnons.

Après un long silence, Quatre-Vents dit :

— J'ai vu ton François, hier. Il était venu garder les bêtes avec Julienne.

Marie marqua un temps de surprise.

— Julienne appartient à la famille des *sansonnets*, ajouta Quatre-Vents.

— Les *sansonnets* ?

— Tu as oublié ! C'est le nom qu'on donne aux bâtards parce que les cloches ne sonnent pas le jour de leur baptême.

— C'est elle que j'ai dû voir garder les moutons près du château.

Quatre-Vents hocha la tête.

— J'ai tout de suite reconnu ton fils. Contrairement à son père, il y a le grand voyage en lui. Comment t'expliquer ? François partait bien limousiner à Paris. Mais c'était comme s'il restait en Creuse. Dans son garni de la rue Mouffetard, il était encore aux Couteilles. Sur les chantiers de l'Opéra ou de Saint-Augustin, il était toujours ici.

— Et François ? coupa Marie.

— Ton fils, c'est différent.

Marie regarda Quatre-Vents dans les yeux.

— François n'est pas un *sansonnet* ! Tu me crois, toi ?

Quatre-Vents tourna la tête vers le nord. Un vol de corbeaux filait dans les nuages. Les fumées des cheminées de Chanseau et de Nouaillaguet montaient droit dans le ciel comme des quenouilles grises. Sur la route de la Genétine, un tombereau avançait en grinçant de l'essieu. Tout paraissait étrangement loin.

— Oui, je te crois, répondit Quatre-Vents.

Lorsque Marie rentra au château, elle trouva Adèle en colère.

— Il s'est battu avec des crève-misère de Lachaud, Madame ! Affamés comme des chiens de tisserand qui ne pensent qu'à mordre. Plus la bête est maigre, plus les mouches piquent !

Marie s'élança dans l'escalier et se précipita dans la chambre de son fils.

— François ? Que s'est-il passé ?

François était allongé sur son lit, le dos tourné, les vêtements en lambeaux. Marie passa la main sur son front où pointait une bosse. Le nez avait saigné.

— Qui t'a fait ça ? demanda Marie avec plus d'insistance.

François haussa les épaules.

— Ils étaient une demi-douzaine. Ceux de Lachaud s'y sont tous mis, marmonna-t-il.

— Pourquoi ? questionna Marie.

— Ils m'ont traité de sauvage. Ils m'ont dit que si je ne me lavais pas je serais comme un nègre, parce que je viens d'Afrique. Que mon père n'est pas mon père. J'ai étendu les trois premiers. Mais les autres sont arrivés.

— Tu n'es pas un *sansonnet*, mon petit. Si ton père était là, personne n'oserait s'attaquer à toi.

— Rassure-toi, il y en a bien deux ou trois qui se rappelleront de la correction. Étienne est venu à mon aide.

François s'était tourné vers sa mère.

— Ceux de Lachaud ne se doutaient pas que Sébastien, le tirailleur des Enfants perdus, m'avait appris à me battre au bagne.

Marie pressa François contre elle.

Le fils Leprat, un des plus enragés contre François, avait perdu toutes les dents de devant. Lorsqu'il rentra chez lui, ses parents se dirent qu'ils allaient porter plainte. Puis le père songea que la justice était une toile d'araignée qui attrapait les mouches mais que les taons déchiraient. Un oncle du gamin abonda dans ce sens : « Ne piétine pas le serpent si tu ne veux pas qu'il te pique », conseilla-t-il. Le père remarqua, en regardant le gosse, que grâce à cette infirmité il ne ferait pas le service militaire. Les choses en restèrent là. Marie décida de partir pour Paris dès le lendemain.

Ils arrivèrent à Bourganeuf pour le train de dix heures quarante-deux. Une trentaine de passagers attendaient sur le quai. Ils eurent la surprise de trouver Étienne, un bissac sur le dos. François alla droit à lui.

— Maman, je te présente Étienne.

— J'ai entendu parler de vous, dit Marie en tendant la main. Vous étiez à Lachaud, l'autre jour ?

Le garçon acquiesça. Bien qu'âgé de quatorze ans, il était plus petit que François. La pâleur de son visage rond était accentuée par des cernes sous les yeux.

— Ceux de Lachaud, c'est des déguenillés, répondit-il. On pendrait toutes les louches du canton à leurs habits.

Marie regarda le gamin. Elle cherchait l'image, vieille de vingt-cinq ans, de François partant, le sac à l'épaule, par le chemin menant à l'étang de la Genête. Étienne se dissimulait derrière un air d'humilité, les épaules arrondies et les mains enfoncées dans les poches. Parfois le gosse regardait sur les côtés. Marie se souvint que François avait ce même coup d'œil.

— Je peux voyager avec Étienne ? demanda François à sa mère.

— J'ai un billet de troisième, protesta Étienne.

Le chef de gare intervint :

— Les troisièmes sont décrochées à Saint-Sulpice-Laurière. Vous avez des billets de première, madame ? Vous mettrez deux heures quinze de moins sur le parcours.

Marie regarda Étienne, qui baissait le nez. En le laissant partir dans les voitures de troisième, c'était un autre François qu'elle abandonnait.

— Je vous verrai à Paris ! s'exclama Étienne en faisant de grands gestes.

Le soir, à la gare d'Austerlitz, Marie remettait ses pas sur des traces anciennes de vingt ans. Sous l'immense verrière, les trains s'immobilisaient contre les tampons, relâchant des nuages de fumée qui engloutissaient passagers et bagages. Des machines fringantes repartaient, des hommes aux allures bravaches juchés sur leurs tourelles d'acier.

— Toute cette lumière ! cria François. C'est comme au théâtre !

— C'est Paris, répondit Marie.

Elle s'amusait de l'émerveillement de son fils. Ils prirent un fiacre qui les déposa rue de Courcelles, au 24-28. L'hôtel particulier de Louis datait du premier Empire. Il avait été construit par un avocat du parlement de Nancy qui avait réussi dans la spéculation immobilière. L'ex-empereur du Brésil, Pedro Ier, l'avait loué en 1830 jusqu'à ce que la reine mère d'Espagne, Marie-Christine, l'achetât pour cinq cent mille francs. Finalement, Napoléon III en avait fait cadeau à sa cousine Mathilde. D'emblée, Louis avait aimé cette demeure chargée d'histoire et s'était glissé avec facilité, pour un million cinq cent mille francs-or, sous ses lambris dorés.

Le soir de l'arrivée de Marie et de François, Louis était absent.

— Il est au conseil d'administration du Comptoir national d'escompte, avait expliqué Clémence en l'accueillant.

— Il rentre tard ? demanda Marie.

Sa belle-sœur eut un geste évasif.

— À moins qu'il ne soit au cercle avec mon père, avait-elle ajouté.

Elle portait une robe de moleskine crème. Dans le grand salon d'apparat, œuvre du tapissier Perron, elle était apparue à Marie comme une femme déconcertée par la gravité de son existence. Sa pâleur était plus frappante qu'à La Chapelle-Saint-Martial, où les rares promenades dans le parc rosissaient sa peau. Aux murs, les boiseries de sycomore entourant des soieries au ton laiteux accentuaient la blancheur de son teint. De nombreuses vitrines renforçaient l'atmosphère glaciale de la pièce.

— Vos appartements sont prêts. Éléna va vous conduire. Pardonnez-moi de ne pas vous accompagner, mais je suis souffrante.

François et Marie suivirent la gouvernante. Un laquais en livrée portait les bagages. Le vestibule de leurs chambres était traité à la chinoise. Des tapis couleur azur couvraient une mosaïque orientale. Des figurines de terre cuite, des faïences, des potiches, des boîtes de laque encombraient des sellettes accrochées aux murs tendus de cuir marron.

Pour la première fois, François s'endormit sans que sa mère eût besoin de lui tenir la main et de lui annoncer la canonnade du soir. Bien que sa chambre ouvrît sur le parc à l'abri de la rumeur de la rue de Courcelles, Paris bruissait d'échos qui roulèrent l'adolescent comme le ressac d'un océan.

Vers minuit, dans le grand hall d'entrée de l'hôtel, Marie entendit le bruit de la porte, des éclats de voix et des claquements de bottes. Elle enfila à la hâte son peignoir et sortit de sa chambre.

Louis montait l'escalier, lentement, un masque désabusé sur le visage. Un laquais referma la porte et s'éclipsa dans une loge.

— Marie ! s'écria Louis en levant la tête.

Marie referma les pans de son déshabillé.

— Tu m'attendais ? s'inquiéta Louis.

Il s'arrêta à la dernière marche. Marie, sur le palier, le dominait d'une tête. Il la contempla et, sans un mot, posa la tête sur la poitrine de la jeune femme. Elle ne bougea pas. Ils restèrent ainsi, debout et silencieux. Quand il releva le visage vers elle, il devina des larmes dans ses yeux verts. Sur un ton brusquement enjoué, il questionna :

— Tu n'as pas sommeil ? Quand êtes-vous arrivés ?

— Nous avons pris le train ce matin à Bourganeuf.

— Quel bonheur de vous savoir là, dit-il en filant vers son bureau.

Il se retourna et ajouta :

— Viens, nous allons bavarder. J'ai une fine champagne premier Empire ! C'est mon ami, le député Krantz, qui me fournit.

Le cabinet de travail de Louis était de style gothique. Le plafond était compartimenté en caissons. Un lustre de chez Patts, ruisselant de pendeloques, éclairait des tapisseries sombres. La bibliothèque d'ébène, aux frontons surchargés de sculptures, évoquait la façade d'un palais. Devant le bureau, aux piétements représentant deux lions, étaient placés trois fauteuils capitonnés.

— Installe-toi, dit Louis.

Il servit l'alcool et s'assit devant Marie.

— À nous, Marie ! dit-il en portant le verre à ses lèvres.

— À nous ! répondit-elle en buvant sans cesser de regarder son beau-frère.

— Je suis heureux que tu sois là, avoua-t-il.

— Tu as l'air soucieux.

Louis s'abîma dans la contemplation de son verre. Son visage tiré par la fatigue dévoilait les atteintes du temps. Les yeux exprimaient par instants une lassitude mal contenue. Ses joues creusées faisaient saillir les pommettes. Sa chevelure rejetée en arrière s'argentait sur les tempes.

— J'ai parfois l'impression de porter le poids du monde sur les épaules.

Marie avait remonté le col de son déshabillé.

— Les élections de 1885 ont provoqué une rude déception ! Le ministère Brisson ne s'attendait pas que les conservateurs monarchistes conquièrent cent sièges. La république est toujours menacée. Grévy est un vieillard douillettement installé. Il y a tout à parier que la Chambre va lui demander de renouveler son bail. Sept ans déjà ! Quant à Clemenceau, il est incontrôlable.

Louis regarda sa belle-sœur dans les yeux.

— Ce qu'il faudrait à la France, c'est un maître, un patron. Cette assemblée est nauséeuse. Ce qui grouillait autour de Gambetta n'était guère propre. Rouvier aux Travaux publics ! Je le connais, le bonhomme !

Il eut un sourire ironique.

— Si tu savais dans quoi il faut tremper les bras pour aller chercher au fond de cette cuvette les commandes d'État ! Mon beau-père, qui toute sa vie a spéculé et joué du trafic d'influence, est écœuré par ce qui se passe aujourd'hui. L'affaire du Tonkin, par exemple ! La spéculation Dupuis sur les mines de cuivre de Thaï-nguyen. Que du beau monde ! David, Spuller, Gérard, ancien chef de cabinet de Gambetta, et une quantité de députés, toutes des bêtes à portefeuille qui savent où trouver leur ration d'avoine et qui y vont bon train.

— Comment peux-tu continuer à vivre ainsi ? demanda Marie.

— Crois-tu que j'aie le choix ? L'ai-je jamais eu ? À présent, c'est moi qui possède ma propre galerie de pantins. Crois-moi, ils m'obéissent.

— Ne risques-tu pas de te brûler à ce jeu ?

— D'autres se brûleront avant moi.

Marie jeta sur Louis un coup d'œil désolé. Il changea de ton.

— Aujourd'hui j'ai perdu au bas mot cinq cent mille francs, dit-il en portant le verre à ses lèvres. Un immeuble construit par l'entreprise Ardouin-Ribière a disparu en quelques minutes dans le sol, boulevard Saint-Michel. Aucune victime, rassure-toi. Un effondrement de galeries et de catacombes a provoqué un gouffre de vingt mètres de large. Je bois à ces cinq cent mille francs qui viennent de sombrer dans le ventre de la ville lumière !

Il avala une longue gorgée.

— Qu'es-tu décidée à faire, Marie ? Rester à Paris ?

Marie regarda Louis. Elle croisa les jambes.

— Je n'ai pas encore pris de décision.

Louis marqua une pause. Il paraissait dégrisé.

— Il faut que je te dise, Marie...

Il se leva et alla se servir un autre verre. Marie le détailla de dos, penché en avant. Il se retourna et surprit le regard de sa belle-sœur.

— Depuis les jours pénibles de ton embarquement et la mort de mon frère, j'ai réglé les affaires de notre famille. J'ai placé tout le rapport de votre ferme que j'ai portée à quatre-vingt-dix hectares à la Compagnie générale du Maroc et à la Société marseillaise de crédit. Ce capital est à toi. De plus, j'ai mis en gérance ton magasin de couture, rue Volney. Tu en reprends la direction quand tu veux. Tu es là-bas chez toi. Quelque décision que tu prennes, tu seras toujours indépendante et riche.

— Pour Évrard, qu'as-tu décidé ?

Louis eut une expression embarrassée :

— Ce que tu me demandes là, Marie, est difficile.

Marie reposa vivement son verre sur le bureau. Une grande horloge à gaine en bronze doré indiquait minuit et demi. Par la fenêtre, une lumière diffuse surnageait au-dessus de la rue. Le cliquetis des sabots d'un fiacre perça la nuit. Louis regarda en direction de la fenêtre.

— Cela me coûte beaucoup. Mais je t'ai promis la tête d'Évrard. J'ai pris mes dispositions.

— Lesquelles ?

Louis la regarda avec un mouvement d'impatience.

— Un homme de paille, qu'Évrard ne connaît pas, va créer une très grosse entreprise de quincaillerie à Bourganeuf. Grâce à la gare, il s'approvisionnera en clous et métaux. Il vendra si bon marché que l'autre n'en aura que pour six mois tout au plus. Évrard mangera jusqu'à son dernier franc pour sauver ce qui ne pourra l'être.

Marie resta impassible.

— Il saura que c'est toi ?

— Non. C'est la seule chose que je te refuserai. Cela m'est déjà assez pénible. Évrard ignorera toujours que l'homme qui le ruine est commandité par quelqu'un qu'il croit être son ami.

Louis eut un mouvement de la tête.

— Ce n'est pas tant que je me soucie pour Évrard. Mais, vois-tu, les hommes de ma condition sont obligés d'être fidèles à ceux qui se sont engagés à leurs côtés. Évrard est de ceux-là. Plaise à Dieu qu'il ne sache jamais d'où vient le coup.

Louis alla jusqu'à la fenêtre et regarda la rue de Courcelles. Il se retourna.

— Il faudra bien que toute cette haine s'épuise en toi, Marie. Pour laisser place à autre chose.

Ils restèrent silencieux. Louis s'approcha de Marie. Séducteur, il posa les mains sur les accoudoirs de son fauteuil. Elle leva la tête avec un air effronté.

— J'allais oublier, Marie. Je souhaiterais te demander une faveur.

Marie ne répondit pas.

— As-tu entendu parler des leçons du mardi du professeur Charcot ?

Marie secoua la tête.

— Non ? Le professeur Charcot est un médecin de renommée internationale. Il est le spécialiste des maladies... Comment dire ? Des maladies liées à la dépression, au dérèglement de l'équilibre nerveux. Que sais-je ? Le mardi matin, le monde le plus choisi est invité à assister à ses leçons.

— Ses leçons ?

— Oui, il s'agit des célèbres leçons du mardi à la Salpêtrière.

Louis se releva.

— J'ai reçu une invitation à la leçon de demain.

Devant l'air surpris de Marie, Louis ajouta :

— Je suis un intime de son assistant, Babinski. Seulement, je ne peux me libérer : une affaire avec le ministre des Travaux publics. Accepterais-tu de me représenter ?

Marie eut un mouvement de recul.

— Je n'ai aucune compétence pour assister à une leçon de médecine. Et guère l'envie de commencer maintenant, ajouta-t-elle.

Louis se pencha vers elle.

— J'insiste, Marie. Il n'est pas question d'apprendre de la médecine ! Ce qui m'importe, c'est que ma chaise ne soit pas vide. Je tiens à ne pas mécontenter le grand homme. Voilà tout. Qui, mieux que toi, pourrait me représenter ?

Marie allait répondre : « Clémence », mais elle se ravisa.

Le lendemain matin, Marie fut conduite en grand équipage aux portes de la Salpêtrière. Par la vitre de la portière, elle avait vu défiler les maisons grises du quartier Saint-Marcel. Elle n'avait osé lever les yeux sur les contreforts de la montagne Sainte-Geneviève, où la rue Mouffetard restait comme une cicatrice.

Elle se retrouva devant le grand hôpital dont le fronton de la Porte-des-Champs portait l'inscription : HOSPICE DE LA VIEILLESSE — FEMMES. Elle traversa une cour plantée d'arbustes malingres au centre de laquelle murmurait la fontaine Manon-Lescaut. Elle parvint devant une grande bâtisse en pierre de taille dénommée CLINIQUE CHARCOT. Un coupé tiré par deux haridelles s'immobilisa devant les escaliers. À l'intérieur de la voiture, Marie entrevit la silhouette d'un homme au visage glabre et à l'air distant qui consultait sa montre. Le professeur Charcot attendait la minute exacte où il était entendu qu'il commencerait sa visite. Il descendit enfin de la calèche et alla flatter la croupe de ses vieux chevaux. Dans l'entrée du pavillon, une suite d'assistants se tenaient au garde-à-vous derrière Mlle Bottard, l'infirmière en chef. Charcot salua d'un coup d'œil, tendit deux doigts au chef de clinique, un doigt à l'interne et se dirigea vers le vestiaire.

Marie se mêla au groupe des invités qui pénétrèrent dans la salle de cours, vaste et mal éclairée. Charcot se tourna vers l'assistance, qu'il regarda fixement. Puis il demanda qu'on fît entrer le premier malade.

Babinski s'esquiva par une porte latérale et revint en tenant par le bras une vieille femme au teint cireux, nue jusqu'à la ceinture et accablée d'un reniflement chronique. Marie ferma les yeux. Charcot, le profil éclairé par un contre-jour tombé des hautes fenêtres de la salle, passa la main dans une des longues mèches qu'il rabattit derrière la nuque et commença :

— Nous croyons, madame, messieurs, qu'il faut savoir profiter des points hystérogènes pour provoquer ou calmer une attaque d'hystérie à un moment donné. Cette malade a un point hystérogène dans le dos, un autre sous le sein gauche. Si l'attaque a lieu comme je le crois, je vous engage à en saisir vous-mêmes toutes les phases, ce qui n'est pas facile car il m'a fallu de longues années pour y parvenir.

La femme tourna vers Charcot un regard hébété. Elle croisa les bras sur sa poitrine et baissa la tête. Charcot lui prit les poignets qu'il ramena le long du corps.

— « Nous sommes entre les mains de Dieu comme des mouches entre celles de méchants garnements », cita Charcot, les yeux posés sur la malade.

Un interne s'approcha d'elle.

— Certains en Allemagne et en Angleterre confondent épilepsie et hystérie ! L'épilepsie n'est en aucune façon sous dépendance ovarienne. Tandis que l'*hysteria major* peut être très facilement déclenchée par simple pression sur la région des ovaires. N'oubliez jamais : hystérie, *husteria*, matrice.

Le cœur de Marie s'affola. Parmi les hommes du premier rang, un médecin portant un grand tablier blanc s'appuya du coude sur son genou et se pencha pour saisir toute la gravité de la scène. Un silence s'établit dans la salle aux murs couverts de gravures et de reproductions de Rubens ainsi que de photographies.

L'interne exerça une forte pression sous le sein gauche. Marie vit le regard de la malade chavirer. Il lui sembla y lire de la réprobation comme dans les yeux de Cipriani au moment d'être conduit à la bastonnade, boulevard de la Guillotine, devant tout le bagne aligné. Marie pinça les lèvres.

— Souvenez-vous : après quelques palpitations et la fameuse boule dans la gorge, la première période est caractérisée par une perte de connaissance avec raideur, extension du tronc, convulsion des globes, oscillation des membres raidis.

— Maman, j'ai peur ! hurla la femme.

— Je suis parvenu à catégoriser les oscillations. Ce matin, tel n'est pas mon propos, cependant... Madame ?

Charcot regarda Marie droit dans les yeux.

— Madame, vous êtes la seule dans cette assemblée d'hommes à porter un chapeau à plumes. Me permettez-vous de vous demander de me le confier un instant ?

Marie pâlit. Sans chercher à comprendre, elle porta les mains à sa nuque afin de retirer l'épingle qui tenait une capeline de dentelle blanche garnie de plumes d'autruche. Les regards des hommes se tournèrent vers elle. Marie se sentit aussi nue que la femme qui avait cessé de crier et qui la fixait du regard.

Un assistant se saisit du chapeau et le remit à Charcot, qui le plaça sur la tête de son sujet.

— Observez ce mouvement très significatif de l'extrémité de la plume. Une sorte d'ellipse régulière qu'il ne faudrait pas confondre avec un va-et-vient, que j'ai par ailleurs décrit.

Il retira le chapeau à la patiente à moitié nue et le fit porter à Marie. Au moment de se recoiffer, Marie remarqua qu'un assistant de Charcot scrutait encore l'extrémité de la plume.

— La deuxième période de contorsions et de grands mouvements avec des attitudes illogiques est souvent accompagnée de cris terribles.

La femme se dégagea du bras d'un interne et s'écroula sur le carrelage. Sur le dos, les reins cambrés en arc, elle râlait en écumant. Elle jeta les bras en arrière. Ses poignets frappèrent le sol avec un bruit mat.

— Au cours de la troisième phase, le malade prend des poses plastiques, des attitudes passionnelles et enfin la crise s'achève par la quatrième période avec parfois des crampes mais surtout des délires de parole.

— Ah ! maman !

— La grande attaque dure en moyenne un quart d'heure.

La femme s'était mise sur le dos en écartant les jambes. Comme elle menaçait de se mordre la langue, un assistant glissa une règle entre ses dents. Sur un signe du maître, un interne s'approcha et exerça une forte pression sur la région ovarienne.

— L'hystérie n'existe pas seulement en France ! clama le professeur sur un ton théâtral qui parvenait à couvrir le vacarme provoqué par la démente. Les récits des démoniaques du Moyen Âge sont pleins de descriptions d'hystériques.

Les pressions exercées par l'interne produisirent quelques effets. La respiration de la femme se régularisa. Elle ouvrit les yeux et regarda en direction de Charcot.

— On peut dire que c'est beaucoup de bruit pour rien. L'épilepsie, qui est infiniment plus grave, est plus silencieuse.

Derrière son bureau, le docteur Guinon releva la tête. Depuis le début, il prenait tous les propos du professeur en sténographie. Il ordonna aux internes d'emporter la malade. Les gaillards s'en saisirent comme d'un paquet de linge qu'ils escamotèrent par une porte latérale. Il ne restait du passage de la femme qu'une flaque brillant sur le carrelage.

— N'y a-t-il que les femmes qui soient hystériques, maître ?

Marie s'était levée. Sa voix venait de trancher dans le silence. Charcot resta muet d'indignation. Jamais personne ne s'était permis d'interrompre la leçon.

Voyant qu'il allait tourner le dos, Marie lança son plus beau sourire et leva les yeux vers le bord de son chapeau qu'elle agita légèrement afin de faire frémir la plume d'autruche. Charcot se détendit.

— Sachez, madame, que l'hystérie n'est pas le seul partage de la femme. Cependant, les femmes sont vingt fois plus sujettes à l'hystérie que les hommes. La moitié des prostituées sont hystériques.

Le professeur tourna les talons et disparut dans le couloir menant au vestiaire.

En rentrant rue de Courcelles, Marie retrouva François, qui l'attendait. Clémence était restée invisible, de même que Louis. En fin d'après-midi, Hugues et Simon étaient rentrés de leur cours, accompagnés par un majordome. François avait partagé leur goûter puis les deux frères s'étaient enfermés dans leurs chambres.

Le lendemain, Marie décida de rendre visite à son amie d'enfance, Julie, et à son mari, Francœur.

— Nous irons ensemble ? demanda François.

— Bien sûr ! Aujourd'hui nous ne nous quittons pas.

Marie s'était procuré l'adresse auprès d'Adèle. Lucien, le seul fils de Julie et de Francœur resté en Creuse, portait chaque jour un morceau de sucre à la petite bonne du château de La Chapelle-Saint-Martial. De la fenêtre de sa chambre, Marie avait observé le manège des deux jeunes gens marchant côte à côte dans le pré sous l'étang. Leurs silhouettes menues, la distance convenable à laquelle ils se tenaient l'un de l'autre l'avaient attendrie. À la dernière Saint-Jean, ils avaient été inséparables. Le matin, avant que le soleil ne se lève, ils étaient partis, main dans la main, cueillir un bouquet de Saint-Jean. Les rameaux d'aubépine et de sureau, les branches de millepertuis, les bleuets et les digitales étaient restés longtemps accrochés sur la porte de la ferme de Lucien, comme une promesse de renaissance, de bonheur et d'amour.

Un jour qu'Adèle était en confidence, elle avait avoué à Marie son espoir que Lucien n'aurait pas à partir limousiner.

— Tu ne crains pas de vivre en Creuse ? avait demandé Marie.

— J'aime mieux vivre ici, en cul-terreux avec mon Lucien, que de prendre une petite voix de Paris et pleurer tous les soirs en pensant au *pays*, avait répondu Adèle.

En milieu de matinée, Marie et François se rendirent 15, rue Croulebarbe. Ils longèrent la rive droite de la Bièvre coupée par la rue du Champ-de-l'Alouette, à l'emplacement d'un vieux moulin désaffecté. La rivière, enserrée entre une ligne de peupliers et de jardinets séparés de palissades en bois, ressortait du sous-sol, chargée des miasmes des tanneries toutes proches. Ce matin-là, le vent était à l'est et le souffle putride de l'égout à ciel ouvert traversait le jardin des Gobelins. L'immeuble situé au 15 était encadré par une boutique de graines et plantes et un commerce de vins. Tout à côté, Marie et François découvrirent derrière un porche une cour de ferme avec des poules picorant entre les pavés, et une charrette, les brancards levés au ciel. Un homme en débardeur gris, assis devant une étable où l'on entendait un bruit de chaînes, regarda les deux passants d'un air peu amène.

Marie et François arrivèrent au pied d'un escalier sombre et sans air. Au fond de l'immeuble, une cour profonde comme un puits dispensait une lumière rare qui faisait luire les pavés souillés d'immondices. Un panneau accroché à la vitre portait d'une écriture maladroite : « *ge cuis dant l'sklé* ».

Marie s'approcha de la porte vitrée et jeta un coup d'œil dans la pièce. C'était une sentine éclairée en deuxième jour, de huit pieds carrés et dans un état de désordre indescriptible. Dans un angle, un lit était coincé au pied d'une échelle conduisant à un réduit en mezzanine occupé par une paillasse. Marie entendit du bruit dans la cour. À côté d'une borne-fontaine, sur un réchaud de terre cuite, Julie, les cheveux en bataille, le visage amaigri, les yeux fiévreux, surveillait une gamelle dans laquelle bouillait un ragoût.

— Mon Dieu ! s'écria-t-elle. C'est donc vrai qu'il faut s'attendre à tout et s'étonner de rien !

Elle allait se précipiter vers Marie quand elle se ravisa. Échevelée, les épaules rentrées, elle s'essuya les mains sur son tablier.

— Julie, murmura Marie.

Marie saisit sa *pays* dans les bras. Une odeur aigre de sueur montait de sa nuque. Ses omoplates faisaient deux bosses pointues sous le gilet de laine. Julie se laissa aller. Elle enfouit son visage dans le tweed du manteau. François la vit fermer les yeux. Elle tapotait doucement les épaules de Marie du bout de ses doigts rouges. Lorsque les deux femmes se redressèrent, elles avaient les lèvres tirées et pâles.

— Je fais ma cuisine dans la cour. Il n'y a pas de conduit dans la loge. Mais j'ai un poêle transportable ! dit Julie.

— Nous n'avons pas changé, remarqua Marie.

— Tu es toujours si belle ! répondit Julie.

— Comment va Francœur ?

— Ne restons pas là.

Julie regarda François.

— C'est ton François tout craché ! s'écria-t-elle. Le bon Dieu est bien brave homme !

Marie saisit son fils par les épaules et le tira à elle.

— Tu as raison, Julie. C'est François.

Ils rentrèrent tous les trois dans la loge. Julie dégagea deux tabourets et poussa le linge qui recouvrait une table. Une odeur pestilentielle régnait dans la pièce.

— Ils ont vidangé la fosse hier matin, s'excusa Julie. La bonde est sous notre lit. Ce soir, ça ira mieux.

Quand Marie et François furent installés, Julie s'assit sur le lit. Un bruit de pas résonna dans l'escalier. Comme une automate, la pipelette se leva et alla dévisager le visiteur.

— C'est M. Marchand, le locataire du troisième. Je ne m'en plains pas. Avec lui je n'ai pas besoin de courir mes cent sous du jour de l'an. Ce n'est pas comme cette revendeuse à la toilette du premier. Si je laissais faire il y aurait queue dans l'escalier. Rien que des hommes, bien sûr. Qu'est-ce qu'il dirait, mon propriétaire ? Mais je lui réserve un tour à ma façon.

— Lequel ? demanda Marie.

— Le facteur a déjà apporté deux avis de saisie. Elle doit detter. Je les garde sous le coude. Ce qui fait que la belle va se trouver à la rue sans savoir d'où ça tombe.

Julie ricana. Marie observait un alignement de bougies posées sur une étagère.

— Tu dois te lever, la nuit ? demanda-t-elle.

— Plus qu'à mon tour ! Francœur ou moi, nous dormons avec le cordon accroché au poignet. Passé minuit, c'est vingt-cinq centimes, et après une heure c'est dix sous. Je ne peux quand même pas les laisser droguer sur le pas de la porte toute la nuit. Mais ça ne récompense pas de la peine à se lever.

— Là-bas, je pensais souvent à toi et à Marthe.

Les yeux de Marie brillaient. Le froid avait tiré ses traits.

— As-tu de ses nouvelles ? demanda Marie.

— Marthe ! Elle tire le cordon, elle aussi. Rue des Enfants-Rouges. Il nous arrive de nous voir. Francœur et Léopold travaillent souvent sur les mêmes chantiers pour ton beau-frère. C'est qu'il en emploie du monde, le Louis ! Je ne sais plus s'il nous connaîtrait.

— Elle a des enfants ?

— Trois. L'aîné court avec des saute-ruisseau. Il fait tout passer entre le nez et le menton dans des assommoirs où l'on boit à la soûlée pour deux sous de l'heure. Les deux autres vont à l'école ou aident leur mère.

— Monsieur Lanvin ! cria une voix dans l'escalier.

— Je les laisse gueuler, plaisanta Julie. Mais j'avais reconnu le bruit de sa canne. Il faut les tenir. Sinon, il n'y a plus rien à en tirer.

— Que fais-tu en plus de garder la loge ? demanda Marie.

— Quand j'arrête, le soir, les jambes me rentrent. Mais pour en avoir assez, il faut en avoir de reste. Pour les ordures, j'ai affaire à une famille de chiffonniers de Glacière. Je n'ai pas à me plaindre. Ils sont sérieux. Ils passent tous les matins à cinq heures avant le ramassage du tombereau et trient pour leur compte dans la cour. Ensuite ils sortent les boîtes sur le trottoir. C'est incroyable ce qu'ils trouvent dans les ordures ! s'extasia Julie.

Marie prit un air intéressé.

— Les croûtes de pain pourries dont leur cheval ne veut même pas ! Le plus jeune des chiffonniers, c'est sa spécialité.

Il les récupère, les fait rôtir pour retirer l'odeur, les réduit en poudre et vend cette chapelure aux charcutiers qui en saupoudrent les jambons. Le petit m'a montré un jour la poudre noire qui reste dans le brûloir. Il la revend à des gens qui en font de la chicorée !

Julie était émerveillée. Marie hochait la tête.

— À toi je peux le dire : les chiffonniers me laissent cinquante francs par an pour pouvoir fouiner dans mes boîtes en zinc. C'est pas rien !

Marie opina.

— N'empêche qu'au faubourg Saint-Germain ou à la chaussée d'Antin ça peut aller jusqu'à trois cents francs !

Julie était parfois interrompue par des bruits de pas dans l'escalier. Elle se levait mécaniquement, et son visage apparaissait au-dessus du rideau qui occultait en partie la vitre donnant sur le corridor. Régulièrement, un locataire tapotait au carreau, histoire de se faire connaître. À onze heures, le facteur apporta le courrier, qu'elle empila sur un guéridon.

Julie parlait seule. Marie écoutait ou répondait évasivement. Elle était vingt années en arrière. C'était l'été aux Couteilles. Les hommes qui limousinaient avaient abandonné aux femmes et aux anciens le soin des moissons. Le sifflement des faux dans les blés qui doraient les pentes descendant vers le ruisseau de Vauve rythmait les phrases de Julie. La fournaise qui montait des épis fauchés ensoleillait le mur salpêtré de la loge. Le goût sur les lèvres des grains mûrs estompait la puanteur de la bonde sous le lit. Le souffle, qu'il fallait aller chercher loin dans la gorge avant de lancer sa lame, redonnait un sens aux mots de la pauvre *binette*. Derrière le dernier charroi surmonté de la *gerbe baude*, des jeunes filles marchaient en riant. Il y avait Julie, Marthe, Marie. Elles portaient des bleuets à leurs tabliers. Le soleil leur avait fait un hâle qui blanchissait leurs dents. La clématite de la ferme d'Alexandre embaumait. De la grange coulaient en avalanche des parfums d'herbes sèches.

— Vois-tu, Marie, nous sommes partis de Creuse parce qu'avec la mère ce n'était plus possible. Tu te souviens comme c'était chez nous. Nous dormions tous dans la grande salle.

Julie se tourna vers François et jugea qu'elle pouvait poursuivre.

— Après la naissance du troisième, la nuit, quand mon Francœur s'approchait de moi, enfin tu comprends, la mère se levait et nous séparait. Trois petiots, c'était déjà beaucoup. C'était pour notre bien. Ici, nous n'avons guère d'intimité, mais c'est mieux quand même.

Julie s'était levée et avait saisi une brassée de vieux vêtements.

— Je trouve à faire des raccommodages ! dit-elle gaiement. Tu te souviens comme j'aimais coudre ? Je ravaude des reprises perdues et des mises à neuf d'habits. Pour faire beaucoup, il faut quelque peu. Ce qui compte, c'est de ne pas perdre sa porte. Il y a bien plus malheureux que nous. Maintenant, nous sommes ensemble.

Julie souriait.

La porte de la loge s'ouvrit sur Francœur et Étienne qui rentraient du chantier, une grosse miche de pain sous le bras.

— Notre homme ! s'exclama Julie.

— Marie ! cria Francœur.

Étienne se précipita vers François. Les deux garçons se serrèrent la main avec effusion.

— Nous travaillons place d'Italie, dit Francœur. Nous rentrons pour la soupe.

— C'est ma première journée, reprit Étienne avec fierté, le visage tiré par la fatigue.

Sur le seuil de la loge, Marie étreignit longuement les mains de Julie et de Francœur.

— Quand redescendez-vous au pays ? demanda-t-elle.

Elle vit briller les yeux du Creusois. Ce fut sur les joues de sa femme que des larmes coulèrent.

Après le départ de Marie, Étienne et Francœur allèrent dans la cour chercher le poêle pour le rapporter à la loge. Julie débarrassa la table et installa trois assiettes dans lesquelles elle versa le ragoût.

— Comment s'est passé le matin ? demanda Julie à Étienne.

Le gamin força son sourire.

— Je me suis présenté aux entrepôts de Bercy, comme me l'avait demandé M. Ribière. Ils ne voulaient pas me laisser entrer !

Francœur, qui mâchait sa tranche de pain en baissant la tête, commenta :

— Ce chômage ! Quinze ans que ça dure !

Il tendit la pointe de son couteau vers Julie et la prit à témoin.

— Tu sais mes sentiments républicains. Mais, du temps du baron Haussmann, le gosse n'aurait pas eu besoin d'être recommandé par le grand patron pour trouver de l'embauche.

— Le propriétaire est passé, interrompit Julie. Il m'a demandé d'encaisser le loyer du gars du second. Mais j'ose pas. C'est la plus mauvaise bête que le soleil puisse ensoleiller. Seulement, le propriétaire, il en veut après ses sous ! Cet homme, il fendrait un cheveu pour en avoir la moelle.

— J'irai ce soir, répondit Francœur. Il ne faudra pas qu'il fasse le méchant.

Étienne, dès son assiette nettoyée, monta par l'échelle à sa paillasse. Il y chercha un bout de fromage qu'il avait apporté de Creuse.

— C'est ma mère qui le fait, dit-il en le tendant à Julie.

— C'est fête, dit Julie.

— Elle va reprendre son commerce, la Marie ? demanda Francœur.

— Elle ne m'a pas dit.

— Avec la propriété des Couteilles, elle ne doit pas être dans la misère.

— Moi, je crois qu'elle va tout garder, dit Julie. Le rat qui ne se fie qu'à un trou est bientôt pris.

— Elle t'a dit où elle habitait ?

— Rue de Courcelles, chez le Louis.

— Où est-ce, chez M. Ribière ? demanda Étienne.

Une voix cria dans l'escalier : « Monsieur Simonet ! »

— Bonjour, monsieur Simonet !

— En tout cas, ce n'est pas chez Chie-Poule et Merde-d'Oie ! remarqua Francœur.

Francœur et Étienne repartirent en direction de la place d'Italie où l'entreprise Ardouin-Ribière avait concessionné la construction d'un immeuble de rapport. Arrivés devant le chantier qui n'en était qu'aux fouilles, ils virent le contremaître marcher vers eux.

— Le gamin va aller au lotissement Panama-Suez. Il y a une voiture qui part avec une quinzaine de goujats et de compagnons. Dépêche-toi !

Le contremaître s'appelait Dubreuil. C'était un vétéran de l'entreprise Ardouin-Ribière, natif de Royère. Il s'était formé sur le tas, sous les ordres du fameux Desgrange de Saint-Hilaire-le-Château qui avait pris sa retraite voilà cinq ans. C'était Dubreuil, ce matin, qui avait enrôlé Étienne. « Ah ! si tu viens de la part du patron, c'est différent. Ici, tu ne seras pas dépaysé. Sur ce chantier, tous les gars sont *bigaros.* » Étienne avait retrouvé le fils Combes de Villesauve avec lequel il était allé trois hivers à l'école de Pontarion. Le fils Paturaud du Liège lui avait indiqué l'entrepôt où trouver ses outils. Son maître limousin n'était autre que Mazeron, de la commune de Banize, qui était parent avec Adèle.

Étienne sauta dans la remorque où s'étaient entassés une vingtaine d'hommes appelés sur le chantier du lotissement Panama-Suez. Arrivé boulevard Barbès, Mazeron, assis à l'arrière du char les jambes dans le vide, lui dit :

— Regarde, c'est Montmartre.

Étienne avait tourné la tête. Mazeron avait ajouté :

— J'ai connu une gentille fille, rue Saint-Vincent. C'était avant que je marie la Toinette ! Tu ne lui diras pas ? Elle cousait les épaulettes à six sous les cent. Sur la Butte, il y a comme un air du pays. Montmartre, c'est un mouchoir de poche dans Paris. Tout taché du sang de la Commune.

Mazeron cracha par terre.

— Il n'empêche : faire valser les demi-vierges de la place Clichy, j'aimerais avoir ton âge.

Rue des Poissonniers, l'équipage de maçons dépassa sur le trottoir deux hommes aux rouflaquettes à la Musset et en costume à carreaux. Les Creusois leur lancèrent des regards méprisants tandis que les deux types les toisaient avec arrogance. Une fille de proie les croisa et après un court conciliabule repartit avec eux.

Le chantier des trois mille logements du lotissement de Panama-Suez était gigantesque. L'élévation des façades reprenait rigoureusement les règles de l'architecture haussmannienne avec leurs corniches, leurs pilastres et les moulures sculptées qui couraient le long des balcons des deux premiers étages. On eût dit des immeubles bourgeois. La proximité des lignes de tramway et d'omnibus accentuait l'illusion d'être dans un quartier cossu du centre.

— Ça ressemble aux immeubles du VIIIe, remarqua Mazeron en direction d'Étienne. Mais faut pas t'y tromper !

— Comment ça ? répondit le gamin.

Mazeron secoua la tête.

— En apparence, c'est rupin, mais les appartements sont petits. C'est fait pour des ouvriers. Pas nous, bien sûr !

Mazeron ajouta :

— Dans moins d'un an, il y aura dix mille personnes dans ces trois pâtés d'immeubles. Au plus grand profit de Louis Ribière des Couteilles, mon gars !

L'alignement des perspectives était prodigieux. Devant lui, à la pointe du V des rues de Panama et de Suez, les façades de pierre appareillées se rejoignaient sur un méplat de la largeur d'une pièce. On eût dit la proue d'un paquebot dont les centaines de fenêtres fuyaient vers un horizon de pierre. Des peintres étaient accrochés à sa coque, suspendus aux balcons et aux fenêtres. Les cris des plâtriers et des staffeurs résonnaient comme sur un quai avant l'embarquement. Des charpentiers, dans les toitures, zinguaient les mansardes. Le sol de la voirie ondulait à la ligne de flottaison comme une mer que des centaines de terrassiers s'activaient à apaiser. Au fond d'un creux de cinq mètres, des conduites noires s'entrelaçaient. Des dizaines de tombereaux charroyaient les remblais au pied des immeubles, chargés d'une pâte noire comme du varech. Les chevaux forçaient le coup de collier pour emporter leur chargement. Tout au fond, vers la rue des Poissonniers, une excavatrice à vapeur crachait un nuage qui montait au ciel.

— Allez, suis-moi ! cria Mazeron.

Étienne se cala dans les pas de son maître limousinant. Ils se dirigèrent à l'extrémité de la rue de Panama et descendirent dans un regard large comme une fosse de mine. Une équipe d'une dizaine de Limousins édifiait des murs de soutènement. Étienne vit les goujats qui dévalaient et remontaient les échelles, l'auge sur la tête ou l'oiseau sur les épaules.

Le gamin se retrouva au gâchoir jusqu'à sept heures du soir. Sa grande pelle s'enfonçait dans le ciment qu'il fallait relever à la force des reins. La sueur dilua bien vite le parfum que Marie avait laissé sur ses joues. Ses pensées se brouillèrent. Le souffle lui manquait. Il n'était plus que bras, dos et jambes. Pour tenir, il se guida sur le ahan d'une brigade de scieurs qui découpaient des étais.

Les jours suivants, Marie et François sillonnèrent Paris à la recherche de souvenirs perdus. La jeune femme conduisit son fils rue Mouffetard devant le garni que tenait Amélie. Un cheval était attaché aux volets clos de la maison.

— C'est ici que couchait ton père. Tu vois la fenêtre là-haut sous le toit, avec des carreaux brisés ? Quand il pleuvait trop fort ton père tournait son lit. Il n'y a plus personne à présent. Cette chambrée, c'était comme un village. Il y avait ceux des Couteilles, Francœur, Germain Vergne, ton grand-père Gerbeau, Roland Mouret, dont tu connais la ferme en contrebas de la nôtre, Léopold, qui s'est marié avec Marthe, et les gars de Villevegoux, du Condrot, de La Vergne, du Grand-Chiroux.

François avait pris sa mère par le bras. Un vent glacé balayait la rue depuis la place de la Contrescarpe, pressant des femmes torchonnées dans leurs châles. Deux Limousins en blaude blanche passèrent en parlant patois. Marie tendit l'oreille.

— J'ai retrouvé ton père ici. J'avais pris toute seule le train pour venir à Paris ! Il ne m'attendait pas.

François embrassa vivement sa mère sur les cheveux. L'ardoise des mansardes unissait au ciel les façades lépreuses.

— Cette boutique-là, c'était celle d'un fripier qui s'appelait Jolie-Main. Il m'a habillée de pied en cap pour que je ressemble à une Parisienne. Lorsque je suis arrivée, je portais la coiffe !

Des éclats de voix de maçons au chômage partaient des caboulots. *« Tots los jorns passen pas uei »*, grondait un type à la voix rocailleuse.

— Que dit-il ? avait demandé François.

— Il dit que tous les jours ne passent pas aujourd'hui, répondit Marie. Demain, il trouvera de l'embauche.

Quelques jours plus tard, Marie se fit conduire seule au Père-Lachaise. Au moment de pénétrer par la porte des Fédérés, elle sentit le courage lui manquer. Le canon ne grondait plus derrière les murs du cimetière, tout comme avait disparu l'odeur âcre de l'incendie des Tuileries. Elle reconnut le caveau au pied duquel Fougerolle, de Saint-

Georges-la-Pouge, avait râlé jusqu'à l'aube, une balle dans les reins. Elle s'arrêta devant l'arbre contre lequel Vauzelle, de Sardent, s'était écroulé au premier soleil. Elle s'agenouilla enfin devant une tombe. Respectant son recueillement, un couple de bourgeois prit une contre-allée. Marie passa doucement les doigts sur l'angle de la pierre. Elle retrouva sans peine l'éclat qu'une balle y avait arraché à l'aube d'un jour de mai 1871.

Le soir même, les invités au jour fixe de Clémence se présentèrent dès vingt et une heures à l'hôtel de la rue de Courcelles. Au grand regret de Louis, Marie avait souhaité ne pas participer au dîner. Vers onze heures, elle rejoignit les hôtes de son beau-frère qui sortaient de la salle à manger pour gagner les salons. Louis arriva au bras de Mme Daudet, habillée comme une jeune fille bien que flanquée de son fils Léon. Clémence donnait le bras à un général portant beau, sanglé dans un uniforme noir de parade, la poitrine barrée d'un cordon amarante, le regard de feu et la barbe taillée court.

— Clemenceau veut l'imposer comme ministre de la Guerre, avait glissé Louis à Marie. L'heure de Boulanger est proche. Elle sera glorieuse. Cet homme a l'étoffe d'un patron.

Les hôtes se répartirent dans le grand salon d'apparat. Marie se dirigea vers un groupe.

— Vous ne pouvez nier, ma chère, que vous êtes d'une nature plus fragile que les hommes, remarquait un monsieur à l'air redingotard. N'est-ce pas, mon cher Lépine : la chair des femmes est plus molle, moins fibreuse que la nôtre ?

L'éminent clinicien de Lyon leva les sourcils d'un air évasif.

— Ce n'est pas votre intérêt à vous autres, femmes, que cette confusion des sexes, observa un chef du bureau des nourrices à Paris. Votre intérêt, c'est de cultiver la mariolâtrie ou la mariannolâtrie. Selon vos convictions !

— Les femmes, quelle puissance ! s'exclama son voisin,

administrateur de la Comédie-Française. Il ajouta : « Homme-culture, femme-nature », comme se plaisait à dire le grand Michelet.

— La guerre remet chaque sexe à sa place, observa un officier qui avait pris part à la conversation.

— Je suis de votre avis, reprit le bonhomme. La guerre est l'hygiène du monde.

Marie se dirigea vers le buffet, derrière lequel des laquais en livrée servaient des tasses de chocolat ou de café.

— On m'a dit que vous étiez de Creuse, madame, se permit un homme d'une cinquantaine d'années.

Marie se retourna et dévisagea l'inconnu.

— C'est exact, répondit-elle.

— Alors nous sommes *pays*, comme on dit chez nous. Je me présente. Professeur Jacques-Joseph Grancher. De la faculté de médecine.

Le praticien s'inclina.

— De quelle région de notre Creuse êtes-vous, professeur ?

— Je suis originaire de Felletin, où j'ai débuté mes études à l'institut ecclésiastique.

Marie suivit des yeux une jolie femme qui portait une robe fendue laissant entr'apercevoir un jupon de soie de Chine. « Connaissez-vous la dernière création du grand couturier Redfern ? demandait l'élégante à sa voisine. On appelle cela un tailleur. »

— Après Felletin, j'ai poursuivi mes études à Paris.

L'homme avait le crâne dégarni, un visage rond et une barbe soignée. Ses yeux gardaient quelque chose de simple qui avait d'emblée frappé Marie.

Une femme, dont on devinait les origines espagnoles, s'approcha.

— Permettez-moi de vous présenter mon épouse, Rosa.

Ils se regardèrent avec tendresse.

— J'espère que nous aurons le plaisir de vous avoir à

notre soirée du dimanche, proposa Rosa Grancher. Rue Beaujon, notre hôtel est ouvert à tous nos amis creusois.

Marie sourit.

— Je travaille en étroite collaboration avec Pasteur, reprit le professeur.

— Jacques-Joseph, cela n'intéresse probablement guère Mme Ribière.

Le médecin se tourna vers son épouse.

— Tu as raison, Rosa. Mais ce qui vient d'avoir lieu est si fabuleux que je ne parviens pas à le faire sortir de ma tête.

— Racontez-moi, professeur, demanda Marie.

— Nous sommes enfin passés à l'expérimentation humaine...

« Une vie est une vie », songea Marie en se remémorant cette année 1861 où François avait sauvé Aurore Duvaucel des crocs de chiens enragés.

— Nous venons d'inoculer notre vaccin sur un petit Alsacien condamné par tous. Le grand Pasteur, qui n'est pas médecin, comme vous le savez, n'a pu effectuer l'injection. Vulpian s'est récusé. Ce fut moi.

Un éclair d'autorité passa dans le visage du professeur.

— Jacques-Joseph, je te vole ma belle-sœur ! s'écria Louis en saisissant Marie par le bras. Rosa, prenez garde : Marie a les plus beaux yeux du monde. Je trouve Jacques-Joseph bien bavard en sa compagnie.

Rosa sourit.

— Comment vas-tu ? demanda Louis.

— Bien, répondit Marie. Je trouve ton ami Grancher admirable.

— Tous mes amis sont admirables, rétorqua Louis, qui jeta un coup d'œil en direction de Clémence, en conversation avec un archevêque.

— La brutalité de la science, monseigneur, disait l'épouse de Louis. Pour une mère, savoir sa fille exposée dans ses études à d'odieuses obscénités.

L'ecclésiastique se pencha vers l'hôtesse et dit à voix basse :

— Si l'on n'y prend garde, nos jeunes filles n'auront pas été vierges avant d'être femmes.

Clémence resta sans répondre.

Louis regarda Marie d'un œil complice.

— Enfin, presque tous mes invités sont admirables, rectifia-t-il.

Au fond du salon, une douzaine d'admirateurs entourait le général Boulanger.

— Regarde, souffla Louis. Même le républicain Naquet est aux petits soins pour ce général. Tu vois, j'avais raison. D'ailleurs, son père était républicain, persécuté sous l'Empire. Rien à craindre de ce côté. Il inspire confiance, te dis-je.

— Lorsque le général Billot, ministre de la Guerre, en 1882, m'a nommé directeur de l'Infanterie, j'ai pris des mesures très simples, expliquait le général.

Il précisa :

— Introduction de la morue dans l'ordinaire, suppression de la retraite du soir, peinture des guérites aux couleurs nationales, comme en Allemagne, autorisation du port de la barbe pour les sous-officiers rengagés et surtout...

— Surtout ? minauda une élégante.

Le beau général regarda son interlocutrice en plissant les yeux.

— Surtout, mais cela ne vous concerne pas mesdames : la bicyclette. J'ai organisé le vélocipédisme de l'armée.

— Louis, dit Marie à voix basse, l'air soudain grave, j'ai envie d'une bicyclette.

— Tu l'auras. La plus belle qui soit, chuchota Louis à l'oreille de sa belle-sœur.

Au cours de la semaine, Marie se rendit rue Volney avec l'intention de visiter son magasin de mode mis en gérance par Louis. Tant de souvenirs s'attachaient encore au lieu qu'elle s'était jugée incapable de tenter la démarche plus tôt. Le fiacre la déposa place Vendôme. Marie, en arrivant à l'entrée de la rue des Capucines, crut renoncer. Tout son courage s'était englouti dans sa visite au Père-Lachaise. Elle avait jusqu'à présent évité les quartiers insurrectionnels où François avait tenu des barricades. Aussi, quand elle découvrit la vitrine de son ancienne boutique, sa gorge se noua. Sur le trottoir, il lui semblait toujours voir ce jeune lieutenant fédéré gisant la tête fracassée et les bras croisés sur la poitrine. Marie se dissimula à l'abri d'un porche pour reprendre des forces.

La porte latérale de la boutique s'ouvrit. Louis, après un coup d'œil, prit à grandes enjambées la direction de la rue Daunou. Quand la silhouette de son beau-frère eut disparu, Marie s'avança vers le magasin. À l'intérieur, elle vit aller et venir une jeune femme brune d'environ vingt-cinq ans. La fille s'approcha de la vitrine. Elle leva le visage vers la rue et regarda Marie. Elle avait, elle aussi, de beaux yeux verts.

Lorsque Marie rentra à l'hôtel de Courcelles, un panier à salade était stationné devant l'escalier d'honneur. Deux sergents de ville attendaient, sous le regard condescendant d'un domestique, qui ouvrit la porte à Marie. Louis conversait avec un homme en pèlerine. François se tenait derrière son oncle.

— Monsieur le commissaire, je vous dis que cet incident, pour ce qui nous concerne, ne donnera lieu à aucune suite.

— Incident, incident... Le mot est faible, monsieur Ribière.

— Auriez-vous le projet de qualifier cette simple algarade d'un mot plus grave que celui qu'employait mon ami le préfet de police il y a une minute au téléphone ?

Dans un geste théâtral, Louis tendit le bras vers le téléphone installé sur un guéridon.

— Et pour le cocher ? Mes hommes ont dû le conduire à Bicêtre, tout de même.

— Dites au cocher que je réglerai largement les frais.

Le policier secouait toujours la tête en maugréant. Louis s'approcha et dit :

— Les bagarres dans les rues sont fréquentes, monsieur le commissaire. Tout cela n'est pas bien grave.

Le policier hésitait. Louis se fit plus doux.

— Vous connaissez la mauvaise réputation des cochers. Mon neveu aura simplement voulu aider. Allons, laissez-moi votre carte. Nous reparlerons de tout cela avec le préfet.

Prenant un air solennel et bref :

— Je vous demande ce service à titre personnel.

Le commissaire allait tourner les talons quand il se ravisa et tendit maladroitement sa carte à Louis, qui s'en saisit en souriant.

Marie croisa le regard du policier. Elle y lut plus d'humiliation que de colère.

— Que s'est-il passé ? demanda-t-elle à Louis, dès que la porte se fut refermée.

— Ce flic a ramené François ici après qu'il se fut battu avec un cocher, rue Lepic.

— Avec un cocher ?

— Il frappait son cheval qui avait glissé sur les pavés. J'ai d'abord aidé à pousser le char et, comme l'autre continuait, je l'ai descendu de son siège, trancha François, les yeux bleus brillant de colère.

— Assez brutalement, si j'en crois le commissaire. L'autre a la tête éclatée.

Marie regarda François.

— Nous allons repartir pour la Creuse dès demain, dit-elle.

Louis resta pensif.

Au moment de gravir les escaliers menant à ses appartements, Marie se retourna et lança à son beau-frère :

— Je suis passée rue Volney. Tu l'as bien choisie la petite gérante. Elle est... si jeune.

— Ce n'est pas moi qui l'ai choisie ! protesta Louis. Que vas-tu imaginer là ? Je ne la connais même pas.

Marie le fixa dans les yeux.

— Cela n'a d'ailleurs aucune importance. Je renonce à la mode. Définitivement.

— Mais pourquoi ? balbutia Louis. Tu pourrais vivre ici, à Paris...

— J'ai perdu de mon goût pour la frivolité, répondit sèchement Marie.

3

Bonjour, monsieur Eiffel

MARIE RESPIRA à fond. Le raidillon qui précédait la grande descente sur Pontarion tirait sur les muscles des cuisses. Elle serra les dents, étourdie de bonheur par l'effort. Le printemps 1886 dégageait le massif du Font de la Faye et faisait blouser l'étoffe vert tendre des châtaigniers. Un sentiment de liberté la gagnait comme chaque fois qu'elle entendait le bruissement de la roue de sa bicyclette trancher la route. Voilà six mois déjà que Louis lui avait expédié la machine. Elle se souvenait du jour où Gilles Pirolo était allé chercher l'engin à la gare de Bourganeuf. C'était une superbe Rover, à peine lourde de vingt kilogrammes, avec une chaîne pour transmettre la force du pédalier sur le pignon fixe de la roue arrière. Tous les domestiques du château s'étaient attroupés autour de Gilles en train de déclouer la caisse protégeant la merveille, qui coûtait l'équivalent de deux mille heures de travail du mieux payé d'entre eux. Marie était grimpée à l'étage pour se changer, ses jupes risquant de se prendre dans le pédalier. Adèle avait trouvé un pantalon de François, et Marie s'était habillée en homme. Elle avait entrepris les premiers tours de roue. Gilles Pirolo, afin de prévenir toute chute, avait couru sans se lasser, à ses côtés, dans les allées du parc.

Marie roulait à présent d'un coup de pédale sûr. Elle aimait entendre le vent siffler à ses oreilles. Le ronflement de la chaîne, le crissement des freins, tout participait à un équilibre subtil. Et peu nombreuses autour du château de La Chapelle restaient les côtes qui l'obligeaient à poser rageusement le pied à terre.

Cet exercice physique lui avait apporté de la sérénité, en même temps qu'un sentiment d'indépendance. Le départ de François à l'internat du lycée de Guéret, bien qu'il demeurât encore une plaie dans son cœur, s'était imposé dans toute sa nécessité. François, qui avait été enseigné jusqu'à l'âge de huit ans à Nouméa par Louise Michel, avait de bonnes bases en grammaire, en calcul et en histoire. Dès leur arrivée à Sydney, Marie et Jean l'avaient inscrit dans une école de quartier où il avait rapidement progressé. Jean, passionné par la lecture, s'était appliqué à compléter l'éducation de l'enfant auquel il consacrait l'essentiel de son temps. Marie revoyait avec tendresse ces soirées où Jean prenait François sur ses genoux, un atlas ou un recueil de fables de La Fontaine dans les mains.

Dans un dernier effort, elle atteignit le sommet de la côte. Elle enroula doucement le pédalier pour reprendre haleine. En contrebas, le bourg de Pontarion resserrait ses toitures autour de l'église et du château médiéval. La vallée du Taurion serpentait entre les puys, dont Marie connaissait chaque nom. Des colonnes de brume montaient des forêts des Buiges et des Daubruges qui surplombaient le bourg. Après l'engourdissement de l'hiver, la sève circulait dans les arbres qui perdaient leurs tons ocre pour des mauves striés de violine. Marie jeta un coup d'œil à l'allée qui menait au château des Bruges. Seule la cheminée du pavillon des gardiens fumait, Eugène et Aurore Duvaucel, vieillissants, ayant abandonné leur résidence creusoise.

Deux gendarmes firent signe à Marie de s'arrêter. Les

freins de la bicyclette frottèrent rudement et l'engin termina sa course quelques pas au-delà des deux hommes.

— Bonjour, madame, lança le plus âgé.

Marie ne répondit pas. Le souvenir des soldats revenant de la forêt tropicale, portant à l'épaule des troncs auxquels étaient attachés comme du gibier, pieds et poings liés, des bagnards, hantait encore ses nuits.

— Madame, vous contrevenez à la loi.

— De quelle manière ? jeta Marie, qui passa son foulard sur son front en sueur.

— Par votre mise, madame, répondit très naturellement le gendarme avec un air sincèrement choqué.

— Comment cela « par ma mise » ?

— Vous êtes habillée en homme, madame. Cela est formellement interdit par la loi.

Marie pencha le visage sur sa toilette. Elle portait un pantalon serré, une veste à carreaux et des brodequins de cuir souple.

— La loi interdit aux femmes de s'habiller en homme, insista le brigadier.

— Je ne peux pas pédaler avec des jupes. C'est dangereux. D'ailleurs, je ne porte pas de corset, qui nuirait à ma liberté de mouvement. Est-ce un délit également ?

Elle regarda le bonhomme en souriant.

— Je vous en prie, madame ! Je suis obligé de verbaliser.

— Seriez-vous nouveau dans le pays ? demanda Marie d'un air provocateur.

— Là n'est pas la question, madame. Je dois faire respecter la loi.

Il alla vers son cheval et ouvrit une sacoche dont il tira un bordereau.

— Les législateurs font la loi pour ceux qui font les législateurs, persifla Marie, qui soutint le regard chargé de reproche du brigadier.

Lorsqu'elle remonta sur sa bicyclette, Marie était ulcérée. « C'est insupportable », songeait-elle encore lorsqu'elle s'arrêta sur la place de Pontarion. Dans la cour de l'école, des coups de sifflet rythmaient un exercice en plein air. L'apparition de Marie sur sa bicyclette avait distrait les gosses, que l'instituteur Fabien Thomas rappela à l'ordre :

— Alignement ! Demi-tour à droite, droite ! s'époumonait le jeune maître, contrarié par le désordre. Allons, Bournazel ! j'ai dit : à droite. Montre-moi ta main droite. Oui. Et ton pied droit ! Mais non, pas celui-là, l'autre !

Marie pouffa de rire. Fabien Thomas se retourna, exaspéré.

— Il est l'heure. Les chefs de bataillon, ramassez les armes et portez-les au râtelier !

Se retournant vers Marie, le jeune homme risqua :

— J'en ai pour cinq minutes. Attendez-moi. Le temps de donner les devoirs et leçons.

Marie fit signe de la tête. Les élèves s'étaient engouffrés dans la classe dans un fracas de sabots. Marie distingua, bien posée, la voix de Fabien Thomas :

— N'oubliez pas votre dernière leçon d'horticulture. Sébastien, révise tes tables. Marie !

Marie prêta l'oreille.

— Marie, tu dois apprendre le poème de Victor Hugo. Je te le ferai réciter demain matin.

— Oui, maître, répondit une petite voix.

— Debout ! Sortez ! Calmement, Thonin !

Une volée de gamins s'échappa de l'école. Les garçons plus âgés jetaient des regards à Marie et lorgnaient la bicyclette.

— Mon père a un grand bi, avoua un moutard. Mais il n'ose plus le sortir.

— Avec une bicyclette, tu vas plus vite qu'un cheval, lui répondit le fils du boucher. Même une femme peut conduire.

Fabien Thomas, qui venait de quitter sa blouse grise, tapa dans ses mains.

— Allons ! Rentrez chez vous. N'oubliez pas vos devoirs !

Il se tourna vers Marie.

— Vous avez dû me trouver pitoyable, n'est-ce pas ?

Marie étouffa un rire.

— Il faut avouer que vous aviez moins fière allure que le général Boulanger, répondit-elle.

Au nom du général, le visage de Fabien Thomas se ferma.

— Comme Haïti ou le Mexique, la France glisse vers le césarisme intermittent.

Marie ne répondit pas.

— L'organisation des bataillons scolaires date de 1882, expliqua le jeune maître d'une voix ferme.

— Vous approuvez cette préparation à la guerre ?

— La guerre est inévitable. Et puis le temps consacré aux exercices militaires est pris sur le catéchisme. Alors !

Fabien regarda Marie. Il y avait chez le jeune homme une flamme qui embrasait son regard. Son visage mince, bordé d'une barbe fine, marquait les signes d'une exigence intérieure. Il voulut ajouter :

— D'ailleurs, Gambetta...

— Vous savez qu'il portait un œil de verre ? interrompit Marie.

Déconcerté, le jeune homme se tut.

— Allons, montrez-moi ces derniers fusils dont vous êtes si fier, dit Marie sur un ton plus doux. D'autant que mon beau-frère a largement contribué à leur achat par quelque généreuse dotation, il me semble.

Fabien Thomas entraîna Marie vers le râtelier, où les armes étaient alignées.

— Notre plus beau modèle : le fusil d'exercice fin, système Gras, qui comporte tout le mécanisme du fusil de guerre actuel. Mes élèves peuvent se livrer au montage et démontage. Il tire des balles cylindro-coniques de sept millimètres à cinquante mètres. Surtout, il permet de disposer, comme ceci, d'une baïonnette dont la pointe de l'épée est légèrement arrondie.

— Tout de même, remarqua Marie.

Elle s'avança jusqu'à l'extrémité du couloir qui donnait sur une cour exposée au sud. Au-delà des murs de l'école, on découvrait la vallée du Taurion. Tout au fond d'un encaissement abrupt se tassait la toiture d'un moulin. Fabien Thomas referma l'armoire. Une odeur de craie, de vieux papiers et de plancher mal ciré venait de la classe restée ouverte.

— Moi aussi, j'ai enseigné, murmura-t-elle, sans se retourner. Nous sommes un peu collègues, monsieur Thomas.

Debout derrière elle, le jeune instituteur ne répondit pas. Elle sentait son souffle se poser sur sa nuque dégagée par un chignon pris dans sa casquette.

— Lorsque j'étais là-bas, Louise Michel et moi, nous avions entrepris d'apprendre à lire et à écrire aux Canaques. Nous ne disposions pas d'école, bien sûr. Nous regroupions nos élèves au milieu d'un champ ou dans une clairière de palétuviers. Les plus vêtus portaient des pensées sauvages dans les cheveux. Mais qu'ils étaient attentifs ! Les pères maristes de Nouméa m'avaient prêté un tableau noir et de la craie. Mme Richoux, qui avait rehaussé une barricade avec des statues de saints, place Saint-Sulpice, venait parfois nous aider. Lire est le grand commencement, n'est-ce pas ?

Marie se retourna. Son regard se porta sur deux grandes bouteilles d'encre, avec un bec verseur en étain. La cloison d'un mètre cinquante qui séparait les garçons des filles assombrissait le dessus des tables à six places.

— Au moment de repartir vers la France, au pied de la passerelle, mes élèves canaques m'ont demandé si je reviendrais pour finir de leur montrer à lire. Et je vous assure...

Marie, bouleversée, dévisageait Fabien Thomas.

— Je vous assure que, lorsque je leur ai répondu : « Oui, je reviendrai », j'étais sincère.

Ils restèrent plantés l'un en face de l'autre.

— Monsieur l'instituteur, montrez-moi ce champ d'expérience dont tout le canton vante la qualité ! s'exclama-t-elle soudain.

— Sa superficie est de trois ares, divisés en cinq parcelles. Nous utilisons des engrais chimiques, suivant les instructions officielles, de la chaux et du fumier de ferme, que les élèves enfouissent à la bêche.

Marie prit l'allée centrale.

— Nous avons semé deux cent cinquante tubercules par parcelle, poursuivit l'instituteur.

Au fond du jardin, Marie découvrit une carte de France peinte sur un cadre de bois. Un crêpe noir couvrait l'Alsace et la Lorraine.

Le père Geoffroy, qui revenait du moulin, passa tout près du champ d'expérimentation. À la vue de Marie en pantalon, il eut une mimique réprobatrice. Il salua discrètement.

— Je n'aime pas cet homme, murmura Marie.

— Si vous saviez le mal qu'il nous fait.

— De quelle manière ?

— Le mois dernier des affiches antilaïques sont apparues sur les portes des granges : « La prière dans les écoles. Des croix dans les salles de classe. Paix aux paysans ! Respect à leurs croyances ! » J'en passe et des pires. Je les ai décollées. La rumeur veut que l'abbé Geoffroy soit à l'origine de cette attaque.

— La rumeur...

Fabien Thomas leva les épaules.

— L'autre jour, les parents du petit Saturnin, un pauvre gamin qui en retient autant de la tête que du derrière, sont venus me trouver. « La gratuité de l'école est une honte, m'a dit le père. C'est un principe ruineux pour mon autorité. Si mes enfants ne me doivent pas leur éducation, comment voulez-vous qu'ils me respectent ? Les choses ne valent que par ce qu'elles coûtent ! » C'est encore le père Geoffroy qui était derrière ce tissu de folies.

Le visage du jeune instituteur se crispa.

— Je vais vous annoncer une bonne nouvelle ! dit Marie.

— Laquelle ?

— L'abbé nous quitte. Il a reçu la cure de Grand-Bourg. Son successeur devrait se présenter à Pontarion dès le début de l'été.

Marie prit congé de Fabien Thomas. Il la regarda se diriger vers l'église et y entrer. Le vieux Dumontheil qui passait à côté de l'instituteur murmura :

— Elle est bien jolie, la nouvelle maîtresse de La Chapelle-Saint-Martial.

Fabien Thomas le regarda.

— Il paraît qu'elle régente tout, là-bas. Veuve dorée vite consolée, insinua en riant le gaillard.

C'était un vieux limousinant, perclus de rhumatismes et militant libre-penseur. Un soir, au café Bonnenfant, Dumontheil avait expliqué comment, en 1880, il était, avec quelques autres Creusois, descendu de son échafaudage pour prêter main-forte à un commissaire pris à partie par des jésuites qu'il essayait d'expulser.

— Un cheveu de femme tire plus que trente paires de bœufs, reprit Dumontheil devant l'air désapprobateur de l'instituteur.

Le vieux tapa sur l'épaule du garçon. Les deux hommes bavardaient encore lorsque Marie sortit de l'église et repartit par la route de La Chapelle.

Elle atteignit le pied des bois de La Vergne à jour failli, lorsque la lumière tend sur les pacages une humidité glacée. Du côté de La Vergne, Marie regarda un petit étang aux eaux couleur de terre. En lisière, des fagots s'entassaient, prêts à être rentrés à côté du bois de coupe qui finissait de sécher. Le ruisseau de Vavette suivait la route.

Marie songea à Louis qui, le lendemain, descendait de Paris, à Alexandre, qu'elle n'était toujours pas parvenue à apprivoiser. Devant sa roue, un renard sauta dans un taillis de genêts. Sa fourrure rousse disparut dans les fourrés comme un feu follet retournant à la tourbe.

À l'embranchement du Breuil, Marie aperçut un groupe d'hommes, le fusil à la main, qui couraient vers une grange isolée. Elle accéléra.

— Que se passe-t-il ? cria-t-elle à Mignaton qui hurlait comme un beau diable.

Le gaillard, qui travaillait une petite propriété jouxtant le château, s'exclama :

— Madame Ribière ! On a découvert un espion et on va lui faire sa fête !

— Un espion ? cria Marie.

Une demi-douzaine de femmes accouraient à la rescousse, armées de fourches. Mignaton, qui avait pris la direction des opérations, brailla quelques ordres et la troupe se dirigea vers la bâtisse, au pas de charge.

— Il est dedans ! criait la Tisette, dont l'homme, surnommé Tâte-poule, avait la réputation de rester à la maison au coin du feu se faire douillettement *coucounier*.

La Matheline, qui brandissait une fourche, vociférait :

— Il est laid comme sept culs tournés l'un vers l'autre ! Je l'ai vu !

Marie, qui s'était arrêtée sur le bas-côté, remonta sur sa bicyclette et s'élança en direction de la grange. À grandes pédalées, elle dépassa le groupe et arriva devant la porte barricadée.

— Faites attention, madame Marie ! criait Mignaton. Les Prussiens sont dangereux.

Marie se tourna vers Mignaton qui déboulait, le visage congestionné et le fusil de chasse à la main.

— Qu'est-ce qui vous fait dire que c'est un espion ? interrogea Marie.

Mignaton se tourna vers la Matheline.

— Tu l'as vu, toi ! Dis-le, qu'il ne causait pas comme nous. Il regardait partout !

Marie jeta un coup d'œil sur la bande. Elle se décida.

— Je vais entrer. Attendez-moi.

— C'est trop risqué, répondit Mignaton. Laissez-nous faire. Il serait bien capable de mettre le feu.

Marie haussa les épaules. Elle poussa la porte, s'avança jusqu'à l'aire de battage et leva la tête vers les barges qui montaient jusqu'à la toiture. Marie s'avança.

— Qui êtes-vous ? cria-t-elle d'une voix forte.

— Je l'ai vu là-haut ! hurla Mignaton qui, n'y résistant plus, épaula et lâcha une décharge en direction d'une meule. Le coup traversa le toit de chaume.

Marie abaissa l'arme violemment.

— Vas-tu arrêter, bougre d'imbécile ! Tu ne sais même pas sur qui tu viens de tirer.

— Ce que je sais, c'est ça.

Et Mignaton au comble de la colère montra sur sa poitrine une cicatrice.

— Une lance de uhlan ! Je l'oublierai jamais !

Se tournant vers la barge :

— J'aurai ta peau, sale espion !

— Êtes-vous blessé ? cria Marie. Répondez-moi.

— *I am English. Please, help me !* prononça une voix glacée d'effroi.

— *Who are you ?* cria Marie à la surprise générale.

La Tisette se tourna vers Mignaton.

— C'est pas Dieu possible. Voilà que la Marie Ribière parle prussien !

— *Jim Petterson. I am a painter. I am touring in France.*

— *Are you ?*

— *Yes. I love France. But, I must say I no longer do.*

Marie apostropha Mignaton.

— Ce n'est pas un Prussien, c'est un Anglais ! Il voyage pour son plaisir. C'est un touriste.

— Un quoi ? ronfla la Tisette.

— Il se promène en France parce qu'il aime notre pays.

Les visages restèrent perplexes.

— Vous êtes sûre de ne pas parler en allemand ? demanda Mignaton.

— Et puis d'abord, où est-ce que vous l'avez apprise, cette langue ? demanda avec aplomb la Matheline.

Marie s'avança vers elle. L'autre baissa la tête.

— Regarde-moi, dit Marie d'une voix calme.

La grosse femme se risqua à lever le nez.

— L'anglais, je l'ai appris au bagne.

Un silence s'installa sur la troupe. L'odeur de poudre se mélangeait au parfum du foin.

— *Could you ask them to let me go down ?* supplia une voix descendue du ciel.

Marie se retourna et vit la silhouette d'un bonhomme dans un costume écossais, l'air très doux et une paire de besicles sur le nez.

— *Of course ! I am so sorry, Mr. Petterson. So sorry !*

Le peintre descendit précautionneusement de l'échelle. Il avait conservé sa valise à la main. Marie alla à son devant.

— Je suis désolée pour cet accueil. Il faut leur pardonner. La France souffre d'espionnite.

— Êtes-vous certaine qu'ils ne vont pas recommencer ? s'inquiéta le touriste anglais.

— Soyez tranquille.

Elle se tourna vers la troupe à la tête de laquelle Mignaton gardait un air bravache.

— M. Petterson est l'hôte du château de La Chapelle. Il est mon invité ainsi que celui de Louis Ribière. Je vous en prie, retournez à vos occupations.

Marie tendit la main à Jim Petterson.

— Je ne voudrais à aucun prix que vous gardiez de la Creuse le souvenir d'une terre hostile.

Le bonhomme sourit. Il passa un mouchoir sur son front et hocha la tête.

— Où avez-vous appris l'anglais, madame ?

— À Sydney. J'y ai séjourné plusieurs années.

Marie et Jim Petterson arrivèrent à la nuit tombante au

château. Gilles Pirolo vint à leur rencontre et se saisit de la valise de l'Anglais.

— Adèle, préparez une chambre pour notre invité ! cria Marie.

L'incident l'amusait. La perspective d'avoir un invité étranger avec lequel bavarder était agréable. « Louis arrive demain et, dimanche, François rentre du lycée », pensait Marie.

La nuit descendue des forêts du mont Gatu gagna le parc. Elle enveloppa les sapins puis la rangée de fayards tout au fond de la grande allée. Le crépuscule se saisit du château. Des tours ne restèrent bientôt que les lumières des fenêtres des chambres. Le lac, le dernier, se rendit aux sortilèges des *femmes de nuit*, renvoyant longtemps encore au ciel l'éclat de ses eaux huileuses.

Le lendemain, Louis arriva de la gare de Bourganeuf au milieu de l'après-midi. Marie lui présenta Jim Petterson et lui raconta les conditions dans lesquelles elle lui avait sauvé la mise.

— « Changer de village, changer de langage », dit un proverbe de chez nous, remarqua Louis. Mignaton n'a jamais limousiné. Ce sont ses frères qui sont partis. Cela ne lui a pas ouvert l'esprit.

— Limousiner ? interrogea Jim Petterson.

Petterson accepta de rester quelques jours au château de La Chapelle.

— Je suis peintre. Je ne voyage pas avec mes pinceaux et mes huiles mais avec mes crayons. Permettez-moi de faire chaque jour un dessin de votre château et du parc.

Tout au long de la semaine, Marie vit Jim Petterson partir avec un pliant et s'asseoir dans le parc après avoir longuement choisi l'emplacement. Elle lui apportait à onze heures un vieux brandy dont il raffolait. Il retirait ses lunettes, reposait à ses pieds le carton à dessin et levait vers elle des yeux reconnaissants.

L'après-midi, Marie revenait voir le bonhomme, un plateau de thé sur les bras. Il lui plaisait de parler anglais. En milieu de semaine, le temps se fit pluvieux. Sans se décourager, Jim Petterson se protégea sous un immense parapluie de berger et continua son travail. Derrière les portes-fenêtres de la salle à manger, Marie dit à Adèle :

— Regarde. Ce petit bonhomme ne craint rien. Pas même ce crachin. Les Anglais, tout de même !

Adèle riait.

Le dimanche matin, Gilles Pirolo alla chercher François à Guéret. Sur le chemin du retour, Gilles accorda au garçon une faveur exceptionnelle. Il lui confia le volant de la Trépardoux. L'engin, au début, fut pris de délire, zigzagua d'un bord du fossé à l'autre et finit par adopter une allure plus stable au beau milieu de la route.

Sitôt qu'il fit la connaissance de Jim Petterson, François ne le quitta plus. Marie, du château, observait son fils surveillant le dessin du peintre. L'Anglais, assis sous son grand parapluie, suspendait parfois son geste pour se tourner vers François et lui parlait, le crayon en l'air. Dans l'après-midi, François s'installa aux côtés du peintre et crayonna en relevant régulièrement la tête vers le potager qui était le sujet choisi ce jour-là.

Lorsqu'il fallut que Gilles Pirolo ramenât François en pension, le lundi matin, Marie eut toutes les peines du monde à convaincre son fils.

— Je veux rester avec Jim ! Il m'a promis de me donner des cours de dessin. À Guéret, c'est horrible.

— Tu dois retourner au lycée, François. Tu le sais bien. Nous te ferons donner des leçons de dessin plus tard. C'est promis.

François protesta. Marie cessa brusquement toute discussion, et la volonté du garçon céda devant celle de sa mère.

Le château redevint la grande bâtisse vide aux corridors glacés. Les cheminées allumées dans la salle à manger, le petit salon, le bureau et les chambres ne suffisaient pas à faire oublier l'absence de François. Seul Jim Petterson amenait quelque fantaisie aux repas. La veille de son départ, devant Louis et Marie riant aux larmes, il avait demandé à Adèle le secret de la *bréjaude*.

— Allons, Adèle, faites plaisir à Jim, demanda Louis.

Le bonhomme avait tiré de son veston un carnet et un crayon fin.

— Je vous écoute, mon enfant, avait-il dit sur un ton gourmet.

— Vous faites bouillir un morceau de lard pendant une heure. Vous le *bregez* avec un poignée de sel. Quand il est bien écrasé, vous ajoutez des raves, du poireau, des choux, des pommes de terre.

— Combien de pommes de terre ? s'inquiéta le Britannique.

Adèle eut un geste évasif.

— Ça dépend ! Pour finir, vous versez la *bréjaude* sur une tranche de pain rassis.

Le dîner avait été, par la gentillesse de Jim Petterson, un moment de bonheur. Ce soir de trêve, la douceur d'exister avait la robe du bordeaux qui coulait généreusement dans des verres de cristal.

Jim Petterson reprit son chemin, mercredi à l'aube. Au moment de partir, il avait tendu à Marie et à Louis sept dessins qu'il avait commentés.

— Une vue du fond de l'allée tellement profonde que le château apparaît comme au bout d'un corridor. Le lac, avec cette rangée d'arbres qui avancent sur les eaux si curieusement qu'ils semblent prendre racine à la surface. L'aile nord de la bâtisse, la plus intéressante, découverte de la lisière de la sapinière. Ces massifs de grands conifères plantés derrière la pièce d'eau et la balustrade rongée de mousse. Pour celui-ci, je me suis installé en dehors du parc, en bordure de la forêt de Longéroux. Sur celui-là, vous reconnaissez les dépendances et le capot de la machine à vapeur de notre ami Gilles Pirolo. Enfin le potager, son mur et son portail. On devine les allées derrière les grilles. Mon préféré, madame Ribière. Parce que votre fils est venu dessiner à mes côtés.

Jim Petterson salua Louis. Il s'avança vers Marie et lui baisa la main. Gilles Pirolo attendait, de mauvaise humeur, aux rênes d'un cabriolet qu'il avait dû atteler en catastrophe, la Trépardoux ayant refusé de monter en pression au moment du départ.

— Souvenez-vous de moi, chère hôtesse, dit enfin Jim Petterson. N'oubliez jamais que vous avez un ami sûr de l'autre côté de la Manche. L'Angleterre est une vieille démocratie où, malgré sa cuisine, les Français sont parfois bien heureux de s'exiler.

Marie et Louis regardèrent partir le bonhomme qui leur faisait de grands signes aux côtés de Gilles. Ils restèrent sur le perron jusqu'à ce que le cliquetis des sabots sur la chaussée de l'étang se fût éteint.

— Évrard va venir au château. Il désire me parler, dit Louis.

Le visage de Marie se ferma. Le soleil s'extirpait des roseaux de l'étang. Louis tourna les talons et fila à la cuisine en demandant à Adèle de lui préparer un café brûlant.

Évrard arriva à onze heures. Marie, de la fenêtre de sa chambre, le vit descendre de sa jument. Au moment de rentrer dans le hall, il leva brusquement la tête et croisa le regard de la jeune femme immobile.

— Comment vas-tu ? s'inquiéta Louis.

L'autre ne répondit pas.

— Viens. Passons dans mon bureau.

Les deux hommes s'installèrent. Malgré ce qu'il préparait, Louis regardait le bonhomme avec un fond de tendresse.

— J'ai recruté un nouveau secrétaire, remarqua Louis sur un ton anodin. Je l'ai choisi parmi les petits jeunes gens de la rue Saint-Guillaume. Ces étudiants de Science-Po sont excellents pour faire les couloirs des ministères.

Évrard regardait autour de lui.

— L'ingéniosité peut prétendre à tout, répondit-il.

— Tu es venu m'exposer ton idée pour m'asseoir définitivement dans le canton ? demanda Louis. Je t'écoute.

— C'est l'électricité, finit par dire Évrard. Un ingénieur a contacté le maire de Bourganeuf pour faire une démonstration d'éclairage public. Si l'expérience est probante, ils auront besoin d'appuis financiers.

Louis hocha la tête.

— Par chance, poursuivit Évrard, la ville n'est pas liée par un contrat d'exclusivité à une compagnie de gaz. C'est une occasion à saisir.

— Que me conseilles-tu ?

— Jouer à fond ce dossier. L'homme qui permettra l'électrification de la ville en sera le maître pour longtemps. Si le coup réussit, Bourganeuf sera la première ville de France électrifiée à distance.

Louis acquiesça. Évrard se leva et marcha de long en large dans le bureau.

— Tu as des soucis ? demanda Louis.

— Tu ne sais pas ? Un commerce est en train de s'installer à Bourganeuf, près de la gare. Il va vendre du fer et de la quincaillerie, ce qui va me porter un rude coup !

Louis prit un air grave.

— L'arrivée du train va modifier bien des équilibres économiques et commerciaux. Tu devrais songer à vendre, conseilla-t-il. Avant qu'il ne soit trop tard.

— Vendre ! Il n'en est pas question, s'entêta Évrard. Je casserai les prix. L'autre ne pourra pas tenir. Les trains ne roulent pas pour rien ! Sa bourse n'est pas inépuisable.

« Si, elle l'est », songea Louis.

L'agent électoral prit congé vers midi. Marie rejoignit Louis dans son bureau.

— Comment peux-tu encore recevoir ce type ? dit-elle à son beau-frère. Après ce que je t'ai appris sur lui.

— Les bons sentiments ne rendent pas les gens compétents, rétorqua Louis. De toute manière, Évrard vient de me donner la clef de la circonscription.

Les jours suivants marquèrent un retour du mauvais temps. La bise poussait de gros nuages qui surgissaient au-dessus des Bruges et filaient à l'horizon. Gilles Pirolo regardait le ciel en gémissant :

— Le vent noir n'a pas fini de mordre.

— Il fait mauvais sur toute la France, avait remarqué Louis en refermant son journal.

Il venait d'inspecter le chantier d'un pont de chemin de fer sur la Tardes, au nord-est du département. L'ouvrage se situait sur la ligne Montluçon-Eygurande qui avait été concédée à la Compagnie d'Orléans trois ans plus tôt. C'était une voie accidentée avec des rampes dépassant vingt millimètres par mètre. Le viaduc en construction allait surplomber de quatre-vingt-douze mètres le lit de la rivière. Un an plus tôt, à Paris, son ami le maître de forge Schneider l'avait averti qu'il se présentait à une adjudication en Creuse. Il avait comme concurrents, pour la partie métallique, la société de construction des Batignolles, Cail, Joly d'Argenteuil et Eiffel qui, finalement, avait emporté le marché. Louis traitait la partie maçonnée.

L'ouvrage était constitué d'un tablier métallique reposant sur des piles maçonnées. Le chantier avait été confié à Gilles Legay, un vieux compagnon de chez Ardouin-Ribière, originaire de Peyrelevade. Après avoir appris le trait et suivi des cours du soir, Legay avait participé aux plus belles réalisations d'Ardouin-Ribière, comme les écluses du Centre, le tunnel de Lœtschberg et de nombreux barrages en Algérie.

Les hommes travaillaient sous la pluie depuis trois

semaines. Le temps se détériora brutalement quelques heures avant le lancement du tablier, assemblé à plat au bord du ravin. Le vent souffla plus violemment, d'abord tiède venu du sud, puis rêche après avoir tourné à l'ouest. Afin de respecter les délais, l'avancement du pont vers les têtes des piles fut quand même décidé. Un ouragan sévissait sur la France tout entière. Des tourbillons avaient été mesurés à cent cinquante kilomètres à l'heure à l'observatoire de Paris. Alors que les poutrelles étaient en porte à faux dans le vide, une rafale les fit basculer. Quatre cent soixante tonnes de fer s'abîmèrent en contrebas.

Les hommes d'Eiffel et d'Ardouin-Ribière assistèrent, impuissants, à la catastrophe. L'assemblage en treillis se disloqua dans le ravin. Des mois de labeur s'anéantissaient dans cette chute vertigineuse.

Le lendemain, Louis reçut un télégramme. Il frappa à la porte de la chambre de Marie.

— Eiffel descend aujourd'hui en Creuse. Il va proposer une solution : moyennant deux cent mille francs, il s'engage à terminer les travaux pour la fin de l'année.

— C'est possible ? avait demandé Marie.

— Lorsqu'un homme comme lui engage sa parole, tout est possible. Gilles va me conduire jusqu'au chantier. Ce soir, nous rentrerons avec Eiffel. Je compte sur toi pour organiser un dîner digne de notre hôte.

Marie était assise près d'une fenêtre, un livre sur les genoux. Elle leva les yeux.

— Demain matin, nous le reconduirons à la gare, ajouta Louis.

Marie tourna la tête vers la fenêtre. Dans la cour, Gilles Pirolo s'activait autour de la Trépardoux, dont la chaudière commençait à râler.

— Pourvu qu'elle démarre, dit Louis, impatienté. C'est décidé, je vais changer pour le moteur à pétrole.

Amusée, Marie regardait Gilles, qui surveillait les manomètres.

Louis indiqua un livre sur la table de chevet.

— Qu'est-ce que tu lis ?

— Zola.

Il déposa un baiser sur la joue de sa belle-sœur et repartit en chantonnant.

La Trépardoux démarra à neuf heures. Au moment de virer en cahotant sur la route d'Ahun, Louis tourna la tête vers le château.

Marie convoqua le cuisinier.

— Que pouvez-vous proposer ?

Le cuisinier réfléchit. Formé chez Brébant puis au café Riche, il suivait Louis en Creuse quand son patron y séjournait plusieurs semaines.

— Nous disposons de reins de sanglier que je peux accommoder à la Saint-Hubert. C'est une chance, j'avais fait rentrer une pièce abattue hier par la famille Chaumont du Mondoueix. Nous avons également des canetons que je peux préparer à la bigarade. Un pâté chaud de pluviers dorés. Salade Potel. Pour les vins, nous pourrions choisir un xérès soleras del salto et un mouton-rothschild 1875. Pour la pâtisserie, j'ai mes habitudes à Guéret, chez Choiset. Si vous pouvez envoyer quelqu'un, je noterai ma commande. Mais il faut prendre nos dispositions immédiatement, madame.

Marie donna les ordres. La grande salle à manger fut apprêtée avec magnificence. Au crépuscule, la Trépardoux se glissa poussivement dans la cour d'honneur. Trois hommes descendirent du véhicule.

Louis monta les marches du perron éclairé par des torchères.

— Monsieur Eiffel, permettez-moi de vous présenter ma belle-sœur, Marie Ribière. En l'absence de mon épouse restée à Paris, nous sommes ses hôtes.

Marie tendit la main. L'ingénieur inclina la tête d'un mouvement bref.

— Marie, je te présente M. Compagnon, homme de confiance de M. Eiffel.

— Nous sommes ravis de vous accueillir en Creuse, messieurs.

Ils déposèrent leurs pèlerines. Eiffel, bel homme, avait une silhouette de tireur d'épée. Son visage plein était souligné par une barbiche poivre et sel. Compagnon, plus trapu, les cheveux ras, avait gardé un air sévère. Jeune ouvrier, il était parvenu par le travail à se hisser au niveau des cours du Conservatoire impérial des arts et métiers.

Le dîner commença. Louis était ravi d'avoir à sa table Gustave Eiffel. Marie, dans une robe du soir cyclamen, était d'une beauté irréelle. Le temps et les chagrins n'avaient qu'affiné la grâce de ses traits. Comme les statues grecques dont les siècles ont usé les peintures polychromes des temps antiques pour en dégager la blancheur, Marie, débarrassée de la véhémence de la jeunesse, rayonnait de maturité.

— J'aime beaucoup votre Creuse, monsieur Ribière, reconnut Gustave Eiffel.

— Ma demeure est la vôtre, répondit Louis.

— Les paysages me rappellent les horizons de mon enfance en province. Plus accidentés, sûrement. Au grand profit des constructeurs de ponts !

Les trois hommes revenaient inlassablement sur des questions techniques.

— Vous semblez particulièrement soucieux de la sécurité de vos ouvriers, monsieur Eiffel ? demanda Marie.

— J'y mets un point d'honneur.

— Si vous aviez vu M. Eiffel plonger dans la Garonne pour sauver de la noyade un riveur tombé en construisant le pont de Bordeaux ! dit Compagnon.

— Je suis excellent nageur, reprit Eiffel. Je n'ai eu aucun mérite. Je suis sportif. Tirez-vous à l'épée, monsieur Ribière ?

— Non, avoua Louis.

— C'est une activité du corps qui provoque beaucoup de sensations. Vous devriez essayer.

Louis avait acquiescé.

— Pour en revenir aux problèmes de sécurité, je dirai que les chantiers anglo-saxons sont terriblement meurtriers. Savez-vous que le pont de Brooklyn qui vient de s'achever a coûté la vie à vingt hommes ? Il y a une différence fondamentale entre nos techniques. Mais pardon, madame, cette conversation est bien déplacée en votre présence.

— Les problèmes qui préoccupent les hommes intéressent également les femmes, reprit Marie. Je vous en prie, poursuivez.

Eiffel eut un sourire amusé.

— Les Anglo-Saxons façonnent sur place. Ils percent les trous pour les rivets au-dessus du vide, dans des situations périlleuses où les ouvriers sont amenés à prendre des risques. Nous, nous assemblons à Levallois-Perret et nous remontons sur le chantier.

Compagnon hochait la tête.

Lorsque les dîneurs passèrent au salon, devant la grande cheminée où flambait du chêne, l'ambiance était cordiale.

— J'ai beaucoup apprécié la qualité de votre ouvrage de maçonnerie, monsieur Ribière. D'après les relevés de mes ingénieurs, les niveaux sont parfaits. C'est rare.

Marie s'était jointe aux hommes. Louis avait proposé un cigare à ses hôtes. Marie avait allumé une cigarette.

Ils restèrent silencieux. Le feu craquait entre les chenets. Compagnon fermait les yeux. Eiffel restait plongé dans le spectacle des flammes mordant le bois. Il rompit le silence.

— Cela fait longtemps que je ne m'étais pas senti aussi bien. Cette soirée me rappelle les moments où je me retrouve en famille, rue Rabelais.

Louis, sans quitter le feu des yeux, remarqua :

— Je suis comme vous. J'aime diriger et j'aime protéger.

Marie vit Eiffel sourire.

Vers onze heures, elle se retira. Les hommes restèrent une heure encore à évoquer la catastrophe du viaduc.

— L'État prend à sa charge les dommages, avait confié Eiffel.

— Nous devrions être dans les délais, avait confirmé Compagnon, un verre de cognac à la main.

Eiffel avait demandé :

— Monsieur Ribière, avez-vous déjà rencontré le « grand Français » ?

— Ferdinand de Lesseps ? Je lui ai été présenté.

— Vous n'ignorez pas que l'avancement des travaux du canal de Panama est très lent. La fièvre jaune, dont nous ignorions tout, décime les chantiers. J'ai perdu mon ami Léon Boyer, qui avait été l'ingénieur de Garabit.

Louis opina.

— Lesseps m'avait contacté au départ, poursuivit Eiffel. J'avais proposé un canal à écluses. Il avait opté pour un canal au niveau des deux océans. Je viens d'apprendre qu'il a dû renoncer à sa solution et mettre en œuvre la mienne.

Eiffel tapotait doucement l'accoudoir de cuir de son fauteuil.

— Voyez-vous, monsieur Ribière, je ne serais pas étonné qu'il me demandât de prendre en charge sa réalisation.

Louis tourna la tête vers Eiffel. Le profil de l'ingénieur restait d'une immobilité absolue.

Le lendemain matin, le ciel était d'un bleu radieux. Sur les rives de l'étang, une mince pellicule de glace enserrait les roseaux. À huit heures, lorsque Louis descendit au salon, Eiffel était sur le perron à contempler le soleil qui éclairait les cimes des bois des Chabanelles. Une sympathie naturelle poussait les deux hommes l'un vers l'autre. Ils décidèrent de se tutoyer et rentrèrent prendre un bol de café à la cuisine.

— Gilles va vous conduire à la gare de Bourganeuf.

— Nous avons le temps, remarqua Eiffel. Allons dans le parc, si tu veux bien. Je voudrais t'entretenir d'un projet qui me tient à cœur.

De la fenêtre de sa chambre, Marie vit Louis et Eiffel marcher lentement sur la chaussée de l'étang. Parfois les deux hommes s'arrêtaient, regardaient les eaux glacées et reprenaient leur discussion. Ils allèrent tout au fond de la grande allée et demeurèrent longtemps derrière la balustrade qui dominait la fontaine. Ils se rendirent jusqu'à la serre et rentrèrent par la hêtraie.

Au moment du départ, Marie vint saluer Eiffel et Compagnon.

— Je n'oublierai jamais votre accueil, madame. À Paris, vous serez toujours la bienvenue chez Gustave Eiffel. Si vous venez sans tarder, je vous montrerai la merveille que nous avons bâtie pour le centenaire de l'indépendance des États-Unis. Nous allons la démonter et expédier à New York les trois cents pièces qui la constituent.

— Une merveille ? interrogea Marie.

— Une sculpture gigantesque d'Auguste Bartholdi : *La Liberté éclairant le monde*.

Dès que la voiture eut disparu, Louis prit Marie dans ses bras et la souleva du sol comme une enfant.

— Marie ! C'est fabuleux !

— Lâche-moi ! Tu m'étouffes. Qu'est-ce qui est fabuleux ?

Il la reposa en riant.

— Je vais travailler pour Gustave Eiffel !

— C'est tout ? Tu as déjà réalisé les piliers de son pont qui s'est fichu par terre, que je sache ?

Louis saisit les mains de Marie.

— Ne plaisante pas ! Des ponts, il y en a partout. Mais ce que je vais réaliser pour Eiffel sera unique au monde.

— Et qu'est-ce qui est unique au monde ? demanda Marie.

— Une chose comme tu ne peux en imaginer.

Il la prit par les épaules et la fit pivoter vers un épicéa haut et droit, au milieu du parc.

— Tu vois cet arbre ? Il mesure vingt mètres. C'est beaucoup, déjà.

Marie hocha la tête.

— M. Eiffel va construire en plein Paris une tour dont la hauteur sera quinze fois celle de cet arbre.

— Quinze fois ? reprit Marie en forçant son incrédulité.

— Trois cents mètres ! Mais écoute bien. Les quatre piliers de base de cette tour gigantesque reposeront sur des socles de maçonnerie que moi, Louis Ribière, j'aurai bâtis.

Marie, tout en regardant l'arbre, posa la tête sur l'épaule de Louis, qui se tut.

La fin du séjour en Creuse de Louis était proche. Dès le lendemain du départ d'Eiffel, il se rendit à Guéret pour négocier la création d'une ferme-école, projet qui lui tenait à cœur. Il rencontra le président du conseil général à qui il proposa de mettre gracieusement à la disposition du département une propriété acquise dans la région d'Ahun.

— La dépopulation de notre département est alarmante. Je désire améliorer la formation des jeunes gens qui se destinent à rester au pays, avait-il dit.

— Votre proposition est très généreuse, monsieur le député, avait répondu le président.

— Dès la création de l'établissement, j'offre une bourse pour dix élèves méritants choisis dans des familles nécessiteuses. Ils seront sélectionnés par une commission dont vous nommerez les membres en parité avec M. le préfet. Enfin, j'exige que dans chaque promotion soit réservé un huitième des places à des jeunes filles.

— Des jeunes filles !

— Des jeunes filles.

Louis fixa son départ pour Paris pour le matin du 8 avril 1886

— Tu restes en Creuse, Marie ? avait-il demandé sur le perron au moment de grimper dans la Trépardoux.

— Oui.

— Pour ta boutique de couture, ta décision est irrévocable ?

— Elle l'est.

Louis parut contrarié. Marie ajouta :

— François a besoin de moi, ici.

— Garde tout le personnel pendant notre absence. Je veux que tu ne manques de rien. Nous allons redescendre pour Pâques. Toute la famille Ribière ! Finie ta tranquillité. Élise parle souvent de toi. Elle t'aime beaucoup.

— Je l'aime aussi, ta fille.

— Sa mère la trouve fantasque, capricieuse. Moi, je ne suis pas de cet avis, constata Louis.

— Prends garde de ne pas la laisser broyer par une éducation trop rigide. Elle est sensible.

— Je tiens à Élise comme à mes yeux, avoua Louis. Celui qui lui ferait du mal serait perdu.

Marie posa les mains à plat sur la poitrine de Louis.

— Ne te retourne surtout pas. Je ne vois plus que les pieds de Gilles qui dépassent sous la chaudière. Je crois que si nous tardons à nous dire adieu l'engin va exploser dans ton dos.

— Tu préfères entendre la déflagration au loin ?

— Je préfère que tu retournes auprès de ta femme, dit Marie, ses yeux verts droit plantés dans le regard de son beau-frère.

Le départ de Louis apporta la sérénité à Marie. Le soir, elle vit Gilles Pirolo aux côtés d'un attelage de deux limousines qui tiraient la Trépardoux encore fumante. Marie résista à une irrépressible envie de rire. Mais, devant les marmonnements de désespoir psalmodiés par Gilles, elle ne s'inquiéta que du retard de Louis à la gare.

— Nous étions à l'heure, répondit le garçon, blessé dans son amour-propre. Pour sûr. C'est en revenant...

Se retournant vers la carcasse :

— Elle n'aime pas la côte de Très Vents. Elle rechigne, madame Marie. Elle rechigne.

Marie reprit ses promenades. Parfois, elle faisait atteler le cabriolet et prenait la route de Vidaillat vers les solitudes qui annoncent le plateau de Millevaches. Un jour, elle poussa jusqu'aux abords de Saint-Pierre-Bellevue. Le changement de paysage la fascinait. Au-delà du puy de la Pramy, à sept cents mètres d'altitude, fuyait à l'horizon une lande désertique devant laquelle Marie arrêta son attelage. À perte de vue, un vallonnement d'ajoncs et de genévriers rejoignait des nuages couleur marine. Marie avait fait demi-tour, fouettant le grand trot, talonnée par le mystère de ces terres devant lesquelles elle se sentait plus voyageuse que paysanne.

Un soir de septembre, Adèle informa Marie de l'arrivée du successeur de l'abbé Geoffroy. Le lendemain, Marie se rendit à l'église de Pontarion.

— Bonsoir, mon père. Je suis Marie Ribière. Je me permets de vous souhaiter la bienvenue.

Le garçon avait à peine trente ans. Il était châtain, avec un air doux qui contrastait avec la physionomie revêche de son prédécesseur.

— Bonsoir, madame Ribière. Vous êtes la première à venir vers moi. Je me présente : père Clarence Guibert.

L'humidité qui régnait dans la sacristie à peine éclairée glaçait les os. Une odeur de salpêtre et d'encens imprégnait la pièce. Un escalier, tenant de l'échelle raide de meunier, partait d'un angle et grimpait vers le clocher. Sur la table, un gros registre était ouvert. Constatant que Marie regardait le livre, le jeune curé précisa d'un air ennuyé :

— Je suis bien dans l'embarras, madame. L'archiprêtre de Bourganeuf me demande de lui remettre dès la semaine prochaine le registre des naissances et des baptêmes. Malheureusement...

Il paraissait gêné.

— Vous pouvez me parler en toute confiance, assura Marie.

— Malheureusement l'abbé Geoffroy ne le tenait pas à

jour. Je suis dans l'impossibilité d'indiquer les noms des enfants et les dates des baptêmes.

— Qui donc est en possession de cette liste ? demanda Marie.

— Pour ce qui concerne les dates de naissance, il n'y a que le secrétaire de mairie. Songez donc ! Demander ces renseignements, c'est admettre que l'Église a été négligente.

— Le secrétaire de mairie est justement l'instituteur.

L'autre roula des yeux effrayés en croisant les mains.

— Alors c'est perdu ! Vous pensez comme il va me renvoyer !

— Cette faute n'est pas la vôtre, père Guibert. Elle incombe à l'abbé Geoffroy. Mais les dates des baptêmes, comment les retrouver ?

— Ces dates peuvent... s'imaginer. Le plus important, ce sont les naissances.

— S'imaginer ? plaisanta Marie. Avez-vous un bon confesseur ?

L'abbé eut une expression de panique.

— L'abbé Geoffroy m'a justement mis en garde contre l'instituteur ! Celui-ci est terrible, paraît-il.

Marie sourit. Si joliment que l'abbé en oublia un instant ses soucis.

— Il se trouve que je connais le terrible instituteur. Je vais le prévenir de votre démarche. Il vous attendra ce soir chez lui à neuf heures. Il fait nuit, personne n'en saura jamais rien.

4

Le grand chantier

— C'EST AU PRINTEMPS que je regrette le plus la Creuse, lâcha Francœur.

Le Limousin s'arrêta sur le trottoir, les épaules rondes, le col de la vareuse relevé sur des mèches collées de ciment. Il alluma un mégot.

Étienne, qui marchait à ses côtés, leva le nez vers les façades du boulevard Haussmann. Le soleil blanchissait les balcons moulurés dont la ferronnerie vert foncé rutilait. Depuis quinze jours, les marronniers étaient couverts de feuilles tendres. Une jeune femme souriante, en caraco et jupe noire, passa près d'eux. Étienne la regarda filer vers le faubourg Saint-Honoré.

— Avec Julie, dans notre trou à rat de concierges, je me demande quand tout cela finira, murmura Francœur.

— Pourquoi vous n'êtes pas restés au pays ? demanda Étienne.

— La propriété était trop petite ! J'étais le plus jeune. Nous n'avions guère le choix, avec la Julie. Celui qui n'a rien n'a rien à perdre.

Étienne acquiesça. Il n'était à Paris que depuis huit mois. « Encore, j'ai de la chance, pensait-il. Chez Julie et Francœur, je suis mieux qu'au garni. » C'était le soir, quand il se couchait sur sa paillasse, que lui venait cette brûlure qui nouait l'estomac et pressait les tempes. Des larmes d'impuissance montaient aux yeux. Quelquefois, un locataire tirait le cordon et Julie se levait en demandant le nom du retardataire. Elle allumait une chandelle pour les escaliers. Étienne regardait la lumière par la vitre de la loge. Il sentait monter en lui la folie des animaux sauvages prisonniers derrière des barreaux.

— En mai, le père Riboulet m'emmenait curer les *levades* avec une *tranche*, monologuait Francœur tout en marchant. J'aimais le suivre. Nous avions une terre au pied de la Favillade qui longeait le ruisseau de Vauve. Les eaux y couraient comme des serpents qui jouaient à tes pieds. Nous avions pensé en faire une chènevière.

— Il faut durer, répondit Étienne.

Le gamin porta la main à ses côtes. La semaine précédente, des hallebardiers belges qui tiraient un chariot de pierres avaient versé le chargement si brutalement qu'un moellon avait roulé sur lui. Francœur avait sauté de l'échafaudage pour le relever. Aujourd'hui encore, lorsqu'il soulevait une auge, une déchirure lui barrait la poitrine.

— Je sais bien que chaque arbre a son ombre. À Paris, nous ne sommes pas aussi malheureux qu'en Creuse. Ça non ! essayait de se convaincre Francœur.

Ils étaient arrivés à l'angle de la rue de Courcelles et du boulevard Haussmann. Francœur saisit Étienne par le bras.

— Tiens ! Entendre parler français autour de soi, je ne m'y retrouve pas. Au pays tous les gestes ont des mots pour les dire.

— Lorsque tu parlais patois à l'école, l'instituteur commençait par te flanquer une paire de gifles, dit Étienne. Pour te faire honte, il te donnait une brique que tu ne posais que lorsque tu avais dénoncé un autre ayant lui aussi parlé patois.

— Ni tous ceux qui nous font du bien nous aiment, ni tous ceux qui nous font du mal nous haïssent, dit Francœur.

Les deux limousinants se turent. Francœur secoua la tête.

— Quand même ! Le souffle n'est pas pareil. En patois, tu peux faucher et dire : *Viso uno raso*. Tu ne peines pas. Tu peux monter à l'échelle et parler en même temps, un sac à l'épaule. En français, va dire : « Regarde, le soleil fait des jambes », tout en levant des gerbes !

Le boulevard s'animait. Une voiture de grande remise filait en direction de l'Étoile. Deux hommes juchés sur des bicyclettes, les moustaches à la mousquetaire, tournèrent rue de Monceau. Francœur poursuivait son idée.

— Veux-tu que je te dise ? Le français, c'est un parler pour des gens qui ne font rien. On n'y comprend rien à dix mètres ! Hier, quand le Jules Nourissac de Tulle t'a gueulé de le servir plus vite en mortier, avec ses mots qui roulent comme du gravier, il était à l'autre bout du chantier. Tu l'as bien entendu, pourtant ? S'il t'avait demandé ça en français, il attendrait encore, le Jules. Même les bêtes préfèrent qu'on leur parle en patois.

— Les bêtes peut-être. Mais pas les filles. Il y a des mots français qui n'existent pas en limousin.

— Lesquels ?

Étienne ne répondit pas. Francœur remarqua :

— Tu as beau faire. Le patois, c'est la langue de la terre et ici tu ne seras jamais qu'au milieu des chiens de ville.

— Tiens ! s'insurgea le garçon. En patois, pour dire : « respecter », tu dis : « craindre ». Ce n'est pas pareil, quand même.

— Si, c'est pareil, grommela Francœur.

Ils remontaient la rue de Courcelles. Étienne se tourna vers Francœur.

— Je me demandais, Francœur. Tu as travaillé sur le chantier du boulevard Saint-Germain ?

— On l'a terminé en 1877. La partie Saint-Michel-

Concorde a été concessionnée par le Louis. Il a dû s'en mettre, de l'argent dans les poches !

Francœur ajouta :

— Je faisais équipe avec Martial Coutisson pour qui ça a été la dernière campagne. Un dur, le Martial.

Francœur songeait à Martial.

— C'était un petit gars nerveux comme du châtaignier. Il soulevait un cheval sur ses épaules. Son drame, c'était que la Mariette n'avait pu lui faire que des *créatures*. Quand il rentrait de limousiner, elle lui annonçait : « C'est seulement une fille, mon pauvre mari. » Les gamines n'avaient pas de santé. Les vieux disent que les enfants trop intelligents ne vivent pas longtemps. C'était peut-être ça, parce qu'elles étaient fines, les petites.

— Comment est-il mort, Martial ? demanda Étienne.

— Un matin, au garni, le père Mazéron de Sardent qui couchait avec lui l'a senti tout froid contre ses jambes. L'autre était passé dans la nuit.

— Au moins, il n'a pas eu besoin de médecin, remarqua Étienne.

Francœur le regarda.

— Nous autres paysans, on est comme les curés et les soldats : nous mourons nous-mêmes.

Francœur posa la main sur l'avant-bras d'Étienne.

— Nous allons passer devant l'hôtel particulier du patron. Regarde !

Les deux hommes ralentirent. Devant les grilles fermées, Étienne s'arrêta.

— Ne reste pas ici ! lui dit Francœur.

Étienne n'en croyait pas ses yeux : Louis des Couteilles vivait dans un palais. « Il a connu la faim et il est monté à pied à Paris », songea-t-il. Il serra sous son coude la miche de pain qu'il avait achetée rue des Cordeliers et saisit les grilles.

— Allez, Étienne ! Viens ! Le patron ne veut pas être ennuyé à Paris. Ce serait en Creuse...

Par des fenêtres du rez-de-chaussée donnant sur la terrasse, Étienne vit des têtes de jeunes gens de son âge. Les gosses passaient d'une fenêtre à l'autre en le montrant du doigt. Une femme arriva et dispersa les enfants. Un domestique en livrée surgit sur le perron et lui demanda de bien vouloir circuler.

— Ce ne sont pas les chevaux qui triment qui ont le plus d'avoine, marmonna Francœur en continuant sa marche vers le chantier.

Il regarda Étienne et dit :

— Pour mourir riche, vivre enragé.

— Je vous ai déjà répété de ne pas faire de signe aux passants, reprocha Clémence à Élise et à Simon.

— Il était habillé comme les maçons de père. Peut-être est-ce un Creusois qui travaille pour lui.

— Je l'ai déjà vu à La Chapelle-Saint-Martial au cours d'une promenade, remarqua Simon.

— Ça suffit ! trancha Clémence, qui quitta la salle à manger en confiant les enfants à la gouvernante.

Élise courut se jeter dans les bras de Louis, qui descendait de ses appartements.

— Comment vas-tu ? lui murmura-t-il à l'oreille.

La jeune fille enfouit son visage dans le cou de son père.

— Chaque jour tu grandis et tu embellis. Ta mère prétend que je ne devrais pas te le dire. C'est pourtant vrai !

Élise secoua la tête sans répondre.

— Ils ne sont pas trop durs, tes professeurs ? Dis-le-moi s'ils te font de la peine.

La fillette desserra son étreinte. Elle regarda son père droit dans les yeux. La gouvernante interrompit le tête-à-tête.

— Mademoiselle. Vous devez vous habiller pour partir à l'école.

Louis regarda Élise. L'ovale de son visage d'adolescente pâle, encadré de cheveux châtains qu'un chignon durcissait, laissait une impression de douceur et d'ennui.

Il arriva à ses bureaux à l'angle de la rue de Monceau et du boulevard Malesherbes vers neuf heures.

— M. Marcel Deprez vous attend, annonça la secrétaire de Louis.

— Faites-le entrer, répondit Louis sans quitter son fauteuil.

La secrétaire réapparut au côté de l'ingénieur.

— Bonjour, monsieur Deprez. Je vous ai demandé de passer à mon bureau pour faire le point sur les progrès de l'électrification des villes. Vous comptez parmi les sommités travaillant sur la question.

— Mes travaux ne font que prolonger ceux de Gramme et d'Edison.

— Nous nous sommes déjà rencontrés, il me semble, lors de l'Exposition internationale d'électricité de 1881. Cinq ans déjà !

— Vous étiez en compagnie du ministre des Postes et Télégraphes, M. Cochery, et de l'administrateur de la Banque de Paris.

— Mon entreprise avait réalisé les cinq cents mètres de ballast du petit chemin de fer électrique du Cours-la-Reine.

— Hélas ! construit par Siemens, regretta Deprez. La France a pris du retard.

— J'avoue, poursuivit Louis, avoir toujours été intéressé par l'électricité. Si, dans nos campagnes, des milliers de petits moteurs électriques alimentés par nos cours d'eau permettaient aux paysans de se transformer, à la mauvaise saison, en artisans, nous éviterions l'exode vers les villes et bien du malheur.

— En somme, vous êtes partisan de la houille verte tirée des cascades sur les rivières non navigables ?

— Je suis partisan de tout ce qui peut servir le progrès, répondit Louis.

Un silence passa entre les deux hommes. Louis ajouta :

— Je vais vous dire le fond de ma pensée, monsieur Deprez : les hommes ont horreur de la nuit.

L'autre hocha la tête sans répondre.

— Mais parlons des raisons qui m'ont poussé à vous rencontrer, reprit Louis.

Il offrit une cigarette à Deprez.

— Le mois dernier, je suis passé au parc des Buttes-Chaumont. Pour des raisons sentimentales, figurez-vous. Mon frère y avait travaillé. Il y a longtemps.

— Dans votre entreprise, je suppose ?

— Non. Comme simple goujat. Vous n'ignorez pas que j'ai débuté en portant l'auge sur la tête.

— En Amérique, les hommes qui se sont faits sont toujours plus respectés que ceux qui héritent.

— En Amérique, peut-être, s'amusa Louis. J'ai été émerveillé par l'éclairage électrique du parc. Je n'imaginais pas une telle féerie.

— Ce n'est qu'un début. Dans quelques années, que dis-je, dans quelques mois, nous aurons amélioré le rendement des lampes. Déjà oublié le sifflement agaçant des premières lampes Jablochkov.

— Depuis, je me suis rendu à l'invitation de mon ami Félix Potin qui m'a fait visiter ses ateliers, rue de l'Ourcq, éclairés à l'électricité depuis 1884. Quel progrès !

— Les médecins affirment que s'éclairer ainsi fait gagner trois à quatre ans d'existence grâce à l'air pur qu'on respire enfin, observa Deprez.

— Tant que ça ? reprit Louis.

— Le gaz d'éclairage dégage de l'acétylène quand la combustion n'est pas parfaite. Des particules de charbon vont se déposer sur les tentures et les murs. Les tableaux de l'Opéra sont noirs de fumée...

— Il n'y a qu'un inconvénient, monsieur Deprez, interrompit Louis.

— Lequel ?

— Les centrales qui alimentent ces lampes. Elles sont beaucoup trop... centrales ! J'ai visité hier les installations du Bon Marché : dix machines à vapeur, quarante dynamos dont le grondement fait trembler tout le quartier. Les riverains se plaignent de la fumée, des odeurs et surtout des trépidations.

— La solution, c'est le transport de l'électricité à distance, monsieur Ribière ! Pour ne pas souiller le centre des villes.

— Je le pense aussi. Ce qu'il nous faut, c'est la lumière apportée du dehors vers le centre. C'est pour cela que je vous ai fait venir.

Les deux hommes se calèrent dans leurs fauteuils.

— Parlez-moi de l'expérience de Creil, demanda Louis. Je veux des chiffres.

— J'ai transporté du courant continu de Creil à Paris, soit cinquante-six kilomètres. La puissance au départ était de cent seize chevaux. À l'arrivée, elle était encore de cinquante-deux chevaux. Le rendement est, comme vous le constatez, de 45 p.100 L'envoi d'énergie est instantané !

— Parfait, admit Louis.

— Permettez-moi d'insister, reprit Deprez. Je viens de rompre le lien entre le lieu de production de l'énergie et celui de son utilisation. J'affirme...

Les yeux de l'ingénieur brillaient.

— Après l'âge de la vapeur vient de naître celui de l'électricité. Une énergie propre, blanche, contrairement au charbon ou au gaz, et dont l'éclat est un gage de moralité pour nos villes.

— Je suis le député d'une circonscription creusoise, coupa Louis.

Deprez hocha la tête.

— La ville dont je suis le représentant a déjà tenté de s'électrifier. Seulement, les eaux du ruisseau du Verger, qui la traverse, se sont révélées insuffisantes pour alimenter une dynamo.

— Je comprends.

— Une solution consisterait à utiliser une chute de quatorze mètres située à une quinzaine de kilomètres. Le maire a pris contact avec moi. La ville n'a naturellement ni les moyens ni l'entregent pour s'offrir une usine hydroélectrique.

Louis regarda Deprez.

— J'accorde la plus grande importance à l'électrification de la ville qui m'a élu. Je suis le seul homme capable de mener à bien cette opération. Je veux savoir : techniquement, est-ce possible ?

— Ça l'est.

— Etes-vous d'accord pour être l'ingénieur en chef des travaux ?

— Vous avez les capitaux ?

Louis eut une expression d'enfant amusé.

— Cet après-midi, j'ai rendez-vous avec Rothschild. Nous allons constituer une société anonyme au capital de trois millions et demi de francs. Je veux que les travaux commencent immédiatement.

Deprez se leva et tendit la main.

— Parfait.

— N'oubliez pas, précisa Louis, que je vous offre la possibilité d'électrifier une ville à distance en courant continu...

— Certainement pour la première fois en France, ajouta l'ingénieur.

Deux mois plus tard, à la fin de juillet 1886, la famille Ribière se retrouva réunie pour l'été au château de La Chapelle-Saint-Martial. François et Hugues entreprirent, dès le premier matin, une longue promenade vers les Couteilles. Ils laissèrent Simon et Elise auprès de leur mère, qui reprenait possession des lieux. En regardant les deux jeunes gens s'en aller d'un même pas en direction de l'étang, Louis avait dit à Marie :

— Nos fils s'entendent à merveille.

— Je crois qu'ils sont attirés l'un vers l'autre parce qu'ils ont quelque chose en commun de très fort.

— Et quoi donc ? demanda Louis, intrigué.

— La révolte.

— Tu as raison. Hugues me cause bien des soucis. Il est d'un caractère extrême.

— François l'est tout autant.

Marie tourna les talons et se rendit à la cuisine donner les ordres pour le déjeuner. Adèle grimpait les escaliers, des piles de draps dans les bras, en criant : « J'arrive, Madame ! » Assis au bord de l'étang, Gilles Pirolo méditait la proposition de Louis de se rendre à Paris pour apprendre à utiliser ces nouveaux véhicules à pétrole fabriqués par la maison Panhard. Le soleil pénétrait à pleines fenêtres et s'enroulait dans les tentures et les velours des fauteuils pour faire briller une poussière d'étoiles.

Hugues et François avaient pris la direction des Couteilles.

— Allons chez grand-père, avait proposé François.

— Je croyais qu'il ne voulait plus vous voir, toi et ta mère, réagit Hugues.

— C'est vrai. Mais depuis le mois de juin bien des choses ont changé, répondit François.

Les deux garçons s'installèrent sur un rocher en lisière du bois des Grandes Coutures. L'étang, d'un bleu de ciel, leur apparaissait dans l'échancrure des bouleaux. Sur l'herbe, des violettes faisaient des taches d'encre. Des pieds de réglisse s'enracinaient contre un éboulis. Le soleil avivait le parfum d'un fraisier des bois. Les jambes repliées, le menton sur les genoux, les deux adolescents contemplaient la campagne. Dans les prés de Chaussadas, qui versaient sur l'autre rive, des hommes fauchaient.

— Regarde, murmura Hugues en tendant le bras au-dessus des Bruges vers un rapace qui tournait inlassablement.

— À la Saint-Jean, dit François, il y avait des feux de joie sur toutes les collines.

Poussée par un souffle léger leur parvenait la tiédeur de l'étang. Des massifs d'églantiers attiraient les insectes.

Hugues écrasa entre ses doigts une pensée, sans pouvoir se rassasier de son parfum. Un tapis de thym et de bruyère couvrait le talus. Des abeilles bourdonnaient sur les fleurs frôlées par des couleuvres et des vipères paisibles.

— J'ai fugué, dit François.

— Formidable ! s'exclama Hugues.

— Je n'en pouvais plus. Les professeurs et les pions toujours sur le dos. La veille, j'avais écopé d'une punition : faire le tour de la classe à quatre pattes, en léchant le sol. Inutile de te dire qu'ils attendent toujours.

— C'est comme moi. Mais je me méfie de mon père. Avec ta mère, il doit y avoir moyen de s'arranger.

— Ma mère n'est pas toujours commode, avoua François.

— Tu t'es enfui ?

— J'ai fait le mur.

— Tu es rentré directement au château ?

— Penses-tu ! Je n'étais pas certain de mon affaire. Ma mère m'aurait renvoyé tout droit à Guéret.

— Comment t'y es-tu pris ?

— Je me suis échappé du dortoir. On s'en sort mieux la nuit. J'ai quitté Guéret vers deux heures du matin. Je suis arrivé à l'aube aux Couteilles.

— Où es-tu allé ?

— Chez Alexandre, pardi ! Où voulais-tu que j'aille ?

— Comment t'a-t-il reçu ?

— J'ai frappé à la porte. Le vieux ne dormait pas. J'ai l'impression qu'il ne dort plus. Je lui ai dit : « Grand-père, c'est votre petit-fils. — Lequel ? » il m'a répondu.

— Qu'est-ce que tu as dit ?

— « C'est François, grand-père. Je vous en prie, ouvrez-moi. » Je l'ai entendu râler derrière la porte et j'ai bien cru qu'il n'allait pas ouvrir. Mais finalement il a tiré le verrou. Je lui ai expliqué ce que je faisais là. Il m'a dit : « Tu les as aux trousses ? » Il m'a fait reculer dans le jour qui pointait. Il avait l'air rabougri et mauvais. J'ai vu sa figure s'illuminer. « C'est pourtant vrai que tu es le fils de mon François ! »

s'est-il exclamé. Il m'a pris dans ses bras et a refermé la porte sur nous.

— Ta mère a su que tu étais chez lui ?

— Le directeur du lycée est venu de Guéret le matin même lui annoncer ma fugue. L'autre voulait envoyer la gendarmerie à mes basques ! Ma mère a refusé. Adèle avait appris par les Jouhandeau de Tressagne que j'étais passé à quatre heures et demie du matin sur le chemin des Couteilles. Ma mère a fait atteler. Elle est arrivée droit chez Alexandre.

— Alors ?

— Grand-père a été terrible. Si tu l'avais entendu : « Oui, il est ici ! Il est en sécurité. Quand François, son père, avait la maréchaussée aux fesses, même les gendarmes n'ont pas réussi à m'intimider. Tu es sa mère ? Peut-être. Mais moi je suis son grand-père ! Alors tu vas promettre d'être raisonnable. Il en sait assez pour ne pas l'envoyer en prison dans des lycées. Il sait lire, écrire et compter ! Il a quatorze ans. Il est bâti comme un homme. Qu'est-ce que tu veux de plus, Marie ! »

— Sensationnel ! Il ne se démonte pas, Alexandre !

— Du granit, répondit François encore ému en tapant du poing le rocher sur lequel il était assis.

— Ma mère m'a pris dans ses bras. Nous nous sommes serrés tous les trois.

— Moi aussi, reprit Hugues, je ne sais pas si je vais supporter longtemps cette vie. J'ai besoin d'action. Je suis un révolutionnaire.

— Jean aussi était un révolutionnaire, murmura François.

— Qui ?

Comme François ne répondait pas, Hugues ajouta :

— Je crois qu'il y a des types comme toi, comme moi, qui sont destinés à faire des choses extraordinaires. Des êtres différents parce qu'ils ont la force de refuser l'ère des foules. Je crois en la force. Je réfute l'idée que l'homme possède des droits.

Hugues se tourna vers François.

— Comprends-moi, reprit le fils de Louis. Le droit, c'est une utopie. Il n'y a que des forces. Quand on t'obligeait à lécher le sol, quels étaient tes droits ?

— Je me suis révolté.

— Tu as bien fait ! Il n'y a pas de droit contre la force. La vie ne se maintient que par la mort. Pour vivre, il faut manger. Il faut tuer pour manger.

— La force, je sais ce que c'est. La douleur aussi. J'ai vu des anciens des bataillons des Enfants perdus pleurer pour que la chiourme arrête le fouet.

— Celui qui survit, c'est le plus apte, le plus adapté. C'est la loi du déterminisme biologique et racial.

— Tu parles comme un livre, remarqua François.

— J'ai de la chance. Au lycée, tout m'ennuie. Sauf le cours d'histoire de M. Duverger. C'est un professeur merveilleux. Il nous parle de nationalisme, de socialisme. Nous espérons tous une vraie forme de solidarité : c'est le nationalisme.

— Comment est-il, ce M. Duverger ?

— Un jeune agrégé. Un type brillant, sec, qui pratique la canne. Il appartient à la Ligue des patriotes. C'est un grand ami de Déroulède et d'Henri Rochefort.

— J'ai bien connu Rochefort. Ma mère et lui ont été transportés sur le même bateau. Jusqu'à ce qu'il s'évade, il venait régulièrement nous rendre visite.

— Tu as connu Rochefort ? Je lis tous ses éditoriaux dans *L'Intransigeant*. Celui du 17 juin dernier où il traite Ferry d' « infecte canaille à qui nous devons le chômage et la misère ».

— Il habitait sur une colline dans une case de briques crues couverte de paille. Je me souviendrai toujours du matin où Rochefort, Olivier Pain, Jourde, Grousset, Bullière et Granthille manquaient à l'appel. En représailles, le colonel Charrière voulait que les déportés simples, comme ma mère, fussent gardés à la presqu'île Ducos.

— Dès la rentrée, mon père m'a promis de m'inscrire à la société de gymnastique de M. Duverger. On y développe l'amour de la patrie et une éducation militaire. C'est le seul moyen de lutter contre la décadence. Je ne veux pas être une fin de race.

François dévisagea Hugues, dont l'exaltation était tombée. Le jeune garçon regardait l'étang avec détachement. « C'est vrai que le droit n'existe pas quand on est faible », songeait François.

— Tu as déjà vu une femme nue ? demanda Hugues.

— Oui, répondit François.

— Comment c'est ?

— C'est beau.

Les journées finissaient en soirs d'été. La famille Ribière, après dîner, s'installait sur le perron du château et attendait la fraîcheur en sirotant du cassis ou de la menthe à l'eau. Parfois ils se taisaient tous. Les fauteuils d'osier craquaient. Vers la chaussée de l'étang coassaient des dizaines de grenouilles. Élise regardait les étoiles. Simon commençait à les compter. Assis côte à côte sur les marches, François et Hugues bavardaient à voix basse. Clémence installait son fauteuil à côté de celui de Louis et restait à regarder le crépuscule, la main reposant sur l'accoudoir du siège de son mari.

Les épicéas abritaient des oiseaux qui s'élançaient des arbres pour disparaître dans les cimes de Longéroux. Une chouette, tous les soirs, se posait sur une gouttière de la tour nord. Des chauves-souris traversaient la nuit, d'un vol cartilagineux. Le pavillon occupé par Gilles Pirolo était éteint. On devinait sa présence invisible, assis sur les marches et regardant lui aussi le ciel.

Le sirop laissait sur les lèvres un goût sucré. Les robes de Clémence et d'Élise sentaient le parfum du tilleul qu'en compagnie d'Adèle elles avaient cueilli tout l'après-midi. Une odeur suave enrobait leurs silhouettes et apaisait les proches. Souvent, alors que les premières coulées de fraîcheur glissaient sur la terrasse depuis l'étang, Simon et Hugues s'en allaient sans rien dire. « Ils vont poser leurs lignes », murmurait Louis. Personne ne répondait. Personne n'osait parler.

Les après-midi, Marie entraînait Élise à nager dans l'étang, dans une anse sableuse de la rive, en bas des prairies des Grandes Coutures.

Élise n'avait dû qu'à la promesse de ne pas quitter son costume de bain acheté à Guéret chez Nauny l'autorisation de se baigner. Et encore, devant la rigueur maternelle, il avait fallu arracher en dernier lieu l'agrément de Louis.

— Si vous êtes de son avis, alors! avait maugréé Clémence. Mais, mon bon mari, que connaissez-vous des ravages que peut exercer l'eau froide sur notre économie féminine ?

— Je vous assure, Clémence, qu'ici tous les enfants se baignent en été dans les lacs et les rivières. Les garçons comme les filles.

— Si vous voulez faire de votre fille une sauvage, alors, moi, je ne discute plus !

Marie et Élise s'étaient empressées de disparaître. Clémence s'était brusquement désintéressée de la baignade à l'étang et avait interpellé Louis sur un sujet plus délicat.

— Ce matin encore, j'ai vu des fenêtres de ma chambre un de vos paysans qui... Enfin, ne m'obligez pas à préciser, derrière la haie qui borde le parc. Tous les matins, c'est ainsi.

Louis avait pris un air scandalisé.

— Imaginez-vous un seul instant les désagréments que pourrait provoquer chez Élise un tel spectacle ? Le mal entre par les yeux. Je vous ai déjà pressé sur ce sujet, Louis. Quelle décision avez-vous prise ?

— Justement ! Les travaux commencent aujourd'hui, ma chère. Ils vont construire un local en bois à cet effet. Pour eux, c'est une nouveauté. Il faut le comprendre.

— Le capitaine de Forsac avait raison de dire à son retour d'une visite d'inspection en haute Corrèze qu'il avait l'impression de rentrer d'Afrique. S'il était passé par la Creuse, je n'ose imaginer quelle image il aurait employée.

Marie appréciait ces moments de solitude au bord de l'eau avec Élise. Au début, la jeune fille n'osait pas paraître dans son costume de bain d'une seule pièce avec un pantalon à la turque serré à la cheville et une tunique aux manches bouffantes. Lorsque Marie s'était rendu compte qu'Élise portait un corset en caoutchouc, elle avait tenté de le lui faire retirer.

— Tu n'as pas besoin de corset, Élise. Tu es fine comme ces roseaux. Pose-le, je t'en prie.

La gamine avait jeté des regards terrorisés et Marie n'avait pas insisté. Les deux femmes avançaient doucement dans l'eau qui leur saisissait les mollets de son étreinte froide. Parfois, le pied s'enfonçait dans un peu de sable et elles poussaient des cris qui faisaient s'envoler des colverts sur l'autre rive. Lorsque l'eau arrivait à la ceinture, elles se donnaient la main.

— N'aie pas peur, avance encore, disait Marie. C'est bon, cette caresse sur le corps. Si tu posais ton corset, tu sentirais plus de choses encore.

Élise lançait un coup d'œil furtif du côté du château. Marie s'amusait à l'éclabousser. La jeune fille ne parvenait qu'à croiser ses mains sur son visage. Mais, au fil des jours, elle prit de l'assurance, aspergeant sa tante en claquant la surface de l'eau de sa paume rosie.

Lorsque Marie devinait de la lassitude chez sa nièce, elle lui demandait de revenir sur la berge. Elle la surveillait un instant, le temps qu'Élise disparaisse sous un grand peignoir en forme de cape.

— Surtout, change de corset ! criait Marie. Ce caoutchouc sent affreusement mauvais.

Élise se débattait sous le peignoir.

Quand enfin elle voyait la jeune fille s'étendre sur le sable, Marie filait droit vers l'autre rive d'une nage sûre. Élise regardait sa tante devenir un point à la surface de l'eau.

— J'ai été suivie par une couleuvre, disait Marie.

— Quelle horreur ! s'exclamait Élise.

— Elle avait une petite tête de métal. Je crois que c'était une grosse mère avec des enfants dans le ventre.

Marie s'allongeait à côté de la jeune fille. Des gouttes d'eau coulaient sur sa gorge cuivrée par le soleil. Au travers de la simple chemise qu'elle portait, Élise devinait la pointe de ses seins.

— Vous croyez qu'un jour je saurai nager comme vous ? demandait Élise.

— Si tu en as envie, rien ne t'en empêchera.

Marie, qui n'apportait pas de peignoir, se retirait dans les roseaux pour se changer. Un après-midi, oubliant la présence d'Élise, elle fit glisser les bretelles de sa combinaison et enfila un caraco. S'apercevant que la jeune fille rougissait, elle s'était approchée d'elle.

— Qu'est-ce que tu as ? avait-elle demandé.

— C'est de vous voir ainsi.

— De me voir nue ?

À ce mot, Élise pinça les lèvres.

— C'est le mot « nu » qui te fait peur ?

Élise avait hoché la tête en rougissant.

Marie avait posé le dos de la main sur la joue de la jeune fille.

— Quand on a peur de quelque chose, il faut lui donner un nom. Nous allons jouer.

Élise leva les yeux vers Marie.

— Répète après moi : « nu ».

Élise eut une expression horrifiée.

— Allons. Je sais, c'est difficile. Fais un effort pour moi.

— Nu ! cria brusquement Élise, d'une voix aiguë.

Les jours suivants, Élise renonça à porter le corset de caoutchouc. Elle commença ses premières brasses tendues vers les mains de sa tante, qui reculait à mesure. Sur la berge, leurs jeux se poursuivaient. En jupe de lin et corsage, Marie se levait devant Élise, faisait quelques pantomimes, cambrait les reins et posait sa main sur ses fesses. La première fois, Élise resta sidérée.

— Allons ! s'amusait Marie.

— La chose que je n'ose pas nommer ! trouva Élise.

— Justement ! Quelle gamine futée tu fais. Mieux que ça !

Chaque jour, Élise parvenait à dire des mots nouveaux. Un après-midi, elle s'étourdit à prononcer le mot : « accouchement », qui était un de ceux qui lui inspiraient le plus de terreur. Un jour, enfin, elle dit : « amant ». Elles étaient allongées sur une couverture. L'eau clapotait à leurs pieds et la fatigue du bain délassait leurs nerfs. Marie regardait sur l'autre rive en clignant des yeux. Des bruits ricochaient à la surface de l'étang, amenant de très loin le cri d'un grèbe ou le saut d'une carpe. Marie tourna la tête vers les roseaux, qui avaient bruissé.

— Est-ce qu'on meurt d'amour ? demanda brusquement Élise.

— On croit pouvoir mourir d'amour.

— Comment font les hommes pour vous faire la cour ?

— Cela dépend, répondit Marie sans quitter l'eau des yeux. Il y en a qui ne te font pas la cour. Ici, les petits paysans apportent un sucre à leur fiancée.

— Mon Dieu, faites que j'aie des cavaliers qui me fassent la cour, murmura Élise.

Marie sourit.

— Comment cela se passe la première fois que l'on rencontre l'homme que l'on aime ?

— Parfois tu ne le sais pas et tu vis à côté de lui sans te rendre compte que tu l'aimes. Il arrive aussi que, dès le premier regard, tu sois amoureuse.

— En pension, j'ai une amie, Virginie. Elle a décidé d'être amoureuse d'un ami de son père.

— L'amour ne se décide pas.

— J'ai l'impression de n'être qu'attente, dit Élise.

Sur un ton badin qui tranchait, elle ajouta :

— Au moins, qu'il soit un libertin !

— Pourquoi cela ? s'inquiéta Marie.

— S'il a beaucoup vécu et s'il me choisit, c'est qu'il accorde du prix à ma possession. Les petits jeunes gens sans expérience sont amoureux de toutes les femmes, je suppose.

Elles s'étaient regardées en éclatant de rire.

En partant le soir vers le château, Marie et Élise chantonnaient.

— Que vais-je devenir quand il va falloir retourner à l'école ? se lamenta Élise.

— Il faut étudier, dit Marie, pour que ton mari te respecte. Ne sois jamais son inférieure. Travaille comme un bœuf.

Élise secoua la tête.

— À la fin de l'année, en géographie, je n'arrivais pas à apprendre tous les comtés d'Angleterre, d'Écosse et d'Irlande. En couture, la mère Sainte-Sidonie a dit que je n'étais qu'une *bousilleuse*. Et je ne suis guère apte, d'après la mère Saint-Henri, à mouler mes lettres. Vous croyez que mon mari ne me respectera pas ?

Marie, tout en continuant à cueillir des coquelicots, vit la silhouette de Hugues qui quittait une cache dans les roseaux.

Un matin de la deuxième semaine d'août, Louis, qui était parti à cheval pour Pontarion, revint au château plus tôt que prévu.

— Gilles ! Attelle le tilbury !

— Que se passe-t-il ? demanda Marie.

— Le petit Lenoir de Rocherolle a été mordu par un chien enragé.

— Je vais avec toi.

— Monte !

L'attelage partit au grand trot. Un quart d'heure plus tard, ils arrivaient au village. Un cabriolet attendait devant la porte. Dans la salle commune, ils entendirent des voix. Une femme pleurait.

— Entrez ! cria un homme, dans la force d'une belle trentaine.

— Le docteur Abel Florand, dit Louis, en guise de présentation.

Le médecin tendit la main à Marie.

— Comment va-t-il ? s'inquiéta Louis.

— Il a cessé de pleurer grâce à l'extrait thébaïque que je lui ai administré. J'ai cautérisé les plaies avec des aiguilles rougies.

Se retournant vers Louis, il ajouta :

— Les morsures sont profondes. Regardez : au ventre et au bras gauche avec lequel il a essayé de se protéger le visage. Bien souvent les vêtements suffisent à retenir le virus.

Louis se pencha sur le gamin d'une douzaine d'années qui geignait.

— J'ai télégraphié à Paris. L'équipe du professeur Grancher attendra le jeune malade et son père à la descente du train, expliqua Louis.

Le médecin acquiesça.

— Je vous remercie, docteur Florand, ajouta Louis, de bien vouloir conduire vous-même le petit Lenoir à Bourganeuf.

La mère du gosse éclata en sanglots. Le père s'approcha et dit en regardant ses sabots :

— Messieurs, nous ne sommes pas riches. Mais, je vous en prie, sauvez notre fils. La mort n'a pas de consolation.

Deux voisins portèrent le gamin jusque dans le cabriolet du médecin. Louis se tourna vers le père Lenoir et lui remit cinquante francs.

— Surtout, prenez des billets de première classe !

— C'est pas possible, ça ! s'exclama l'autre.

— J'insiste. Vous gagnerez deux heures.

Comme le père Lenoir refusait toujours, Louis se tourna vers Florand.

— Docteur, je me vois obligé de vous demander de prendre les billets en première. J'ai annoncé leur arrivée au professeur Grancher pour vingt heures douze.

Louis se tourna vers la mère du gosse.

— Madame, désirez-vous accompagner votre mari au chevet de votre fils ? Je paie tous vos frais.

La femme roula des yeux inquiets. Elle regarda son mari.

— J'ai les bêtes à soigner.

— Je peux vous envoyer des gens du domaine qui s'en occuperont pendant votre absence.

— Oh ! non alors ! Je reste, monsieur le député.

Le docteur Florand monta sur le siège du cabriolet. À l'arrière, le père Lenoir tenait son fils enroulé dans une couverture. Marie s'approcha.

— Puis-je vous accompagner jusqu'à la gare, docteur ?

Florand regarda Louis.

— Bien sûr, madame Ribière. Je vous en prie, installez-vous.

Il tendit le bras et Marie grimpa.

Lorsque le train quitta Bourganeuf, Marie et Abel Florand se retrouvèrent seuls sur le quai. L'ombre de la gare mordait sur le ciment. Le métal des rails brillait comme la lame d'un couteau. Le dernier wagon disparut dans le tournant.

Florand regarda Marie.

— Voulez-vous un rafraîchissement, madame Ribière ? Le voyage sous cette canicule nous a éprouvés.

Marie dévisagea le docteur. Dans la pénombre de la pièce des Lenoir, percée d'une seule fenêtre, elle l'avait cru plus âgé. Il portait des favoris blonds qui ajoutaient à sa juvénilité. Autant les yeux de Louis pouvaient exprimer de la dureté, autant le regard de Florand semblait éclairé d'une patiente douceur. On sentait cependant chez l'homme la capacité de prendre des décisions et de s'y tenir.

— Je souhaiterais rentrer au château, si vous le permettez,

docteur. J'ai promis à Élise d'aller me promener avec elle cet après-midi.

— Élise, votre nièce ?

— Vous connaissez notre famille ?

— Qui, dans le canton, ne connaît pas la famille du député Ribière ? répondit Florand.

Ils menèrent la jument à l'abreuvoir sur la place du champ de foire. Les flancs de la bête battaient sous le soleil.

— Elle s'appelle Rougeole, remarqua Florand. Quand je rentrerai à Sardent, pour mes visites du soir, j'attellerai mon autre jument.

— Comment se nomme-t-elle ? demanda Marie.

— Scarlatine, évidemment ! répondit le jeune homme en riant.

Ils prirent le chemin du retour sans presser Rougeole. Ils grimpèrent la côte de Très Vents au pas. La croupe de Rougeole luisait de sueur. L'odeur de cuir des harnais se mêlait à celle de la graisse des ressorts du cabriolet. Au sommet, un vent plus frais balaya l'attelage. Rougeole allongea le trot dans la descente. À perte de vue, ce n'était qu'un vallonnement de puys. La Jarousse, ronde comme un sein, était couverte de fayards tachetés de mélèzes plus clairs. Les châtaigneraies de la Croix de Saint-Blaize faisaient un dôme plus foncé. Le bruit du licol ballotté sur Rougeole accompagnait le claquement régulier des sabots.

— Je suis le successeur du docteur Villevet, dit Florand. Peut-être l'avez-vous connu ?

— C'était le médecin du pays, répondit Marie.

— J'ai acheté sa clientèle. C'était un brave homme. De la vieille école ! Il divisait les maladies en quatre catégories : la petite échauffure, la grande, le mal dans le corps et le corps gâté. Je crois qu'il se trompait souvent dans ses diagnostics. Mais il avait la confiance des paysans.

Marie sourit.

— Pensez-vous que le fils Lenoir ait une chance de survivre ? demanda-t-elle.

— Ses blessures sont cruelles. Il est vrai que le jeune Joseph Meister, en juillet de l'an dernier, a été sauvé.

— Je connais le professeur Grancher, qui a procédé à la vaccination, interrompit Marie.

— Vous le connaissez ? s'exclama Florand.

Il se tourna vers Marie.

— Malgré tout, sur les dix-neuf jeunes paysans russes mordus par un loup enragé et que le tsar a fait envoyer à Pasteur, cinq sont morts.

Abel Florand reprit :

— Certains conservent les vieux remèdes. À Lyon, je me souviens que la mode était à la fameuse thériaque.

— La thériaque ?

— Dans le laboratoire de pharmacie, dès qu'un produit était gâté, nous grattions le fond du pot pour l'ajouter au bocal où s'élaborait la thériaque.

Florand ajouta :

— Sans l'intervention de votre beau-frère, les parents Lenoir auraient tergiversé devant la dépense et n'auraient pas su à qui s'adresser.

Les premières maisons de Pontarion étaient en vue. Ils franchirent le Taurion, dont les eaux étaient basses. Leurs regards allèrent aux reflets dorés sur le tuf de la rivière et à l'écume qui coiffait les rochers. À l'entrée du bourg, une femme portait deux seaux accrochés à un balancier posé sur ses épaules. Plus loin, un homme conduisait une vache chez Fournaud, le maréchal-ferrant. Débouchant de la place, Fabien Thomas l'instituteur regarda passer le cabriolet. Marie lui fit un signe de la tête auquel la surprise l'empêcha de répondre. L'attelage prit la route de La Chapelle-Saint-Martial. La jument, qui se reconnaissait, pressa le trot.

Alors qu'ils étaient en vue de la Font de la Faye, Florand, devant le silence de Marie, se risqua :

— Savez-vous ce que je dis à nos paysans quand ils s'entêtent à aller voir leurs guérisseurs ?

Marie haussa les épaules.

— Je leur dis : « Quand votre horloge ne va plus, la portez-vous à votre savetier ? » Ils me répondent : « Après la mort, le médecin. »

— Il faut les comprendre. Ils vivent dans le dénuement, reprit Marie.

— Peut-être ! Mais j'ai fait serment de venir en aide aux malades. L'autre jour, je prescris un cataplasme de moutarde à la fille Chassagne, de Villevegoux. Elle n'a rien trouvé de mieux que de l'avaler.

— Alors ?

— Elle est guérie du côté de la poitrine ! Pour le reste !

— Vous voyez que vous aussi vous jouez au mage, sourit Marie.

— J'ai beau faire, l'obscurantisme tient la campagne.

Florand tourna la tête vers le ruisseau de Vauve.

— Ils confondent maladie et fatigue. Lorsqu'un enfant pleure, les parents disent : « Pour grandir, il faut pleurer. » Quand un nourrisson est infecté par la nourriture sale, ils pensent que « le loup n'est pas étouffé par les poils de la chèvre ». Lorsqu'ils sont malades, ils croient que la santé se repose ! L'an dernier, les plus obtus affirmaient que des fonctionnaires jetaient des cartouches de choléra dans le Taurion ! Ils ne croient pas en la maladie : ils croient en la conspiration.

Marie regarda le jeune docteur.

— Je ne discute pas la question qu'ils me paient à coups de chapeau. Si j'avais voulu gagner de l'argent, j'aurais imité le professeur Péan, qui retire les ovaires des mondaines et empoche huit cent mille francs par an ! Mais cette ignorance !

Florand se tourna brusquement vers Marie.

— Je me suis laissé dire que vous vous baigniez dans l'étang de La Chapelle.

Marie fit mine de s'indigner.

— Vous m'épiez, docteur ? Voyeur ?

— Non ! Bien qu'à la réflexion... Ce sont mes malades de Chaussadas qui m'en ont parlé. Savez-vous qu'ils vous prennent pour une folle ? Je vous l'apprends : « Se baigner entre le 24 juillet et le 26 août risque de vous donner la *canicule.* » Remarquez, ils m'ont également livré le remède.

— Je vous écoute, dit Marie sur un ton patient.

— Il vous suffira de manger des racines dont j'ai oublié le nom, trempées dans de l'urine de porc, et de prendre deux fois par jour des pastilles faites avec des crottes de chèvre mélangées à du vin blanc.

Marie fit une grimace.

— Mes remèdes sont plus doux, se risqua le docteur Florand.

Ils étaient en vue du croisement de Tressagne, à moins d'un kilomètre du château. Un homme marchait en direction de La Chapelle-Saint-Martial. Il portait à l'épaule un sac de marin. Au moment où le cabriolet le dépassa, il tourna la tête.

— Arrêtez-vous, docteur ! cria Marie.

Florand tira sur les rênes.

— Je vous quitte là, dit-elle en sautant du siège.

— Mais nous ne sommes pas rendus.

— Je continuerai à pied.

— Je peux vous attendre, dit Florand en se retournant sur le voyageur, qui attendait à vingt mètres de l'attelage.

— Il n'en est pas question.

— Êtes-vous sûre de n'avoir besoin de rien ?

— Non ! dit Marie. N'insistez pas.

Florand vit combien la jeune femme était bouleversée. Elle jetait des coups d'œil en direction du routier. L'homme était grand, les vêtements couverts de poussière. Une barbe de la semaine grisait son visage.

— Peut-on se revoir ?

— Je n'ai pas l'intention d'être malade dans les jours à venir, répondit Marie.

— Je parle sérieusement.

— Nous nous reverrons certainement si vous continuez à soigner les paysans pour des coups de chapeau.

Elle tendit la main et alla droit vers le voyageur.

Le soir, lorsque Marie rentra au château, Élise l'attendait.

— Il est trop tard pour aller nous promener, se plaignit-elle.

— Je n'ai pas pu faire mieux, répondit Marie, le visage blême. Je suis fatiguée. Je monte dans ma chambre.

Élise resta plantée au pied de l'escalier. À l'heure du dîner, comme Marie n'était pas descendue, la jeune fille se risqua à aller gratter à sa porte. Sans réponse, elle entra. Marie était allongée sur le côté, le dos tourné, les bras croisés sur la poitrine. Elle n'avait pas retiré ses chaussures. Élise s'approcha et s'assit sur le bord du lit. Elle toucha l'épaule de sa tante, qui resta prostrée. La jeune fille se pencha et posa son front sur la tempe de Marie.

— Il est reparti ? demanda-t-elle enfin.

Marie hocha la tête sans répondre.

— Je vous ai vus. J'étais cachée derrière les écuries.

Marie ne bougea pas.

— Comment s'appelle-t-il ? demanda Élise.

— Jean, murmura Marie.

— Vous vous êtes connus là-bas ? Longtemps ?

— Neuf ans. D'abord à Nouméa, puis à Sydney.

— Il voulait repartir avec toi, c'est cela ?

Marie hocha la tête sans pouvoir répondre.

— Et toi, tu l'aimais ?

Marie se retourna. Les larmes brouillaient son regard. Elle prit la fillette entre ses bras et la pressa.

— Surtout, ne dis jamais à François qu'il est venu, supplia-t-elle.

Bien après que sa nièce fut partie, Marie se leva et alla à sa fenêtre. Dans la nuit, la route de Pontarion étirait, au-delà du parc, un ruban de poussière grise. Marie s'appuya contre le dossier d'un fauteuil. Toute sa volonté s'était épuisée à repousser Jean qui l'avait suppliée de reprendre la vie commune à Paris. Livide, les lèvres pincées par le chagrin, la jeune femme cherchait encore comment elle avait eu la force de lui refuser de revoir François.

Après le 15 août, la lumière changea. Un fond d'ocre perçait à la surface des feuillages. Les broussailles jaunies par la sécheresse évoquaient les gelées à venir. L'étang se troubla d'une brume où mouraient des myriades d'insectes. Les cerisiers, dans le verger du château, prirent des reflets d'écureuil. Les Ribière préparèrent leur départ pour la fin du mois. François et Hugues ne s'étaient pas quittés de l'été, s'épuisant dans des marches folles, n'hésitant pas après dîner à se rendre auprès d'Alexandre. Celui-ci aimait retrouver ses deux petits-fils, racontant inlassablement les chantiers de Haussmann, les battues aux loups ou les tours de force des Chaumont du Mondoueix. « La mémoire des vieux, c'est les livres des pauvres », répétait-il à ses petits-fils, oubliant qu'ils étaient riches.

La complicité entre Marie et Élise s'était accrue. Quant à Simon, de tempérament solitaire, il restait souvent au château à lire auprès de sa mère. Ce fut lui qui, l'avant-veille du départ, donna l'alerte. Marie le vit sortir comme un diable de la salle à manger.

— Venez vite ! Maman est tombée !

Marie arriva la première. Clémence geignait au sol en proie à des convulsions. Simon, le visage pressé contre les jupes de Marie, n'osait regarder. Louis se précipita.

— Aide-moi à la tenir, lança-t-il à Marie. Elle a une crise. Il faut serrer son corset !

Ils agrippèrent Clémence. Marie parvint à immobiliser ses bras contre le sol. Pendant ce temps, Louis dégrafait la robe et dégageait le corset. Marie, éberluée, découvrit un mécanisme à hauteur du bas-ventre permettant d'augmenter la force d'enfoncement.

— Il faut resserrer le dispositif qui presse les ovaires. Si on appuie suffisamment fort, l'attaque d'hystérie faiblira.

Louis réussit à tourner les molettes. Clémence cessa bientôt de lancer la tête. Son souffle se fit moins saccadé. Marie relâcha un bras et, à l'aide de son mouchoir, retira l'écume qui souillait les lèvres de sa belle-sœur.

Louis accentua encore la pression exercée par le corset médical.

— Quel étrange corset, dit Marie.

— C'est une ceinture ovarienne conçue par l'équipe du professeur Charcot. Quand Clémence sent venir une crise d'hystérie, elle visse ces pressions qui appuient sur les ovaires. Elle peut ainsi éviter l'attaque.

— Mais c'est horrible ! s'insurgea Marie.

— Ce qu'elle vient de vivre ne l'est-il pas plus encore ?

Louis et Marie se regardèrent. Ils étaient en nage. Louis tenait les hanches de Clémence que des secousses soulevaient encore. Marie avait les mains posées sur les épaules de sa belle-sœur. Ils tournèrent la tête. Simon, derrière un dossier de chaise, les regardait sans bouger.

Le dernier trimestre de l'année 1886 fut consacré chez Ardouin-Ribière à la préparation du grand chantier de la « Tour de trois cents mètres ». C'était ainsi qu'était nommé, dans le concours ouvert le 2 mai 1886, le projet grandiose devant consacrer l'Exposition universelle de 1889. Des propositions étonnantes avaient été faites : une tour arrosoir pour rafraîchir Paris l'été ; une guillotine géante pour célébrer le centenaire de la Révolution ; un édifice qui enjambait la Seine !

Dès son retour à Paris, Louis avait été contacté par Gustave Eiffel.

— Conformément à ce que nous avions évoqué en Creuse, je souhaite te confier l'ensemble de maçonnerie sur lequel reposera la merveille que je vais édifier, lui avait dit Eiffel.

Les deux hommes s'étaient serré la main avec effusion.

Les événements s'étaient précipités. Bien avant la signature officielle des travaux entre le ministre Lockroy, le préfet Poubelle et Gustave Eiffel, le 8 janvier 1887, les spécialistes d'Ardouin-Ribière et d'Eiffel, sous la direction de l'ingénieur Martin, avaient étudié les dispositions techniques. Le temps pressait. Le montage de la tour ne devait pas excéder vingt et un mois. L'implantation des quatre gigantesques plots de maçonnerie la supportant ne devait durer que cinq mois.

Louis redéploya les différentes équipes de son entreprise. La priorité absolue fut donnée à ce chantier. C'est ainsi que, la veille de Noël 1886, Francœur et Étienne apprirent qu'un mois plus tard, le 26 janvier, ils seraient affectés aux travaux de soubassement sur le Champ-de-Mars.

Le soir de Noël, dans la loge, Julie jeta sur sa table une nappe de lin. Étienne avait acheté une bouteille de vin à un détaillant de Bercy. Dès la première gorgée, il fit part de son enthousiasme à participer aux travaux de l'Exposition universelle.

— Quand je la verrai dressée au-dessus de Paris, cette tour, je me dirai : « Elle porte sur de la maçonnerie que tu as montée avec Francœur. »

— Ce sont des fondations comme les autres, répondit Francœur. Ce que je vois, c'est qu'aujourd'hui j'ai bien souffert du froid. Peut-être même que nous devrons travailler à la lumière électrique comme au Crédit Lyonnais, il y a quatre ans ! On marnera jour et nuit et même le dimanche. Les rêves des uns sont les soucis des autres.

— Ce n'est pas un travail ordinaire, remarqua Étienne.

Francœur avait haussé les épaules.

— Maintenant, l'hiver n'arrête plus les grands chantiers. Il peut geler à pierre fendre, on continue ! C'est cela qui vide notre Creuse. Tu trouves à t'employer toute l'année à Paris.

Charbonnet du Masbole était passé la semaine précédente. Il s'en revenait de Creuse où il était allé enterrer son père. Il avait rapporté du pâté de tête de la part du frère de Francœur.

— Ton frère réussit toujours bien le fromage de cochon, remarqua Étienne, la pointe du couteau en l'air.

Julie opina.

Charbonnet avait donné des nouvelles du pays. Les Leprat du Grand-Blessac avaient abattu leur belle futaie de chênes. Ils n'avaient pas hésité à se servir de scies, à la désapprobation générale.

— La scie empoisonne l'arbre. C'est à la cognée qu'ils méritaient d'être tombés, ces chênes, avait confirmé le limousinant.

Ceux de Chaussadas avaient vu, tout l'été, Marie Ribière se baigner dans l'étang.

— Quand il y a deux femmes à la maison, il y en a une de trop, avait commenté Francœur.

— Jamais femme ni cochon ne devraient quitter la maison, avait ajouté Charbonnet, qui avait fait celui qui en sait long. Je suis pour que la femme reste *emmaisonnée*.

Tout en servant, Julie surveillait l'entrée par la porte de la loge. Depuis le début de l'après-midi, la neige tombait à gros flocons. En cherchant de la viande à bouillir chez le boucher de la rue Corvisart, elle avait vu la surface glacée de la Bièvre se couvrir d'étoiles blanches.

Étienne, Francœur et Julie mâchaient lentement la nourriture venue de Creuse. Charbonnet avait eu la gentillesse de se charger d'un morceau de jambon et de quelques châtaignes. « Morceau avalé n'a plus de goût », pensait chacun en mastiquant.

Francœur leva son verre.

— Je bois ce vin en remerciant Dieu qu'ils n'en aient pas en Angleterre !

Sa femme le regarda en souriant.

Les derniers locataires qui réveillonnaient obligèrent Julie à se lever à une heure du matin en criant d'une voix avinée qui se voulait respectable : « Cordon, s'il vous plaît ! » Dehors, la neige recouvrait les trottoirs. Un silence pesant s'était abattu sur le quartier. Étienne, qui ne parvenait pas à dormir, essayait de retrouver le sentiment qui l'étreignait l'hiver à La Vergne lorsque le village s'enfonçait sous la neige. Mais il manquait l'aboiement des chiens errants qui résonnait sous la voûte de cristal des nuits creusoises constellées par le gel.

Il fut gagné par la torpeur en même temps que s'apaisait le souffle de Julie dans les bras de son mari. Il revit les taches de sang laissées sur la nappe par les mains crevassées de Francœur, autour de son assiette. Près de l'évier, au pied d'un balai, il devina la masse sombre d'une serpillière à laquelle était accrochée une odeur de latrine bouchée. À côté, le seau d'eau, que Julie allait tirer à la fontaine chaque soir au cas où quelqu'un mourrait dans l'immeuble au cours de la nuit, attira son regard. Étienne songea confusément aux âmes des morts dont Julie croyait qu'elles pourraient s'y venir laver. Il s'endormit en frissonnant.

Au matin du 26 janvier 1887, Francœur et Étienne arrivèrent place du Trocadéro. Rue Cujas, ils avaient retrouvé Tardivaud de Pontarion, Charbonnet du Masbole, La Franchise du Monteil-au-Vicomte, Lanique du Mondoueix et Ferrandon, avec lesquels ils avaient l'habitude de faire équipe. Les limousinants, dans leurs blaudes blanches étriquées, les pelles, les pioches et les auges à l'épaule, avaient pris la direction du chantier. Cinq goujats ramassés à l'Hôtel de Ville complétaient la troupe.

Il gelait. Les hommes gardaient un air maussade. Des chevaux glissaient sur le verglas qui argentait les pavés du quai Voltaire. Leurs fers lançaient dans la nuit des gerbes d'étincelles. La Seine charriait son souffle glacé de fleuve. Sous les arches du pont Royal, des baliveaux à la dérive s'étaient amoncelés. Une fille en cheveux, les bras chargés de costumes qu'elle rapetassait, croisa le groupe en baissant le nez.

Arrivés sur le Champ-de-Mars, les hommes regardèrent le manège des attelages qui avaient abattu les arbres de l'esplanade. Des armées de terrassiers étaient en file indienne dans des tranchées destinées à recevoir les canalisations d'eau et de gaz. D'autres équipes s'affairaient autour du piquetage des quatre piles. Le soleil dégagea l'horizon crénelé des toitures de Paris. Les projecteurs s'éteignirent un à un. Dans la grisaille de janvier, les hommes, surpris, se dévisagèrent.

Francœur et Étienne furent envoyés sur les fondations en bord de Seine tandis que Charbonnet, Lanique, Tardivaud, La Franchise et Ferrandon partaient sur les piles est et sud. Les plans de l'Exposition universelle prévoyaient une symétrie subtile dans l'axe du palais des Machines, les palais des Arts libéraux et des Beaux-Arts se faisant vis-à-vis. Les charrois se croisaient dans un désordre indescriptible. Des forêts d'étais disparaissaient au creux des fouilles. Une file de tombereaux emportait la terre arable. Francœur fut mis à la construction d'un socle de maçonnerie sur lequel allait être arrimée une grue à vapeur. Avec Étienne qui le servait, il trima comme un diable toute la journée.

— Elle commence durement, la Tour de trois cents mètres, gronda-t-il à l'heure de la pause.

Étienne s'assit sur un madrier que venaient de déligner deux scieurs originaires d'Uzerche. La sciure gelée faisait une pâte qui encrassait la scie.

— Il vaut mieux être bien au milieu de sa blouse pour faire ce métier-là, commenta Francœur en regardant les deux hommes.

— Vois le *renard* comme il mange. Il a une si grande bouche qu'un crapaud y entrerait à reculons, ajouta Charbonnet.

— Fort pour manger, fort pour travailler, dit Tardivaud.

Les fouilles des quatre piliers durèrent jusqu'au printemps. Les géologues prélevaient des carottes d'un mètre cinquante. Si, du côté du Champ-de-Mars, les terrassiers trouvèrent le solide, il n'en fut pas de même vers la Seine. Étienne fut l'un des premiers à sortir au bout de sa pioche des ossements et des poteries ainsi que des éclats de pieux.

« Nous sommes sur un bras abandonné de la Seine, avait commenté un ingénieur en examinant les débris. Le sous-sol est instable, nous devrons creuser sous le niveau de l'eau. » La rumeur circula alors que la technique de l'air comprimé allait être utilisée. Charbonnet, qui avait travaillé sur le collecteur de Clichy, avait expliqué :

— On te fait rentrer dans un caisson sans fond qui repose sur le sol et dans lequel on envoie de l'air comprimé. De cette manière, l'eau est chassée et tu es à sec pour piocher. C'est le principe de la cloche à plongeur. Au fur et à mesure que l'excavation progresse, le caisson s'enfonce. À la fin, on le remplit de béton. Mais quand tu sors du caisson, tu ne te sens pas bien. Tu croirais avoir bu la gnôle d'Alphonse de Villevialle lorsqu'elle sort brûlante de l'alambic. Tu trembles !

— J'ai entendu dire que certains y étaient restés à cause de leur caisson, avait remarqué La Franchise.

— Va-t'en savoir ! avait dit Francœur en haussant les épaules. Si on nous dit d'y aller, on ira. On ne paie le chien que quand il a viré les vaches.

Lorsque les terrassiers parvinrent au niveau de la Seine, il leur fut impossible de poursuivre. À l'emplacement des deux piles du côté du fleuve, huit caissons furent descendus. Il s'agissait de formes en tôle de quinze mètres de long sur six mètres de large, surmontées d'une casemate qui communiquait avec le fond par un tube vertical. C'est par ce tube d'un mètre de diamètre que Francœur et Étienne descendirent pour rejoindre les terrassiers.

Au fond du caisson, le ronflement de la pompe qui amenait l'air comprimé roulait aux oreilles comme dans les soutes d'un paquebot à vapeur. Francœur se taisait. Charbonnet était à la peine, piochant dans un sol marneux. Des gouttes de sueur perlaient à ses tempes. Les brodequins s'enfonçaient dans la boue. Une rigole d'eau menaçante suivait la base des tôles du caisson. Francœur était posté à l'étayage.

Étienne remplissait les seaux qui emportaient les déblais par le tube.

Tout le temps que dura le creusement, les Limousins furent à la peine. Ils eussent préféré les intempéries sur des échafaudages branlants, des pierres à hisser à la force des reins, des poutres à porter à l'épaule, plutôt que de descendre chaque matin dans ces boîtes immenses s'enfonçant dans la terre détrempée par la Seine. Francœur avait perdu le goût de plaisanter et ce n'était qu'arrivé vers Glacière, le soir, qu'il pouvait de nouveau respirer librement. Souvent, la nuit, alors que Julie dormait dans ses bras, il entendait la pompe envoyant l'air comprimé battre dans sa tête avec l'entêtement des machines d'acier.

Les caissons arrivèrent à la cote vingt-deux. Depuis plusieurs jours, les hommes retiraient des déblais vaseux désespérément meubles. Un matin, enfin, apparurent dans les pelles les premiers graviers. Les Creusois eurent une lueur d'espoir.

— Je crois qu'on a traversé les couches marneuses, dit La Franchise.

— C'est de la bonne gravière, avait repris Tardivaud en prenant des cailloux à pleines mains.

À cinq mètres sous le niveau inférieur du lit de la Seine, une couche résistante de gravier et de sable fut enfin atteinte. Ce jour-là, en remontant à l'air libre, Étienne vit le chantier tourner autour de lui. Il s'agrippa à l'épaule de La Franchise et s'écroula après avoir titubé comme s'il avait été ivre. Charbonnet et Francœur le portèrent aussitôt dans une baraque et l'étendirent sur une table. Le gosse était livide. Il respirait mal et de manière irrégulière. Il passait l'avant-bras sur ses yeux, d'un mouvement nerveux, comme pour déchirer un voile aveuglant.

— C'est l'air comprimé, avait grondé Charbonnet. Je l'avais dit.

Étienne avait envie de vomir. Le grand chantier de la tour

qui l'avait tout d'abord émerveillé tournait au cauchemar. Des images de l'étang de la Genête se mêlaient à la vision horrible du tube par lequel il fallait descendre chaque matin. Des visages amis laissés en Creuse se penchaient sur lui, mais décolorés. Il entendait le hurlement de la louve que les Mouret et les Volondat avaient tuée, l'hiver 1881, dans les bois de La Vergne. Il avait peur. Il serrait les lèvres comme il en avait pris l'habitude chaque fois qu'il devait soulever une charge trop forte pour lui. « Calme-toi, petit, tu reprends des couleurs », entendait-il vaguement. La profondeur dont il venait était moins effrayante que celle où allaient s'amarrer les piliers de la terrible tour.

Le remplissage des caissons commença dès le lendemain matin. Du ciment de Boulogne fut injecté par les tubes qu'avaient empruntés les limousinants. Les massifs cimentés de six mètres d'épaisseur, reposant sur une couche de sable et de gravières sous le niveau de la Seine, furent bientôt terminés. Les deux autres piles n'avaient nécessité qu'une épaisseur de deux mètres de béton coulé à l'air libre.

Étienne reprit son poste aux côtés de Francœur. Avant même que les caissons fussent remplis, des *binards* charroyaient une belle pierre de Souppes destinée à la maçonnerie d'appui. Le meilleur des équipes de chez Ardouin-Ribière était attelé à la tâche. Dubreuil dirigeait les opérations. L'ingénieur Martin restait sur place. Deux fois par semaine, Compagnon visitait le chantier et s'en retournait aux ateliers de Levallois-Perret étudier les quatre mille mètres carrés de plan de la tour.

Les massifs maçonnés, inclinés dans le sens des piliers, avaient une forme pyramidale. Les sabots, qui allaient recueillir la formidable pression exercée par l'édifice et sa prise au vent, avaient été scellés au cœur des fondations. Pour chacun des quatre piliers il s'agissait de deux tuyaux en fonte de vingt centimètres de diamètre et de six mètres de longueur.

Étienne récupérait. Depuis que le travail se situait à l'air libre, il retrouvait son enthousiasme du début. Le Champ-de-Mars, à la fin du printemps 1887, n'était qu'un immense chantier. Les fouilles du palais des Machines et des palais des Arts étaient terminées depuis le mois de mai. Les structures porteuses, fabriquées à la forge Saint-Denis, arrivaient progressivement. Les échafaudages répandaient sur les hommes une senteur de forêt traversée par des odeurs de rouille.

L'échéance du mois de juin 1887 approchait. Les journées de travail duraient treize heures. Francœur et tous les Creusois qui avaient marné ensemble mangeaient sur place. Les jours ensoleillés ravissaient Paris. Des élégantes aux bras de dandys venaient aux marges du chantier observer l'avancée des travaux.

— Cette exposition, c'est pour célébrer 1789, grondait Charbonnet. Un siècle après, je vois que c'est toujours les mêmes qui triment.

Montrant de la pointe de son couteau un bourgeois ventru qui le regardait manger son morceau de pain, il avait grogné :

— L'homme qui travaille mange la paille, celui qui ne fait rien mange le foin.

— Moi, je suis content de travailler à célébrer la Révolution, se risqua Étienne.

La Franchise ajouta :

— Je crois que les anciens n'ont pas été assez vigoureux. Dis que tu es le mouton, et le loup te mangera.

Les propos revenaient inlassablement sur la Creuse. De toute l'équipe, seul Lanique du Mondoueix rentrait régulièrement au pays. La femme de Charbonnet tenait une loge rue de l'Arbalète. Celle de La Franchise faisait les ménages dans un quartier de la place d'Italie.

— Moi, je pense que la tour sera trop grande pour l'exposition qu'elle fera petite, dit Francœur.

— C'est pas dit qu'on la finira. Le général Boulanger

pourrait bien vouloir secouer les Prussiens et nous conduire droit à la guerre.

— Il a raison, le général ! Qu'on en finisse tôt ou tard ! s'écria Charbonnet.

— La guerre c'est bon à tuer les ouvriers et les paysans, avait dit La Franchise.

Au cours de la dernière quinzaine de juin, les hommes travaillèrent à l'édification des assises en pierre de taille. La pierre utilisée fut de Château-Landon, la même que celle de l'Arc de triomphe. Francœur, servi par Étienne, travailla sur la pile numéro 2, en front de Seine. Le gamin appréhendait la fin du chantier. Le 30 juin 1887, les équipes d'Ardouin-Ribière laissèrent la place aux monteurs et les premiers convois de poutrelles numérotées arrivèrent de Levallois.

— J'aimerais continuer à la fabriquer, cette tour, avoua Étienne à Francœur. Je préfère le fer à la pierre.

— Nous laisser tomber ! s'exclama son camarade.

Regrettant sa remarque, il avait ajouté :

— Si tu en as envie, tu peux toujours essayer de te présenter à l'embauche. Mais j'ai entendu dire que leurs équipes de riveurs sont déjà au complet.

— Ça me gêne de quitter l'entreprise de M. Ribière.

— Quand la cage est bâtie, l'oiseau s'en va. Mais fais attention ! La tour s'arrêtera bien un jour de monter au ciel. Tu seras peut-être content de retrouver les Creusois d'Ardouin-Ribière.

Le lendemain, Francœur posait des éléments ornementaux en béton destinés à cacher les fondations de la pile ouest. Étienne gâchait la colle. Il aperçut Louis, qui se dirigeait vers le pilier sud. Il n'hésita pas.

— Qu'est-ce que tu me veux ? demanda Louis.

Le jeune homme avait retiré sa casquette et la tournait entre ses doigts.

— Allons, parle ! dit Louis. Tu vois bien que je suis pressé.

Comme l'autre baissait le nez sans pouvoir sortir un mot, Louis se radoucit.

— Nous sommes *pays*, tout de même ! Il serait bien triste qu'un Creusois à Paris n'osât pas parler à un autre Limousin. Qu'est-ce que tu veux ? ajouta-t-il en patois.

— Je voudrais m'engager comme apprenti riveur.

— C'est pour me dire ça que tu me fais perdre mon temps ? Tu n'es pas bien chez nous ? C'est le salaire qui te tente ?

— Non. Je voudrais la monter, cette tour.

— Tout seul ! s'esclaffa Louis.

L'image du goujat de quatorze ans qui avait osé pendant l'automne 1861 demander de l'embauche à Garnier traversa sa mémoire. Le temps avait passé. Devant lui, un gamin du même âge tremblait dans sa blaude d'« hirondelle blanche ».

— Écoute, Étienne. Voilà ce que je te propose. Je vais te faire engager chez Eiffel. Si le métier te plaît, tant mieux. Si tu as le vertige, ta place est gardée chez Ardouin-Ribière.

Louis dévisagea le gamin. Il songea à son fils, Hugues. Des cernes bleus grimaient ses yeux. Sa peau, brûlée par le soleil des chantiers, avait encore un voile d'enfance, veiné aux tempes et sur les joues. Les mains qu'il tortillait sur son ventre étaient rongées par le portland. Le sourire que lui adressa le goujat avait la force irrépressible de ceux qui sont déjà damnés.

Le 2 juillet 1887, Étienne se présenta à un chef d'équipe de chez Eiffel. L'homme, que les autres surnommaient Bordelais, l'accueillit avec bonhomie.

— Il paraît que tu aspires à l'honneur de faire partie des ouvriers-oiseaux, des *ramoneurs*, comme nous appellent les rampants du plancher des vaches !

Étienne, intimidé, acquiesça.

— Je vais te mettre dans une équipe de riveurs. Je t'explique le fonctionnement. Le *teneur de tas* prend, sur un brasero que tu auras la charge d'entretenir, un rivet chauffé au rouge. Il présente le rivet dans le trou et le maintient pendant qu'un autre compagnon écrase l'extrémité qui sort et que le *frappeur* lui arrondit la tête avec une masse de six kilogrammes. Tu as compris ?

— Oui, répondit Étienne, déçu d'être cantonné à l'entretien du brasero.

— C'est pas si simple d'être un *mousse* ! Quand tu seras là-haut, il fera moins dix en hiver et un vent à t'arracher les bras. Tu auras le souci de ne pas mettre le feu au plancher sur lequel tu es perché au-dessus du vide.

— J'ai compris.

— Eh ! ne t'excite pas. Des rivets, il y en a deux millions et demi à poser !

Bordelais eut une expression gourmande. Étienne regagna son équipe qui déchargeait des poutrelles numérotées passées au minium rouge, convoyées par des fardiers à chevaux depuis Levallois-Perret.

Le montage débuta aussitôt. Les bases des quatre piliers étaient assujetties à la maçonnerie par des boulons de six mètres de long. Grâce à une presse hydraulique, ces appuis pouvaient être déplacés afin d'obtenir un calage parfait. Lorsque les premiers arbalétriers furent posés, l'équipe d'Étienne commença son travail d'assemblage.

Le soir, en retrouvant Julie et Francœur, Étienne était intarissable.

— Tu croirais que les piles vont se casser la figure tellement elles penchent. Mais tout est calculé !

— Tu nous fatigues avec ta tour, répondait gentiment Francœur.

— Bordelais m'a dit que M. Eiffel ne se trompait jamais.

Francœur haussait les épaules.

— Tout le monde se trompe, disait Julie en levant les yeux des pantalons qu'elle rajeunissait.

Étienne aimait retrouver son équipe de riveurs. Le *frappeur* était un Alsacien réfugié qui avait suivi les chantiers d'Eiffel depuis la guerre. C'était lui qui avait posé les rivets lorsque les deux principales arches de Garabit s'étaient rejointes. « Huit millimètres de fléchissement au sommet de la voûte, se plaisait-il à répéter à Étienne. Huit ! » Le *teneur de tas*, un homme taciturne, venait de Bretagne. Quant à l'autre compagnon, il s'appelait Octave Damet. C'était le type le plus gai qu'Étienne ait jamais rencontré. Il parlait pointu avec un accent des faubourgs, une gouaille montmartroise qui ravissait le jeune Creusois. Le lundi, il racontait avec complaisance ses succès aux bals de la place Blanche ou des rues à modèles de la Butte. Rien ne paraissait devoir rembrunir le caractère de ce gaillard dont Étienne devint rapidement très proche.

En octobre, les piliers atteignirent vingt-six mètres. Leur porte-à-faux étant devenu considérable, il fallut les soutenir par des échafaudages de bois. Des grues à vapeur qui empruntaient les glissières, destinées plus tard aux ascenseurs, s'élevaient en même temps que les piles, réalisant leur propre voie au-dessus du vide. Les échafaudages se haussaient chaque jour. Avec l'habitude, Étienne pouvait marcher au bord d'un vide de trente mètres sans éprouver une peur panique.

— M. Eiffel exige une sécurité maximale, se plaisait à rappeler Bordelais. Demandez à Pinelly ce qui lui est arrivé.

— Qu'est-ce qui lui est arrivé, monsieur Bordelais ? s'était inquiété Étienne.

L'autre avait roulé des yeux sévères.

— Pinelly, un après-midi après la pause, est arrivé en chaloupant. Le contremaître a tout de suite vu qu'il s'était enfilé plusieurs rasades de *fil-en-quatre*. Mis à pied, le Pinelly !

L'hiver 1887 tenait Paris dans ses griffes de glace. Les hommes souffraient. Le matin, les poutrelles étaient couvertes de givre et le fer collait aux doigts. Les planches des plates-formes sur lesquelles travaillaient les riveurs glissaient sous les chaussures à clous jusqu'aux premiers rayons du soleil.

— Vous croyez qu'on verra la Creuse de tout là-haut, monsieur Bordelais ? demandait Étienne.

— Je ne sais pas si on verra ta Creuse, mon gars. Mais le monde entier nous verra.

En décembre, les équipes approchèrent avec appréhension des quarante et un mètres à partir desquels les quatre piliers allaient se solidariser au niveau de la ceinture du premier étage. Les échafaudages qui soutenaient les piles furent complétés par des *chèvres* destinées à porter les éléments horizontaux de la première plate-forme.

L'équipe d'Étienne fut postée entre les piliers est et nord. Une grue descendit doucement une poutre qui vint reposer sur une boîte à sable.

— Avec ton doigt, retire quelques grains par le trou à la base de la boîte ! cria Bordelais.

Étienne s'exécuta. Le sable se répartit dans le cylindre et la poutre descendit imperceptiblement.

Au pied des quatre piles, les pompes hydrauliques commencèrent à déplacer délicatement des masses métalliques grosses comme deux fois les tours de Notre-Dame.

— Fais couler encore quelques grains de sable, commanda Bordelais.

Le *mousse* d'une autre équipe de riveurs s'approcha. Les doigts des deux gamins grattèrent à l'intérieur de la boîte. Ils se regardèrent.

— Comment tu t'appelles ? demanda Étienne à l'autre arpète.

— Maxime. Et toi ?

— Étienne.

Ils se dévisagèrent. Sur le chantier, cent cinquante hommes avaient le ventre noué. La stabilité et la rigidité de l'assemblage dépendaient de l'inclinaison de chaque pile définie avec précision par les vérins hydrauliques. Bordelais surveillait l'abaissement du treillis horizontal. Il donnait calmement des ordres auxquels les compagnons d'élite d'Eiffel, les vieux briscards qui avaient fait Porto, Nice, Bordeaux, la Cochinchine, obéissaient sans un mot. Les poutres se rapprochaient. Étienne et Maxime étaient accroupis à côté de la boîte à sable. L'échafaudage haut de quarante mètres roulait doucement sous leurs pieds. L'odeur de résine des planches mal essuyées donnait l'illusion d'être dans les cimes d'une forêt. Parfois, une consigne donnée à voix basse résonnait dans la guipure de fer. Un silence extraordinaire posé sur la rumeur du vent dans les entretoises enchantait l'édifice. Pour quelques minutes encore, les poutres étaient accrochées à un rêve. « Bientôt, pensait Bordelais, je les retiendrai par mes rivets. »

— Les trous coïncident ! gronda-t-il en ordonnant l'assemblage.

Il allait ajouter : « C'est encore plus parfait qu'à Garabit. » Mais il se tut.

Lorsque la ceinture horizontale eut définitivement relié les quatre piles, les contremaîtres se firent des signes. Ce ne fut qu'un cri. Les hommes dansaient sur les échafaudages. Des casquettes volèrent dans le vide. Maxime s'approcha d'Étienne et le prit entre ses bras. Sous le drap de la blaude du gamin de Paris, le Creusois troublé pressa des omoplates et des épaules maigres.

La stabilité de la tour étant assurée, les équipes se lancèrent dans l'édification de la plate-forme du premier étage établie à cinquante-sept mètres de hauteur. Les jours allongeaient. Les huit heures de travail quotidien au plein de l'hiver étaient passées à dix pour atteindre douze heures, avec un seul jour de pause au long de mois sans dimanche. Personne ne se plaignait.

Étienne fut affecté à la réalisation du plancher du premier étage. Il transporta de larges briques qui étaient posées entre des rails de fer et recouvertes d'asphalte. Maxime fut, malgré ses protestations, assigné à la même tâche. Étienne observa vite que l'autre *mousse* peinait à déplacer les brouettes chargées de briques. C'était pitié que de le voir s'arrêter pour reprendre son souffle. Son visage mince, affiné par des cheveux coupés ras cachés sous une casquette qu'il ne quittait presque jamais, lui donnait une allure poignante. Bordelais, à plusieurs reprises, l'avait houspillé, lui reprochant son manque de vigueur. Alors Maxime avait répondu sèchement et avait été près de se faire renvoyer. Mais, au dernier moment, il était allé implorer le vieux compagnon de le garder. Celui-ci avait cédé.

Une fois le plancher recouvert, les deux arpètes se joignirent à une équipe qui aménageait les bords de la plateforme du côté de l'École militaire. À plusieurs reprises, Étienne, voyant Maxime en difficulté, lui avait prêté la main. Les deux gosses attendaient des jours meilleurs qui advinrent lorsque les équipes de riveurs les rappelèrent pour l'entretien des braseros. Les liens entre les deux apprentis s'étaient renforcés et souvent, au moment de prendre les repas entre ciel et terre, ils partageaient leurs gamelles.

— D'où tu viens ? avait demandé Étienne à son compagnon.

— Je vis sur la Butte.

— Pourquoi tu fais ça ? Tu aurais pu trouver du travail plus près de chez toi ?

— Ici, c'est mieux payé.

Étienne aimait la présence du *mousse*. Contrairement aux autres gamins qui servaient les riveurs, Maxime ne se mêlait jamais aux disputes. Son air maladif lui eût interdit d'ailleurs de prendre part aux bagarres qui se réglaient dès le chantier terminé dans des recoins du Champ-de-Mars.

Le 29 avril 1888 eut lieu la première fête du chantier, la fête des cinquante-sept mètres. Gustave Eiffel était présent à l'entrée d'une tente destinée à accueillir deux cents ouvriers. Une douceur printanière pressait les cœurs. Des équipes de riveurs et de charpentiers bavardaient devant des *mousses* aux yeux ébahis. Une soixantaine d'ouvriers accomplis côtoyaient une armée embauchée sur place, intimidée par le faste et soucieuse de ne pas se faire remarquer. Chacun songeait aux quatre-vingt-quinze centimes de l'heure que leur rapportait ce travail, en des temps où la journée, sur n'importe quel autre chantier, était payée trois francs.

Octave Damet, le *teneur de tas* de l'équipe d'Étienne, était de la fête. Il riait aux éclats et brocardait Maxime pour ses faux airs de Beau Jésus. Mais, alors que l'insulte eût mis en rage n'importe quel autre garçon, Maxime se contentait de hausser les épaules. Trois fûts de meursault furent mis en perce. Quand les lumières de la fête s'éteignirent, Étienne songea à regret qu'il allait devoir regagner la loge de Julie et de Francœur.

— Viens faire un tour, lui proposa Maxime. On ne va pas se quitter comme ça !

Le vin avait allumé un reflet dans ses yeux.

— Julie et Francœur vont s'inquiéter, dit Étienne.

— T'es plus un chiard ! lui rétorqua l'autre. Tu as besoin de quelqu'un qui te mouche ?

Les deux gamins partirent en direction de la place de la Concorde. Ils marchaient doucement. Ils choisirent de passer par le boulevard des Capucines voir les illuminations de l'Opéra. Ils contemplèrent les éclairages électriques qui entouraient l'édifice et les comparèrent au gaz des rues avoisinantes.

— Il fait lune avenue de l'Opéra et soleil rue du Quatre-Septembre, avait remarqué Maxime. Je préfère la couleur du gaz.

— Un jour, j'ai vu des chevaux électrocutés sur des pavés en bois, observa Étienne.

Ils arrivèrent boulevard de Clichy. Sur la Butte se dressaient des moulins à l'abandon. Le meuglement des vaches dans les fermes rappelait la Creuse. Ils prirent par la rue des Abbesses.

— J'habite rue Cortot, murmura Maxime.

Étienne se sentait mal à l'aise. Il se rappela les moqueries d'Octave Damet sur la virilité de son compagnon et se demanda si le bel Octave qui venait souvent danser rue Caulaincourt n'en savait pas plus long. Des senteurs de clématites traversaient la place du Calvaire, chavirées par des relents d'écurie. Une douceur indéfinissable planait sur la Butte. Ils longèrent des murs sordides percés de fenêtres d'où partaient des rires. Des femmes grasses assises sur des chaises, les jambes écartées et des marmots entre leurs pieds nus, prenaient le frais rue Norvins. Un homme à la tignasse rousse remontait de la rue Lepic, le pas hésitant.

— Tu habites encore loin ? demanda Étienne à Maxime.

L'homme roux frôla les deux gamins.

— Bonsoir, Maxime ! Quand est-ce que tu viens poser ? demanda-t-il avec un fort accent.

— Quand j'aurai faim !

L'autre haussa les épaules et repartit vers la rue de l'Abreuvoir.

— J'habite au troisième, dit Maxime.

Étienne leva le nez. Il était sur le point de filer.

— À demain, lança-t-il maladroitement en avançant la main.

Maxime le regarda drôlement.

— Tu ne partirais pas sans prendre un verre ? Je vois bien que tu en meurs d'envie.

Étienne se fit prier.

— Vite, alors. Julie et Francœur doivent s'inquiéter.

Maxime d'un mouvement rapide retira sa casquette. La lune éclairait les façades montantes. Il eut un geste de la tête comme une fille qui rejetterait sa tignasse sur les épaules.

— Viens, dit-il d'une voix rauque.

Les deux apprentis grimpèrent à tâtons l'escalier qui les

conduisit à une soupente. Un lit, une table, une chaise, un broc, c'était tout le mobilier de la pièce dont la fenêtre ouverte était encadrée d'une vigne vierge. Un oiseau s'envola des feuillages.

— Il a eu peur, remarqua Maxime.

Étienne se taisait.

— Je te fais peur aussi ? demanda Maxime en s'approchant du Creusois. Tu me trouves différent des autres garçons, peut-être ?

Étienne ne répondit pas.

Maxime posa deux verres sur la table et s'assit sur la paillasse.

— La chaise ne tient pas. Viens à côté de moi.

Étienne hésitait. Il était sur le point de s'enfuir. Des bruits de pas dans la rue Cortot troublèrent le silence. Il s'installa à bonne distance de Maxime, qui se tourna vers lui et s'approcha. Le *mousse* le dévisagea et prit la main du Creusois qu'il guida vers sa joue. Étienne ne résista pas. Il avait la gorge serrée. Maxime porta les doigts sur ses lèvres et y déposa un baiser. Il descendit la main et la glissa sous la toile de sa blaude, contre sa poitrine.

— N'aie pas peur.

Son torse était enveloppé dans une serviette serrée. D'un geste rapide Maxime dénoua le linge. Étienne découvrit la chair de deux petits seins.

— Tu es une fille ? s'exclama-t-il.

Une lueur d'amusement passa dans les yeux attisés de Maxime.

— Me préférerais-tu garçon ?

Maxime ajouta :

— Sur les chantiers, les hommes gagnent deux fois plus que les femmes en usine.

Maxime passa le bras sur l'épaule d'Étienne et les deux enfants perdus roulèrent sur la paillasse. Des parfums d'herbes folles montaient des terrains vagues de la Butte et pénétraient par la fenêtre ouverte. Des rapins éméchés, le regard illuminé par la *fée verte*, rentraient en titubant dans leurs ateliers. Des miaulements de chats de gouttière se battant dans le maquis déchirèrent la nuit. Dans les bras de Maxime, Étienne murmura ces mots qui n'existaient pas dans la langue de son pays.

5

Les photographes

FABIEN THOMAS, l'instituteur de Pontarion, saisit le verre que Marie lui tendait.

— J'ai lu dans *L'Illustration* que la Tour de trois cents mètres avait atteint son premier étage. L'avez-vous vue, madame Ribière ?

— M. Eiffel m'avait conviée à la fête des cinquante-sept mètres qui a eu lieu la semaine dernière. Mais François me cause du souci. J'ai décidé de ne pas m'absenter.

— Je regrette que François soit trop âgé pour être inscrit dans mon cours complémentaire. Songez : il va sur ses seize ans !

Marie eut un mouvement d'impatience. Elle regarda le jeune homme.

— François est malheureux, reprit Marie. En Nouvelle-Calédonie, il avait le sentiment d'être un prisonnier. Ici, il est encore en exil. Quand donc trouvera-t-il ses racines ?

— C'est un garçon d'une grande sensibilité. Excessive, sûrement.

L'instituteur reposa son verre sur le guéridon. C'était la première fois qu'il était reçu à La Chapelle-Saint-Martial.

— Si encore il s'intéressait à quelque chose ! s'exclama

Marie. Depuis septembre dernier, il ne fait rien. Il passe son temps aux Couteilles avec son grand-père. Ou bien il disparaît la journée entière ! Bien heureux quand il rentre avant la nuit !

— On m'a dit qu'il allait souvent voir Quatre-Vents, suggéra Fabien Thomas.

Marie poursuivit :

— Je ne sais plus que faire. J'ai demandé à mon beau-frère de parler à François. En vain ! Mon fils s'est fermé et Louis n'a rien pu en tirer.

— Il est à un âge délicat.

Elle s'adoucit.

— Puisqu'il n'était plus question qu'il reprît ses études à Guéret, je lui ai offert de l'inscrire dans une école de son choix. Il a refusé. Je lui ai proposé de choisir l'agriculture. Sa voie était toute trouvée. Il m'a répondu que ça ne l'intéressait pas. Des mois à tourner au château sans être capable de dire ce qui pourrait l'aider !

— Parfois il faut du temps pour trouver son chemin, se risqua Fabien Thomas. Vous connaissez maître Montel, le notaire ? Leur fils a traîné chez eux un an avant de se décider à faire son droit. Maintenant, regardez le chemin accompli. Il est inscrit au barreau de Limoges.

Marie secoua la tête.

— Rien ne l'intéresse que courir la campagne ou se battre ! Si vous saviez dans quel état il revient, certains soirs. Les habits en loques. Toujours de bonnes excuses pour s'être coltiné.

— Il ne semble pas agressif, pourtant.

Marie frappa sur ses genoux.

— Vous comprenez bien de quoi je veux parler ! Savez-vous ce qui est arrivé l'autre jour à la foire de Vidaillat ?

— Non.

Marie saisit un sac à main posé sur une table basse.

— Une cigarette, monsieur Thomas ?

— Non merci, répondit le jeune homme. Je ne fume que la pipe.

Thomas observa le visage concentré de son hôtesse, qui fixait la braise.

— J'ignore ce qu'il faisait à Vidaillat, reprit Marie après une longue inspiration. Enfin ! Il découvre dans un recoin du foirail un groupe en train de lapider une chèvre à l'attache.

— Le mois dernier à Pontarion, c'était un ratier qui tuait des rongeurs à coups de dents pour quelques piécettes qu'on lui jetait. À deux pas de l'église et de l'école !

Marie l'interrompit.

— François a détaché la chèvre qui est allée mourir un peu plus loin. Inutile de vous dire qu'il y a eu une bataille. Vous connaissez la force de François.

L'instituteur leva les yeux.

— Les énergumènes étaient cependant sur le point de l'assommer quand la maréchaussée est intervenue. L'avocat de mon beau-frère a fait libérer mon fils dans la journée en menaçant de traîner tout ce beau monde devant les tribunaux pour violation de la loi Gramont, qui réprime la cruauté envers les animaux.

Marie regarda Fabien Thomas dans les yeux. Adèle vint disposer une bûche dans le foyer. L'instituteur se leva.

— Il me faut prendre congé, madame. Pardonnez-moi de n'être d'aucun secours. J'aurais tant souhaité vous être agréable.

— Je comprends, répondit Marie.

Elle tendit la main. Le jeune homme la saisit et la garda serrée.

Debout derrière une porte-fenêtre de la salle à manger, Marie le regarda partir. Depuis un mois, le docteur Abel Florand lui avait prescrit une potion à base de gardénal pour calmer ses insomnies. Mais les rêves qui peuplaient son sommeil avaient la violence des combats auxquels on a renoncé.

Marie se surprit à penser au docteur, qui passait une fois par semaine au château. « Me feriez-vous la cour, docteur ? » avait-elle demandé un jour au jeune praticien, s'amusant de la régularité de ses visites. « Vous êtes beaucoup plus souffrante que vous ne pouvez l'imaginer, madame, avait-il répondu. Le jour où je ne vous réclamerai plus d'honoraires, je vous accorderai le droit d'ébruiter la rumeur selon laquelle je vous ferais la cour. Jusqu'à présent, vous ai-je jamais fait crédit ? »

Le temps filait sans qu'on pût le retenir. « J'ai quarante ans, songeait Marie. Il a sept ou huit ans de moins que moi. » Malgré cela, les visites régulières de Florand comptaient parmi les moments agréables qu'elle vivait. Ce lundi soir, elle guettait l'heure à laquelle elle entendrait le trot de la jument Rougeole ou de sa compagne d'écurie Scarlatine. Lorsqu'elle vit le cavalier tourner à la grille, elle se retira vivement de la fenêtre. « Je suis une écolière ! » se reprocha-t-elle à voix basse.

— Comment va notre malade ? s'était inquiété le docteur, avec un large sourire.

— Votre potion pour dormir m'assomme. Je repose davantage éveillée.

— Qu'à cela ne tienne ! Nous allons passer au véronal. La chimie est inépuisable.

Il ouvrit son sac de cuir. Soudain il leva la tête.

— Pourriez-vous demander à Adèle de m'apporter du vin ?

Marie le regarda d'un air amusé.

— Non ! dit-il. Ce n'est pas pour moi. Mais j'ai fait trotter Scarlatine depuis Pontarion.

— Mon cas est si désespéré que vous creviez Scarlatine pour être à mon chevet ? demanda Marie.

Adèle apporta une carafe. Florand sortit sur le perron et s'approcha de la jument. Il versa du vin dans la paume de sa main qu'il présenta à l'animal.

— C'est bon, ma douce ? Tu es bien comme ton patron. Le

bordeaux de Mme Ribière sera toujours meilleur que les piquettes qu'on te sert ailleurs.

— Gilles ! cria Marie. Conduisez Scarlatine à l'écurie. Étrillez-la.

Comme le garçon traînait le pas, elle ajouta :

— Dépêchez-vous ! Scarlatine n'est pas contagieuse.

De retour dans la salle à manger, Florand s'était remis à fouiller dans sa sacoche à la recherche d'un sédatif. Marie s'était approchée, intriguée par le fatras d'objets qui bringuebalaient dans le sac. Abel Florand se retourna.

— Vous aimeriez connaître tous les secrets qui rôdent dans cette mallette que j'accroche à la selle de Scarlatine ? Si ces objets pouvaient parler !

Il s'amusa à sortir sur la table ce qui lui tombait sous la main.

— Rouleau de diachylon à base de cire, de térébenthine et de poix, psalmodia-t-il d'un ton professoral. Compresses, charpie, poudre de cantharide. Ah ! pelote garnie d'épingles. Casserole sans queue pour recevoir le sang des saignées, le pus et les sérosités.

Il fit mine de tendre le récipient à bout de bras, en regardant sur le côté.

— Mon maître, à l'université, était un fanatique de la saignée qu'il pratiquait sur lui-même plusieurs fois par jour. Un de mes camarades, qui avait été invité chez lui, me disait qu'il en arrosait ses plantes vertes.

Florand éclata de rire à l'expression dégoûtée de Marie.

— Amadou, reprit-il, en se penchant au-dessus de la sacoche.

Il prit un air important et regarda Marie comme s'il allait lui confier un secret.

— Bistouri à manche d'ivoire. Trocart, sonde d'argent. Davier pour arracher les dents ! s'écria-t-il en faisant le geste de tordre le poignet dans le vide.

Marie éclata de rire.

— Forceps Smellie à manche de corne, fils de lin pour

ligaturer les cordons ombilicaux, poursuivit-il d'une voix plus douce.

Il interrompit son énumération et regarda Marie. Ils restèrent silencieux. Florand plongea une dernière fois la main dans la sacoche.

— Véronal, pour apaiser les nuits de Marie Ribière.

Depuis un mois, Abel Florand acceptait une liqueur que lui servait Adèle et restait à parler dans la salle à manger avec Marie. Ce soir, François était rentré inopinément. Le garçon avait toisé le médecin sans le saluer et avait tourné les talons en balançant la porte derrière lui.

— On dirait que votre fils ne tient pas à me voir auprès de vous, avait remarqué Florand.

Marie n'avait pas répondu.

Florand avait étendu les jambes en croisant ses bottes de cavalier. Ils se taisaient. La pénombre gagnait la pièce. Florand regarda Marie dans les yeux.

— Vous me devez cinq francs, madame Ribière.

Marie se leva et sonna Adèle.

— Va chercher ma bourse dans la chambre, commanda-t-elle alors que Florand enfilait son carrick.

Au moment de se mettre en selle, le médecin remarqua :

— Ce soir, je suis invité à un dîner chez maître Montel de Bourganeuf. Tout le beau monde de la sous-préfecture. Pourquoi croyez-vous qu'on m'invite, moi, simple « court-la-visite » ? À la fin du dîner, je vaccine tous les invités ! C'est du dernier chic à Paris...

Il se pencha sur Marie du haut de la selle.

— Je peux vous le dire : je préfère encore mes paysannes qui, dès que j'ai le dos tourné, frottent avec de l'urine de porc l'endroit de l'épaule où j'ai vacciné leurs gosses.

Florand se redressa.

— Dormez bien, madame Ribière !

Scarlatine reprit la route de Sardent d'un trot enlevé. Le feuillage printanier des hêtres au fond du parc avait une pâleur qui chavirait le cœur.

Le début de mai 1888 vit passer sur le ciel limousin des orages qui chaque jour crevaient en ondées violentes. Les gouttières du château ronflaient comme les cheminées d'un navire. Les eaux ruinèrent les allées du potager. Marie aimait les signes apaisants de la pluie avant la canicule de l'été. Le parquet de sa chambre exhalait une odeur de cire. Les tentures gardaient dans leurs plis de velours un parfum de moisissure, d'herbes séchées et de terre mouillée. Les eaux de l'étang, sombres comme du granit, avivaient la nostalgie. Les meubles craquaient et les gouttes d'eau s'écrasaient sur les carreaux aux angles noircis par une poussière qui échappait au plumeau d'Adèle. Lorsqu'un arc-en-ciel enjambait l'étang de La Chapelle, Adèle s'approchait d'une fenêtre et suspendait son geste en murmurant : « La jarretière du bon Dieu. » Marie, le front plaqué contre la vitre, regardait le parc sous la pluie. Une tendresse infinie s'emparait d'elle. Cet amour se nouait dans sa gorge, pinçait ses lèvres, pressait ses tempes mais restait muet.

Louis arriva de Paris. La préparation du chantier d'électrification de Bourganeuf, confié à Ardouin-Ribière, lui tenait à cœur.

— Le soir où Bourganeuf brillera de toutes ses lampes Edison, ils seront des milliers fascinés par ce prodige. À ce moment-là ils songeront que je suis l'auteur de ce miracle. Ils ne l'oublieront pas le jour du vote.

— Crois-tu vraiment que les gens soient si sensibles à cette question d'éclairage ? avait demandé Marie.

Louis avait levé les yeux vers le lustre à pétrole qui surplombait la table.

— Pourquoi penses-tu que Paris attire les paysans comme des insectes les soirs d'été ?

— J'ai lu que l'éclairage électrique était dangereux pour la vue, avait précisé Marie.

Louis avait haussé les épaules.

— Pour freiner l'émigration, je veux introduire l'électroculture dans les programmes de ma ferme-école. Le moteur électrique va arracher les charrues dans nos terrains en pente.

Louis se rendait quotidiennement à Bourganeuf pour surveiller le démarrage des travaux. Dès son arrivée, il était allé sur le site de la cascade des Jarrauds. Il avait insisté pour que Marie l'accompagnât. Ils étaient restés au bord du rocher qui domine le gouffre, fascinés par la violence de l'eau coulant comme une pâte de verre et s'écrasant dans un émail d'écume.

Les fondations de l'usine hydroélectrique furent rapidement implantées. Les premiers éléments de la conduite forcée arrivèrent, charroyés depuis la gare sur des convois tirés par deux paires de bœufs. Tout au long du chemin, entre Bourganeuf et la cascade, Louis avait observé les premiers arrivages de poteaux en pin des Landes. À Marcel Deprez, qui était déjà sur les lieux, Louis avait fait part de sa satisfaction.

— Pourvu que les paysans ne nous fichent pas les poteaux par terre, avait dit l'ingénieur.

— Pourquoi donc feraient-ils cela ?

— Parce qu'ils le font ailleurs, pardi !

Le séjour de Louis au château finit d'écarter François de sa mère. À plusieurs reprises, le jeune homme ne se présenta pas au dîner et, devant l'air furieux de Louis, Marie dut déployer toute sa persuasion pour convaincre l'oncle d'être patient avec le neveu.

— Qu'il ait été perturbé, je le conçois, avait remarqué sèchement Louis. Encore faut-il tirer les leçons de ses épreuves. Il me rappelle Hugues ! Si, à son âge, j'avais été aussi courageux, personne ici ne mangerait dans du Limoges ni ne dormirait sur des matelas de laine.

Marie s'était levée de table sans saluer. Louis était resté, fâché contre lui-même. Adèle avait desservi dans un silence réprobateur. Après avoir allumé un cigare, Louis était sorti. La fenêtre de Gilles Pirolo était allumée. Louis avait eu la tentation d'aller boire une gorgée de gnôle avec son chauffeur. La douceur de mai planait sur les eaux de l'étang. Les jours finissaient en soie. Les grenouilles reprenaient leur chant au fond du parc, autour de la fontaine. Le crépuscule apaisait la colère. Louis franchit les grilles et prit la route qui menait à la Genétine. Des parfums d'angélique et de sauge traversaient le chemin.

Louis entendit un bruit de pas dans son dos. Il se retourna. Une silhouette, surmontée d'une caisse accrochée aux épaules, sortit de la nuit.

— Qui va là ? demanda Louis d'une voix ferme.

L'homme ne répondit pas. Louis attendait. Un petit gaillard noueux apparut, les yeux ronds derrière une paire de lunettes cerclées, portant un feutre à large bord.

— Tu ne te présentes pas quand on t'appelle ? demanda Louis, excédé.

— Qui es-tu, toi ? répondit l'autre.

Il avait la cinquantaine et paraissait usé. Sur le dos, il portait une caisse comme les colporteurs qui, d'un village à l'autre, vendent aiguilles, fil à repriser et boutons.

— Moi, je suis Louis Ribière. Tout ce que tu vois autour de toi m'appartient.

— Il est bien imprudent celui qui dit ça, répondit l'autre.

Louis regretta aussitôt ses paroles. Ce soir, tout filait. Après avoir blessé Marie, il se faisait justement reprendre par un *pied poudreux*.

— Que fais-tu par ici ? demanda Louis.

Il n'était pas dans les habitudes de l'autre de répondre aux questions.

— Tu vas sûrement voir mon ami Quatre-Vents, suggéra Louis. N'êtes-vous pas de la même corporation ?

Le colporteur passa son chemin. Louis remarqua qu'il boitait.

Louis s'en retourna vers le château. Sa réussite prenait des proportions considérables. Eiffel venait de l'associer au percement du canal de Panama. Ce dossier inspirait au Creusois exaltation et crainte. Au début de l'année, il s'était rendu au siège de la Compagnie de Panama. Ferdinand de Lesseps, le vainqueur de Suez, avec ses manières de diplomate, son visage régulier aux épaisses moustaches de vieillard, l'avait séduit. Adrien Hébrard, le directeur du *Temps*, à qui Eiffel avait versé un million sept cent mille francs pour le soutenir, était de la réunion. Les enjeux étaient énormes. Le contrat pour le canal représentait à lui seul dix fois le prix de la Tour de trois cents mètres.

Louis se retrouva sur la rive de l'étang. La lune pleine, énorme et jaune, s'extirpait à l'horizon des cimes des Chabanelles. La lumière donnait à l'eau une épaisseur de mercure. Louis ne parvenait pas à détacher ses pensées des conditions dans lesquelles la loi du 28 avril 1888 avait autorisé l'émission d'un nouvel emprunt, seul susceptible de sauver la Compagnie de Panama de la liquidation judiciaire. Le financier Reinach s'était fait fort de disposer de l'appui d'une majorité de parlementaires. Louis savait que l'étrange docteur Cornelius Herz disposait de la liste des députés et sénateurs corrompus.

Le mois précédent, les premières équipes d'Ardouin-Ribière s'étaient embarquées pour Panama. Louis avait vu partir ses hommes vers un chantier dantesque et insalubre. Il avait souhaité être présent le jour de l'embarquement sur un quai du Havre. Il y avait là la fine fleur des compagnons fidèles, une garde de limousinants qui avaient grandi en expérience sur tous les chantiers de France et d'Algérie. Dans la foule d'une centaine d'hommes, il avait reconnu des visages amis, du temps où il vivait chez Amélie, rue Mouffetard. Il y avait Ferrandon, Robert Vallade, le fils de Marcel et de Marthe, Volondat de Laugère, Andrillou de Soubrebost ; le fils Aymard de Villevegout dont le père faisait des moulins à eau sur les rigoles avec François ; Patisson de Felletin que les dettes obligeaient à partir loin du plateau de Millevaches qu'il aimait à en pleurer ; Mazéron de Sardent, le jeune La Poussière de Faux-la-Montagne dont le père était rentré au pays pour y mourir l'hiver dernier ; Barouty, blanquiste toujours épris de la Gueuse. Ils étaient tous là, ceux qui tutoyaient respectueusement le patron. Aventureux muets au cœur gros de partir. « Nous n'avons aucune raison de nous plaindre, lui avait dit au moment d'embarquer le grand Vilatte de Banize. Mais nous n'avons aucune raison d'espérer. »

Louis avait la gorge nouée en songeant à tous ces Creusois à l'autre bout de la terre.

De retour au château, Louis passa à la cuisine et but un plein verre d'eau. Il monta à l'étage et frappa à la porte de la chambre de Marie.

— Entre, dit Marie.

Marie était en chemise, assise à côté de la fenêtre ouverte sur la tiédeur de la nuit. Sur une table, Louis remarqua un cahier et une plume trempant dans son encrier.

— Je suis venu te demander pardon, dit Louis sans baisser les yeux.

Marie le regarda avec une expression vide.

— Je t'ai blessée, ce soir. Je le regrette.

Louis saisit un prie-Dieu et s'assit aux pieds de Marie. Un parfum de cold-cream à l'amande douce enveloppait la jeune femme.

— Parle, je t'en prie, murmura Louis.

Marie baissa le regard vers son beau-frère. Elle posa la main dans la chevelure noire de Louis. Elle lui sourit et reposa les bras sur ses genoux. Louis saisit ses poignets, qu'il porta à son front.

La porte de la chambre s'ouvrit brusquement.

Louis se redressa et jeta un regard furieux sur François, qui se tenait dans l'encadrement. Marie s'était levée.

— On frappe avant d'entrer, remarqua Louis. Que fais-tu ici, à cette heure ?

— Et vous ! Qu'avez-vous à rôder autour de ma mère ?

Louis s'avança en direction de François. Marie le retint par la manche.

— François, je te prie de t'excuser.

— Justement pas ! Vous n'avez donc aucune pudeur, mon oncle. Il vous les faudra toutes !

— Non, François ! hurla Marie.

— Si vous croyez que je ne suis pas au courant de vos frasques.

François soutint le regard de son oncle.

— C'est à Nouméa qu'il fallait être !

Le garçon se tourna vers sa mère et ajouta :

— Il est bien oublié celui qui m'a aimé comme son enfant. Mais moi, je pense encore à lui !

Marie s'approcha de François. Elle se campa devant son fils, qui la dominait d'une tête.

— François, tu es fou.

Louis crut que Marie allait gifler son fils.

— Tu as raison, je suis fou. Fou de voir tous ces hommes qui tournent autour de toi. L'instituteur, le bon docteur Florand qui est toujours fourré au château ! Ton beau-frère. Vas-tu cesser un jour de jouer la châtelaine aux habits d'homme ? Qu'as-tu donc qui les rend ainsi ?

À la surprise de Louis, Marie répondit calmement :

— J'ai ce qui a plu à ton père. Je possède comme toutes les femmes la part de ciel qui manque aux hommes.

François dévisagea sa mère. Louis fixait la silhouette gracile de Marie dont la transparence de la chemise de nuit dévoilait les formes. François tourna les talons et fila vers la chambre qu'il s'était fait aménager dans une mansarde de la tour nord.

Le lendemain matin, il ne parut pas au petit déjeuner. Marie envoya Adèle s'inquiéter de son fils.

— Il n'est pas dans sa chambre, Madame, constata la bonne, essoufflée.

Marie reposa la tasse de ce café dont elle buvait exagérément malgré les mises en garde du docteur Florand contre le « tue-femme ».

— Je vais demander à Gilles s'il ne l'a pas vu sortir, proposa Adèle devant la mine défaite de Marie.

Au bout d'une dizaine de minutes, elle réapparut :

— Je vous l'avais bien dit ! À cinq heures ce matin, il a pris le chemin de la Genétine. Pour sûr, il est avec Quatre-Vents.

Marie respira mieux. Le soir, vers sept heures, elle jeta sur ses épaules une pèlerine et prit le chemin qui longeait le ruisseau de l'étang. Devant la chaumière du colporteur se tenaient assis Quatre-Vents, François et un inconnu. Marie s'approcha.

— Celle-là, je l'ai prise à Gentioux le jour de la foire. L'homme voulait être photographié en train de faire le hongreur. Je n'étais pas d'accord parce que, lorsqu'il mettait le bâton dans la gueule du porc, celui-ci se secouait. Je lui ai dit : « Le cochon sera flou et toi avec puisque tu es juché dessus. » Il s'est laissé tirer le portrait classique. Sur celle-là, on voit la vieille Germaine de Peyrelevade. Elle a la réputation de coiffer le beurre au marché.

— Coiffer le beurre ? interrogea François.

— Elle couvre du vieux beurre par une couche de frais. Et le tour est joué ! Je dois lui rapporter son portrait en septembre.

L'homme riait. Quatre-Vents leva la tête en voyant Marie.

— Je passais par chez toi, Quatre-Vents, dit Marie. Il fait si bon ce soir.

Le vieux colporteur se leva et vint à sa rencontre.

— Nous sommes heureux de te voir, dit-il. Viens que je te présente mon ami Ferret. Nous nous connaissons depuis trente ans.

— Ferret, colporteur photographe, madame. Pour vous

servir. Si vous désirez que je vous tire le portrait, c'est six francs.

— Nadar m'a photographiée à plusieurs reprises, répondit Marie en riant. Mais jamais en Creuse, il est vrai.

Le vieux bonhomme eut une expression de respect.

— Nadar, murmura-t-il.

— Ferret, je te présente Marie Ribière. Tu as peut-être connu son époux, François...

L'autre reprit son air revêche. Ses yeux brillèrent derrière ses montures fines.

— J'ai rencontré votre mari sur une barricade, rue de Ménilmontant.

Il regarda François.

— Permettez que je vous salue, madame, en souvenir de ces soirs où les soldats de M. Thiers jetaient à leurs chiens de chasse du pain trempé de sang.

Il s'approcha de Marie et lui serra vigoureusement la main.

Marie alla vers François, qui était assis sur un banc de pierre appuyé à la façade. Elle pressa la tête de son fils contre sa poitrine. François entoura la taille de sa mère.

Le vieux bonhomme était intarissable.

— Je vis tout seul dans une maison qui ne vaut guère mieux que celle de Quatre-Vents, du côté de Vallières. C'est là que je développe les clichés pris au cours de mes tournées qui durent deux mois. Ensuite je repars pour présenter les photographies à mes clients et me faire payer !

Quatre-Vents alla chercher une bouteille.

— J'infuse de la reine-des-prés dans du vin doux. Ça donne un goût de fruitier fleuri.

Il trouva trois verres.

— Ne me sers pas en belle-mère, avait protesté Ferret, qui tendait son verre.

La fraternité montait aux lèvres, sitôt le vin bu. Le ciel se couvrait d'étoiles. Ferret et Quatre-Vents parlaient à voix basse comme tous les hommes qui ont passé leur vie en marge de la classe des gens bottés. Un renard glapit dans le bois des Peyraches. Marie tourna la tête. Le roulement du ruisseau coulait frais dans la touffeur du jour qui s'apaisait.

Vers minuit, François et Marie rentrèrent au château. Ils marchaient, enlacés, d'un pas tranquille.

— J'aime beaucoup Ferret, remarqua François. Il a connu mon père.

— C'est un homme de guerre qu'il a connu. Ici, au pays, ton père avait des amis qui ont partagé ses jeux, ses peines de maçon ou de paysan. C'est tout cela qui fait un homme.

François hochait la tête sans rien dire. Sa démarche était souple et puissante. Sous les doigts accrochés au gilet de son fils, Marie sentait la masse de ses muscles.

Ils longèrent un pré dont les foins avaient été coupés la veille. Marie et François se trouvèrent enveloppés d'une odeur de miel et d'herbes sèches. Le parfum renvoyait Marie aux travaux de son enfance quand elle fanait avec ses chers disparus. Gerbeau affirmait que la rosée assouplissait les tiges et obligeait Léonie à partir dès l'aube. Joséphine portait à l'épaule sa fourche à deux branches. Chopineau suivait en boitillant.

Ils étaient arrivés sur deux pierres plates qui enjambaient le ruisseau de l'étang. La masse sombre du château surplombait les cimes du parc. Marie suivait le fil des pensées de François.

— Tu te souviens lorsque nous allions nous baigner dans la rade avec Victorine et Augustine ? demanda Marie en secouant le revers de la veste de son fils.

— Oui, répondit François. Elles riaient comme des enfants. Moi qui n'avais connu que des larmes, je n'en croyais pas mes yeux.

Marie reprit :

— Et le *Fénelon*, quand il a mouillé avec soixante-dix femmes à bord venues rejoindre leurs époux ?

— Les hommes faisaient des signes sur le quai comme s'ils avaient avalé des télégraphes !

Ils rirent tous les deux. À quoi bon se souvenir du bourreau Ledoux, de la pointe sud, dont on disait qu'elle était l'abattoir aux communards et de la rébellion de la tribu du chef Ataï réprimée par des bagnards espérant des remises de peine ?

— Tu as revu Jean ? demanda brusquement François.

— Nous nous sommes séparés à Sydney.

— Je veux dire : tu l'as revu en France ?

— Tu sais, François, moi aussi je pense souvent à lui. Si nous sommes restés cinq ans à Sydney, c'est que nous étions heureux ensemble. Quand je vous regardais jouer, discuter ou rire tous les deux, j'oubliais notre malheur.

François se pencha vers sa mère et déposa un baiser sur sa joue.

L'été passa sur La Chapelle. Chaque matin, François partait rejoindre Quatre-Vents et Ferret. Il ne rentrait qu'au soir, secret, et Marie ne parvenait pas à savoir ce qui préoccupait son fils. Le 14 juillet 1888, Marie, François, Louis et Clémence se rendirent aux festivités à Bourganeuf. Louis prononça un discours portant sur l'électrification toute proche de la « Ville lumière ». Un canon prêté par le chef de gare et réalisé dans un tampon taraudé tira à la gloire de la République. Tout le monde avait en tête le duel qui venait d'opposer Boulanger à Floquet, le président du Conseil, et qui s'était terminé à la surprise générale en faveur du plus âgé. Louis, qui s'en revenait de Paris, avait raconté à Marie la séance de l'avant-veille à la Chambre, au cours de laquelle le général Boulanger, élu député du Nord avec sept cent cinquante mille voix, avait réclamé la dissolution.

— La Chambre hurlait, expliqua Louis. Un vacarme incroyable. Lui, il criait en regardant les députés : « La Chambre est incapable de rien produire. Elle est en fragments, en débris, en poussière ! » Je t'assure que c'était très impressionnant.

— Je n'aime pas cet homme. La France a envie de lui comme une jeune fille tombe amoureuse d'un sous-lieutenant de hussards. Cela me désole, avait répondu Marie devant l'enthousiasme à peine voilé de Louis.

— Ce n'est pas si simple. Les scandales qui se succèdent ont pourri la confiance des Français dans leurs représentants. L'entourage de Gambetta ou de Ferry comptait trop de spéculateurs. L'autre jour, un de mes collègues a dû se battre en duel parce qu'il avait été traité de « vieux décoré » !

— Le peuple boulangiste vient de gauche, voire d'extrême gauche, reprit Marie. C'est cela qui me révolte. Les journalistes de *L'Intransigeant* ou de *La Lanterne* qui soutiennent le général n'apprécient guère l'armée, que je sache ! Ou alors Rochefort a bien changé depuis la Nouvelle-Calédonie.

Le boulangisme est romantique ! C'est le refus d'un pays de fonctionnaires, d'administrateurs, de bourgeois qui ne songent qu'à reconduire leurs prérogatives.

— Ce sont des ouvriers qui votent pour Boulanger !

— Boulanger a été élu en Dordogne le 8 avril, dans le Nord le 15 avril. Il vient de démissionner avant-hier et va se représenter de nouveau dans le Nord ! Tout le monde est certain que ce sera un véritable plébiscite. Avoue qu'il y a de quoi être impressionné.

— Pas moi ! Je n'admets pas que la France des humbles gens soit aveuglée par un général d'opérette.

Aux premiers jours de septembre, Quatre-Vents vint au château pour rencontrer Marie. Ils s'installèrent dans le salon d'hiver de la serre.

— Marie, je fais une démarche que je crois bonne pour toi et pour ton fils.

— Pour François ? reprit Marie.

Le vieux colporteur, dont les traits s'étaient creusés depuis l'été, avait regardé Marie avec tendresse.

— Ai-je jamais essayé de t'indiquer une fausse route, Marie des Couteilles ?

Marie, assise dans son fauteuil d'osier, saisit la main de Quatre-Vents.

— Je t'écoute, Quatre-Vents.

— François désirerait entreprendre quelque chose. J'ose ajouter : enfin.

Marie opina.

— Moi aussi, j'attendais ce moment. Bien sûr, c'est à toi, vieux confesseur, qu'il s'est ouvert de son projet.

Marie regarda le vieil homme en souriant.

— Que veut faire mon fils qu'il n'ose me dire à moi, sa mère ?

Quatre-Vents croisa l'extrémité de ses doigts fins, qui n'avaient jamais tenu de faux ni de pioche. Depuis l'année dernière, ses yeux avaient perdu leur limpidité de ciel et s'étaient voilés d'un reflet d'émail. Marie se demandait, sans oser le questionner, s'il parvenait encore à lire.

— Ton fils voudrait partir en colportage avec Ferret et apprendre le métier de photographe ambulant.

Marie tourna la tête vers l'entrée de la serre.

— Partir ? demanda-t-elle.

— Partir, Marie. C'est le lot des colporteurs. Ferret a sa maison vers Vallières. C'est là qu'il fait ses tirages photographiques. Ensuite, il monte sur le plateau pour deux mois. François veut le suivre.

Marie hocha la tête. Elle passa la main dans ses cheveux, ramena une mèche qui glissait sur sa tempe et la glissa derrière l'oreille. Elle avait pâli.

— Il fallait bien que cela arrive un jour, reprit Quatre-Vents. François est fasciné par le plateau de Millevaches. Il désire s'y frotter. Ferret est un homme sûr, un peu grincheux, mais qui tient sa place.

Marie ne répondit pas.

— Je pense que cette séparation est nécessaire pour ton fils et pour toi, reprit le vieil homme. Le temps est venu de vivre chacun de son côté. Cela ne change rien au cœur.

— Vous lui avez monté la tête avec vos histoires de

colporteurs qui courent le monde ! Tu ne crois pas qu'il est allé assez loin, cet enfant ? Cela ne vous suffit pas, Paris, la Nouvelle-Calédonie, Sydney, la Creuse ! J'ai tout fait pour qu'il trouve ses racines ici. Et vous voulez l'entraîner sur les routes !

Marie avait une voix glacée.

— Tu ne peux plus rien décider pour lui, Marie. Il est en âge d'affronter le monde. Ferret n'est pas un si mauvais guide. Cet enfant a vu des choses terribles au bagne. Il lui faut se reconstruire. C'est une chance, je t'assure.

— S'il veut apprendre la photographie, nous irons à Paris et Louis le fera enseigner chez les plus grands photographes. Qu'à cela ne tienne ! La photographie ou autre chose !

— Marie, écoute-moi !

— Un photographe colporteur ! Une mère peut tout comprendre, après tout !

— Ça suffit, Marie.

Quatre-Vents avait haussé la voix.

— Tu es la plus jolie femme qu'il m'ait été donné de rencontrer. Personne ne te résiste. Tu plies tout à ta volonté. Mais je te le dis une dernière fois, car je vais me lever et m'en aller : fais confiance à ton fils. Laisse-le partir avec ta bénédiction. C'est la seule chose que tu puisses faire pour lui à présent.

Quatre-Vents se leva et quitta la serre. Marie regarda au travers des vitres brouillées sa haute silhouette tordue par l'âge. Elle n'eût supporté de nul autre ces manières. Mais Marie savait d'expérience que le colporteur était un montreur d'étoiles.

Ferret et François partirent au matin du 5 septembre 1888. Marie avait préparé un bissac pour son fils et l'avait garni avec le même déchirement que s'il partait limousiner. Il pleuvait depuis trois jours. Marie avait insisté pour que François enfilât un pardessus macfarlane qu'elle lui avait acheté à Paris. François avait protesté du luxe du vêtement.

« Lorsque tu auras dormi dans deux granges et un talus, il n'y paraîtra plus, avait répondu Marie. Au mieux, on pensera que tu l'as volé. »

Elle avait accompagné son fils jusqu'à la Genétine. Le matin, Louis avait accepté de saluer François, avec lequel il était en froid depuis plusieurs semaines. « Prends garde à toi, avait conseillé Louis. Quoi qu'il t'arrive, je puis te sortir d'affaire. N'oublie jamais que tu es mon neveu. »

Quatre-Vents était au bord du chemin. Ferret forçait sa gaieté à côté de sa caisse à deux bretelles de cuir et d'un sac qu'il traînait à bras. François se chargea de la malle qui contenait l'appareil photographique et les plaques, passa son bissac autour du cou et dit :

— Je suis prêt.

Marie l'embrassa une dernière fois. « Que tu ressembles à ton père », pensa-t-elle. Ils avaient le visage barbouillé de pluie. Quatre-Vents s'approcha et serra la main des deux hommes.

— Occupe-toi bien de ce mange-rave dont la patte traîne, dit-il à François.

Le garçon secoua la tête.

— Partons au pays des négresses blanches, dit Ferret.

Marie et Quatre-Vents regardèrent filer les deux hommes dans le chemin défoncé d'ornières. Les caisses sur les épaules leur faisaient des silhouettes de géants maladroits. La pluie cessa et du soleil aviva le luisant des feuillages penchés sur les colporteurs. La forêt s'égouttait. Les visages se séchèrent.

Les deux hommes parvinrent aux abords de La Pouge un peu avant midi. Ferret s'était révélé un compagnon de route plaisant et bavard. Le bonheur de marcher à deux lui ayant été refusé bien souvent, il se rattrapait.

— Tu vas voir, François. Je vais t'apprendre la photographie.

— Comment l'as-tu apprise, toi ?

— C'est une longue histoire. C'était après la Commune.

Les mouches survolaient encore Paris tant il y avait à becqueter. J'étais en prison à Versailles, bien heureux de ne pas me retrouver dans le champ de navets, une balle dans la nuque. Le gouverneur général de Paris avait décidé de faire photographier des communards pour dénoncer leurs crimes et montrer que leurs faciès expliquaient leurs actes. Eugène Appert avait été chargé de la besogne.

— Appert, le photographe ?

— Un grand, tu peux me croire ! Son assistant est tombé malade. Il fallait à tout prix poursuivre le travail. Tu sais comment ça se passe dans ces moments troubles. N'importe qui fait l'affaire. Le gardien-chef a pris un nom au hasard. C'est tombé sur moi !

— Tu n'y connaissais rien.

— J'ai suivi Appert dans toutes les cellules. J'ai commencé par porter les plaques, tenir l'éclairage, placer l'appui-tête. Au bout de quinze jours, comme il m'appréciait, il a dit à l'administration pénitentiaire qu'il avait besoin de moi dans son laboratoire. Ils m'ont laissé sortir travailler avec lui. Petit à petit, j'ai progressé.

Ferret s'interrompit pour reprendre son souffle.

— Lorsque Appert a apporté les photographies au gouverneur général de Paris, celui-ci a refusé de les publier. Mes camarades d'infortune avaient de telles expressions malheureuses que l'opinion en aurait certainement eu le cœur attendri. Je crus alors que mes débuts de photographe étaient définitivement compromis.

Ils passèrent La Pouge comme des ombres en prenant garde aux chiens. Le chemin montait vers Chavanat. Ils décidèrent de casser la croûte sur un talus.

— Nous étions en mars 1872. Le directeur de la Pénitentiaire décida, à la suite des travaux d'Appert, d'équiper chaque maison d'arrêt d'un appareil photographique. Il voulait créer un fichier anthropométrique. On confia à Appert la mission de concevoir l'équipement de quelques prisons. Il eut l'immense bonté de m'imposer auprès de lui.

Les autres acceptèrent, d'autant que j'avais déjà tiré un an et demi. En 1874, je suis venu m'installer en Creuse. C'est là que j'ai décidé de devenir photographe ambulant.

— Tu avais l'argent ?

Ferret haussa les épaules.

— Entre-temps, ma pauvre mère était morte de chagrin et de misère. Elle avait trois hectares à Vialle. Je les ai vendus pour m'acheter un appareil photographique et mes premières plaques. Je n'ai gardé que la masure où je suis né.

Ils arrivèrent dans la soirée à la maison de Ferret. C'était une chaumière de journalier, entourée d'un muret de pierres sèches. Un sycomore était planté à l'intérieur de la courette. Les hommes firent du feu dans la cheminée de l'unique pièce.

— Tu dormiras là, indiqua Ferret en montrant un lit de coin.

Deux lampes à pétrole étaient accrochées à la poutre maîtresse au-dessus de la table flanquée d'un banc. Ils déposèrent leurs caisses.

— Fais attention. C'est fragile, ce matériel-là, recommanda Ferret.

Depuis qu'il était de retour dans sa masure, Ferret s'était rembruni. Il maugréait à tout propos, cherchant du bois sec, maudissant une chaise qui s'était effondrée sous son poids, s'emportant contre le feu qui ne voulait pas prendre.

— Femme vaillante, maison d'or. Tu vois dans quel état est la mienne.

— Tu as déjà été marié ? interrogea François.

— Pour tout dire, je l'aurais bien souhaité ! Mais pas une n'a voulu d'un estropié qui passe son temps sur les chemins.

— Il n'est pas trop tard.

Ferret lui jeta un regard pitoyable.

Dès le premier soir, il montra à François les dispositions rudimentaires lui permettant de tirer les clichés. Il attendit que la nuit fût complète et alla chercher une couverture dont il tapissa l'unique fenêtre. Avec soin, il recouvrit les braises de cendre.

Ferret entreprit le tirage des photographies prises au cours de son dernier voyage au sud du plateau, au-delà de Meymac. Le visage penché sur la gamelle dans laquelle il avait versé son révélateur, il parlait tout bas à François :

— C'est magique comme un miroir qui garderait toutes les empreintes. Tu as déjà vu un dessinateur ?

— Oui, répondit François, qui se souvenait de l'Anglais Petterson.

— Quand un dessinateur travaille, c'est lui qui tient le crayon. Là, c'est le soleil qui opère. C'est comme si on le faisait travailler pour soi.

Ferret observait la gamelle. Il avait une expression attentive, guettant la feuille blanche qui s'ombrait par touches, la faisant glisser dans le révélateur. Parfois il se redressait et scrutait sur le visage de François l'expression de sa passion.

— C'est la plus belle invention de ce siècle, poursuivit-il. La machine à vapeur, c'est l'eau qui se fatigue pour toi. C'est merveilleux, mais l'eau on sait ce que c'est. On peut la toucher, la boire. Tandis que là...

Il souleva délicatement le papier qui s'assombrissait au centre. L'esquisse d'un regard sortait d'un halo brumeux. François distingua une coiffe de paille.

— Vois la *pailhole* à bords courts. Cette fille a douze ans.

L'ovale du visage avec son menton fort, les sourcils plus clairs, les pommettes arrondies apparurent. La *pailhole* était nouée sous le cou par un cordon sombre. Les plis de la limousine brune tombaient tout autour de la capuche relevée sur les épaules. Un drap tendu par-derrière faisait ressortir la silhouette de la fillette.

Les deux hommes restèrent silencieux. Quand Ferret eut fixé la photographie, il poursuivit :

— Toutes les choses, grandes ou petites, sont égales

devant le soleil. La lumière de l'astre les grave dans la chambre obscure qui en conserve l'empreinte.

Il reprit le portrait de la jeune Creusoise.

— Jamais aucun grand maître ne pourrait espérer faire un dessin semblable. Regarde, pas un détail ne manque. C'est bien elle ! Je la connais, c'est la fille d'Aupetit, le forgeron de Pallier. Quand le Firmin va la voir, il n'en croira pas ses yeux. J'entends déjà ses cris : « C'est pas Dieu possible ce que ça lui ressemble ! » Ils ne regrettent jamais leurs sous.

François scrutait la photographie.

— Tu peux admirer ! reprenait Ferret. Personne ne peut mieux faire que le soleil. L'astre a travaillé pour moi en quelques secondes. Il œuvre pour économiser mes forces.

Ferret cherchait ses mots.

— Tu lies tes *velles* et elles tirent la charrue. Les abeilles vont chercher le miel sans même avoir été dressées. Mais ce sont des bêtes. Tandis que le soleil !

Il tendit le portrait à François.

— C'est un prodige. Je commande à plus fort que moi.

Des jours pluvieux passèrent sur Vialle tandis que Ferret enseignait à François les rudiments de sa technique. Il lui apprit comment apprêter son papier Canson dans une solution qu'il préparait à partir d'eau, de gélatine, d'iodure et de bromure de potassium. François assimila les éléments de chimie nécessaires pour le tirage et la mise en œuvre des plaques.

— Ta mère, qui a connu le beau monde à Paris, a été photographiée par Nadar. Sans vouloir me comparer, ce que je fais, c'est autre chose. Je vais dans les fermes et je tire le portrait des paysans là où ils vivent. Ils n'iraient pas à Guéret chez de Nussac ou à Aubusson chez Baudout ou chez Hérat. Trop loin ! Trop cher.

Vers le 15, un temps plus doux épargna la montagne limousine. Ferret depuis quelques jours évoquait le départ proche pour la tournée d'automne.

— C'est comment le plateau ? demandait François.
— Il faut l'avoir vu pour comprendre. C'est un pays pour les hommes qui n'ont pas la peur.

Ils partirent enfin. François, en plus de son bissac, portait la caisse contenant l'appareil photographique, le pied et une quinzaine de plaques. Ferret s'était chargé de l'appuie-tête, d'une vingtaine de plaques et de sa propre malle. François avait le cœur battant. Lorsqu'ils atteignirent le chemin de crête qui menait à Banize, l'horizon s'élargit enfin.

— À main droite, c'est Bandy, montra Ferret en tendant la main.

Le hameau de trois feux était blotti dans un vallonnement. Le ciel s'étalait sur un paysage de lande. Ils aperçurent les taches blanches d'un troupeau de moutons. Des chiens les saluèrent de très loin. François s'émerveillait des mauves intenses qui partaient à la rencontre d'un ciel moiré de bruns et de noirs. Des genévriers dérivaient dans cette houle pourpre tachée d'ajoncs et saignée de ruisseaux bordés de digitales. Ils arrivèrent à La Nouaille dans l'après-midi. Un mariage était célébré dans la petite église flanquée de son clocher.

— Tu savais qu'il y aurait un mariage aujourd'hui ? demanda François.

Ferret ne répondit pas.

Le vielleux et le violoneux tiraient la noce vers l'église. Le prêtre attendait sur le parvis. La mariée, en robe de droguet gris, avec un col d'indienne et un simple voile blanc, tenait le bras de son père, l'air sévère en habit noir, chapeau de feutre et chaussures cloutées.

— Regarde ses cheveux, souffla Ferret. Sa coiffe ne montre qu'une mèche sur le front. Le reste a été coupé par le marchand.

— Pour payer la noce ? demanda François.

— Tout juste le petit voile blanc ! ricana le photographe. Le cours du cheveu à Limoges s'est effondré. La concurrence chinoise.

Le père de la mariée s'approcha de Ferret. Ils discutèrent du prix du portrait et l'homme topa.

La noce s'engouffra dans l'église alors que les deux hommes préparaient leur matériel.

— D'habitude, je ne fais guère les noces, marmonna Ferret. Mais l'occasion...

Ferret indiqua les noceurs à l'intérieur de l'église.

— Ils ne doivent pas manger du pain blanc tous les jours, ceux-là, gronda-t-il.

Son humeur s'était brusquement assombrie.

— Ils feraient bien de ne pas trop y goûter. Car le lendemain, ce n'est pas du *pain monsieur* qu'on leur servira à table !

François se taisait.

— Il n'y a de si belle chaussure qui ne devienne sabot, poursuivait Ferret en songeant à la jeune mariée. Elle a l'air solide, la petite. On a bien raison de dire que le corps vaut plus que la dot. Pourtant, si le garçon était sage, il aurait épousé une femme de plus de trente ans. C'est la seule manière de ne pas avoir dix enfants à nourrir. Moi, c'est ce que j'aurais fait, dans tous les cas.

François s'approcha de Ferret.

— Tais-toi, dit-il.

— Un père nourrit dix enfants tandis que dix enfants ne nourrissent pas un père, poursuivit l'autre.

François le saisit par le revers de sa veste et le secoua brutalement.

— Arrête, je te dis ! Ces gens-là sont heureux ! Ne gâche pas la joie.

Ferret opina, avala sa salive et déplia le trépied de l'appareil.

— Apporte-moi la caisse. On va se placer devant le mur du clocher. La lumière est épaisse et dorée. Ils seront beaux, ici.

La noce ressortit. Le jeune couple se tenait par le bras. Sur le parvis, ils clignèrent des yeux en regardant les villageois venus les saluer. Les coups de fusil de la *bravade* partirent de derrière l'église tandis que les garçons d'honneur jetaient leur cri limousin. Des invités lancèrent des coquilles de noix sur les jeunes mariés. Ferret les fit se placer devant le mur.

Deux hommes grimpés sur des chaises tendirent un drap derrière le jeune couple. Ferret s'approcha de François et lui dit :

— Tu vas prendre cette photographie. Ce sera la première. Je veux que tu t'en souviennes toute ta vie.

— Tu crois que je vais être...

— Je sais que tu peux le faire.

François prit les mains du vieux communard dans les siennes, les serra violemment et se tourna vers la noce. Il s'approcha de la mariée, lui sourit, fit un compliment à son époux, repoussa le voile pour dégager le beau regard gris de la jeune femme, retira le chapeau du marié, le lui fourra dans la poigne, recula, se ravisa, admonesta ceux qui tenaient le drap et dont les bras fléchissaient, demanda de se rapprocher, de sourire, de se tenir la main, de tourner le bouquet de bruyère, de sourire, de sourire encore au moment où il engouffrait la tête sous le rideau de l'appareil. Il ne fut plus lui-même qu'un corps sans visage, les épaules couvertes d'un drap noir. « Ferret a raison, il n'y a pas de fête sans lendemain », pensa-t-il en appuyant sur le déclencheur.

Lorsqu'il se redressa, il vit sur le visage de la jeune mariée une expression d'innocence heureuse. À l'idée de revenir dans plusieurs mois rapporter la photographie, du dégoût s'empara de lui. « Dans quel état sera-t-elle ? pensait-il. Déjà grosse ? À faire la *brenade* pour un cochon ou à courir derrière les chèvres ? Battue, peut-être. Et l'argent qu'il faudra compter pour payer le cliché ? »

Le violoneux reprit son chant plaintif comme s'il fallait conjurer une nostalgie. Des coups de fusil plus rares crépitèrent et des plombs tombèrent sur le seul toit d'ardoise de La Nouaille comme une grêle de printemps. Un gamin de treize ans cria : « Les curés sac au dos ! » et reçut une gifle de sa mère.

Ferret décida de passer la nuit à La Nouaille. Il dénicha une grange, sur la route de La Vaud.

— Au lit. La paille a froid, les poux ont faim, les puces ont soif, marmonna le bonhomme en s'allongeant dans la barge.

La grande charpente de châtaignier craquait. François se pelotonna. Il entendit le ronronnement d'un chat qui s'approchait. L'animal s'installa sur sa poitrine en poussant de la tête contre le menton du garçon.

— Ça ne fait rien, bougonna Ferret comme dans un rêve, boire, manger, coucher ensemble, c'est le mariage, il me semble.

Ils partirent dès le lendemain en direction de Vervialle, une belle ferme qui dominait la vallée du Gourbillon.

— Je suis passé là au printemps. Ils avaient refait la toiture de la métairie, derrière la maison de maître. Ils ont voulu que je photographie la famille au complet à côté du charpentier.

Ils montèrent l'allée du domaine qui tirait droit vers une belle demeure à quatre pans d'ardoise. Dans la cour, une fontaine de granit lâchait un jet d'eau glacé dans un abreuvoir de pierre. Arrivé tout en haut, François se retourna. La vallée du Gourbillon était flanquée de vallonnements qui filaient à perte de vue vers un horizon désertique. Au-delà de la rivière, un immense troupeau de moutons broutait dans les bruyères comme des grains de riz jetés sur un édredon pourpre. Les ombres des nuages qui filaient dans le ciel couraient sur le sol et animaient les collines qui ondulaient.

— Les couleurs, murmura François. Elles se brouillent pareil en Nouvelle-Calédonie. Des rouges, des mauves, des verts foncés. Regarde là-bas cette rangée de chênes. On la dirait violine alors qu'à La Chapelle leurs feuillages sont encore verts.

— Le gel, dit Ferret.

Le maître du domaine les reçut aimablement. La photographie que lui rapportait Ferret lui convenait. Il la regarda longuement à bout de bras, appela sa femme, ses filles, ses domestiques. Il leur décrivit tous les détails et paya sans discuter.

Les deux hommes reprirent un chemin de crête qui les conduisit au Chiroux. Chaque fois qu'il passait dans un village, Ferret se mettait à crier :

— Faites-vous tirer ! Faites-vous tirer !

À Montfranc, ils allèrent directement dans une ferme dont le propriétaire, au printemps, avait dit de repasser.

— C'est pour la petite. Je voudrais que tu me la photographies en train d'écrire. C'est une idée du grand-père. Depuis qu'elle s'est mis en tête de lui apprendre à lire.

En retrait, un vieux, le dos brisé par les rhumatismes, acquiesça avec fierté. Sa petite-fille était debout tout contre lui, le tenant par la main.

— Il ne se *déshabillera* qu'au moment de se mettre au lit, dit le beau-fils en aparté. Rentrer gendre, c'est la dernière des conditions.

Ferret installa une table sous un noyer dont le tronc poussait le muret du jardin. Il fit apporter une chaise. La gamine débarbouillée revint avec un cahier, une plume et un encrier. Elle s'assit sur la chaise bancale, mit ses sabots sur les barreaux, déboucha l'encrier avec application, la langue relevée sur la lèvre. La mère s'approcha tout en surveillant que les colporteurs ne la photographient pas et passa le col de la chemise sur le sarrau de la fillette. Ferret déplaça l'appareil à plusieurs reprises. Il demanda à la gamine de tourner la tête et de ne plus bouger. Au dernier moment, une poule fila entre les pattes de la table et l'écolière eut un mouvement des yeux. La mort dans l'âme, Ferret dut se résoudre à recommencer en recommandant à François et à tous ceux qui l'entouraient d'interdire coûte que coûte

« qu'une vache ne traversât devant l'objectif ou qu'un crapaud ne sautât sur la table ».

Au moment de partir, le gendre s'approcha de Ferret et lui demanda quand il repasserait.

— Au printemps, répondit le photographe.

Comme l'autre paraissait ennuyé, Ferret ajouta :

— Tu sais bien que je passe deux fois par an. Je ne peux faire mieux.

— C'est pour le vieux.

— Comment ça ?

— Ça va faire long pour lui. Il pisse le sang chaque matin. Il risque de ne pas *malader* longtemps.

François et Ferret quittèrent le village, accompagnés de deux chiens faméliques qui ne renoncèrent à aboyer qu'au-delà du chemin des Farges. Ils croisèrent encore un gamin qui ramassait des bouses de vache sèches.

— Il y a si peu de forêt qu'ils font chauffer les fours au bois de vache, remarqua Ferret.

Jusqu'à la fin octobre, ils dérivèrent sur le plateau d'un village à l'autre. François s'était accoutumé au froid. Les gelées du matin blanchissaient la lande à perte de vue, dorant les feuillages des rares bouleaux aux troncs enfarinés qui suivaient des eaux vives. Aux premiers jours de novembre, ils parvinrent à Pallier, un peu à l'est de Gentioux. Tout contre une petite église à clocher-mur, François s'aventura dans un minuscule cimetière.

— Des templiers reposent ici, remarqua Ferret. Des croix comme celle-là, je n'en ai jamais vu ailleurs.

Un vent rude descendu des pentes de la Brause balayait le village. Au-delà des dernières chaumières, des replats portaient des labours gras et noirs. Le village dominait une immensité de bruyères, de fougères et de genêts qui exhalaient une odeur âcre. Un bois de pins abrita les deux hommes qui mangèrent en silence, les yeux rivés sur les vallons désertiques. Depuis la foire de Gioux, Ferret paraissait soucieux.

— J'ai un ami colporteur qui s'appelle Abraham Stein. Nous nous connaissons depuis toujours. Son père déjà vendait à dos des peignes, des bobines de fil, des boutons, des boîtes à priser, des épingles... J'ai eu de ses nouvelles à Gioux.

Ferret secouait la tête. Depuis plusieurs jours, sa jambe lui tirait. Il leva les yeux vers un ciel gris strié de longues traînes menaçantes. Il remonta le col de son manteau.

— J'ai appris au café, chez la Mélie, qu'Abraham était en prison !

— Qu'est-ce qu'il a fait ? demanda François en mastiquant son bout de pain.

Ferret haussa les épaules.

— Ce qu'il a fait ? Il est doux comme une bête à bon Dieu ! Il a été accusé de vendre des *gants d'amour*.

François fit une mine interloquée.

— C'est un prêtreux qui l'a dénoncé. Je n'aime pas ça, répéta-t-il à plusieurs reprises. Cela n'annonce rien de bon.

D'humeur maussade, les deux hommes décidèrent, pour se réchauffer, de s'arrêter au premier débit de boissons qu'ils trouveraient sur la route de Féniers. Ils replacèrent leurs caisses sur le dos et s'élancèrent dans la lande mauve comme on avance au-devant d'un océan pour s'y perdre.

Un peu avant Pigerolles, ils s'arrêtèrent dans un bistrot signalé par une botte de genévriers. À leur entrée, une dizaine de consommateurs les dévisagèrent. Ferret jeta un coup d'œil à François. Les conversations reprirent. Les deux photographes s'installèrent à une table près de la fenêtre. Ils déposèrent leurs caisses à leurs pieds et commandèrent du vin. À l'autre bout de la pièce, un transporteur de bébés avait placé en face de la cheminée sa hotte dans laquelle étaient entassés trois nourrissons endormis.

— Je les ramène à Féniers. J'en ai perdu un en route, étouffé par les autres.

— On connaît les mères ? demandait un gars de Pigerolles.

— Tu connais les grands-parents. Les mères se sont placées nourrices à Paris.

— Ça rapporte, leur affaire ?

— Après trois *nourritures*, une femme peut faire construire sa maison.

L'autre hocha la tête.

Un type mal rasé apostropha le tenancier :

— Il faut trois hommes pour boire ton vin ! Celui qui boit, toi qui le fais boire et un autre pour le soutenir. J'espère qu'à Féniers on nous régalera mieux.

L'autre haussa les épaules.

— La France, c'est les impôts, marmonnait un vieux.

Ferret, tout en s'appliquant à boire à petites gorgées, les yeux rivés sur la table, ne perdait rien des conversations. Parfois il se tournait en direction de la cheminée comme pour se réchauffer les mains. Une odeur de linge souillé montait de la corbeille d'osier dans laquelle le transporteur avait entassé les bébés. François observa son compagnon qui jetait des coups d'œil vers une table où discutaient âprement deux hommes devant une femme qui baissait la tête.

Ferret, après avoir avalé la dernière gorgée, reposa son verre en le cognant sur la table poisseuse et se leva.

— Il pourrait neiger avant demain, bougonna-t-il.

Il paya. Les deux hommes enfilèrent les bretelles de leur harnachement et ouvrirent la porte. Un vent rugueux passa sur leurs visages congestionnés.

— Tu as compris ? questionna Ferret peu après.

— Non, rétorqua François.

— Le trio à côté de nous. Le gars près de la fenêtre, je le connais.

Ferret s'arrêta à hauteur de la petite église de Pigerolles et posa le doigt sur la veste de François.

— Dans la vie, il y a deux sortes de types : les sérieux et les chopinards. Lui, il est de la deuxième catégorie. Il était en train de vendre sa femme.

— Vendre sa femme ! s'exclama François.

— Parfaitement. Et ce n'est pas certain que la pauvre soit d'accord. Ces gars-là pensent que rien ne sort de bon des ânes, des noyers et des femmes, sinon à coups de bâton.

Ils reprirent la route de Féniers. Des romanichels silencieux les dépassèrent au pas nerveux d'un petit cheval blanc. Deux chèvres et leurs chevreaux suivaient de loin la carriole en musardant sur les talus. La foire attirait la foule des grands jours. Ils rattrapèrent des chaudronniers d'Aurillac. Leur char était plein de bassinoires guillochées, de conches à confitures, de fontaines aux robinets en col de cygne. Des fermiers aisés passèrent dans une jardinière tandis que des bergers, drapés dans des limousines bleues, poussaient leurs troupeaux.

Sur la place de Féniers, des *jagots* soufflaient déjà dans leurs flûtes de Pan en cuivre pour attirer le chaland et proposer des ustensiles de cuisine ou acheter de l'étain, du bronze ou du laiton. Le curé vint leur demander le beau coq en cuivre commandé pour son église. Des jeunes femmes entouraient un marchand de châles d'Espagne. Les maquignons déambulaient au milieu des moutons avec l'air indifférent sous leurs feutres noirs. Une troupe de colporteurs avaient installé sur des étals peignes et boutons, lunettes, aiguilles, faucilles, pierres à aiguiser, ciseaux et savons, couteaux et bretelles. Des fermières déposaient sur un linge leurs légumes et attendaient en détournant la tête. Une femme allait avec ses paniers peints en noir, pleins de beurre. Un chasseur de taupes présentait ses trophées et cherchait à se faire employer. Un *mataïre* dont la spécialité était de tuer le cochon discutait affaires avec un paysan de Villemonteix. Le garde champêtre inspectait les étalages d'un air martial. Ferret installa son appareil vers l'église, dans le pan de soleil qui demeurait près de la fontaine. François songeait à la femme vendue dont les yeux le fixaient encore.

Ils quittèrent Féniers le lendemain.
— Nous allons passer en Corrèze, décida Ferret.

Tout au long du mois de novembre, ils sillonnèrent le plateau, au-delà de Peyrelevade, traversant Millevaches, descendant jusqu'aux confins de Bugeat. Ils franchirent les eaux glacées de la Vézère. En vue du puy de Razel, ils furent pris dans une averse de neige. Brutalement la lande vira au blanc jusqu'à l'horizon. Le ciel enveloppait les rares bosquets de pins et de bouleaux. Des brumes dérivaient, encerclant les marcheurs. Ferret grognait depuis le matin.
— Nous allons chercher abri à Bonnefond. Je n'ai plus vingt ans.
Les deux hommes s'égarèrent. En lisière d'un commun de châtaigniers, ils découvrirent les toitures d'une ferme isolée au creux d'un vallon.
— Ce sont des gens qui n'ont pas peur d'être assassinés, marmonna Ferret en montrant les bâtiments.
L'immensité de glace engloutissait le chaume d'où s'échappait un mince filet de fumée.
— Nous sommes perdus, grommela Ferret. Nous allons demander l'hospitalité.
— Ce n'est pas de refus, répondit François. Je ne sens plus mes pieds.
Ils avançaient vers la ferme lorsqu'ils virent trois hommes traverser la cour et se précipiter dans le poulailler. Ferret posa la main sur l'avant-bras de François. Ils étaient à découvert au milieu de la pente. Le murmure d'une rigole sous la croûte de glace leur parvint sans qu'ils pussent dire où filait l'eau.
— Ce sont des mendiants, dit Ferret. Il se passe quelque chose d'étrange, ici.
François regarda son compagnon.
— Qu'est-ce que tu veux dire ?
— Des cherche-pain, des traîne-misère ! J'ai lu qu'il y en a quatre cent mille en France. À cause de la crise. Mais

attention ! Ils se déplacent par bandes et quand ils repèrent une ferme isolée avec des femmes et des vieux, ils s'imposent et menacent si on leur refuse l'aumône. À Féniers, on m'a dit qu'il y avait une troupe qui remontait de Toulouse et qui se trouvait sur le plateau. Tiens, regarde !

Ferret s'accroupit dans la neige et tira François par la manche. Les trois types ressortaient en tenant des poules par les pattes. Ils s'engouffrèrent dans la salle commune.

— Qu'est-ce qu'on peut faire ? demanda François.

Ferret le dévisagea d'un air surpris. Le froid congestionnait sa figure. La barbe qui lui grisait la gueule était couverte de neige.

— Foutre le camp, pardi ! Ils sont peut-être une dizaine, prêts à tout pour rester au chaud.

Ferret s'était levé et s'apprêtait à couper le vallon en évitant la ferme. François le rattrapa.

— Il y a des gens en danger en bas ! On ne va pas les laisser.

— Je suis photographe, pas gendarme ! s'écria l'autre. J'ai assez pris de coups dans ma vie pour ne pas en ramasser pour des paysans qui m'auraient peut-être lâché les chiens si j'avais demandé le gîte.

François le regarda d'un air hésitant. Il agrippa le vieux photographe par le col.

— Qu'est-ce qu'il aurait fait, François ?

L'autre eut une expression bizarre.

— Oui, tu l'as connu, mon père ! Qu'est-ce qu'il aurait fait, lui ?

Ferret se tourna vers la ferme. Il hésitait.

— Il y serait allé.

François relâcha son compagnon. Avisant un genévrier à mi-pente, il alla y cacher sa caisse. Il jeta un coup d'œil à Ferret et s'élança.

— François ! Reviens ! criait l'autre.

François courait dans la neige en s'enfonçant à mi-jambes. La glace pénétrait ses brodequins détrempés. Dans la cour de la ferme, il se retourna et vit Ferret qui était resté là-haut, à hauteur du genévrier. Rien ne bougeait. François avança vers la porte et la poussa brusquement.

— Eh bien, mère ! Que se passe-t-il ? cria-t-il.

Ferret avait raison. Dans la salle commune, sept mendiants étaient en train de festoyer devant les yeux terrorisés d'une jeune fille, de sa mère et d'un vieillard assis au coin de la cheminée. François avisa un huitième homme vautré dans un lit de coin, une bouteille de vin à la main. La femme regarda François sans comprendre.

— Que font tous ces gueux chez moi ? hurla-t-il.

Celui qui paraissait le chef se leva du banc. Il avait blêmi. Il tenait dans la main droite un couteau, la pointe tournée vers François.

— Ta mère nous a offert l'hospitalité. On ne revient pas sur un engagement.

François vit les yeux de la jeune fille qui fixaient un point par-dessus son épaule droite. Il inspira profondément et, pivotant sur lui-même, il décocha un coup dans la carotide d'un homme caché dans le coin de la souillarde, derrière la porte, et qui arrivait dans son dos. L'autre s'écroula. Le chef des mendiants, d'une voix moins assurée, menaça :

— Qu'est-ce qui te prend de traiter ainsi tes hôtes ?

François lui balança un coup de pied qui fit voler le couteau. Toutes les feintes de corps et les coups qu'à Nouméa lui avait enseignés Sébastien, tirailleur des Enfants perdus, revenaient avec le naturel des gestes appris en enfance. Le bras du mendiant était encore suspendu en l'air que François avait saisi le type à la gorge. Il l'accrocha solidement et jeta le front en avant à la naissance du nez. Le sang gicla. Les cartilages s'écrasèrent avec un bruit de bois sec. François laissa retomber le corps inerte. Il se tourna vers un autre qui avançait, empêtré dans sa houppelande, un tesson de bouteille à la main. Il semblait à François avoir vécu cette scène. Les gestes allaient lentement devant ses yeux. Il laissa le bras partir, déporta le corps sur le côté et, saisissant le coude, le bloqua puis assena une manchette sur l'articulation, qui craqua. Le cri de son agresseur résonna dans toute la pièce. François le prit comme un pantin et le jeta contre la porte. Les autres, terrorisés, se regroupèrent en tirant à eux les blessés. François les regarda s'enfuir sur l'autre versant du vallon telle une volée d'oiseaux gris sautillant dans la neige.

Sur le seuil, François reprenait son souffle. Il entendit un bruit de sabots, et une main de femme se posa sur son épaule.

— Rentrez, vous allez prendre froid, murmura la jeune fille.

François recula et referma la porte.

La fille et sa mère le regardaient. La peur ne les avait pas quittées. La femme alla ramasser les débris d'un bol fracassé sur les dalles et releva le banc. Alors seulement elle put parler.

— Sans vous, je crois que les choses auraient mal tourné. Le chef tournait déjà autour de la petite.

François la regarda.

— S'ils avaient su d'où je viens, ils se seraient enfuis tout de suite, répondit-il.

Ferret les rejoignit. Les deux femmes le regardèrent avec inquiétude.

— Nous sommes photographes ambulants. Nous allons de foire en foire tirer le portrait. Regardez !

Ferret ouvrit une malle et sortit un cliché qu'il devait apporter à une famille de Barsanges.

— Vous les connaissez peut-être ! s'exclama Ferret. C'est le père Charbonnet, la Noreille et leurs deux filles. La grande doit avoir l'âge de la demoiselle.

Les deux femmes se penchèrent sur le cliché. Elles étaient émerveillées.

— C'est pas Dieu possible ! Ils se font tirer le portrait comme des gros. C'est bien lui ! remarqua la mère qui avait perdu sa timidité.

Elle pointa le doigt sur le visage du paysan.

Ferret rangea la photographie.

— Madame, accepteriez-vous que mon ami et moi restions pour cette nuit dans la grange ? Nous sommes perdus. Nous repartirons demain.

Il lut de l'hésitation dans le regard de la maîtresse de maison. Elle jeta un coup d'œil à sa fille, qui baissa les yeux.

— Les autres pourraient revenir à la nuit, on ne sait jamais, suggéra Ferret. Peut-être serait-il plus prudent que nous restions là.

La femme hocha la tête.

— Je vous offre la grange et la soupe.

Se ravisant :

— Vous n'avez pas de feu sur vous ? D'habitude, mon homme fouille les vagabonds qui demandent à coucher.

— Voulez-vous me fouiller ? suggéra Ferret en levant les bras.

La femme haussa les épaules. Les deux colporteurs déposèrent leurs bagages dans la salle commune. François s'approcha de la cheminée et se chauffa les poignets. Les deux femmes rangèrent les bols et les assiettes qu'avaient sortis les crève-la-faim, replacèrent dans la maie le fromage qu'ils avaient entamé, raccrochèrent le jambon au plafond et reposèrent la miche de pain sur la clayette fixée entre deux solives. Le vieillard dans son fauteuil s'était assoupi. Ses mains tremblaient sur les accoudoirs.

— Il y a de l'eau à chercher, dit la mère.

— J'y vais, se proposa François.

Il saisit le seau et sortit.

La nuit tirait sur le vallon un voile gris sur fond de neige. Une lumière bleutée ourlait la crête des collines qui dominaient la ferme. Un sentiment d'isolement absolu serrait la gorge. Il était impossible d'imaginer qu'au-delà de ces solitudes existât quelque chose de vivant. François fixa son attention sur le grincement de la chaîne du puits. Dans les étables, des vaches meuglèrent. Et puis plus rien. Lorsqu'il referma la porte derrière lui, il ne put s'empêcher de se retourner. Le hurlement d'un loup dévala des pentes enneigées et le frappa douloureusement.

La fille saisit le seau des mains du jeune homme et le porta jusqu'à la souillarde. Elle monta sur le banc et avec un brandon alluma une lampe à pétrole. À plusieurs reprises, alors que sa mère avait le dos tourné, elle esquissa un sourire sans jamais adresser la parole à François.

Les deux hommes se mirent à table. Les femmes leur servirent du bouillon, du pain de seigle mal *sassé* et des pommes de terre avec un petit morceau de lard.

— Où donc est votre homme ? demanda Ferret à qui les forces revenaient à mesure que la soupe lui réchauffait le corps.

— Il fait le scieur de long.

— Où ça ?

— Dans la forêt de Bordeaux. Il y a du pin tant et plus à couper. Et vous ? questionna-t-elle en prenant son bol.

— Nous, on est berrichons, répondit Ferret. On vient de Châteauroux.

Il gelait fort lorsqu'ils traversèrent la cour pour rejoindre la grange. La porte se referma sur eux. De gros nuages sombres roulaient dans le ciel, le ventre éclairé par la blancheur de la terre.

— Sacré pays quand même, marmonna Ferret.

François releva le col de son pardessus et poussa la porte du *paturadour*. Les vaches, la tête dans les barres de leurs *cornadis*, tournèrent les museaux vers les deux hommes. Ferret trouva l'échelle qui montait à la barge au-dessus de l'étable.

— Nous allons nous installer là-haut.

Ils agrippèrent à tâtons les barreaux lustrés de l'échelle. Des toiles d'araignées posaient sur leurs visages un souffle doux qu'ils ôtaient sans impatience. Le plancher au-dessus des étables était tiède. Ils choisirent chacun un coin, poussèrent la paille et s'étendirent.

Au milieu de la nuit, François entendit un craquement. Il resta immobile. La porte de l'étable s'ouvrit doucement. Quelqu'un montait à l'échelle. François se leva et attendit. Une silhouette apparut, hésitant, le corps à demi sorti de la trappe au ras du plancher. François contourna sans bruit l'échelle et saisit brusquement à la nuque le visiteur qui poussa un petit cri. La taille qu'il serra était celle d'une femme.

— Ne me faites pas de mal, murmura la fille de la maison.

Dans la pénombre, François passa la main sur ses joues, caressa ses tempes. Elle avait posé sa coiffe et était en cheveux. Il prit la gorge de la fille et la pressa. Elle leva les yeux vers lui. Dans leur dos, Ferret toussota et se retourna. Sous le plancher, une bête s'ébroua et fit sonner les maillons de sa chaîne. François approcha les lèvres du visage de la jeune fille. Alors que leurs bouches se rejoignaient, ils entendirent claquer la porte de l'étable. La lueur d'un fanal perça l'encadrement de la trappe.

— Vas-tu redescendre, espèce de traînée ! criait la mère. Tu croyais que je ne me rendrais compte de rien !

La mère passa le nez par l'échelle. François était debout à côté de la fille terrorisée qui lui tenait encore la main. Quand elle vit le visage de sa mère, éclairée sous le menton par une lumière qui lui ravinait les traits, elle lâcha François.

— Quand c'est pas les crève-la-faim, c'est les colporteurs ! Mais il te les faudrait tous ? Dépêche-toi de descendre.

La fille saisit les montants de l'échelle et disparut. Dans le *paturadour*, François entendit une volée de coups.

— Dès demain, vous filez, vous deux ! Je ne veux plus vous voir traîner ici.

François se recoucha. Ferret, qui n'avait pas bronché, se tourna vers lui et cita de mémoire :

— La femme n'est pas un cerveau. Ce n'est qu'une matrice.

Le lendemain matin, ils partirent sans demander leur reste. La porte de la salle commune resta fermée. Au moment de sortir de la cour et de remonter la pente, Ferret se retourna.

— J'aurais bien pris un bol de soupe, quand même. Quelle ingrate, cette virago ! On aurait dû la laisser se débrouiller avec ses mendiants. Après tout, sans nous...

Ferret regarda François en rigolant.

— Sans toi, la petite y aurait eu droit.

François ne répondit pas.

Arrivés au sommet des prés qui dominaient la ferme, ils découvrirent vers le sud une immensité de neige. Ferret maugréait.

— Nous sommes bel et bien perdus. Nous allons prendre vers le sud.

Un soleil pâle perçait difficilement les nuages. Ils rencontrèrent le cours d'un ruisseau. Sur les branches plongeant dans l'eau, des glaçons brillaient comme des diamants.

— C'est peut-être la Corrèze. Va-t'en savoir !

Ils marchèrent tout le matin sans rencontrer un seul village. Vers midi, ils s'installèrent à l'abri d'un bosquet de bouleaux et tirèrent de leurs sacs du pain, du fromage et une poignée de châtaignes. Ils mastiquaient, le regard perdu sur l'horizon désertique, ne percevant plus la limite où le ciel se cristallisait en neige et où la terre glacée se diluait en brumes. Un vent venu des montagnes auvergnates, à l'est, se leva sur le plateau.

— La sauvagerie n'est pas muselée, dit Ferret, une boule de pain dans la bouche.

La nuit s'abattit sur la lande alors qu'aucune maison n'était en vue.

— Nous devrions approcher de Gourdon-Murat ou de Chatemichy, maugréait Ferret. Je jure que c'est la dernière fois que je me laisse surprendre par l'hiver sur le plateau. Ce n'est plus de mon âge.

À la nuit, ils découvrirent un chemin creux. Les deux

hommes exténués s'y engageaient lorsque brusquement Ferret attrapa François par l'épaule.

— Regarde ! dit-il.

Une silhouette drapée dans une cape barrait la route, une lanterne à la main. Au même instant, les colporteurs perçurent un son de cloche.

— Qui va là ? cria Ferret d'une voix mal assurée.

— Le curé de Treignac ! répondit la silhouette.

Ferret regarda François d'un air incrédule.

— Qu'est-ce qui me dit que vous êtes bien le curé et pas un farfadet ?

— As-tu déjà vu le diable se guider la nuit sur les cloches de son église, bougre d'imbécile ? cria le curé.

François et Ferret avancèrent.

— On ne peut refuser les derniers sacrements à un pauvre chrétien qui a choisi la nuit et l'hiver pour rejoindre le Très-Haut, commenta le prêtre.

Les deux colporteurs se présentèrent.

— Filez au presbytère. C'est à deux lieues. Vous direz que je vous envoie et le moins fatigué d'entre vous remplacera ma bonne dans le clocher. Surtout, n'arrêtez pas de sonner, je n'ai que ça pour me repérer. Allez !

L'homme d'Église se remit en marche. Sa soutane fut vite engloutie dans la nuit.

Le prêtre offrit l'hospitalité aux voyageurs. Il était bon vivant et ses ouailles payaient généreusement les oblations.

— Ici, nos paysans n'ont pas perdu le chemin de l'église. Je suis curé de deuxième classe. Je reçois mille quatre cents francs par an. Un office de première classe, c'est sept francs. Chaque décès rapporte cinq messes. Je suis beaucoup mieux que le roi de la République, s'amusa le curé.

— Qui donc ? demanda François.

— L'instituteur ! On a voulu embourgeoiser ces pauvres bougres sans leur donner le salaire qui convenait à leur condition. La République célèbre leurs fonctions sans les rétribuer. Les dithyrambes ne nourrissent pas leur homme. D'ailleurs, ils sont trop brevetés pour ne pas mépriser l'ignorance du paysan et trop ignorants pour avoir la modestie du vrai savant.

L'homme était ravi de bavarder avec des gens de passage.

— Observez que tout ne nous oppose pas avec l'instituteur, poursuivit-il. Par exemple, nous prêchons l'un et l'autre pour le repeuplement de la France. Hélas ! le nombre des mariages ne cesse de diminuer.

Ferret ne put réprimer un long soupir. Le prêtre poursuivit :

— L'instituteur, c'est pour la revanche sur la Prusse qu'il veut des petits Français ! Moi, c'est pour lutter contre les pratiques qui éloignent du sacrement.

— Quelles pratiques ? demanda Ferret. Vous savez, mon père, à mon âge on peut tout entendre puisqu'on a tout entendu.

— Le coït interrompu ! répondit sans détour le brave homme.

— C'est un péché ? s'inquiéta le vieux photographe.

Le père le regarda avec un air amusé.

— Attention, mon fils : c'est compliqué. C'est un péché pour l'homme. Cela n'en est pas un pour la femme qui est passive et qui reste ainsi dans le giron de notre sainte mère l'Église.

Les trois hommes se regardèrent malicieusement.

Pour le remercier de son hospitalité, Ferret proposa au prêtre de le photographier. Il accepta avec joie et posa devant la porte de son presbytère, l'air ravi et frigorifié. Ce fut François qui opéra. Depuis un mois, Ferret lui laissait de plus en plus d'initiative. François trouvait un réel plaisir à cadrer, à chercher la lumière sur un visage ou dans les plis d'un vêtement, s'ingéniant plus encore que son maître à faire poser ses sujets dans des lieux qui leur étaient familiers. « Je voudrais que ce soit la vraie vie qui apparaisse sur ce papier », disait-il. Ferret souriait.

— J'adresserai la photographie à ma mère, dit le prêtre avec émotion. Elle sera heureuse.

Ils reprirent leur route. Quand ils furent assez loin, Ferret s'arrêta et tendit le bras vers l'horizon.

— C'est les Monédières, dit-il. Plus au sud, je ne vais pas. Nous allons remonter par Tarnac et regagner la Creuse. Il y a une foire à Faux-la-Montagne. Ce sera notre dernière. Nous rentrerons après.

Ils parvinrent trois jours plus tard dans les bois de la Feuillade, au nord de La Villedieu. La veille, à la ferme de Jalagnat, ils avaient photographié toute une famille qui s'était endimanchée pour poser devant la porte de la grange.

— À Faux, nous devrions avoir des portraits de conscrits, avait prédit Ferret. Ils ne sont pas regardants à la dépense, ce jour-là.

La montagne connut un redoux. La neige qui partait par plaques entières tenait encore dans les replis.

— Elle en attend d'autre, ruminait Ferret en montrant les traces blanches.

Depuis la fin du mois de janvier, les rivières roulaient des eaux sombres. La lande avait pris des reflets dorés d'ajoncs brûlés par le froid. Les deux colporteurs avaient laissé à main droite le mont Buchon. Ils filaient vers le bourg de Faux lorsqu'ils entendirent les hurlements d'un loup. Mais, loin d'être menaçant, le cri de la bête exprimait la plus insupportable souffrance. François et Ferret sentirent les poils se dresser sur leurs bras. Ils se regardèrent.

— Allons voir, gronda François.

Ils poursuivirent une centaine de mètres et, au détour du chemin, ils restèrent plantés. Un homme avait entravé un loup. Il avait glissé une bûche entre ses mâchoires et l'avait liée derrière la tête de l'animal. Après lui avoir assené de terribles coups de gourdin, il avait entrepris de lui casser les dents en se servant du manche de son couteau et d'une grosse pierre.

— C'est un *loubotier*, murmura Ferret. Il prépare son loup pour le montrer à la foire de Faux. Il lui brise les dents pour le coloniser.

François s'élança.

— Lâche cet animal, dit-il.

L'autre se retourna avec une expression ironique. C'était un grand type, les cheveux noirs, une barbe de dix jours et des yeux aigus. Il portait une cape.

— Il est à moi. Je l'ai capturé dans une fosse, dit-il avec un accent auvergnat.

Il replaça le manche de son couteau sur un croc et leva la pierre pour frapper. François attrapa la main et la tira à lui.

— Je t'ai dit de relâcher cet animal.

L'autre se dégagea.

— Qu'est-ce qui te prend ? C'est un loup !

— Lâche-le.

— Viens le chercher, dit-il en pointant son couteau vers François.

— François, arrête ! cria Ferret.

L'homme s'était redressé d'un bond. François avança vers lui.

— Tu es fou, marmonna le *loubotier*. Tu vas te faire suriner pour un loup que j'écorcherai vivant dès la saison terminée. Tu es fou.

François le laissa parler. Il suivait les yeux de l'Auvergnat. À la base de son cou dénudé roulaient des muscles durs comme du bois. François fit un pas en avant. Le couteau frôla sa poitrine et balafra son pardessus. François sauta en retrait et, sans perdre les yeux du type, se dégagea du macfarlane qu'il jeta par terre. Le loup lié au sol essayait de se désentraver. C'était un grand mâle gris aux pattes qui n'en finissaient pas et au regard de glace.

François tenta une attaque que l'autre déjoua avec

rapidité. Rendu prudent, le garçon entama un arc de cercle qui obligea l'Auvergnat à reculer contre un massif de ronces. Le loup donna un coup de reins pour se défaire de ses liens. Le *loubotier* détourna les yeux. Le pied de François partit et dévia la lame tandis qu'il frappait l'homme à la poitrine de tout le poids de son corps. Les deux adversaires roulèrent dans les ronces. François avait saisi le type par la gorge et serrait. L'autre commençait à râler, les yeux perdus au ciel, un rictus sur les lèvres. François pressait encore son étau quand il sentit un coup porté à la hanche. Un filet de sang chaud coula dans sa chemise. Les forces abandonnaient son bras. Un voile noir passa devant ses yeux. Il ne sentait plus ses doigts. L'envie de tout abandonner s'immisçait en lui. François vit alors les yeux verts de Marie penchés sur lui. Dans un dernier effort, il tendit les muscles de son poignet. L'homme jeta la tête en arrière et s'affala.

— François ! Qu'est-ce que tu as fait ? Il t'a piqué !

François se laissa relever par Ferret. Une douleur lancinante lui tenait les reins. Du sang coulait le long de sa jambe et tachait son soulier.

— Tu l'as tué, ma parole ! glapissait Ferret. On est dans de beaux draps.

François s'allongea au pied d'un châtaignier. Il reprenait des forces.

— Donne-moi une chemise, dans mon sac. Déchire-la que j'en fasse un bandage.

Ferret fouilla dans le bissac. Il déchira les pans d'une liquette que François serra autour de sa taille. Le garçon tenta de se relever. Le sol tournait autour de lui. Il réussit à se mettre sur ses deux pieds. Il jeta un coup d'œil au *loubotier*, qui gisait dans les ronces. Il s'approcha enfin du loup, qui avait renoncé à se dégager de ses liens.

François s'agenouilla auprès de l'animal qui ne pouvait l'atteindre à cause du mors qui lui barrait les mâchoires. Il passa la main dans sa fourrure. La chaleur du *sauvage* le réconforta. Du sang coulait de sa gueule. La moitié de la mâchoire avait déjà été défoncée, mais il brillait encore des crocs blancs dans une gangue de sang et de salive. Les mains de François cherchèrent les liens qui retenaient les pattes de l'animal. Tout en le maintenant serré, il parvint à le délier. Restait le museau. Le loup s'était cabré et François dut l'écraser de tout son poids pour qu'il ne s'échappât pas.

— Apporte mon pardessus ! cria-t-il à Ferret.

Il enroula son bras dans le pardessus et, tout en maintenant un genou sur l'encolure du loup, il l'agrippa à la gorge et serra au point de l'étouffer. Pendant ce temps, il délia doucement le nœud qui tenait le morceau de bois coincé aux commissures des babines. Lorsque la ficelle glissa, François se recula vivement. Mais à peine eut-il retiré sa main que les mâchoires du loup se refermèrent sur son avant-bras protégé par le pardessus. François tira en arrière. Le loup bondit. Ils se regardèrent un instant.

— Va-t'en ! cria François. Prends garde à toi !

L'animal dévisagea le jeune homme. Il avait deux étoiles polaires à la place des yeux. Tournant la tête vers la lisière de la forêt, il repartit d'un trot ample dans la lande.

— Filons, dit François, quand l'animal eut disparu dans un ressaut de terrain.

Ils évitèrent soigneusement Faux-la-Montagne. Ils parvinrent à la nuit aux environs de Saint-Marc-à-Loubaud sans croiser âme qui vive. Ferret, qui connaissait le pays, dénicha une cabane de berger où ils reprirent des forces.

— Personne ne nous a vus, dit François.

— Qui peut dire qu'il n'a été vu par personne ?

La morsure au bras de François était superficielle. Il restait seulement dans la chair la trace de deux crocs qui avaient pincé. Par contre, le coup de couteau dans le dos, au dessus de la hanche, le faisait souffrir plus qu'il n'osait l'avouer à Ferret.

Au cours de la nuit, ils repartirent, réglant leur chemin sur les espaces laissés libres entre les hameaux. Ils dépassèrent Saint-Yrieix-la-Montagne par l'ouest.

— Il faut tenir ! encourageait Ferret. Nous ne sommes qu'à quelques heures de marche de Vialle.

Lorsqu'ils eurent dépassé Saint-Yrieix, ils poursuivirent de jour. Le soir même, ils poussaient la porte de la maison de Ferret. François, grelottant de fièvre, se laissa tomber sur sa paillasse.

6

Les amants de la Tour

— Il a ouvert les yeux !

Marie se pencha sur son fils. Le docteur Florand la prit par les épaules et l'écarta du lit.

— Laissez-moi faire, dit-il.

François vit le visage du médecin à son chevet. Il entrevit sa mère, aux traits tirés par plusieurs nuits de veille.

— Marie...

— François, murmura Marie en le prenant dans ses bras.

— Attention, j'ai mal ! cria le jeune homme.

Une douleur labourait ses reins. Il reprenait lentement conscience. Le médecin sortit sa montre à gousset et prit le pouls.

— J'ai soif, parvint-il à dire.

Le docteur se retourna vers Marie et lança un coup d'œil rassuré.

— Adèle, apportez du tilleul ! Dépêchez-vous ! commanda Marie.

François passa la main sur son visage. Il avait les pommettes saillantes. Une mauvaise sueur mouillait son front. La tête lui tournait. Il regarda sur le côté. La chambre du château de La Chapelle était gagnée par l'obscurité. Sur la table de nuit, un verre d'eau exhalait une odeur de fleur d'oranger.

— Où est Ferret ? s'inquiéta François.

Marie s'assit sur le rebord du lit. Elle posa la main dans les cheveux de son fils.

— C'est lui qui nous a alertés. Nous sommes partis à Vialle te chercher en cabriolet. Gilles Pirolo a dû te porter car tu n'avais plus ta connaissance. Cet horrible coup de couteau !

— Vous êtes bigrement chanceux, remarqua le médecin, dans le dos de Marie. La lame est passée à un centimètre des reins.

Marie regardait François avec tendresse.

— Le *loubotier* ? interrogea François.

Marie haussa les épaules.

— Personne n'a signalé sa disparition. En tout cas, le corps n'a pas été retrouvé. Nous avons lu les journaux. Rien. Ce n'est pas nous qui allons nous inquiéter de son sort !

François ferma les yeux.

Le docteur Florand toussota.

— Maintenant que notre blessé a repris connaissance et que la fièvre a baissé, je vais prendre congé. Des malheureux attendent ma visite, me prêtant bien plus de pouvoir que m'en ont octroyé mes maîtres de la faculté. Et qu'ils en avaient certainement eux-mêmes !

Il attrapa son manteau.

— Je vous accompagne, docteur, dit Marie.

Florand tendit la main à François, qui s'en saisit avec peine.

— Vous êtes d'une robuste constitution, mon garçon. Dans votre situation, beaucoup seraient morts. À demain. Je repasserai pour le pansement.

— Bonsoir, docteur, dit le jeune homme.

Il tourna la tête pour ne pas voir la robe de sa mère disparaître sur le palier aux côtés de l'habit noir d'Abel Florand.

— Vous revenez demain ? demanda Marie. Soyez remercié, docteur. Ce que vous avez fait pour François, je ne pourrai l'oublier.

Il faisait froid dans le vestibule. Le feu de cheminée dans le salon crépitait derrière une porte vitrée.

— Combien vous dois-je pour ces dernières visites ? demanda Marie en regardant Florand droit dans les yeux.

Celui-ci eut un sourire d'adolescent. Ses trente ans se déchiraient par moments lorsque des pensées espiègles lui traversaient l'esprit. Il avait alors la gentille effronterie d'un grand garçon, chéri par une mère aimée.

— Vous souvenez-vous de ce que je vous ai dit, à propos de ma cour ?

Marie redressa les épaules. Elle était épuisée par les nuits aux côtés de François.

— Croyez-vous que ce soit vraiment le moment de marivauder, docteur ?

— Les choses importantes ne se font jamais aux moments convenus, madame.

— Alors ?

— Alors je ne vous demande aucuns honoraires pour mes visites auprès de votre fils. À partir d'aujourd'hui, je vous autorise à colporter auprès de vos amis comme de vos ennemis la rumeur formidable que le docteur Abel Florand fait la cour à la belle Mme Ribière.

Ses yeux brillaient. Il fit tourner son chapeau au bout de ses doigts, lança : « Mes hommages ! » et repartit en fredonnant. Marie resta sans rien dire. Gilles avait allumé les flambeaux qui éclairaient la terrasse. Elle s'approcha d'une fenêtre. Florand accrochait sa mallette à la selle de Scarlatine. À moins que ce ne fût Rougeole. Marie n'était plus sûre de rien.

La convalescence de François dura jusqu'au mois de février 1889. Les jours de pluie, Adèle l'installait dans un fauteuil près de la fenêtre et il restait à contempler silencieusement le parc. Louis, que ses affaires ramenaient régulièrement dans sa circonscription, venait à peine saluer son neveu tant il savait sa visite peu souhaitée.

Les travaux d'électrification de Bourganeuf, sous l'impulsion du député, avançaient rapidement. Un soir, à la tombée de la nuit, Louis et Marie partirent dans la nouvelle Panhard que conduisait Gilles Pirolo. Le garçon était si fier de piloter la voiture à pétrole, après un stage à Paris chez le constructeur, qu'il était devenu intarissable sur toutes les questions mécaniques. Adèle s'amusait en disant : « Depuis qu'il a cette voiture, il est tout en langue comme le renard est tout en queue ! »

Vers neuf heures, les ruelles qui entouraient la belle tour Zizim et les remparts du château de l'ancienne commanderie de Saint-Jean s'illuminèrent d'une centaine d'ampoules. Du haut de la ville, Marie avait entendu des applaudissements couvrant la fanfare. Silencieux, des centaines de paysans massés sur les hauteurs de Masbaraud, de Peyrelaurière, de Rigour entouraient la ville, les yeux braqués vers la lumière.

À leur retour, Marie avait trouvé François au salon contemplant les sept dessins laissés par Petterson au cours de son séjour au château.

— Comment vas-tu ? avait-elle demandé.

— Il dessinait bien cet Anglais, avait répondu François. Mais tout de même, la photographie, c'est plus précis.

Marie l'avait embrassé sur le front. Elle aurait voulu lui dire l'impression inoubliable que lui avait faite la ville illuminée au cœur d'une campagne plongée dans l'obscurité. Mais il était trop tard.

François, convalescent, aimait à marcher dans le parc. À la mi-février, une poussée d'hiver blanchit les allées. En dépit de la neige, le jeune homme s'habillait chaudement et partait. Marie l'accompagnait parfois, accrochée à son bras, au chaud dans un manteau de zibeline. Adèle fredonnait dans sa cuisine. Gilles Pirolo apprenait à lire pour comprendre le manuel d'entretien de l'automobile. Quatre-Vents restait seul dans sa masure où il ne voulait plus voir personne.

Marie et Louis, d'un commun accord, avaient renoncé à s'affronter au sujet de Boulanger. Au soir des élections à Paris, à la fin janvier 1889, le rapport de forces avait brutalement penché en faveur du général. Marie enrageait. La banlieue, les faubourgs les plus révolutionnaires de la capitale avaient choisi Boulanger. La jeune femme se demandait même si son beau-frère n'avait pas financé les deux millions d'affiches collées à Paris, au cours d'une campagne électorale à l'américaine.

Louis n'avait pas avoué à Marie qu'il se trouvait effectivement chez Durand le soir de la victoire du 27 janvier. On criait par les fenêtres à la foule enthousiaste les premiers résultats. Déroulède avait embrassé Thiébaud et dînait dans un salon voisin de celui de Rochefort. Le patron de la Ligue des patriotes adjurait le général de marcher sur l'Élysée, où Carnot attendait d'être destitué : « Voyez la foule, mon général. Elle ne demande qu'à vous suivre. Cinq cent mille hommes sont prêts. La police est à vous ! L'armée est à vous ! Laissez-moi convoquer mes ligueurs dès demain ! » Louis avait entendu Boulanger répondre dans le brouhaha : « Pourquoi voulez-vous que j'essaie de conquérir illégalement le pouvoir alors que je suis sûr d'y être porté dans six mois par l'unanimité de la France ? » Un homme à côté de Louis avait remarqué : « Avez-vous vu que notre général arbore un œillet à la boutonnière ? Ne sait-il pas que cela porte malheur chez les artistes ? »

Louis était revenu en Creuse au début de février 1889 avec la conviction que Boulanger avait manqué sa chance, ce soir-là. Il savait que le ministre de l'Intérieur allait mettre à profit ce moment de répit pour conspirer à sa perte. Du coup, il s'était rapproché des milieux gouvernementaux et républicains.

Les promenades de François le poussaient de plus en plus loin. Un matin, malgré le frimas, il entreprit le tour de l'étang. Marie l'accompagna. Adèle avait regardé partir les deux silhouettes qui, sitôt les grilles franchies, s'étaient serrées l'une contre l'autre.

— Tu vas mieux, n'est-ce pas ? avait-elle demandé d'une voix qui n'attendait pas de réponse.

François avait pressé la main de sa mère.

— Mais pourquoi te battre contre des moulins à vent ?

François tendit le bras. Des canards sauvages, jaillis d'une berge de roseaux, s'élevaient dans le ciel.

— Lorsque j'attendais le retour de ton père, à la fin de l'automne, je guettais les grues, dit Marie. À quelques jours près, nos limousinants suivaient leur passage.

Ils étaient parvenus à l'extrémité de la retenue. Le ruisseau du Caquechy bougonnait dans son lit grossi par la fonte des neiges. Les cheminées du Theil fumaient droit dans le ciel. Une buse piailla en tournoyant au faîte de la forêt des Baudes. Sur le sol vaseux encore gelé, François s'agenouilla.

— Un renard est passé par là.

Ils franchirent le ruisseau. Au lointain, le château apparaissait dans toute la majesté voulue par Louis. La symétrie de la façade était saisissante. La couleur grise de ses pierres ajoutait à l'impression de force. On eût dit un navire de granit à l'ancrage, indifférent aux tempêtes, entre les sapins du parc comme des mâts tendus de voiles affalées.

— J'ai été stupide le soir où je suis entré dans ta chambre parce que je savais y trouver mon oncle. Je regrette.

Il se pencha vers sa mère et l'embrassa.

François suivait le fil de sa pensée.

— Tu éprouves un sentiment pour le docteur Abel Florand ? demanda-t-il enfin.

— Pourquoi me demandes-tu cela ?

— J'aimerais savoir, dit François en vieillissant brusquement sa voix. Car enfin il est sympathique, ce garçon. Il a une situation. Si tu éprouvais un sentiment et s'il te faisait la cour dans les règles, je serais prêt à envisager sérieusement sa demande.

— Espèce de voyou ! cria Marie en éclatant de rire.

Elle se dégagea de son bras, le bouscula et se mit à courir dans le grand pré des Coutures. François la laissa prendre de l'avance et s'élança. Marie courait comme une jeune fille, posant parfois une main sur sa toque de fourrure, lançant les bras sur les côtés. Elle trébuchait dans les *levades*, tombait à genoux, éclatait de rire et repartait. Lorsque François l'attrapa par la taille, elle résista un peu. Ils roulèrent tous les deux dans l'herbe gelée. Ils s'esclaffaient. Ils regardaient le ciel. Ils forçaient leurs rires, n'ayant pas d'autre réponse à jeter aux nuages qui grisaient l'étang.

Sur le chemin du retour, François fit part à sa mère de son intention de se rendre, dès le lendemain, chez Ferret à Vialle.

— Je lui dois des explications. Je ne peux envisager d'en rester là. Il m'a beaucoup appris.

Marie, contrariée, demanda :

— Veux-tu que nous attelions le cabriolet et que nous y allions ensemble ?

François secoua la tête.

— Non. Je désire faire ce chemin tout seul.

Il partit à l'aube du 25 février. Le froid piquait. Le sol craquait sous ses brodequins. Il longea le ruisseau de l'étang. À hauteur de Ponsat, il s'arrêta près du dolmen. En sueur, il s'appuya de tout son dos contre la pierre campée sur ses appuis rocheux comme un bœuf de granit. Il passa la main sur le rocher contre lequel les femmes stériles venaient frotter leur ventre nu. Il tourna la tête vers l'est. En direction de Lavaud, un soleil écarlate rougissait l'horizon tirant des indigos et des violets au-dessus des cimes, annonçant un matin de lumière et de gel.

Il traversa Saint-Georges-la-Pouge d'un pas assuré. Il aperçut l'homme à la Mélie qui rentrait au café. Près de la fontaine, deux limousines attendaient devant le *travail* que le fils Catinaud vînt les ferrer. La forge résonnait déjà du bruit net du marteau sur la bigorne. Devant le soufflet, le forgeron fouraillait dans une incandescence rouge coquelicot comme le soleil levant.

François arriva en vue de Vialle dans l'après-midi. Son cœur battait. Dans quelles dispositions allait-il retrouver Ferret après tous les ennuis qu'il lui avait causés ? La porte de la chaumière était entrouverte. François marqua un moment d'hésitation. Un chien sortit brusquement de la maison et fila entre les jambes du garçon. La porte s'entrouvrit. Une odeur pestilentielle régnait à l'intérieur.

François posa son mouchoir sur sa figure et entra. Il alla droit à la fenêtre qu'il ouvrit. Le corps de Ferret gisait sur le lit de coin, le visage et les mains à demi dévorés. Sur la table, François trouva une bouteille d'acide vide ainsi qu'un grand bol dans lequel restait un fond de fixateur.

Sur la poitrine de Ferret, François découvrit un cliché. Il reconnut le couple de jeunes mariés photographiés à La Nouaille. Un papier était piqué avec une épingle à nourrice sur la veste de son compagnon : « Je n'en peux plus de vivre seul, sans femme, parce que aucune n'a voulu me marier. C'est trop dur, la vie. »

François sortit pour reprendre son souffle. Lorsqu'il entra de nouveau, il alla vers le gourbi dans lequel Ferret entassait son matériel. Il y découvrit, soigneusement enveloppée dans du papier journal, une série de photographies avec la mention : « À livrer. » Suivait une liste d'adresses dans le nord du département.

Des larmes plein les yeux, il fouilla dans le fatras. Il prit une boîte de plaques, l'appareil et son trépied. Il enfila les courroies et, son barda sur le dos, quitta la masure de Vialle en prenant soin de refermer la porte.

Marie l'avait vu avec regret reprendre la route.

— Je ne crois pas que ce soit une bonne idée, François, avait-elle dit.

— Je dois le faire pour Ferret et tous ceux qui attendent ses photographies. C'est ma façon à moi de le saluer.

Une semaine plus tard, François était en vue du Bourg-d'Hem. Le mois de mars 1889 fut pluvieux. Le ciel, à l'approche des gorges de la Creuse, se tordait en éclairages crus qui variaient de manière incessante. Le vent s'engouffrait dans la vallée. Au fond, la rivière roulait ses eaux nerveuses. Une giboulée de grésil enveloppa François alors qu'il arrivait à Fresselines. À la sortie du village, il prit en direction de la confluence de la Creuse et de la petite Creuse. Il était arrivé à l'aplomb du rocher de Rocheblond quand il vit un homme assis devant un chevalet, un chien à ses pieds, peignant sans se préoccuper des averses intermittentes. Debout dans son dos, un coiffeur, transi, s'activait à lui couper les cheveux. François s'arrêta et se cala à l'abri d'un frêne. Le barbier retira la serviette qu'il avait posée sur la nuque de son client et, après l'avoir salué, reprit le chemin de Fresselines. Lorsqu'il croisa François, il leva les yeux au ciel.

François s'avança vers le peintre. La silhouette lui rappela celle de Petterson lorsqu'il crayonnait dans le parc, les épaules rondes, le geste précis. Une rafale de vent fit vaciller le chevalet, et le peintre, en maugréant, rattrapa la toile. Excédé, il regarda le vieil arbre au bord de la Creuse qui était son sujet.

François avança.

— Bonjour.

— Bonjour ! s'exclama l'homme.

Il jeta un coup d'œil sur la caisse que portait le jeune homme et vit le piétement de ce qu'il prit pour un chevalet.

— Collègue ?

François remua la tête.

— Ah ! photographe. Vous êtes photographe, n'est-ce pas ?

Le peintre, qui s'était décidé à plier bagage, enrageait.

— Je suppose que pour vous c'est pareil. Ce pays est

d'une sauvagerie superbe. C'est terrible, vous m'entendez ? Cela me rappelle Belle-Île.

François regardait la toile.

— Ça ne va pas ! C'est mal compris. Ce soir j'effacerai ce que j'ai fait ce matin. Je ne parviens pas à prendre cette rivière. Cette Creuse est mystérieuse. Je tourne la tête, elle a changé de couleur. La rivière baisse, remonte, un jour verte, puis jaune, tantôt à sec et demain torrent ! Quelle guigne ! Tous les soirs, je rentre mouillé sans avoir pu tenir.

Il montra son poing droit.

— Vous voyez ce gant ? Je le garde jour et nuit enduit de glycérine. Pour éviter les engelures.

Il ouvrit une mallette en bois dans laquelle il rangeait ses couleurs et ses brosses. Sur une étiquette d'écolier, collée sur le couvercle, François lut : « Monet ».

Le maître bougonnait. Il mit son paquet sur le dos, prêt à s'en retourner vers Fresselines.

— Aujourd'hui encore, je n'aurai rien fait. Songez que, pour ne pas perdre de temps, je fais venir le coiffeur sur le sujet pour me couper les cheveux ! Il me croit fou.

Il se retourna vers le vieil arbre et la rivière.

— Pourtant il y a quelque chose dans cette nature que je veux saisir. Pour l'instant, je n'ai pas encore compris. Mais j'y arriverai ! Vous voyez le granit à fleur de bruyère là-bas, sur l'autre rive ?

Il tendit le bras.

— La lumière se prend sur ce sol ingrat et vibre. La brume qui dérive sur la lande, les ciels, c'est d'un difficile inouï.

Au moment de partir, Monet remarqua :

— Je dois me rendre à Paris régler l'organisation de notre exposition avec Rodin. Que se passera-t-il à votre avis lorsque je replanterai mon chevalet ici, à mon retour ?

Il indiqua le vieux chêne.

— Il sera couvert de feuilles ! Et que devrai-je faire, moi qui ai commencé à le peindre en hiver ?

François secoua la tête.

— Je devrai donner cinquante francs à son propriétaire pour qu'il accepte de l'effeuiller complètement !

Monet vérifia qu'il n'avait rien oublié.

— Viens, Pistolet, dit-il au chien, qui leva la tête en remuant la queue. Allons prendre un grog chez la mère Baronnet.

Il se retourna vers François et recommanda :

— Poussez donc jusqu'à Crozant. Vous verrez ! Quelle fichue impression.

Monet abandonna François. Le jeune homme n'avait vu la toile que quelques minutes avant que le maître ne la rangeât. Mais les mauves, les ocres, les bleus, la force du paysage l'avaient bouleversé.

Les « eaux semblantes » à la confluence des deux Creuses se mêlaient en dansant sur les pierres. François regarda leur miroitement jouer entre deux averses. Ses jambes tremblaient. Il prit la direction de Crozant et arriva le soir au pied des ruines de la forteresse qui avançait sa proue de granit au-devant de la Creuse et de la Sédelle. Les pierres en équilibre au sommet des donjons, l'air menaçant des remparts ruinés finirent de l'impressionner.

François grelottait. Il crut que c'était la pluie. Il s'approcha du ravin qui dominait la Creuse.

— Je serai peintre ! hurla-t-il en jetant l'appareil photographique dans les eaux bouillonnantes.

Dès le lendemain soir, il franchissait les grilles du château de La Chapelle-Saint-Martial. Il croisa Adèle dans le hall.

— Où est ma mère ? demanda-t-il sans préambule.

Adèle tendit la main vers le salon. François n'attendit pas sa réponse.

— Mère ! Il faut m'aider ! dit-il en traversant la pièce à grandes enjambées.

Il s'approcha du fauteuil dans lequel Marie lisait. Elle posa le livre sur ses genoux et regarda son fils. Elle constata qu'il n'était pas éclopé.

— T'aider ? Mais à quoi faire ?

François s'agenouilla au pied du fauteuil. Il prit les mains de sa mère, lui raconta sa rencontre avec Monet et sa décision.

— C'est cela que je cherchais ! La photographie m'intéressait pour le cadrage, la lumière, la matière. Mais il me manquait la couleur !

— La couleur, rêva Marie.

— La couleur que je connais depuis mon enfance ! Celle de l'océan, des palétuviers, des rosiers sauvages, des papayers, des ciels obscurcis par des nuages de sauterelles, des façades blanches, du plumage des cagous. La couleur de là-bas !

— C'est tout un programme, ça, remarqua Marie en souriant.

— Je ne plaisante pas, Marie.

Elle passa la main sur le front de son fils. Il poursuivit :

— Lorsque Petterson a séjourné au château, souviens-toi ! Le dimanche, je suis resté à dessiner à côté de lui. Il m'a donné quelques conseils. Cet après-midi est resté intact dans mes souvenirs. Il a fallu que je rencontre ce peintre pour comprendre...

— À Sydney, Jean te rapportait des feuilles de l'imprimerie. Et tu passais ton temps à gribouiller, dit Marie.

Elle ajouta :

— La peinture est un métier sérieux. Je veux bien que tu t'engages dans cette voie, mais je ne t'aiderai qu'à une seule condition.

— Laquelle ?

— Je veux que tu entreprennes des études dans un atelier réputé à Paris. Après tout, la peinture et la mode, que j'ai tant aimée, sont parentes. Ce qui m'a passionnée peut assez naturellement te toucher.

François baisa les mains de sa mère. Marie le regarda d'un air solennel.

— Jeudi, je vais me rendre à Paris. J'entreprendrai les

démarches pour trouver ce qui se fait de mieux en matière d'académie. Laisse-moi une semaine. Nous te louerons un atelier. Mais...

François lut sur les lèvres de sa mère :

— Promets-moi de m'attendre ici et de réfléchir en toute sérénité à la décision que tu viens de m'annoncer.

À Paris, Louis attendait Marie sur le quai de la gare. Dès qu'elle parut, il avança à sa rencontre, suivi par un jeune homme à lunettes d'acier et costume anglais.

— J'ai reçu ton télégramme, dit Louis. Quel bonheur de te voir ici.

Il l'embrassa, présenta rapidement son secrétaire parlementaire et, prenant le bras de sa belle-sœur, l'entraîna vers son équipage.

— Je t'emmène dîner au café Riche. Nous bavarderons.

— Comment va Clémence ? s'inquiéta Marie.

— Elle a été opérée. Nous avions consulté de nouveau Charcot. Son corset ne faisait plus effet. Depuis son opération, les crises se sont espacées.

Louis ouvrit la portière de la voiture de grande remise et congédia son secrétaire en lui donnant rendez-vous lundi à la buvette de la Chambre. Le jeune homme s'inclina respectueusement et fila. Installé en face de Marie, Louis dit :

— Ce garçon est brillant. Son père est commandeur de l'ordre de Saint-Grégoire-le-Grand, chevalier de l'ordre de Pie-IX, membre actif de la société de Saint-Vincent-de-Paul. Il m'a demandé de le débrouiller au parlementaire. Pourtant il lui manque quelque chose. Un je-ne-sais-quoi d'imagination. Du culot ! Il ne sait pas émonder un dossier. Les écoles abrutissent ces jeunes gens autant qu'elles les élèvent.

Marie regarda son beau-frère. Chaque fois qu'elle le retrouvait après plusieurs semaines, c'était la même impression saisissante. Il se dégageait de Louis une force et une spontanéité, une séduction que le temps n'avait pas érodées.

À la sortie de la gare, un embouteillage ralentit la voiture.

Marie respirait l'odeur envoûtante de Paris. Elle songea à Julie et à Francœur quelque part dans cette fosse, prisonniers dans leur loge de concierge, rêvant au pays. Sur les boulevards, des couples nonchalants profitaient de la douceur des premiers soirs de printemps.

— Nous sommes le jeudi 28 mars, remarqua Louis. Dimanche, dans trois jours, c'est l'inauguration intime de la tour entre proches d'Eiffel et membres du gouvernement. Gustave espère les hisser jusqu'au troisième. Je suis de l'ascension.

Louis parlait d'un ton absent. Il regardait les passants. Au coin des rues, des commissionnaires, en casquette et blouse bleue serrée à la taille, guettaient les clients. Deux dragons, plastron blanc, épaulettes et pantalons rouges, croisèrent une femme qui descendit du trottoir.

— Tu parais soucieux, dit Marie.

— Alors, c'est que je ne pense pas assez à toi, répondit-il. Regarde cette foule indolente. Moi, je perçois en elle la surexcitation qui couve à l'approche de l'Exposition. Tout peut s'enflammer avec une seule allumette et provoquer la fête ou la révolution.

— Qui tient l'allumette ? demanda Marie.

— L'allumette a changé de mains. Et la bûche qui risque de partir en fumée, c'est Boulanger.

— Toujours lui !

— Reste à savoir ce qui fera le plus de bruit, de la chute du général ou de l'inauguration de l'Exposition.

Le cocher leur ouvrit la portière à l'angle de la rue Le Peletier devant le café Riche. Marie retrouva avec plaisir le luxe de l'établissement.

— J'ai réservé un salon, dit Louis.

Ils croisèrent dans l'escalier Paul Alexis et Aurélien Scholl qui avaient commandé un dîner japonais. Ils entendirent un pair de France commander une tournée de punch.

La porte du salon referma sur eux ses tentures rouges,

filées d'hiéroglyphes d'or. Une orchidée était posée devant l'assiette de Marie.

Le maître d'hôtel prit la commande.

— Tu te souviens lorsque nous mangions de l'éléphant, en 1870 ? rappela Louis.

— Je n'ai eu droit qu'au kangourou, répondit Marie.

Ils touchèrent à peine aux mets.

— Pourquoi être venue me voir sur mon champ de bataille ? demanda Louis.

— Pour François.

Louis réprima un mouvement d'impatience.

— Je t'écoute.

— François a décidé de sa vie. Il veut apprendre la peinture et se consacrer à cet art.

— La peinture... Pourquoi pas l'architecture ? Il pourrait me seconder, au moins.

Marie l'interrompit.

— Ne plaisante pas, Louis.

— Je suis sérieux.

— Je voudrais que tu me promettes de l'aider à Paris. Il va falloir lui trouver une académie, lui louer un atelier. Il n'est pas question qu'il vive de son art avant plusieurs années.

Louis saisit la main de Marie.

— Je le considère comme mon fils. Tu n'aurais pas entrepris cette démarche si tu n'y croyais pas. Je ferai tout ce que tu me demandes et plus encore.

Marie abandonna sa main, qui vola jusqu'aux lèvres de son beau-frère.

— J'ai lu, dit Marie, que la Compagnie de Panama avait déposé son bilan en décembre.

— Un milliard et demi de francs de perte, poursuivit Louis.

— Tu es touché par la tourmente ?

— Comment ne pas l'être ! J'ai cent cinquante hommes à moi là-bas. Un liquidateur judiciaire vient d'être nommé.

— Pour les épargnants ?

— La ruine, lâcha Louis. Il y a plus grave.

Marie l'interrogea du regard.

— Beaucoup de parlementaires ont trempé dans cette affaire. Si on dénoue l'intrigue, c'est l'écroulement de tout un système.

Marie se tourna vers la fenêtre. Du premier étage, on apercevait les toits des fiacres qui venaient du boulevard Haussmann et filaient vers la rue de Châteaudun.

— Marie ! As-tu vu la tour de trois cents mètres ? demanda Louis. Il est encore temps avant la nuit. Allons-y !

Il prit la main de sa belle-sœur et ils quittèrent le salon.

Lorsque la voiture arriva aux abords de la place du Trocadéro, Marie ne put réprimer un cri d'émerveillement.

— Il reste des échafaudages, observa Louis. D'ici au 6 mai, tout sera fin prêt.

— C'est inouï, dit Marie.

À un mois de l'ouverture, les abords de l'Exposition universelle n'étaient encore qu'un gigantesque chantier de quatre-vingt-seize hectares. Des bâtiments achevés émergeaient au cœur des écoperches et des tranchées. Le palais des Machines brillait de toutes ses verrières qui accrochaient les derniers rougeoiements du soleil. Les quatre cent vingt-cinq mètres de long de sa grande halle lui donnaient des proportions dignes d'affronter le siècle à venir. Les deux palais des Arts se répondaient par un effet de symétrie stupéfiant.

La voiture les déposa devant le pont d'Iéna.

— Laisse-nous, dit Louis au cocher.

Marie marchait le visage tourné vers le ciel.

— Six passerelles ont été construites pour faciliter le déplacement de la foule. Regarde celle du pont de l'Alma, avec ses belvédères comme des minarets.

Louis prit le bras de Marie.

— Ce petit train à vapeur qui part de l'esplanade des

Invalides, c'est nous qui avons réalisé ses voies ! Trois kilomètres de rails dont un passage en souterrain. C'est un métropolitain comme celui de Londres, qu'il faudrait à Paris.

— Tous ces arbres ! s'exclama Marie.

— Quatre cents et le double de buissons, rien que sur le Champ-de-Mars !

Ils parvinrent au pied du pilier nord. Marie se pencha en arrière pour admirer la voûte gigantesque. Des palissades protégeaient les accès aux escaliers gardés par des sergents de ville.

Soudain, Louis demanda à Marie :

— Ça te dirait d'y monter avant tout le monde ? Avant l'inauguration de dimanche ?

— Il y a des escaliers ? demanda-t-elle.

— L'installation des ascenseurs n'est pas encore terminée. Aurais-tu perdu tes jambes ?

Marie regarda Louis.

— C'est interdit ?

— Bien sûr que c'est interdit !

Elle mordilla les lèvres en secouant la tête.

— D'accord...

Louis prit un air martial et s'avança d'un pas ferme vers le poste de garde. Les *cipaux* raidirent leur tenue.

Louis tendit une carte d'un geste nerveux.

— Chef du service d'exploitation. Envoyé spécial de M. Eiffel. Laissez passer, je vous prie, dit-il d'une voix de commandement.

Le gardien de la paix salua et s'écarta. Louis se tourna vers Marie, qui lui emboîta le pas.

— Nous redescendrons par le pilier sud, dit-il en regardant le fonctionnaire droit dans les yeux.

Dès qu'ils furent hors de portée, ils éclatèrent de rire. Leur joie résonna dans les poutres de fer tendues comme des cordages.

— Mille sept cent dix marches, dit Louis.

Marie eut une expression qui signifiait qu'elle était prête. Elle inspira profondément et commença l'ascension. Un vent léger d'orage nappait la capitale. Louis, qui escaladait devant Marie, l'attendait aux paliers et commentait le point de vue.

— L'exposition coloniale, le temple cambodgien, le long de la Seine l'histoire de l'habitat humain de la préhistoire à nos jours, conçu par Garnier.

Il reprenait son souffle pour s'écrier :

— La couleur de la tour passe du brun-rouge à la base au jaune d'or au sommet, pour accentuer les lignes de fuite.

Ils mirent le pied sur la première plate-forme comme au sortir d'une forêt de fer qui s'était épaissie depuis leur départ. Une brise tiède balayait l'étage occupé par des kiosques et des restaurants dont les caves étaient accrochées dans le vide. Marie et Louis suivirent la galerie extérieure. Sur le ruban d'argent de la Seine flottaient des péniches et des bateaux-mouches à vapeur. Des braseros, sur les boulevards, indiquaient un grand magasin ou un restaurant.

— On continue ? demanda Marie.

Louis la regarda.

— On continue si tu le désires.

— Je veux atteindre l'or du sommet, répondit-elle.

Ils reprirent l'escalade. Ils avaient ralenti leurs pas. Louis tenait la main de Marie. Les hanches de la tour se resserraient. Les poutrelles se croisillonnaient selon un ordre qui imprégnait l'esprit au fil de l'ascension. Ils firent une pause sur le carré du deuxième étage.

Ils contemplèrent le crépuscule sur la ville. Pour que Marie ne prît pas froid, Louis retira sa pèlerine et lui couvrit les épaules.

— Où est le sud ? demanda la jeune femme.

— Par là, répondit Louis.

Il se tourna vers le vide. Marie se serra contre lui. Le vent soufflait plus fort et tirait sur les visages. Louis passa le bras sur les épaules de sa compagne.

Ils atteignirent à la nuit le dernier étage large de seize mètres, fermé par des vitres.

— Par temps clair, on voit la cathédrale de Chartres, dit Louis.

Marie s'était avancée vers une vitre et y avait appuyé le front. Louis s'approcha d'elle. Ses cheveux relevés dégageaient sa nuque. Il posa le front sur son épaule. Elle ne bougea pas. Un parfum de rose et de sueur montait de sa peau. La nuit étouffait la ville. De rares enluminures brasillaient sur les rives. Ils étaient dans l'immensité du ciel. Il la prit par les épaules. Elle se tourna vers lui et le regarda dans les yeux.

— Marie, murmura-t-il.

Deux étoiles vertes brillaient pour lui dans le ciel de Paris. Elle inclina légèrement la tête en arrière comme s'il y avait autre chose de plus élevé à contempler. Leurs lèvres se rencontrèrent.

Louis, comme égaré, murmura :

— Eiffel a fait aménager un appartement. Au-dessus, juste sous le campanile. Viens !

La porte était ouverte. Ils découvrirent un salon tapissé de rouge, avec une table, des fauteuils, un office attenant. Louis entraîna Marie. La fièvre qui les brûlait les jeta l'un contre l'autre.

Ils ne furent bientôt qu'un point d'amour dans un ciel d'orage.

L'aube les surprit avant tous les autres Parisiens. Les premiers rayons de soleil embrasèrent d'or le sommet de la tour. Ils se regardèrent. Ils étaient nus. Louis embrassa Marie, qui le pressa contre elle. Paris, à leurs pieds, avait recueilli le souffle de leurs étreintes. De la brume dérivait entre l'Alma et Grenelle, recouvrant les toitures de l'École militaire.

— J'ai faim, murmura Marie.

Il se leva et alla à l'office. Marie l'entendit qui ouvrait les placards en pestant contre l'absence de provisions.

— Je vais faire les courses, dit-il.

Il s'habilla à la hâte devant les yeux amusés de Marie. Au moment de partir, il se retourna vers la jeune femme.

— Ne t'envole pas !

Elle lui sourit. Il revint sur ses pas et l'embrassa. Le visage enfoui dans ses cheveux dénoués, Louis tenait le monde.

— Oublie tout. Nous sommes dans le ciel. Personne n'y peut rien. Pas même nous.

Il dévala les volées de marches jusqu'au deuxième. Il poussait la porte de la remise d'un café quand il réalisa que les réserves du restaurant de Brébant, au premier étage, avaient été approvisionnées.

— Au diable l'avarice ! s'exclama-t-il en s'élançant dans l'escalier vertigineux.

Il pénétra sans difficulté dans le célèbre restaurant, qui n'était pas fermé à clef. Le décor Louis XV, blanc souligné de vert, s'opposait à la mode arabisante des autres bâtiments de la plate-forme ou au style du bar anglo-américain. Il se chargea d'une boîte de caviar, de bouteilles de champagne, de conserves, glissa des couverts dans ses poches et repartit à l'assaut des étages.

Quand il revint, Marie contemplait Paris depuis une fenêtre de l'appartement. La ville était à leurs pieds comme dans les plans de Turgot, balafrée par les grandes saignées d'Haussmann. Montmartre sortait du brouillard ainsi que les hauteurs de la montagne Sainte-Geneviève.

Lorsqu'elle vit Louis encombré de victuailles, Marie éclata de rire.

— Nous avons de quoi tenir un siège !

Louis posa les provisions sur la table.

— Louis ? dit Marie.

Il leva la tête.

Marie était en chemise, debout contre le canapé du salon. Il la regarda. La faim qui leur déchirait les entrailles n'était pas de celles que le grand Brébant pouvait assouvir.

Ils passèrent toute la journée du vendredi 29 l'un contre l'autre. Par les vitres de l'appartement, ils ne voyaient que le ciel. Le vent ronflait aux fenêtres. Ils étaient dans un navire à l'ancre, entre l'eau et le ciel. Le soir, ils se levèrent et regardèrent les quatre horizons. Marie était resplendissante. Une jeunesse étrange inspirait ses gestes, son visage, la témérité de ses désirs, plus forte qu'une vraie jeunesse.

Une deuxième nuit les enveloppa dans leur repaire inexpugnable. À leurs pieds, Paris préparait la fête du centenaire de la Révolution en rêvant à la tour. Dès dimanche, un drapeau de sept mètres cinquante sur quatre mètres cinquante allait flotter au sommet. Pour l'instant, c'était le jupon de soie de Marie Ribière jeté sur le plancher au pied d'un lit qui terminait la flèche de trois cents mètres.

— Tu te souviens lorsque nous sommes allés au château des Bruges demander aux Duvaucel de nous aider à sortir François de prison ? demanda Marie, la tête posée sur la poitrine de Louis.

— Nous étions des enfants.

— Pas moi !

Louis la prit dans ses bras et la renversa. Marie se défendit en riant. Ils ne pouvaient se quitter des yeux.

— Les jours de soleil, il y a un vieux monsieur qui installe un pliant à côté de l'ombre projetée de la tour, dit Louis au milieu de la nuit. Il plante un piquet sur le bord et guette un mouvement.

— Nous nous balançons sans nous en rendre compte ? demanda Marie.

— Bien sûr que non ! Mais il espère ainsi prouver que la tour est dangereuse. Eiffel a donné l'ordre aux gardes municipaux de le laisser faire tant qu'il ne troublait pas l'ordre public.

Samedi 30 avril, un soleil éclatant les éveilla. Ils observèrent la foule se déplacer en masse vers le Trocadéro, gagner le Champ-de-Mars et lever les yeux vers eux. Ces milliers de regards les effrayèrent. Aussi se gardèrent-ils de se promener en bord de plate-forme. Vers trois heures de l'après-midi, ils se glissèrent par une échelle verticale et arrivèrent sur la rotonde du campanile. Le vent les enveloppa furieusement. Marie, qui était en chemise avec seulement la pèlerine de Louis sur les épaules, s'accrocha au balcon de la lanterne.

— Nous sommes à trois cent vingt-six mètres du sol, cria Louis.

Marie, toute pâle, chercha à lire sur ses lèvres.

— Retournons dans notre appartement, hurla-t-elle.

Le froid avait brisé sa voix. Ils songeaient tous deux à leur dernière nuit.

Ils se retrouvèrent nus et transis l'un contre l'autre. Il ne restait que le désir pour oublier que demain ils seraient chassés du paradis. Tout en bas, sur le Champ-de-Mars, le petit vieux qui guettait les oscillations de la tour, assis sur son pliant, se leva en hurlant : « Elle a bougé ! Elle va tout écraser dans sa chute ! » Les *cipaux*, conformément aux consignes, le firent grimper dans un panier à salade qui le conduisit à Bicêtre.

— Comment avons-nous fait pour vivre l'un près de l'autre sans jamais nous aimer ? demanda Louis.

— Nous nous aimions, répondit Marie. Nous ne le savions pas.

Dans la nuit de samedi à dimanche, ils ne dormirent pas plus d'une heure chacun, l'un veillant sur l'autre.

— Tu as aimé d'autres femmes plus jeunes et plus belles que moi, dit Marie.

Louis secoua la tête.

— C'est toi que je cherchais.

— Tu ne me demandes rien au sujet de ma vie là-bas ?

— Je te connais, cela me suffit.

— Qui peut dire qu'il connaît un autre être ? Quand bien

même tu m'ouvrirais le ventre, tu ne saurais pas lire le fond de ma vie.

— Je t'ai ouvert le ventre.

Une heure plus tard :

— Qu'est devenu Étienne ?

Comme Louis ne comprenait pas, impatiente, elle précisa :

— Le garçon de La Vergne ! Le camarade de François. Souviens-toi, tu l'as embauché. Il vivait chez Julie et Francœur dans leur loge !

— Ah oui ! Attends... À la fin du chantier des fondations de la tour, il a voulu travailler dans les équipes de monteurs.

— Il n'est pas tombé, au moins ? s'inquiéta Marie.

— Non ! Mais le type avec lequel il faisait équipe est tombé, lui. Le seul mort du chantier. Eiffel n'y est pour rien. Ce gars a voulu épater sa petite amie. Un soir, après la fermeture, il a joué au funambule sur une poutre. Il a fait une chute de soixante mètres sous les yeux de sa belle, une gagneuse de Montmartre, à ce qu'il paraît.

— Tu marcherais sur une poutre pour moi ? demanda Marie.

Il était quatre heures du matin, le dimanche 30 avril.

Louis ajouta en pensant à Étienne :

— Il vivait avec une fille qui se déguisait en homme pour pouvoir travailler comme *mousse*. Ensuite, il a fait partie des meneurs de la grève de Noël 1888 qui a bien failli retarder la construction. Eiffel n'a licencié personne, mais les plus durs ont été mis à l'assemblage des indispensables.

— Des indispensables ?

— C'est le nom qu'on donne aux arceaux qui bordent les quatre piliers sous le premier étage. Ils sont là uniquement pour la décoration. Comme ils font songer à de la dentelle, les ouvriers les comparent aux culottes des dames !

— Alors ?

— Ces hommes, qui étaient réduits à assembler des carcasses de tôle inutiles, perdirent la face devant les autres ouvriers. Ils ont tous fini par demander leur compte.

— C'est cruel, remarqua Marie.

— Je ne le crois pas, rétorqua Louis. Il y a chez une majorité de gens l'impossibilité d'être autre chose que ce pour quoi ils sont nés.

— C'est toi qui dis ça ? lança Marie en s'écartant de lui.

— Ne te fâche pas ! Il y a des variétés d'hommes comme il y a des variétés de chiens, de chevaux... Tu te souviens comme Fleurette était courageuse alors que les chiens des Mouret, depuis des générations, étaient poltrons et idiots. Il y a des hommes créatifs et d'autres sans don. Compare la médiocrité physique des jeunes Français et la vigueur des Allemands. C'est une question de race. Nos adversaires ont su garder la vigueur de la sève primitive.

Marie se leva brusquement et s'enveloppa dans les pans de son jupon. Elle alla contre une vitre qui donnait sur la Seine. Paris s'éveillait ce dimanche matin avec un air de fête. Dans moins de quatre heures la foule allait se presser sur le Champ-de-Mars. Les officiels commenceraient l'ascension de la tour. Une péniche s'engagea vers le port de Passy, le long de l'allée des Cygnes.

Louis s'approcha de Marie. Il la prit par les épaules. Marie avait croisé les mains sur sa poitrine. Elle rentra légèrement la nuque et se raidit.

Le soleil inondait la ville. Les verrières de la section coloniale brillaient comme des miroirs. Les jets d'eau déversaient sur les jardins exotiques du Trocadéro un voile léger. Des paillotes du Dahomey et du Soudan montait de la fumée. Les pavillons du Mexique et du Chili, résistants aux tremblements de terre, étaient déjà pavoisés.

— Marie, je t'aime.

Marie se retourna. Elle pleurait.

Il était neuf heures. Elle eut une expression douloureuse. Son jupon tomba de ses épaules. Ils se retrouvèrent l'un contre l'autre. Leurs baisers étaient barbouillés de larmes. Louis s'allongea sur le dos. La force qui tendait Marie brisait les reins.

Lorsqu'ils s'éveillèrent, il était midi et demi. Louis se leva. La fanfare de la garde arrivait du Trocadéro et prenait position au pied du pilier nord. Des éclairs brillaient sur les cuirasses et les casques comme des coups de fusil tirés au ciel. Une foule de cent mille personnes se pressait sur le Champ-de-Mars. Marie vint à côté de Louis. La gorge nouée, les deux amants regardaient le siège qui se préparait.

— Ils ont dû commencer l'ascension. Ils seront là dans un peu moins de deux heures.

Marie hocha la tête. Elle avait au doigt une bague de diamant. Avec la pierre elle grava son prénom sur la vitre. Le bijou mordit dans le verre en grinçant.

Ils étaient encore allongés l'un contre l'autre sur le canapé quand Marie parut brusquement sortir d'un rêve.

— Il faut que nous rangions l'appartement !

Ils s'activèrent à remettre en place les objets, à refaire le lit, à entreposer dans l'office les reliefs de leurs repas.

— Nous ne pourrons pas dire que nous ne nous sommes jamais mis en ménage, plaisanta Marie alors qu'elle cherchait ses bottines sous le lit.

Louis était pâle. En reboutonnant son corsage, Marie leva soudain la tête et demanda :

— Clémence ? Elle a dû être inquiète de ne pas te voir rentrer.

Louis ne répondit pas.

— Cela peut paraître incongru, reprit Marie, mais ta femme souffre et cela me blesse. Tu ne m'as pas dit de quoi elle avait été opérée.

Louis hésitait. Marie insista :

— Je veux savoir.

Louis céda.

— Après de nombreux traitements il a été décidé de renoncer aux corsets à pression. Finalement elle a été opérée.

— J'entends bien ! trancha Marie. Mais quelle opération ?

— C'est une chose qui se pratique régulièrement sur les

hystériques, biaisa Louis. Avec un certain succès, à ce qu'il paraît. Une simple cautérisation.

— Une cautérisation ? Qu'est-ce que cela a à voir avec l'hystérie ? Allons, parle !

— On lui a cautérisé le clitoris, lâcha Louis.

Un vide se fit dans la tête de Marie. Elle devint livide.

— Louis, dit-elle, j'ai réfléchi pendant ces trois jours. Il ne faut plus nous voir.

— Ne plus nous voir !

— Ne plus nous voir comme amants. L'adultère me fait horreur malgré tout ce qui me pousse vers toi.

— C'est impossible ! Nous n'allons pas continuer à vivre ensemble comme si rien ne s'était passé. D'ailleurs, quand bien même nous le voudrions, nous ne le pourrions pas.

— Il le faudra. Nous mettrons des barrières entre nous.

— C'est notre bonheur qui est en cause.

Marie se ferma davantage.

— Nous nous apaiserons. Le temps apaise tout, murmura-t-elle.

— Je ne veux pas ! Je veux vivre avec toi.

Il pressa Marie contre lui. Elle se laissa aller entre ses bras.

— Tu entends ? dit Louis, qui sursauta.

Les marches métalliques, escaladées par une dizaine d'hommes, craquaient dans la mâture de fer. Louis entraîna Marie dans la cuisine. Ils se cachèrent le temps que la petite troupe grimpât par l'escalier qui menait à la plate-forme de la lanterne. Ils entendirent Antoine de Reistac qui déclamait : « Nous vivons le plus merveilleux des rêves que puisse enfanter l'imagination ! » Louis et Marie se regardèrent.

— Attendons une minute. Dès que nous serons certains que plus personne ne monte, nous nous joindrons à la troupe, dit Louis.

Ils entendirent le bruit des pas sur le campanile. Se donnant un dernier baiser, ils se lancèrent dans l'escalier qui menait au balcon de la lanterne. Le premier à les voir arriver fut Salles, le gendre d'Eiffel, qui marqua sa surprise.

— Nous ne vous espérions plus, cher Louis !

— Mon landau a été pris dans la foule. Mais je vous ai rattrapés !

Salles tendit la main.

— Je me suis permis de venir avec ma belle-sœur, ajouta Louis.

Eiffel, apercevant Louis et Marie, s'exclama d'un air triomphant :

— Louis ! Quelle joie de vous voir. Après tout, elle repose sur votre maçonnerie, cette tour ! Venez plus près de moi.

— Votre œuvre, mon cher Eiffel, réalise le rêve d'un géant, lança le ministre Lockroy. Nous voilà comme Gulliver penché sur Lilliput !

Eiffel saisit la drisse. Le drapeau tricolore frappé des lettres d'or de la République française glissa le long de la hampe. Il claqua au vent comme un coup de fouet. Tout en bas, la fanfare de la garde fit résonner *La Marseillaise.* Vingt et un coups de canon tonnèrent de la plate-forme du premier étage. Un cri de joie monta de cent mille poitrines sur le Champ-de-Mars. Marie, le visage ravagé de larmes, commença seule la descente de l'escalier aux mille sept cent dix marches.

Comme on court vers un refuge, Marie prit le soir même le train pour la Creuse. Elle arriva au petit matin à la gare de Bourganeuf. Une voiture de louage la conduisit au château de La Chapelle.

François, ayant appris le retour de sa mère, vint frapper à la porte de sa chambre.

— Tu as l'air épuisée, remarqua-t-il en entrant.

Marie l'embrassa.

— Alors ? demanda-t-il.

— C'est d'accord. Laisse à ton oncle quelques semaines, le temps de t'inscrire dans une académie et de t'aménager un appartement.

— Le docteur Florand est passé deux fois.

Marie essaya de sourire. Mais la pâleur de ses traits incita François à la laisser dans la pénombre de sa chambre aux rideaux tirés.

Après que son fils fut parti, Marie se leva et sortit de sous une pile de linge dans l'armoire un gros cahier sur lequel était écrit : « Journal de Marie Ribière ». Elle tourna les pages et arriva à la dernière phrase avant son départ pour Paris : « Je le sais, mon journal est à la six-quatre-deux. Tant mieux ! Il n'y a rien de plus faux qu'un journal intime tiré à quatre épingles. » Elle s'installa à la petite table devant la fenêtre qui donnait sur l'étang. Les lettres qui venaient à la pointe de sa plume étaient des larmes violettes qui séchaient sur le papier.

Bientôt Marie reçut une lettre de Louis l'informant que François était inscrit à l'académie Julian, faubourg Saint-Denis. L'adresse d'un petit appartement, rue de Londres, figurait également dans le courrier.

— Je souhaite ne pas songer à autre chose qu'à la peinture, avait dit François en relisant la lettre. Je remercierai mon oncle pour son aide.

Marie accompagna François à la gare de Bourganeuf. Longtemps après que le train eut disparu, elle resta sur le quai, Gilles Pirolo à ses côtés. Au retour, en traversant la ville, ils croisèrent Évrard. Un teint mat, des yeux vides accentuaient la maigreur de l'ancien agent électoral de Louis. Gilles expliqua à Marie que la fabrique de clous avait été fermée et que tous les biens de la famille étaient hypothéqués. Mme Évrard, ne pouvant supporter la ruine, était partie avec sa fille vivre chez sa sœur, à Limoges. La nouvelle ne réchauffa pas Marie.

Le mois de mai faisait assaut autour du château de La Chapelle. Les massifs de pivoines étaient en fleur et les iris accompagnaient les allées de leur parfum de femme. Le soir, après le dîner qu'elle prenait seule, Marie couvrait ses épaules d'un châle et marchait sur la chaussée de l'étang. Le sentiment d'un terrible gâchis la poursuivait. Ses souvenirs l'enveloppaient d'un linceul.

Depuis son retour, elle évitait de prendre le chemin de la Genétine au bout duquel Quatre-Vents, dans sa masure, ne voulait plus voir personne. Aux Couteilles, Alexandre n'allait guère mieux. La semaine dernière, le fils Lavaud de Villevegoux l'avait trouvé inanimé sur le bord de sa chènevière. Toutes ces morts annoncées pressaient le cœur de la jeune femme.

Trois semaines après le départ de François, le docteur Florand se fit annoncer au château.

— Vous êtes revenue, madame, dit-il en lui baisant la main. Je vois que Paris vous a réussi. Vous êtes plus belle que jamais.

— Êtes-vous ainsi avec toutes les femmes ? questionna Marie, agacée.

Florand ne répondit pas. Il était six heures. Marie s'était affairée au jardin avec Adèle une bonne partie de l'après-midi. Le soir, un peu avant la visite du médecin, elle avait enfilé une robe blanche.

— Est-ce ma santé qui me vaut votre visite, docteur ? avait demandé Marie une fois installée sous la pergola.

Florand avait trempé les lèvres dans un muscat servi par Adèle.

— Non, madame. Je suis venu vous informer de mon départ.

— Votre départ ? Vers quels horizons allez-vous vous tourner ?

— Le maire d'une riche commune de Charente a écrit au doyen de la faculté de Lyon. Le médecin de sa commune est décédé. On propose à son successeur des conditions avantageuses. Le doyen, qui m'a conservé quelque estime, m'a transmis cette lettre. Je dois donner une réponse demain.

— J'en suis ravie, reprit Marie. Il est vrai que votre

clientèle ici ne vous donne guère de satisfactions. Il me semble me souvenir vous avoir entendu dire : « Trop tard, trop loin, trop grave ! » Le sentiment d'impuissance, peut-être ?

Florand regarda Marie droit dans les yeux.

— Vous avez raison, madame. Ici, je n'ai que des déboires. J'ai déjà crevé deux chevaux dans les chemins du canton. Les lits sont tellement étroits que pour consulter je suis obligé de grimper dedans avec mes bottes. Sans compter la concurrence des mages et des curés. Le mois dernier, j'ai dû demander à l'évêque de Limoges de rappeler à l'ordre un de ses ministres qui posait des pessaires !

Florand reposa son verre. Il approcha sa chaise. Le parfum de la clématite et l'odeur de tabac qui imprégnait la veste du jeune homme troublèrent Marie.

— Tout cela, madame, n'est rien et je suis prêt à rester en Creuse. À une seule condition.

Marie tourna la tête. Gilles Pirolo, tout au bout du parc, lavait la voiture à pétrole. Adèle ouvrait la fenêtre d'une chambre au premier sur la fraîcheur du soir. Le soleil couchant rougissait les cimes des Grandes Besses au-dessus des Couteilles.

— À quelle condition, monsieur, êtes-vous prêt à rester en Creuse et à renoncer à cet excellent poste médical en Charente ?

— Acceptez de devenir ma femme.

7

Affairistes et anarchistes

FRANÇOIS LEVA LES yeux du chevalet. Le modèle se redressa. C'était une fille frêle, aux attaches fines et au cou gracieux. De l'ennui glissait sur son visage aux cheveux courts comme ceux d'un garçon. Elle enfila un peignoir. La blancheur de sa gorge disparut sous les pans du velours usé. François avait mal aux yeux.

Depuis un an et demi qu'il était installé à Paris, il ne s'était accordé aucun repos. Monet avait allumé en lui, sur les rives de la Creuse, à la confluence des *eaux semblantes*, un incendie qui le consumait toujours. La jeune fille descendit du grand trépied sur lequel elle était juchée et s'abrita derrière un paravent. Des rafales de pluie fouettaient la verrière. La pénombre gagnait l'atelier. François essuya ses pinceaux sur un chiffon taché. Il porta le tissu à ses narines pour y flairer le blanc d'argent, le vert Véronèse, le bleu de cobalt. Il se savait, après tant d'heures passées devant le chevalet, capable de les reconnaître à leur odeur. « Peindre, peindre encore pour pouvoir travailler le jour où je serai aveugle », s'était-il entendu répondre à un camarade d'étude, fils d'un noble russe qui s'étonnait de son acharnement.

Autour de François, les rapins rangeaient leurs palettes.

— Que fais-tu ce soir ? demanda son voisin.
— Ce soir, je travaille mon fusain, répondit François.

Pour quatre francs et sans facture
Émilie pose pour le bas !
Tandis qu'à la manufacture
L'ouvrier travaille à prix bas,

chantonnait un ancien élève de l'atelier libre de Bonnat.

La jeune fille ressortit de derrière le paravent. Songeuse, elle considéra le squelette accroché au fond de l'atelier. Elle alla écrire sur une des ardoises fixées au mur son nom, ses disponibilités et ses spécialités de modèle. François la suivit des yeux. Elle portait un pantalon, une petite veste étriquée et une casquette. Elle sortit de sa poche une cigarette et l'alluma. François pensa à sa mère qui, elle aussi, fumait en public. L'idée lancinante que Marie était remariée depuis un an s'imposa. La cérémonie avait été célébrée dans la plus stricte intimité en octobre 1889, quelques jours après la clôture de l'Exposition universelle. C'était par un simple courrier que Marie avait informé son fils qu'elle s'appelait dorénavant Marie Florand. François éprouvait encore de l'amertume en songeant que cette décision avait pu être prise sans son avis. Depuis, étant descendu en Creuse pour les obsèques de son grand-père Alexandre, il avait constaté que sa mère semblait apaisée et rayonnante. Le couple habitait à Sardent dans la maison achetée au docteur Villevet.

François se retrouva sur le trottoir aux côtés de la fille, qui hésitait devant la bruine. Octobre 1890 balayait Paris d'une pluie noirâtre. Un type, le col de sa veste relevé, une casquette retombant sur l'angle du visage et tirant sur un mégot, guettait depuis une porte cochère. La gamine l'aperçut et se dirigea vers lui. L'autre sortit de l'ombre.

— Étienne ! s'écria François.

Le garçon hésita. Il lâcha sa cigarette qu'il écrasa de la

pointe de la chaussure et toisa François Ribière. Son visage fermé s'éclaira d'un coup.

— François ! Qu'est-ce que tu fais là ?

— J'apprends la peinture chez Julian.

Il s'avança vers son ami de La Vergne et lui tendit la main.

— Souviens-toi ! s'exclama François. La dernière fois, c'était dans la loge de Julie et de Francœur.

Les deux garçons se dévisageaient avec curiosité. Étienne avait gagné en épaisseur. Des épaules de boxeur remplissaient son veston à carreaux sous lequel il portait une chemise noire avec une cravate de soie. Une moustache frisée en croc et cirée, la nuque rasée haut, un pantalon patte d'éléphant ajoutaient à l'ambiguïté de sa silhouette.

— Tu travailles toujours pour mon oncle ? demanda François.

Étienne sourit.

— Ai-je l'air d'un goujat ? répondit-il.

Il se tourna vers la fille, qui attendait.

— Je te présente Maxime. Au point où vous en êtes tous les deux, elle ne doit guère avoir de secret pour toi.

— Un modèle garde toujours ses secrets, dit François.

Maxime le regarda d'un air méprisant. Étienne hésitait. Il prit soudain François par l'épaule et lui proposa :

— On habite Montmartre, rue Lepic. Viens, je t'offre un coup de *pichenet*.

— Ce soir, je travaille, répondit François.

— Tu as un rendez-vous ? insista Étienne.

— Non.

— Alors accepte mon invitation, reprit le Creusois avec une voix plus douce. Ce n'est pas tous les jours que l'on rencontre un *pays*. Nous parlerons de La Vergne, des Couteilles. Tu sais que j'y pense tous les jours ?

Maxime toussa dans leur dos. Étienne se retourna, examina sa compagne d'un air perplexe.

— Nous te laisserons au Moulin-Rouge. Avec François, nous avons à parler.

Ils prirent tous les trois la rue des Martyrs. Des bourgeois montaient de la rue de Châteaudun, lorgnant les filles en quête de nuit. Des boulevards de Clichy et Rochechouart coulait un plaisir vénal qui tendait les visages. Des filles de proie, tirant à leur traîne des hommes soupçonneux, faisaient des poses sous les becs de gaz. Des volées de rapins vêtus de capes de mousquetaires, de gilets bretons, pieds nus, les cheveux longs, s'interpellaient en se traitant de « jeune pourriture » ou de « viande crue ». Un type brun, moulé dans un gilet broché, fit un signe discret à Étienne.

Ils arrivèrent place Blanche, devant le Moulin-Rouge. Des équipages venant de Neuilly ou de l'Étoile amenaient la foule des boulevards sous les ailes carmin. Le Moulin avalait cette récolte mal tamisée où des blés bourgeois se mélangeaient à l'ergot de seigle des lorettes et de leurs souteneurs. Le Moulin broyait tout.

— Tu es déjà rentré ? s'inquiéta Étienne.

— Jamais, avoua François.

— Alors, viens. Nous allons y laisser Maxime. Il faut avoir vu le quadrille !

Le trio se retrouva dans l'immense salle aux murs couverts de miroirs qui multipliaient l'image de la foule et les contorsions des danseurs. Sur la galerie qui courait au premier étage, des hommes se faufilaient aux trousses de femmes en déshabillé. Une odeur de parfums tournés, de sueur, de sciure, de colle, de tabac, prenait à la gorge. Étienne se fraya un passage dans la foule. Bien vite Maxime disparut au bras d'un vieux monsieur. De vieilles gagneuses qui recherchaient l'ombre attiraient des jeunes gens en mal de curiosité. Des femmes endiamantées laissaient des gigolos aux cheveux collés à la moelle de bœuf leur adresser la parole d'un air méprisant.

Soudain les cuivres sonnèrent la charge. Une rumeur s'enfla qui fit vibrer le Moulin tout entier.

— Le quadrille ! s'écria Étienne.

Une marée de dentelle fonça sur les spectateurs. La nacre des jarretières attirait les regards. François resta le ventre noué. Les chaussures des danseuses claquaient sur le plancher. Le Moulin tout entier, comme un décor de carton, menaçait de s'écrouler. Les filles improvisaient des « cavaliers seuls » époustouflants. Chacune selon son inspiration sortait à tour de rôle du groupe et se lançait dans une danse sauvage et exténuante qui la laissait sur le plancher au centre de ses dessous. La lumière se heurtait aux dentelles, empourprait les visages, ouvrait les bouches, creusait les narines et laissait les yeux grands ouverts comme si les paupières en fussent arrachées.

— La Goulue ! s'écria Étienne en tirant François par le bras.

C'était le « cavalier seul » de la fille. Ses jupons de douze mètres de tour enrubannèrent l'espace. Les bas noirs finement brodés qui moulaient ses cuisses volaient dans les airs en cueillant au passage les chapeaux des messieurs en bord de piste. Le voisin de François porta des jumelles à ses yeux à la recherche d'un recoin de peau. La danseuse agitait ses dentelles avec l'implacable rigueur du désir. Lorsque la fille s'approcha, François entendit le souffle de sa poitrine comme la respiration d'un animal à la peine. La Goulue laissa traîner sur le garçon un regard indifférent sous sa frange qui lui coupait la ligne des sourcils. Elle reprit prestement son paquet de linge et, cambrant son buste corseté, la nuque dégagée sous un chignon haut placé et surmonté d'une grosse fleur, elle lança sa jambe cueillir des rêves d'impossible amour au ciel du Moulin de M. Zilder.

Lorsque Étienne et François quittèrent le Moulin-Rouge, la pluie avait cessé. Des cochers maussades repartaient rue Fontaine. Deux hommes d'une trentaine d'années, qu'une fille à la voix de mêlé-cass essayait de séparer, disparurent dans la pénombre de la rue Rachel vider leur querelle. Étienne les regarda sans mot dire. Un couple de « femmes sans messieurs », en veste d'homme, la chemise au col ouvert, passèrent silencieusement. La plus âgée se tourna vers sa compagne et la baisa sur la bouche. Étienne et François se regardèrent en souriant.

— Viens, dit Étienne en prenant vers la rue Constance.

Au bout d'une impasse, ils entendirent des exclamations puis le bruit d'une course. Le souffle du cimetière coulait sur Montmartre. La rue plongée dans la nuit prenait des allures de chemin creux. Des fermes exhalaient une odeur de paille et de purin. À partir de la rue Tourlaque, sur le flanc nord, s'étendait le Maquis. Au milieu d'une lèpre d'arbustes et de venelles s'accrochaient des cabanes en planches. Des ruelles au ruisseau central se perdaient dans les terrains vagues couverts d'herbe à lapins. François leva les yeux vers la lumière ivoire de Montmartre qu'on ne retrouvait nulle part ailleurs.

Étienne s'arrêta devant une porte basse. Un vent froid venu de Clichy les poussa dans le bouge. Les visages se tournèrent. Trois ouvriers en blaude étaient attablés devant un verre de *vitriol*. Dès qu'ils eurent toisé les nouveaux arrivants, ils poursuivirent leur discussion à voix basse. Dans leur dos ronflait un poêle Godin bourré de têtes de moineau. Sur la plaque chauffante, dans une grande poêle noire, grésillaient des œufs jetés dans le beurre. Derrière le zinc, s'alignaient des bouteilles de cognac, de Picon et d'absinthe. Dans un coin, des marlous à casquette discutaient en compagnie de deux « fleurs de bitume ». Tout seul, les coudes bien calés sur le dessus de marbre de sa table, un rapin aux cheveux calamistrés, un foulard blanc noué sur sa blouse d'ouvrier, regardait son verre de chartreuse verte. Une giletière toute fraîche, les mains prises dans les mains d'un petit artilleur, s'esclaffait d'un rire d'enfant qui a depuis longtemps franchi le pas.

— Qu'est-ce que tu veux ? demanda Étienne.

— Comme toi, dit François.

— Deux Picon ! cria Étienne en direction de la patronne impassible.

Étienne regarda François.

— Depuis combien de temps tu n'es pas retourné en Creuse ? s'inquiéta-t-il.

— Je suis là depuis juin 1889. Je travaille chez Julian pour apprendre la peinture.

— Alors on est un peu de la même corporation. Moi je fournis le modèle et toi tu barbouilles.

François sourit.

— Ça t'étonne de me retrouver ici ? ajouta Étienne. Lorsque je suis parti pour Paris, je n'imaginais pas finir à Montmartre. J'ai vécu chez Julie et Francœur dans leur loge de concierge pendant plus de deux ans.

— La tour de trois cents mètres ?

— J'y ai travaillé depuis les fondations jusqu'à la grève de 88.

— Ensuite ?

Étienne eut un sourire où François, malgré le temps, retrouva une expression d'enfance.

— Maxime s'était fait virer parce qu'elle se déguisait en garçon pour travailler. Il lui arrivait de poser chez les rapins montmartrois.

— Tu as essayé de trouver un travail après le chantier de la tour ?

— Pardi ! J'ai marné au cimetière de Montmartre lorsqu'ils ont construit le pont métallique qui enjambe les tombes, de la rue Caulaincourt au boulevard de Clichy. J'avais encore l'idée de limousiner. Une nuit, le tablier s'est cassé la figure sur les caveaux. On a dû rempoter. Dans le cimetière, j'ai découvert la tombe d'Aurore Duvaucel. Ça ne te dit rien ?

François secoua la tête.

— Les Duvaucel possèdent le château des Bruges, à côté de Pontarion. Mon vieux m'avait raconté que François, ton père, avait sauvé Aurore Duvaucel de deux chiens enragés qui avaient effrayé son cheval. C'était en 61. Un rude gaillard que ton père. Il était respecté.

François regarda Étienne, mais l'autre n'ajouta rien.

Après une gorgée, Étienne poursuivit :

— J'ai fait des petits métiers. J'ai traficoté les chiens qu'on expédiait depuis le marché du boulevard de l'Hôpital jusqu'en Angleterre. Pendant l'Exposition, j'en vendais aux Annamites. Et puis j'ai arrêté.

— Pourquoi ? s'inquiéta François.

— Non seulement ils les bouffaient, à la rigueur, ça, j'aurais pu le comprendre, mais plusieurs jours avant ils les battaient chaque soir pour attendrir la viande. En Creuse, on ne bat pas les chiens pour le plaisir. Pas vrai ?

Les souteneurs se levèrent et sortirent, les filles sur les talons. Étienne les surveilla du coin de l'œil. François sentit que son camarade était sur la défensive. Quand ils eurent quitté la salle, Étienne remarqua :

— Ici, c'est comme au sommet d'un échafaudage ou sur une poutrelle de la tour. Si tu es inattentif, tu as vite mis le pied dans le vide.

Ils restèrent silencieux.

— Je ne suis jamais retourné en Creuse, poursuivit Étienne. Parfois je croise des limousinants qui ont des chantiers dans la plaine Saint-Denis ou vers Clichy. J'ai revu le fils Lavaud de Villevegoux, les frères Queroy du Grand-Blessac. On m'a dit que Francœur ne voulait plus me voir, qu'il avait honte de ma situation. L'autre jour, j'ai rencontré sur le Rochechouart un fils Vallade qui termine les stucs au Casino de Paris. Nous sommes allés trois hivers à l'école ensemble à Pontarion. Comment s'appelait l'instituteur, déjà ?

— Fabien Thomas, précisa François.

— Le fils Vallade est à la tâche. Il gagne jusqu'à quatre francs par jour. Maxime, quand elle veut, touche un franc de l'heure pour poser. Sans compter le reste.

Les deux garçons se dévisagèrent.

— Mais parle-moi de la Creuse, demanda Étienne. L'étang de ton oncle a-t-il été pêché ?

— Non. Ils attendent l'hiver prochain. Il n'y a rien de bien nouveau là-bas.

— Est-ce que Quatre-Vents vit toujours ? Et ton grand-père Alexandre ?

— Il est mort.

— Sais-tu si les Riboulet ont acheté la terre qui jouxtait la nôtre, sous la Favillade ?

— Je ne sais pas.

Étienne regarda François.

— C'est vrai que tu n'es pas né en Creuse, lâcha-t-il.

Ils allaient se lever lorsqu'un homme ouvrit la porte du café. François se dressa brusquement.

— Jean ! s'écria-t-il.

L'homme resta sur la défensive. François regretta d'avoir prononcé son prénom.

— François ! Que fais-tu là ? Si on m'avait dit que je te rencontrerais ici !

François prit le dossier d'une chaise qu'il poussa devant Jean. Étienne tendit la main que l'homme serra sans enthousiasme.

— Je te présente Étienne, dit François. Il est de La Vergne, ajouta-t-il à voix basse. Cela faisait cinq ans que nous ne nous étions pas revus.

— Comment va Marie ? demanda Jean.

François hésitait.

— Elle est mariée.

Jean mordilla l'énorme moustache qui lui dissimulait les lèvres. Ses cheveux peignés en arrière dégageaient le front. Un foulard rouge était noué sous sa chemise.

— Mariée, en Creuse ?

— Elle a épousé le docteur Florand.

François, sans se soucier des autres qui lorgnaient vers leur table, saisit la main de Jean et murmura :

— Je suis désolé, Jean.

Étienne, depuis quelques instants, marquait des signes d'impatience.

— Je dois récupérer Maxime, dit-il en se levant. Tu sais comment me trouver à présent.

François accompagna son ami sur le seuil du bistrot. Au moment de filer dans la nuit, Étienne dit à François :

— Prends garde. Ton copain, je l'ai déjà vu au Rat mort attablé avec un groupe d'anarchistes. Ils ont la rousse sur le dos.

Étienne salua une dernière fois d'une grimace triste où se lisait une peine de gamin au gros cœur. Il disparut dans la nuit de la rue Lepic d'un pas chaloupé dont il ne restait de la démarche de paysan que le balancement des épaules.

— Tu as de drôles de fréquentations, remarqua Jean une fois que François se fut remis à table. C'est un *barbillon*, le gars qui vient de partir.

— C'est un ami. Pour moi, il est resté comme lorsque je l'ai connu en Creuse. Le temps ne passe pas sur les sentiments.

— Nous autres anarchistes, nous ne sommes pas vraiment contre la prostitution. Nous pensons que les filles sont des prolétariennes comme les autres. Les macs, c'est différent.

Ils se turent.

— Tout à l'heure ça m'a fichu un coup d'apprendre le mariage de Marie.

— Pourquoi n'être pas venu en Creuse, lui demander de continuer à vivre avec toi ?

— Je suis allé en Creuse.

François resta interloqué.

— Je me souviens parfaitement du château. L'étang... Tiens ! La barque accrochée à la rive était du même vert que les volets de notre cabanon à Sydney !

— Partons, dit François.

Ils arrivèrent boulevard de Clichy.

— Je poursuis le combat, François, dit Jean dans la nuit. Une société aussi pourrie doit être transformée par tous les moyens.

François releva le col de sa veste et fourra les mains dans ses poches.

— De ce côté de la pauvreté, on n'a pas le choix, ajouta l'ancien bagnard. La violence appelle la violence. Je crois que c'est pour te protéger que Marie m'a quitté.

— Me protéger ?

— Ta mère savait que je n'abandonnerais jamais la lutte. Après ma première arrestation à Sydney, elle m'a mis en demeure de cesser mes activités syndicales. La mort de ton père la hante toujours.

François écoutait sans rien dire.

— Ce n'est pas par lâcheté. Certes non ! Peut-être a-t-elle voulu aussi me rendre ma liberté d'agir. Mais à quel prix !

L'anarchiste jeta un coup d'œil pour s'assurer qu'il n'était pas suivi.

— Le jour de la grève générale approche. Il sera précédé de nombreux feux d'artifice.

Des gagneuses remontaient des boulevards, le visage épuisé par la marche et le froid. Une vieille femme outrageusement maquillée, dans une robe sang de bœuf, sortit d'un café en claquant la porte.

— J'apprends la peinture, dit François. J'ai mis longtemps à comprendre que c'était la seule chose qui m'intéressait.

— Quand tu étais tout gosse, je me souviens que tu aimais déjà dessiner. Louise Michel m'avait dit que tu étais doué. J'étais fier, ça oui !

François se tourna vers Jean et dit :

— Je viens de prendre une décision, Jean. Je vais m'installer à Montmartre.

— Tu as raison, répondit l'ancien compagnon de Marie. L'air qu'on respire ici est à nul autre comparable.

Une semaine plus tard, François se présenta rue de Courcelles. Il arriva assez tôt pour rencontrer Louis. Il alla saluer sa tante qu'il n'avait pas vue depuis six mois. Son visage avait le teint cireux qui annonce les renoncements de la vieillesse. Clémence lui avait marqué de l'indifférence. Louis s'était au contraire montré avenant.

— Viens avec moi. Nous discuterons en route. Tu me diras l'objet de ta visite.

Louis s'adressa à Clémence.

— N'oubliez pas que ce soir nous avons Zola à dîner.

— Zola ? s'émerveilla François.

— Oui. Il prépare un roman sur les grands capitaines d'industrie. Il vient régulièrement à nos mardis. À table, il prend des notes toute la soirée sur un calepin à côté de son assiette. C'est notre manière à nous d'aider la littérature ! s'amusa Louis.

— Zola vient encore dîner ! s'insurgea Hugues, qui arrivait. L'écrivain le plus dégoûtant du siècle ! Bonjour, cousin ! lança-t-il à François.

— Je t'interdis de parler ainsi de mon hôte, menaça Louis.

Le jeune homme arborait la faconde des fils nantis. Une intelligence acérée brillait dans son regard. Ses cheveux coupés ras, la grosse canne à tête de plomb qu'il avait à la main ajoutaient à l'impression de violence attachée à sa silhouette massive.

— Dans ces conditions, ne comptez pas sur moi pour dîner, reprit Hugues. Je serai chez Léon.

Il tourna les talons.

— Moi qui suis député, j'ai le fils le plus antiparlementaire de Paris, dit Louis.

Ils montèrent dans la voiture, dont le cocher tenait la portière ouverte.

— Que me vaut le plaisir de ta visite ? demanda Louis.

— Je souhaite m'inscrire aux cours de Cormon.

— C'est un académique au moins ?

— Il a peint *Le Retour d'une chasse à l'ours, âge de pierre.* Il s'est fait une spécialité des sujets préhistoriques. C'est un très bon portraitiste. Il a eu Lautrec et Van Gogh comme élèves...

— Qui donc ? interrogea Louis, qui haussa les épaules. De toute manière, je n'y connais rien. Si tu dis que c'est bien, pour moi c'est parfait. Tu veux autre chose ?

— Je voudrais louer un atelier à Montmartre. J'en ai repéré un très bien éclairé avec un petit jardin, dans une ancienne écurie. C'est deux cents francs.

Louis se tourna vers son neveu.

— Tope là ! comme on dit en Creuse sur les foires.

La voiture arriva boulevard Malesherbes.

— La santé de ta tante me préoccupe, dit Louis. Comment l'as-tu trouvée ?

— Vieillie, répondit François sans détour.

— Si tu savais comme elle m'est précieuse en ces temps difficiles. Je prends souvent conseil auprès d'elle.

— Depuis combien de temps n'êtes-vous pas redescendus en Creuse ?

— À présent que ta mère ne tient plus le château, j'ai moins de plaisir à me rendre à La Chapelle. Adèle et Gilles Pirolo font leur possible, mais ce n'est plus pareil. J'étais dans ma circonscription le mois dernier.

— Vous avez vu ma mère ?

— Même pas. Je ne suis resté que trois jours. Je suis en pourparlers pour acheter un journal local. Lorsqu'on est aussi souvent absent que moi, c'est une des seules manières de tenir son électorat.

François commença ses leçons chez Cormon dès le mois de décembre 1890. Il trouva dans l'atelier une ambiance joyeuse et indulgente. De nombreux élèves étrangers participaient aux travaux. François progressa dans son dessin. En dehors des heures d'ouverture de l'académie, il travaillait dans son atelier. C'était un local attenant à une bâtisse dont une partie de la toiture était traitée en verrière. Les murs étaient tapissés d'indiennes. Grâce aux subsides de son oncle, François avait rapporté de chez le père Martin, brocanteur au bas de la rue des Martyrs, un sofa, des colonnes corinthiennes, des appliques, une tapisserie, un traîneau, tout un bric-à-brac susceptible de servir de décor. À midi, François déjeunait au restaurant de la mère Bataille, où Catulle Mendès, à la tignasse pâle et au visage fragile, avait ses habitudes tout comme Jaurès. Deux fois par semaine, il retrouvait Jean, qui lui présenta ses amis de l'anarchie que le gigot-flageolets à cinquante centimes et le café à dix centimes ne rebutaient pas.

Un jour, François, un tableau enveloppé sous le bras, osa se rendre chez le père Tanguy, un vieux marchand de couleurs de la rue Clauzel. Avant d'entrer dans le magasin, le cœur battant, il hésita devant la vitrine où étaient exposés une toile de Van Gogh d'Arles en 1888, deux Cézanne, une aquarelle de Jongkind et un paysage de Pissarro peint à Bazincourt.

— Allez, montrez-moi ce que vous faites, dit le marchand.

François retira le papier qui entourait le tableau. Tanguy avait des manières simples de vieil artisan dans son grand tablier qui lui donnait l'air d'un compagnon du tour de France.

— Un portrait... Avec quelles couleurs travaillez-vous ?

— Lefranc, répondit François, sur la défensive.

— Souvenez-vous de ce que dit Degas : « L'orangé colore, le vert neutralise, le violet ombre. »

Tanguy se tourna vers François.

— Je vous en offre quatre outremer, deux carminés, dix blancs, six ocre jaune et trois vermillons.

Encouragé par l'accueil de Tanguy, François travailla d'arrache-pied dans ce Montmartre qu'il aimait de plus en plus. Les matins, il allait chercher un pain chaud chez la boulangère de la rue Victor-Massé. Certains soirs, il se rendait au cirque Fernando, boulevard Rochechouart. Sous la tente circulaire en bois de couleur violette, il se laissait porter par le chatoiement des lumières, la souplesse des écuyères en collants moirés ou la grâce de mademoiselle Lola qui tournoyait au-dessus des têtes, tenue par les dents à un crochet de fer.

Il se plaisait à remonter la rue Lepic, fasciné par les couleurs des étals des épiciers verduriers. Il se mêlait aux *crainquebilles* alignant leurs petites voitures de fruits et légumes, rue des Abbesses, en criant : « Cresson de fontaine ! Du mouron pour les petits oiseaux ! » Les bistrots ouverts sentaient l'anis et la sciure. François s'arrêtait parfois à la terrasse de L'Abreuvoir, dont les chaises cannées avançaient sur la rue, et commandait un Byrrh. Aux beaux jours, tilleuls et acacias mêlaient leurs feuillages. Dans des jardins parfumés au seringa et au chèvrefeuille, des familles buvaient du sirop d'orgeat à l'ombre de tonnelles couvertes de lilas et de vernis du Japon. Les foins coupés du square Saint-Pierre enrubannaient la Butte d'une senteur de paradis.

Un soir de septembre 1892, alors qu'il rentrait de la rédaction du *Libertaire* où il retrouvait Jean, François vit dans le renfoncement de la porte la silhouette d'une femme.

— Qui est là ? demanda-t-il.

— Maxime, chuchota la fille.

— Rentre, dit François, qui devina que quelque chose de grave s'était produit.

Il poussa la compagne d'Étienne dans l'atelier. Elle se laissa tomber sur le divan. François chercha un verre de guignolet.

— Que s'est-il passé ? demanda-t-il dès qu'elle eut avalé une gorgée.

Comme elle tardait à répondre, François dit :

— Tu peux me faire confiance. D'ailleurs, si tu es là...

— Étienne s'est fait pincer cette nuit. Il a été balancé. La rousse l'attendait dans un hôtel particulier du parc Monceau qu'il était en train de lever.

Maxime éclata en sanglots. François s'assit à côté d'elle.

— Vous aviez de la marchandise dans votre appartement ?

— Non. J'ai eu le temps de porter les valises chez un fourgue qui travaille pour l'Angleterre.

— Comment Étienne savait-il qu'il n'y aurait personne ? interrogea François.

Maxime eut un haut-le-corps.

— Les pigeons que je rencontre sont pleins aux as. Plus ils sont riches, plus l'ordure les attire. Tout s'apprend. Les adresses, la date des bains de mer, les jours de congé du personnel. Les belles filles ont de la mémoire.

— Il y a autre chose ? interrogea François.

Maxime hocha la tête.

— J'ai la bande de Paul le Boucher sur le dos. Étienne avait eu un différend. Maintenant que je suis seule, ils veulent me faire travailler. Mais ça, jamais ! Tu entends ? Je préfère me tuer.

François hocha la tête. Les voyous en question semaient la terreur de la Chapelle jusqu'aux abords de la place Blanche. Ils comptaient dans leurs rangs des garçons d'échaudoirs, habitués des combats de chiens et de taureaux et qui se servaient de leurs couteaux comme d'autres de leurs poings.

— Tu vas rester ici le temps que les choses se tassent, dit François.

En ce mois de septembre 1892, Louis attendait une visite dans son bureau de la rue de Courcelles. La lettre qu'il tenait à la main était la troisième du genre qu'il recevait en une semaine. « J'avais tout mon avoir sur Panama : le canal a craqué. Je sombre. Mais avant, je vous tuerai vous et ceux qui ont contribué à la ruine de milliers d'épargnants tels que moi. » Les autres missives étaient à l'avenant, menaçant les « chéquards », comme on nommait les députés depuis que le scandale grossissait.

Le gouvernement était parvenu à étouffer l'affaire depuis

la dissolution de la Compagnie universelle du canal interocéanique dirigée par le « Grand Français » Ferdinand de Lesseps. Huit cent cinquante mille Français s'étaient vus dépouillés de leurs économies. Louis savait que sur le milliard quatre cents millions versé par les petits épargnants, à peine la moitié avait été consacrée aux travaux de percement. Le reste avait été distribué à des députés pour que le gouvernement autorisât l'emprunt à lots.

La secrétaire de Louis frappa et annonça :

— M. le préfet Andrieux est arrivé.

— Faites-le entrer, répondit sèchement Louis.

Andrieux, tout sourire, avança vers Louis la main tendue.

— Cher ami ! Lorsque j'ai reçu votre message, je me suis inquiété. Rien de grave, j'espère ? interrogea l'ancien préfet de police.

— Bonjour, répondit froidement Louis. Asseyez-vous, je vous prie.

Les deux hommes s'installèrent. À plusieurs reprises déjà, Louis avait eu recours aux services du policier. Le 1er mai 1890, Hugues, enrôlé dans la Ligue des patriotes, avait été arrêté à la suite de combats de rue avec des syndicalistes aux abords de la Bastille. Andrieux avait bien voulu relâcher le jeune homme.

— J'espère que ce ne sont pas ces attentats anarchistes qui vous inquiètent. Vous avez vu comme nous avons cueilli Ravachol. Nous sommes sur le point de neutraliser les Deshérités de Clichy.

— Tenez, dit Louis en tendant les lettres.

L'homme les parcourut rapidement.

— Des menaces... J'en reçois tous les jours. Il n'y a pas de quoi s'inquiéter.

— Vous, peut-être, trancha Louis excédé. Mais moi, c'est la première fois. Mon nom a été donné en pâture par Drumont dans son ignoble torchon ! S'il n'y avait que moi ! Mon collègue, le député Antonin Proust, est accusé d'avoir touché cinquante mille francs. C'est ignoble.

Il brandit *La Libre Parole* qu'il jeta sur le tapis.

— Quand je songe que mon fils admire cette canaille !

Andrieux eut un sourire évasif.

— Enfin, reconnaissez, monsieur le préfet de police, qu'après l'affaire des décorations et la plaie boulangiste encore vive, si on voulait abattre la République, on ne s'y prendrait pas autrement.

— Je suis tout à fait de votre avis, monsieur Ribière.

— Le suicide du banquier Reinach, hier matin...

— Pardon, interrompit Andrieux. M. Jacques de Reinach a succombé à une congestion cérébrale.

— Pas à moi, Andrieux ! Reinach était compromis depuis le début dans la distribution des pots-de-vin auprès des parlementaires. C'est lui qui avait tout organisé à la demande de Lesseps !

Andrieux eut une moue prudente.

— Qu'attendez-vous exactement de moi, monsieur Ribière ? dit-il sur le ton d'un homme qui voulait couper court à l'entretien.

Louis se calma. Il regarda le policier droit dans les yeux.

— Je reçois des lettres de menaces. Je veux bien admettre que cela soit courant dans des milieux exposés comme les nôtres. Les temps sont troublés, soit. Ou bien ces menaces sont en l'air ou bien elles annoncent ma liquidation physique.

Andrieux ne protesta pas.

— Quoi qu'il en soit, je veux bénéficier d'une protection.

— Un garde du corps ?

— Exactement. Pour me suivre dans mes déplacements, sur les chantiers, au bureau, à mon domicile. C'est simple !

Andrieux hésitait.

— Si vous faites la demande à l'Intérieur, je doute qu'elle aboutisse très vite. Il n'est pas certain que cela n'attire pas encore plus l'attention sur vous.

— Vous refusez ?

— Il ne m'appartient pas ... ! protesta Andrieux.

Se reprenant, il ajouta :

— Voici, à titre personnel, le conseil que je peux vous donner : faites appel à un homme qui ne soit pas de la police. Cela sera plus discret et tout aussi efficace.

Louis haussa les sourcils.

— Pourquoi pas ? Je vous fais confiance. C'est votre métier, après tout.

— Je vois un gaillard qui pourrait faire l'affaire. Ah ! mais attention ! Ne vous attendez pas à un premier communiant. Ces types-là sont de sac et de corde. Tant que vous le paierez, il vous sera dévoué comme un chien. L'homme auquel je pense est habile et discret. Au ministère de l'Intérieur, nous le connaissons depuis qu'il a quatorze ans. C'est dire. Il est presque de la famille.

— Qu'il se présente à mon domicile, rue de Courcelles, demain à dix-sept heures, trancha Louis.

— Parfait, monsieur le député. Croyez-moi, c'est la meilleure solution, la plus discrète. Cela se fait très couramment. La plupart des gens en vue ont recours à des gardes privés.

Au moment où Andrieux partait, Louis demanda :

— Dites, Andrieux. Vous qui avez la liste des parlementaires compromis, vous le savez, que je n'ai pas touché.

— Quelle liste ? demanda l'ancien préfet de police.

Le lendemain, Louis attendait dans le bureau du rez-de-chaussée de son hôtel particulier. Tout au long de l'après-midi, il avait traité des dossiers courants. La construction de lignes ferroviaires, entre Mende et Séverac, avait retenu son attention. Les compétences de l'entreprise Ribière, en matière de travaux souterrains, s'étaient révélées nécessaires lors du percement d'un tunnel de quatre kilomètres, destiné à évacuer les égouts de Paris sur Achères. Louis venait d'enlever la construction du fort de Namur en Belgique. Ce chantier de génie militaire supposait la mise en œuvre d'un million de mètres cubes de déblai.

Louis ouvrit un tiroir de son bureau. Il en retira la dernière lettre de Marie qui sollicitait son accord pour inscrire, comme boursier, à l'école départementale d'agriculture un enfant méritant aux parents sans ressources. Louis porta le papier à ses lèvres. Il ferma les yeux. Il ne se passait pas un jour qu'il ne pensât à elle.

Le majordome frappa à la porte.

— Monsieur. Un monsieur qui prétend avoir rendez-vous à dix-sept heures est là.

— Faites entrer, commanda Louis.

Le domestique s'effaça. Un homme de l'âge de Louis, de taille moyenne, trapu, en costume à carreaux, le visage émacié, les cheveux blonds et ras entra dans la pièce. Il avait conservé à la main son chapeau mou.

Louis ne parvenait pas à détacher les yeux de ce visage. Un sentiment de déjà vu le gagnait. Il essayait de l'imaginer dans d'autres circonstances, les cheveux longs, une casquette sur la tête, une veste d'ouvrier sur les épaules. Plus jeune. Beaucoup plus jeune. Soudain il pâlit. Louis se leva brusquement.

— Constant !

— Monsieur Ribière, répondit l'autre, très calme. Je me souviens parfaitement. La première fois que nous nous sommes rencontrés, c'était en 1861. Un soir, je suis passé vous prendre au garni de la rue Mouffetard. C'est moi qui vous avais trouvé de l'embauche auprès de Jean-Baptiste Desgrange lorsque votre frère était occupé sur le chantier de la rue de l'École-de-Médecine.

— Vous avez tué mon frère au Père-Lachaise.

— Ce n'est pas moi qui ai tiré. C'est la guerre civile qui l'a tué. Et ses idées.

— Vous avez envoyé ma belle-sœur en déportation.

Constant regarda froidement Louis dans les yeux. Il avait perdu son ironie de voyou. Il avança vers le bureau.

— C'est faux. Je l'ai sauvée. Elle ne serait jamais sortie vivante du Père-Lachaise sans moi. Elle me doit la vie.

Louis resta interloqué par la véhémence du ton.

— Vous avez trahi mon frère quand il avait la police à ses trousses au cours des élections de 1863, répliqua Louis. Vous nous avez plongés dans le malheur.

— À cette époque, la rousse me tenait déjà. Il faut de tout pour faire un monde. D'ailleurs, j'aime l'ordre. Andrieux m'a envoyé auprès de vous pour que je maintienne l'ordre. Ça, je sais le faire.

Louis haussa les épaules.

— Il n'en est pas question. Comment aurais-je confiance en vous ? Je vous prie de sortir.

Constant hésitait.

— Je vous prie de sortir ! s'écria Louis, le doigt sur une sonnette.

L'autre recula, l'air ennuyé. Le temps était passé sur les deux hommes. S'il avait épaissi un peu la silhouette de l'entrepreneur de travaux publics, il s'était au contraire appliqué à émacier le voyou. Louis se souvint de la réputation de redoutable combattant de Constant et du plaisir de son frère à se rendre en sa compagnie dans les salles de savate.

— Je peux vous prouver ma bonne volonté, lâcha Constant.

— Votre bonne volonté ? s'amusa Louis.

— Je peux vous montrer que les années nous ont changés, les uns et les autres. Il faut savoir tourner la page.

— Vous me proposez de tourner la page !

— Ne le prenez pas ainsi, monsieur Ribière. Je peux m'en aller de ce bureau quand je veux et alors tant pis pour vous !

— Des menaces ?

Constant eut un geste d'apaisement.

— Calmons-nous. Je vous dis que je suis prêt à vous prouver ma bonne foi.

— Je vous écoute, trancha Louis avec raideur.

Constant sourit et avança. Il saisit le fauteuil, le tourna légèrement vers la fenêtre et s'installa.

— Vous avez un neveu, monsieur Ribière.

Louis hocha la tête.

— Vous avez un neveu dont l'atelier se situe rue Cortot.

— Au fait, je vous prie, interrompit Louis, que l'inquiétude gagnait.

— Votre neveu est en danger de mort.

— Précisez.

— Il s'est mis au frais une fille que la bande de Paul le Boucher veut macquer. Ces apaches de la porte de la Chapelle ne sont pas fréquentables. Renseignez-vous. La petite se cache dans l'atelier de votre neveu. Paul vient de l'apprendre. Pour la fin de la semaine, il se prépare un massacre rue Cortot.

Tout ce que disait Constant était plausible.

— Je vais envoyer immédiatement la police arrêter ce Paul le Boucher et sa bande.

Constant eut un sourire.

— Comme vous y allez, monsieur Ribière ! La police le traque depuis quatre ans. Pourquoi l'arrêterait-elle demain ?

— Je vais faire revenir François ici. Là, il ne risque rien.

— Et s'il retourne à Montmartre ? S'il veut continuer à peindre ?

— Il n'y retournera pas, voilà tout !

Louis comprit l'absurdité de son vœu.

— Pour vous prouver ma bonne volonté, je suis prêt à m'occuper de ce problème. Si je réussis, vous m'engagez à des conditions très honorables.

— Régler ce problème ?

— Le régler définitivement, confirma Constant.

Louis se leva.

— D'accord. Mais s'il arrive quoi que ce soit à mon neveu, je ne vous lâcherai plus.

Constant acquiesça et quitta le bureau sans une parole.

Le soir même, Constant attendait, une cigarette aux lèvres, planqué sur le Rochechouart dans un renfoncement en face d'un immeuble aux carreaux crevés. Paul le Boucher venait d'y monter avec une pierreuse. Au loin, les lumières de l'octroi faisaient une tache jaune. Constant écrasa son mégot. Paul le Boucher était réapparu. Il scruta sa silhouette énorme, ses épaules rondes, sa démarche balancée de colosse. Constant fixa au niveau de la ceinture le point sous la veste où il savait que le Boucher plaçait son surin. Vingt ans auparavant, l'homme s'était fait une réputation en surprenant deux voleurs de viande dans l'entrepôt où il travaillait. Il les avait émasculés et avait jeté leurs trophées aux gros chiens qui jadis voituraient la viande des abattoirs aux boutiques.

Un homme, surnommé le Gniaf, vint rejoindre Paul. C'était un souteneur de la rue des Abbesses, revenu depuis peu du bagne militaire de Biribi. Sans se saluer, ils partirent d'un même pas vers Pigalle où ils rencontrèrent un receleur anarchiste qui fourguait les vols commis par les Déshérités de Clichy. Un peu avant minuit, Paul et son garde du corps se dirigèrent vers la rue Saint-Mathieu où ils entrèrent dans un bouge. Constant se fit prudent. Le tenancier entretenait des liens avec une bande organisée où se mêlaient souteneurs, *grimpeurs* et maîtres chanteurs. Deux malfrats, connus sous le nom de Peau-Rouge et la Côtelette, sortirent du café et filèrent vers la Goutte-d'Or. Une vieille procureuse, qui fournissait des petites filles dans son appartement rue de Rome et qui possédait une très forte clientèle d'aristocrates russes, quitta le bistrot pour disparaître dans la nuit.

À trois heures du matin, les lumières du caboulot s'éteignirent. Paul le Boucher et le Gniaf sortirent. Ils longèrent un mur d'usine et filèrent par un terrain vague. Constant, qui connaissait leur itinéraire, s'était placé à l'angle d'un entrepôt écroulé tout contre le ballast d'une voie de chemin de fer qui menait vers le canal de l'Ourcq. Les deux hommes arrivaient en parlant à voix basse. Tout autour, des arbustes rabougris poussaient au milieu de murs ruinés. Constant cessa de respirer. Au bruit que fit le chien de son revolver, le

Gniaf se retourna. La balle l'atteignit en pleine tête. Il s'écroula sans pousser un cri. Constant sauta de son repaire et avança sur Paul le Boucher. L'autre tenait à la main son *charlemagne* et le regardait avec ses petits yeux de tueur.

— C'est fini pour toi, Paul, dit Constant.

— C'est jamais terminé pour des gars comme moi, répliqua l'autre.

— Si.

— Qui tu es ? demanda le Boucher.

— Tu t'es attaqué à quelqu'un qui est protégé, Paul. C'est pour cela que je vais t'arranger.

La brute fouillait dans ses souvenirs.

— La petite blanchisseuse de la rue de la Goutte-d'Or ?

— C'était toi ? Non. Tu ne trouveras pas. D'ailleurs ça n'a plus d'importance.

Constant tendit le bras et ajusta la tête du voyou. L'autre avançait, le surin bien en main. Constant appuya sur la détente. L'arme s'enraya. Un éclair passa dans les yeux du tueur.

Sans laisser le temps à Constant de réagir, il se jeta sur lui. Constant, qui venait d'essayer de tirer une seconde fois, balança son arme dans les buissons. Il n'eut que le temps de bondir sur le côté pour éviter la pointe du couteau qui effleura sa veste.

Constant roula au pied du talus. Il se remit sur ses jambes. Le Boucher souriait en avançant.

— Ne te fais pas prier, rigolait Paul. Je sais où prendre la bête. Tu verras, ça ne fait pas mal. Je transforme les taureaux en bœufs.

Constant décrivit un arc de cercle, les muscles tendus, prêt à esquiver. Paul, sûr de sa force, s'élança. Constant, d'un coup de savate violent sur le front, arrêta net la course du colosse qui se dégagea d'un mouvement tournant de poignard. Surpris par la rapidité de son adversaire, le tueur prépara plus sérieusement la mise à mort. Constant vit une lueur allumer les yeux du Boucher. L'autre se propulsa en avant avec une vivacité imprévisible. Constant, qui avait enfilé son poing américain, visa la carotide. D'un coup de pied, il repoussa la lame, et le poing métallique enfonça la gorge de la brute, qui émit un râle. Constant allait doubler son coup lorsqu'il sentit le surin lui pénétrer le flanc et remonter en fouillant. Paul le Boucher s'écroula. Constant se laissa tomber en portant la main à son ventre. L'autre soufflait. Constant lui arracha le couteau du poing et le frappa à plusieurs reprises dans la région du cœur. La nuit de la Villette proche, dans l'infinie misère de ses terrains vagues balayés par un vent glacé, était un néant dans lequel il sombra.

Le froid de l'aube l'éveilla. Tout contre lui, la monstrueuse carcasse de Paul le Boucher était recouverte d'un givre qui blanchissait sa figure déjà tirée. À quelques mètres, le Gniaf dormait, la face tournée vers le ciel. Il déchira une manche de sa chemise et compressa la plaie qu'il avait au ventre. Il se redressa en chancelant. Le jour débarbouillait le ciel de Paris de ses maquillages outrés. Les rues étaient vides. Des groupes de limousinants se dirigeaient vers les chantiers du boulevard Rochechouart, sortant de la brume comme des fantômes, une miche sous le bras. Constant atteignit la rue de la Charbonnière et se fit conduire en fiacre jusqu'au pied de la rue Cortot. Lorsqu'il cogna aux portes de l'atelier, François, en robe de chambre, vint lui ouvrir. Sur un divan, derrière des tentures, il devina la silhouette de Maxime, qui dormait encore.

— Il faut que la petite parte, dit Constant.

— Qui êtes-vous ? demanda François. Vous êtes blessé !

— C'est votre oncle Louis Ribière qui m'envoie. Donnez de l'argent à Maxime. Qu'elle aille n'importe où, mais loin. Elle a de la famille en province ?

— Je crois que sa famille est de Nancy.

— Alors, ce sera Nancy, murmura Constant en se laissant tomber sur une chaise.

François le prit dans ses bras et, comme s'il se fût agi d'un enfant soudainement endormi après une trop longue veille, il le porta sur le sofa. Maxime dans sa nudité blanche avait laissé sa place toute chaude et s'habillait prestement. François cherchait dans son portefeuille. Une valise était restée ouverte sur le plancher de l'atelier.

— Conduisez-moi chez un médecin, dit Constant avant de s'évanouir.

Louis Ribière fit soigner Constant par son médecin personnel dans un appartement discret de la rue de Naples. Lorsqu'il fut rétabli, Constant commença son service auprès de Louis, qu'il ne quittait pas de la journée. Pour lui, une chambre fut installée rue de Courcelles. Au fil des semaines, Louis se surprit à apprécier la présence rassurante de Constant dont il admirait le calme et la détermination.

La bande de Paul le Boucher, au lendemain de l'assassinat de son chef et de son principal lieutenant, se trouva désorganisée. Elle était alors aux prises avec un souteneur de la rue de la Chapelle nommé Charlot, auquel Paul avait soufflé son gagne-pain. Le souteneur fit appel à ses collègues. Une bataille rangée eut lieu au coin du boulevard Magenta. Les bouchers se montrèrent plus redoutables que les « sans métiers » et ceux-ci durent se résoudre à dénoncer la bande aux policiers. Les sept hommes et quatre femmes qui la composaient étaient à l'ombre. François put ainsi reprendre ses habitudes sans être inquiété.

Le scandale de Panama prenait une dimension considérable. Bien que les lettres de menaces aient cessé d'arriver au domicile de Louis, sa situation devenait délicate. Un vent de dénigrement et de suspicion soufflait sur tout le personnel politique. La séance à la Chambre du 21 novembre 1892, jour des interpellations, était encore dans toutes les mémoires. Jules Delahaye était monté à la tribune en accusateur : « Panama, c'est le gaspillage effronté. C'est la curée au grand soleil ! » Déroulède lui avait prêté main forte. Dans un chahut indescriptible, au milieu des poings brandis, un député de gauche s'était jeté sur Delahaye. La Chambre avait fini par accepter la constitution d'une commission d'enquête. Louis, pour la première fois de sa vie, se sentait emporté dans un tourbillon qu'il ne maîtrisait pas. Le grand Eiffel lui-même allait devoir justifier de trente-cinq millions reçus.

En début d'après-midi, le 22 décembre 1892, Louis se rendit à la Chambre. La fièvre agitait l'hémicycle. De son perchoir, Floquet contemplait les parlementaires. Des députés de droite s'étaient succédé à la tribune, exhortant la Commission à livrer la liste des élus compromis. « Pour émettre l'emprunt, il a fallu une loi. Reinach, aujourd'hui décédé, s'était fait fort d'obtenir les votes de parlementaires corrompus ! » scandait un député de droite. « Des noms ! Des noms ! » reprenaient en chœur ses collègues au milieu des coups de sifflet et des claquements de pupitre.

Floquet avait dû se résoudre à livrer les noms de Rouvier, ancien président du Conseil, Jules Roche, ancien ministre, Antonin Proust, Emmanuel Arène et Dugné de la Fauconnerie.

Au moment où Floquet était sur le point de lever la séance, une demande d'interpellation avait été déposée par le « don Quichotte de la Chambre », Paul Déroulède. Le tribun avait commencé par tracer le portrait de l'homme de proie par lequel le scandale était arrivé, « le banquier sans patronage et sans patron », Cornelius Herz, réfugié en Angleterre. « Cet homme n'aurait pas fait de si belles enjambées sur la route des honneurs sans un ambassadeur pour lui ouvrir toutes les portes ! Cet infatigable intermédiaire, vous le connaissez tous. Mais pas un n'ose le nommer. Parce qu'il y a trois choses que vous redoutez en lui : son épée, son pistolet et sa langue ! » avait conclu Déroulède.

Un vent de folie avait soufflé sur la Chambre. Dans la

clameur, Déroulède avait poursuivi : « Moi, je brave tous les trois et je le nomme. C'est M. Clemenceau ! »

Rendus furieux, les députés radicaux s'étaient dressés sur leurs bancs et invectivaient l'orateur. Dans le vacarme assourdissant, Clemenceau s'était levé et avait dit : « Je demande que l'on permette à M. Déroulède d'en finir. »

Au cœur de l'échauffourée, un député s'en était pris à Louis et l'avait traité, devant témoin, de « chéquard ». Louis avait pâli sous l'insulte.

— Je vais devoir me battre, avait confié Louis à Constant. Tu ne pourras pas le faire à ma place.

— Au pistolet, vous avez votre chance, patron. Ce serait à l'épée, je ne dis pas.

— On ne sait jamais comment un duel peut tourner, répondit Louis. Dire qu'il y en a un par semaine en France. Quelle horreur !

Après un silence, Louis reprit :

— Moi, vois-tu, je suis un entrepreneur. Les affaires de cette sorte ne m'intéressent pas. Je peux te le dire, Constant...

Il regarda son garde du corps.

— Je n'ai jamais reçu le moindre franc en échange de mon vote. J'ai cru sincèrement à ce grand projet. Eiffel est dans le même cas que moi. Nous vivons une époque folle.

— Je vous crois, patron. Mais quand bien même vous auriez touché, cela ne changerait rien pour moi.

— Certains députés auraient reçu vingt mille francs, sourit Louis. Il y a parmi mes collègues des hommes modestes qui vivent presque dans le dénuement leur vie de parlementaire. Mais moi ? Qui peut penser que l'on puisse m'acheter pour une somme aussi dérisoire ?

— Il va falloir vous entraîner au pistolet, interrompit Constant.

Les témoins de Louis et de son adversaire se donnèrent rendez-vous à l'hôtel Saint-James pour délibérer des conditions du duel. Le matin du 26 décembre, alors qu'il gelait, Louis se rendit à Neuilly, dans le parc de la propriété de M. d'Anfréville. À dix heures, accompagné de ses témoins, il rencontra M. Laisant, qui était chargé de diriger le combat et de veiller à sa régularité. Les témoins tentèrent une dernière fois les démarches de réconciliation convenues et firent constater par procès-verbal l'échec de leur entreprise.

Le givre tissait ses ramures de sucre filé sur les bouleaux du parc. Au milieu d'une pièce d'eau, des cygnes nageaient devant un abri posé sur pilotis. Deux boîtes contenant les paires de pistolets étaient posées sur une table. Légèrement en retrait, dans sa redingote noire sur laquelle il avait jeté une cape, le docteur Léon Labbé se tenait prêt à intervenir.

Louis songea à l'absurdité de sa situation. Le parc lui rappelait le château de La Chapelle. Sur son bureau, avant de partir ce matin, il avait posé en évidence une lettre adressée à Clémence. Il demandait que, en cas de malheur, son corps fût transporté dans le petit cimetière de Maisonnisses, aux côtés de Joséphine et d'Alexandre. Dans la ligne de mire de son canon, son adversaire ne paraissait guère plus brillant que lui. Le plus grand des cygnes poussa son cri en battant des ailes. Les détonations partirent, longues et assourdissantes. Louis eut le temps de voir le nuage de fumée qui enveloppait le poignet de son adversaire. Des traces de poudre sur les lèvres, il sentit une violente déchirure au bras. « Ce n'est que ça », songea-t-il en lâchant son arme et en se saisissant l'épaule.

— M. Louis Ribière est blessé !

Louis regarda sa main droite pleine de sang. Les quatre témoins, d'un commun accord, demandèrent à Laisant de mettre fin au combat. Louis s'allongea sur le gazon. Un homme jeta un pardessus sur ses épaules. Le docteur Labbé se pencha sur sa blessure.

— La balle a traversé le gras du bras gauche. Elle est ressortie. M. Ribière en sera quitte pour quelques jours d'immobilisation.

Heureusement pour Louis, le duel auquel s'étaient livrés au même moment Clemenceau et Déroulède sur le champ de courses de Saint-Ouen avait accaparé toute l'attention de la presse. Les six balles échangées sans résultat par les deux ténors de la politique laissèrent les trois cents spectateurs sur leur faim.

Louis, convalescent, décida de ne plus remettre les pieds à la Chambre tant que les esprits ne se seraient pas calmés. La Commission parlementaire continuait à livrer à la vindicte nationale les noms les plus improbables comme Barbe, Floquet, Freycinet, tous anciens ministres, et même Albert Grévy, le frère du président. Le 9 février 1893, Louis attendit que tombât le verdict du procès. Seul Baïhaut, ancien ministre, qui avait avoué, fut condamné. La lassitude du public faisant son œuvre, la presse vit ses tirages décroître. En appel, Eiffel parvint à prouver son innocence. Comme Louis évoquait avec son secrétaire parlementaire la perspective des élections, celui-ci avait remarqué :

— Votre électorat préférera toujours un aigrefin habile à un imbécile.

Après le départ de Maxime, François reprit avec acharnement ses études, se partageant entre les cours de Cormon et son atelier. Il se rendait régulièrement chez Tanguy, que les peintres surnommaient le Père, et chez lequel il était maintenant admis.

Jean passait chaque jour à l'atelier. Il s'asseyait, une pipe à la main, et restait des heures, soucieux de ne pas troubler le travail du jeune homme. Des amis de Jean, des peintres partageant ses opinions anarchistes, prirent l'habitude de se retrouver rue Cortot. La fin de Ravachol sur l'échafaud produisit sur ces hommes un effet considérable.

— La Commune n'est pas morte, grondait Jean.

— Deux France, deux castes, deux nations ! psalmodiait un fils de communard.

— L'année 1893 sera une grande année, murmurait un

autre. Le droit de ceux qui n'ont rien est de prendre à ceux qui ont tout.

— La chiennerie blasonnée n'a pas fini d'entendre parler de la Terreur noire, reprenait Jean. Bruant leur crie chaque soir : « Vous avez des gueules qui attirent les bombes. » Ils ont tort d'en rire.

Un soir de décembre 1893, Jean passa à l'atelier. Contrairement à son habitude, il ne resta pas bavarder et, au moment de quitter François, il le prit dans ses bras. Il le serra contre lui en lui glissant à l'oreille :

— Mon petit...

Il avait fixé François dans les yeux.

— Dis-lui que je l'aime toujours.

Il s'en était aussitôt allé. François derrière la vitre givrée de son atelier avait regardé la silhouette disparaître dans la nuit de la rue Cortot.

Le lendemain, François reçut la visite d'un camarade de Jean, journaliste à *La Révolte*.

— Jean a été arrêté ! Il a jeté une bombe à la Chambre. Certains députés sont blessés. Nous n'avons pu voir le malheureux. Il faut s'attendre au pire.

François s'était précipité chez Louis.

— Je t'attendais, lui dit son oncle.

— Vous m'attendiez ? interrogea François.

Louis avait la mine des jours sévères.

— Je suis au courant de tes fréquentations anarchistes. Un habitué de ton atelier a été arrêté après avoir blessé de nombreux parlementaires.

Comme François marquait des signes d'impatience, Louis trancha :

— Tu vas immédiatement quitter Paris. Constant t'accompagnera à la gare. J'ai déjà envoyé un bleu à ta mère. Gilles Pirolo t'attendra à Bourganeuf.

— Pourquoi ?

— Parce que la police ne va pas tarder à s'intéresser à toi ! Tous les rapins qui fraient avec l'anarchie sont suspects, tous ces communards qui n'ont pas encore compris qu'une page était tournée !

— Les républicains parlementaires sont des agneaux déguisés en loups ! jeta François.

Louis pâlit.

— Ce que j'apporte au monde ouvrier, à mes *pays* et à la France par mon travail, jamais tu ne pourras en avoir la première idée !

Voyant que François était sur le point de s'en aller sans plus de manières, Louis fit signe à Constant. Le garde du corps fit un pas vers la porte et croisa les bras.

— François, je ne te demande plus ton avis. Sans Constant, tu serais deux pieds sous terre, au cimetière de Montmartre que tu aimes tant. Sans moi, tu n'aurais jamais pu peindre. Alors, tu vas te montrer sage. Ton atelier est déjà sous surveillance. Je ferai retirer tes affaires par mes domestiques. Tu pars en Creuse immédiatement.

— Pourquoi la Creuse ? s'emporta François.

Louis s'approcha de son neveu.

— Parce que c'est là d'où nous venons tous. C'est là d'où nous avons toujours tiré notre force. C'est là que nous nous replions quand la bataille est trop rude.

La trêve accordée à François ne dura pas. Louis apprit par une « indiscrétion » de la préfecture de Guéret qu'une dénonciation à la gendarmerie de Bourganeuf rendait imminente l'arrestation de son neveu afin d'être entendu dans le cadre du procès de Jean.

— Je ne supporterai pas que mon fils aille en prison, Louis ! s'était exclamée Marie. Toi, un des industriels les plus puissants de France, fais quelque chose ! François est né au bagne. Il serait écrit qu'il devrait y retourner alors qu'il est innocent une fois de plus ?

Louis avait promis de tenter l'impossible.

Le 10 janvier 1894, François, accompagné de Constant, prit le train. Ils parvinrent à Calais dans la nuit du 12. Ils embarquèrent et, le 14 au matin, François était dans le Kent, chez Petterson.

Quinze jours plus tard, à l'aube du 2 février 1894, Jean était amené en place publique à la Roquette pour y être exécuté. Toute la nuit, des femmes endiamantées, des souteneurs et leurs catins, des concierges et leurs locataires, des rôdeurs de barrière au coude à coude avec des bourgeois souscrivant aux emprunts russes avaient fait le siège, amenant leurs chaises, louant les balcons, payant la moindre fenêtre à prix d'or. Des immeubles en face de l'échafaud partaient des rires sans équivoque. Un groupe de noceurs se fit monter sur un balcon des bouteilles de vin fin. À cinq heures du matin, Jean, les mains derrière le dos, en chemise blanche, escalada l'escalier soutenu par un aide du bourreau. Il regarda une dernière fois le soleil qui pointait au-dessus des mansardes et des cheminées de brique. Il songeait à Marie des Couteilles, à la clarté de son regard.

Au pied de la guillotine, un homme trapu, une écharpe de soie blanche nouée sur le col de son pardessus relevé, était là.

— Ah ! si j'avais vingt ans ! murmura Clemenceau.

8

Marie de la Creuse

— TU AS ENTENDU ? s'inquiéta Marie.

Elle se redressa dans le lit et prêta l'oreille. La cloche à l'entrée de la salle d'attente tinta de nouveau dans la nuit. Des braises rougeoyaient faiblement dans la capucine. Marie se tourna vers Abel, qui dormait à poings fermés.

— Abel ! dit-elle en le secouant par l'épaule. On sonne. Il faut y aller.

Abel Florand saisit son oreiller et s'en couvrit la tête.

— Abel ! Je t'en prie. Dehors, il y a un malheureux qui sonne.

Abel grogna et attrapa la taille de sa femme qu'il appliqua vigoureusement contre lui. Il enfouit son visage contre la poitrine de Marie qui, tout en se débattant, éclata de rire.

— Tu n'es pas raisonnable. Arrête ! Il faut que je m'habille.

Elle comprit qu'elle devrait payer le tribut d'un baiser. Elle abandonna toute idée de fuite, ramena les talons contre ses fesses et embrassa longuement son mari. Elle sentit les mains libérer ses reins. Elle sauta à bas du lit et arracha l'édredon, les couvertures et les draps en criant :

— Au travail, docteur Florand ! Il y a des vies à sauver, de la misère à soulager et des francs à rapporter.

Quand elle fut certaine qu'Abel avait posé les pieds sur la descente de lit, elle alla à la fenêtre et jeta un coup d'œil. La place de Sardent était vide, écrasée par le froid de cette nuit de mars. Une silhouette attendait devant l'entrée. Marie se retourna vers Abel. Depuis son mariage, l'apaisement l'avait gagnée. Elle ne songeait plus à cette différence d'âge qui avait failli lui faire dire non quand il était venu au château, sur le point de partir pour les Charentes. Elle revint vers le lit et, s'accrochant aux épaules d'Abel, elle dit :

— Je vais avec toi.

Il se dégagea et répondit d'une voix tout à fait réveillée :

— Il n'en est pas question. Attraper la mort sur ces chemins ! Je ne voudrais pas avoir un malade de plus à soigner.

— Je vais avec toi, reprit Marie en adoucissant sa voix.

— Non, répondit-il sans y croire.

Marie s'habilla à la hâte. En descendant l'escalier, sa lampe Pigeon à la main, elle vit Ricou, leur domestique, qui ouvrait la porte de l'entrée. Abel, dans son cabinet, remplissait sa malle de cuir tout en interrogeant l'homme.

— D'où tu viens ?

— De la Mouline, docteur.

— Comment tu t'appelles ?

— Léon Savignat. Vous m'avez soigné l'été dernier de la teigne blanche.

— Je t'ai guéri ?

Léon hésitait.

— Les croûtes ont été longues à partir. C'était surtout l'odeur. Parce que le mal, on s'en accommode.

— Qu'est-ce qui t'amène en pleine nuit ?

— C'est pour un gamin qui était placé chez nous en

condition. Hier, il est tombé de la barge. Il s'est couché. Il ne se plaignait pas. Cette nuit, l'autre qui dort avec lui ne l'entendait plus respirer. Tête souffrante veut dormir. Impossible de le réveiller.

Abel Florand réprima un soupir de découragement. Dans l'arrière-cour, Ricou ouvrait la porte de l'écurie.

— Attelle Scarlatine ! cria Florand. Rougeole boite.

Abel entendit le trépignement des sabots du cheval qui reculait entre les deux brancards du cabriolet.

— N'oublie pas la peau de bique ! lança-t-il à Marie.

Il enfila son pardessus, ses gants, prit son chapeau et, saisissant son sac de cuir, il dit :

— Nous sommes en ordre de marche. Marie Florand, êtes-vous prête à suivre votre époux au bout du monde ?

— Je suis prête ! répondit Marie en se mettant au garde-à-vous devant le paysan éberlué.

On ne voyait d'elle que la pointe de son nez sous une cape qui descendait jusqu'à terre. Elle avait l'air d'un diablotin.

— Si je te croisais au détour d'un chemin, la nuit, entre le Mathubert et les Caurades, j'aurais l'impression de rencontrer Mélusine.

— La Mère Louisine ? interrompit Léon Savignat en tournant des yeux effrayés.

— Vous avez bien raison de dire qu'« une femme est une maison dont tout homme a la clef ! » plaisanta Florand en s'adressant à Léon, qui sourit.

Tout à fait éveillé, le docteur cria :

— En ordre de manœuvre. En avant toute !

Il se ravisa, retourna dans son bureau chercher un trépan à cliquet, une aiguille, deux canules et revint à la course.

Marie et Abel s'installèrent sur le siège et Léon grimpa sur le marchepied. Ricou flattait Scarlatine. La jument agitait les oreilles en signe de désapprobation. Abel regarda sa montre à la lueur du falot accroché au cabriolet.

— Quatre heures, tout de même.

Il regarda Marie, s'assura que Léon tenait bon et lança en claquant la langue :

— Allez !

L'équipage sortit par la porte cochère et traversa la place au pas afin que la jument s'échauffât. Ils prirent par la petite route qui louvoie au pied du puy Lafont et s'enfoncèrent dans la forêt.

— J'aime quand tu viens avec moi, avoua Abel.

Marie posa la tête sur l'épaule de son mari.

— S'il n'y avait pas l'asticot accroché à notre cabriolet et ce gosse qui nous attend sûrement pour mourir, nous nous réchaufferions d'une autre manière sous cette peau de bique.

Marie sortit sa main gantée de sous le tablier de cuir qui protégeait ses genoux et saisit le poignet d'Abel raidi sur les longes.

La forêt les tenait entre les deux dévers d'un talus couvert de racines et de tuf tranché. Ni Marie ni Abel n'avaient peur de la nuit. Seul Léon pensait que le docteur, qui n'avait pas la langue plate, risquait bien d'attirer sur eux l'attention de toutes les Dames blanches et autres *matres* qui guettaient l'équipage, tapies dans leur mystère.

Ils arrivèrent à la ferme un peu avant cinq heures. Léon sauta du marchepied et alla ouvrir la porte de la grange.

— Dételle Scarlatine, bichonne-la et mets-la avec tes vaches. Pas d'eau ! Un peu de foin.

Une femme leur ouvrit la porte. Une lampe à huile dispensait une faible lumière. Un gamin allongé sur la table, la tête posée sur un glui de paille, paraissait dormir. Abel avança, marcha sur une poule qui fila en battant des ailes et se pencha sur le gosse. Il promena la lampe sur son visage.

Abel posa sa trousse sur le banc. Il leva la tête vers le plafond noir de suie. Dans les deux lits de coin, il vit des visages qui émergeaient à peine des couvertures. Marie, pendant ce temps, faisait préciser les circonstances de l'accident à la femme qui ne parlait que patois.

— « Il est tombé en avant. Sa tête a tapé le coin d'une

mangeoire. Il n'a pas crié. Il a repris son travail après qu'on lui a passé de l'eau sur les tempes », traduisait-elle en même temps que la femme parlait d'une voix saccadée.

— Demande-lui depuis combien de temps le gosse est dans le coma ?

— Elle n'en sait rien, répondit Marie.

— Ont-ils fait appel à un mage ?

La femme se signa.

— Non, traduisit Marie. Il y avait bien un type qui faisait les foires dans le canton depuis trois semaines et qui opérait la cataracte et le bégaiement. Ils ont voulu le chercher. Mais il était déjà parti !

— J'étais sur le point de décider les gendarmes à intervenir ! Un jugeur d'urine qui vendait une pierre ophtalmologique et que l'on suit depuis le Piémont par la traînée d'aveugles qu'il laisse derrière lui.

Abel avait saisi la tignasse de l'enfant.

— Quelle saleté, quelle puanteur ! grommelait-il. Je ne m'y ferai jamais. Mais quand donc vous déciderez-vous à vous laver ?

« Plus les enfants sont sales, plus ils grandissent », pensa Léon.

Abel prit des ciseaux et coupa les cheveux du gosse. Lorsqu'il l'eut rasé avec l'aide de Marie, qui avait ordonné de faire chauffer de l'eau, il palpa soigneusement le crâne. Il prit le pouls du gamin.

— Petit, tout petit, commenta-t-il.

Léon et sa femme s'étaient reculés dans la pénombre et attendaient. Dans les lits, des quintes de toux partaient de sous les couvertures.

— Combien sont-ils là dedans ? grogna Abel sans se retourner.

— Au moins sept, répondit Marie sur un ton navré.

— Le gamin est intransportable. Il a un épanchement au cerveau. C'est une question de quelques heures au plus

— Veux-tu que j'aille chercher le docteur Germont à Bourganeuf ?

— Quand bien même il serait chez lui, il ne reviendrait pas à temps pour me seconder.

Abel hésitait. Il alla à la fenêtre et jeta un coup d'œil au ciel. La proximité des eaux de la Gartempe plongeait le village dans un brouillard ouaté. Un chat famélique sur l'appui de pierre grattait aux carreaux.

— Crois-tu qu'il fera jour dans une heure ? demanda Abel.

Marie s'approcha. Ils restèrent tous les deux à contempler l'est, guettant le frémissement de l'aube.

— Nous allons l'opérer sur place. C'est la seule chance.

Abel et Léon poussèrent la table vers la fenêtre. Abel retira du tilbury la lanterne, qu'il plaça près du visage du gamin inconscient.

— Faites brander le feu ! cria-t-il.

Léon alla dans la grange chercher un fagot sec que sa femme glissa sous les bûches. Le grand soufflet de cuir poussa les flammes qui jaillirent, apportant un peu de lumière.

— Chassez ces poules et ces canards. Ils vont monter sur la table opérer à ma place si on ne fait rien !

La femme de Léon se saisit du *ginieito* et donna des grands coups de son balai de genêt. Les poules prirent le chemin de la porte, dans un fracas de caquètements et un nuage de poussière, accompagnées par le chien qui termina lui aussi sa course dehors.

— Emmenez les enfants chez une voisine, demanda Marie à la femme.

Cinq gosses tout habillés sortirent de sous les couvertures et filèrent chez la Toinette, qui demeurait à un jet de pierre de la ferme. Une vieille femme impotente resta dans le lit et se tourna vers la cloison de bois qui séparait la pièce commune d'un couloir conduisant aux étables.

Abel plaça ses instruments sur la table. Il déplia un linge troué enduit de cérat qu'il disposa sur le crâne de l'enfant, autour d'un léger enfoncement qui lui était apparu au toucher au niveau pariétal. Il sortit les deux antiseptiques sous le couvert desquels il opérait : le sublimé et l'acide phénique.

— J'ai heureusement pensé à prendre mon trépan à cliquet, dit-il à voix basse tandis que Marie relevait ses manches.

Ils se penchèrent sur l'enfant. Son visage avait pris à la lueur naissante de l'aube une couleur cireuse accentuée par un air rachitique.

— Dans ce village, il y a trente pour cent de goitreux, commenta Abel.

Le souffle du gamin était imperceptible. Ses bras inertes le long de son corps étaient disproportionnés et maigres. Sur ses pieds nus, de gros cals causés par les sabots faisaient des bosses bleuâtres.

— Vous avez une corde ? demanda Abel.

Léon partit à l'étable chercher un cordage avec lequel il liait les bêtes. Abel s'en saisit et noua les membres de l'enfant en passant le lien sous la table.

— On ne peut pas l'anesthésier. Vous lui tenez les jambes serrées. Il n'y a aucune chance qu'il s'éveille. C'est au cas où.

Abel saisit le vilebrequin, le fit tourner et vérifia que la mèche était affûtée. Il le plaça à côté de la tête du mourant.

— Êtes-vous prête, infirmière chef Marie Florand ? demanda Abel.

Marie opina et maintint la tête du gosse en pressant les tempes. Après avoir monté la flamme de la lampe à pétrole, Abel jeta un coup d'œil par la fenêtre dont il avait fait laver les carreaux. Il chercha dans les cimes à la crête du puy Surget un peu de cette lumière à naître pour allumer son propre regard. Il se tourna vers le crâne nu et d'un geste précis de bistouri incisa la peau et dégagea la calotte. Le sang coula sur le linge puis sur la table. Dans cet amas de chair, de sang et d'os, il plaça la pointe du trépan et commença à tourner la manivelle. Ses yeux braqués sur la plaie avaient pour les guider la lumière de l'aube qui illuminait les châtaigneraies enserrant le village.

Le perforateur grattait dans l'os et traversa brusquement la calotte. Des gouttes de sueur coulaient sur les tempes d'Abel. Il retira doucement la mèche, espérant plus que tout au monde voir couler l'épanchement dû au choc. Marie regardait intensément la plaie. Elle avait saisi un bassinet dans la trousse en cuir et l'avait approché sous la tête.

Un filet sanguinolent s'échappa par l'orifice trépané.

— Le liquide céphalo-rachidien et du sang ! s'écria Abel. Il a une chance. J'ai percé au bon endroit.

Il leva le visage vers Marie. Les regards qu'ils s'échangèrent étaient aussi beaux que s'ils étaient penchés sur un nouveau-né.

Abel termina les soins à huit heures. Marie s'assit sur le banc, les traits tirés, des mèches de cheveux collées sur le front. Dans un des lits de coin, le petit vacher reposait, le souffle plus régulier, sans être toutefois sorti du coma.

— Je repasserai demain matin, dit Abel en s'asseyant à côté de Marie. D'ici là, surveillez-le. Donnez-lui à boire si jamais il reprend conscience.

Marie répéta en patois les conseils à la femme.

— De la soupe, docteur ? demanda-t-elle.

— Je veux bien, répondit Abel.

Elle prit une louche et remplit deux bols à la marmite dans la cheminée. La soupe était fade, sans sel, graissée d'un bout de lard. Ils y trempèrent leurs lèvres avec délectation.

Scarlatine les ramena à Sardent d'un pas tranquille. Ils longèrent la Gartempe, regardant les voiles de brume suivre le cours de la rivière et se déchirer aux aubépines.

— J'aime ce pays, murmura Abel.

— Tu étais prêt à partir en Charente, pourtant ? dit Marie blottie contre lui, la peau de bique sur les genoux.

— Les gens sont miséreux. Quand ils ont des coliques, ils s'oignent le ventre de vers de terre cuits en bouillie.

Lorsqu'un gosse bave trop, on lui fait sucer une truite vivante. Quand ils sont constipés, ils avalent une balle de plomb qu'ils se repassent entre voisins ! Ils me paient rarement et toujours en nature...

Le soleil tranchait dans la forêt. Les troncs serrés, dévorés de lierre, filtraient sur le sol un éclairage verdâtre. Un gros rocher sortait de l'humus couvert de feuilles cuivrées.

— C'est beau, dit Marie, tournée vers le vallonnement des puys.

— Le pays est pauvre mais m'a largement rétribué, reprit Florand. En échange de mes maigres services, il m'a remis une femme.

Il lâcha les brides. Scarlatine continua paisiblement. Les bras du docteur enserrèrent Marie.

Depuis son mariage en automne 1889, Marie vivait avec Abel Florand un bonheur plein. Par sa tendresse, Abel était parvenu à consoler Marie, frappée d'horreur et de chagrin par la mort de Jean sur l'échafaud. Et si ce n'avait été l'obligation pour François de s'exiler en Angleterre, elle eût été parfaitement heureuse. Elle recevait par des adresses détournées dont elle était sûre des nouvelles de son fils. Petterson s'était montré un hôte d'une rare qualité. Peintre lui-même, sans enfant, il avait montré une vive affection pour le fils de la maîtresse du château de La Chapelle qui l'avait sauvé d'un mauvais pas, huit années plus tôt. Avec François, ils avaient travaillé tout le printemps 1894 dans la campagne du Kent, affrontant les ondées brutales sous lesquelles verdoient les prairies et s'irisent les ciels. Ils avaient confronté leurs techniques. François, plus sûr que son hôte dans le domaine des couleurs, avait progressé dans celui de la pointe sèche, de l'aquatinte et du vernis mou où Petterson excellait.

Quelques mois après l'arrivée de François, lorsque les deux hommes furent certains de n'être l'objet d'aucune surveillance, ils s'aventurèrent à Londres et visitèrent la

National Gallery. François s'émerveilla devant les toiles de Turner et de Bonington, qui, dès lors, distillèrent leur influence sur son dessin et sa palette. Un jour, Petterson proposa de se rendre à Amsterdam. Ils prirent le bateau à Ipswich et traversèrent la mer du Nord dont la brutalité des eaux glacées émerveilla le jeune homme. Ils restèrent trois jours au Rijksmuseum et partirent ensuite pour Dresde. *La Courtisane* de Vermeer leur laissa un souvenir fort ainsi que plusieurs paysages de Watteau.

À la fin mai, Marie reçut une lettre de François lui demandant de participer, et d'intéresser Louis, à la vente de la collection de Tanguy. Le Père étant mort, sa veuve, pour élever ses enfants, avait décidé de se défaire des très belles pièces rassemblées par le marchand de couleurs. Marie se rendit à Paris, où la vente eut lieu le 2 juin 1894. Bien que n'aimant pas la peinture impressionniste, Louis lui avait donné carte blanche. Elle rapporta au château de La Chapelle une toile de Van Gogh, *Quartier d'usine*, deux Cézanne, un Guillaumin intitulé *Le Remorqueur*. Pour elle-même, elle accrocha dans son salon à Sardent *Le Bain*, un pastel de Renoir payé cent quatre-vingt-dix francs.

Au cours de l'été 1894, Louis, qui avait été confortablement réélu aux dernières élections législatives, acheta un journal local intitulé *L'Écho de Bourganeuf*. Ce petit journal avait été créé par Duvaucel lors de la campagne électorale de 1863 et avait largement contribué à son succès.

— Je veux faire passer mes idées dans ce journal. Il est lu par une part considérable de la population de ma circonscription, avait confié Louis, un soir où les deux familles réunies dînaient au château de La Chapelle.

— C'est une bonne idée, avait repris Abel. Je vais vous donner un conseil, cher Louis.

— Lequel ?

— Il faut rajeunir la ligne éditoriale de votre canard. Pour cela, engagez des gens qui ont des idées nouvelles et du style. Vous avez justement en face de vous une personne qui a toutes ces qualités.

Louis tourna la tête vers Marie.

— Tu écris ?

Marie rougit. Elle lança à Abel un regard furieux.

— Bien sûr que non ! Comment écrirais-je ?

Abel s'amusait.

— Elle n'ose pas l'avouer, mais elle écrit ! Chaque jour dans son journal. Cela, c'est sa vie. N'en parlons pas. Elle écrit également des nouvelles qu'elle laisse traîner sur son bureau pour me tenter.

— Abel ! s'écria Marie. Je te demande de te taire.

— Je ne me tairai pas, vociféra Abel. Un grand patron de presse te propose de travailler dans les colonnes du très prestigieux *Écho de Bourganeuf* et tu laisserais passer ta chance ?

Louis, que la scène amusait, remarqua :

— Doucement ! Je n'ai rien proposé du tout. Il faut voir.

— Moi, je vous dis que vous allez doubler vos ventes si vous lui confiez une chronique !

Louis prit un air sérieux.

— Ça te tenterait, Marie ?

— Je n'en suis pas capable.

— Mais tu écris régulièrement.

— C'est pour mon plaisir.

— Voilà le secret. Ton plaisir sera communicatif.

Louis regarda Abel.

— Êtes-vous prêt à me céder votre journaliste à des conditions raisonnables ?

— Tout peut se négocier, dit Abel.

— Marie, je te propose une chronique chaque semaine. Tu es libre. Les sujets qui te préoccupent.

Marie hésitait.

— Je pourrai traiter des thèmes qui m'intéressent vraiment ? finit-elle par demander.

— Absolument. Tu commences dans un mois. As-tu une idée pour ton premier billet ?

Marie le regarda droit dans les yeux.

— Un sujet sur l'hygiène. Abel me conseillera.

— Parfait ! Alors nous sommes d'accord.

Louis appela Adèle.

— Prépare du champagne, nous allons fêter l'événement.

Après dîner, les deux couples s'étaient retrouvés pour prendre le café. Élise leur avait tenu compagnie. C'était une jeune fille de vingt-deux ans, timide, dont on devinait le caractère romantique et passionné. Élise et Clémence revenaient d'un séjour à Spa. Élise avait traîné le spleen de sa mère dans l'ennui de la ville d'eaux, allant au casino ou au bal. Un aimable garçon, le baron de Gericke d'Herwyngen, lui avait fait une cour discrète. Un soir, il s'était permis de l'inviter à danser après avoir été dûment présenté à Clémence par la marquise Viviani. Dans sa robe de soie blanche, un bandeau d'or ceignant son front, Élise avait tourné comme un ange. Le jeune homme l'avait regardée intensément jusqu'aux dernières mesures. Le départ de Spa avait été une déchirure pour la jeune fille. Clémence, qui voyait d'un mauvais œil les assiduités discrètes du baron, avait écourté le séjour de la manière la plus exaspérante qui fût. Chaque soir, elle pleurait en répétant qu'il lui fallait retourner à Paris auprès de Louis. Élise avait cédé et le gentil sourire du baron de Gericke d'Herwyngen s'était peu à peu fondu dans l'oubli.

Alors qu'il venait d'allumer un cigare, Louis dit :

— J'espère pouvoir faire revenir François dès l'année prochaine. J'en ai parlé au garde des Sceaux.

Marie s'était levée et s'était jetée dans ses bras. Clémence et Abel les avaient regardés en silence.

Dès lors qu'elle dut écrire un article par semaine pour *L'Écho de Bourganeuf*, Marie n'eut plus un instant à elle. Tout le jour, elle secondait Abel, assistant aux consultations, lavant les patients trop sales, apprenant à tourner les bandages, servant de traductrice à son mari qui ne saisissait pas les nuances occitanes. Le soir, elle travaillait à la rédaction de ses articles. Au début, elle proposa une série de billets sur l'hygiène et la vaccination. Abel lui apporta les informations techniques, qu'elle tenta de rendre plus aisées à saisir. Elle s'orienta ensuite vers d'autres thèmes en liaison avec l'agriculture, d'une plume qui se faisait plus alerte. Elle travailla enfin sur les produits nouveaux qui apparaissaient dans les épiceries, comme l'huile d'olive ou de colza, le vermicelle, le chocolat, indiquant pour chacun d'eux des modes d'utilisation.

Le ton des articles de Marie changea brusquement dans le courant du mois de mai 1895. Un soir, Abel était rentré de consultation hors de lui.

— J'arrive de chez les Courti dont je savais que la bru allait accoucher d'un jour à l'autre. La pauvre fille venait d'être délivrée par la mère Paturaud ! Sais-tu ce que faisait cette vieille sorcière quand je suis arrivé ?

— La prière des accoucheuses ?

— Pas du tout ! avait répondu Abel en haussant les épaules. Elle modelait le crâne du nourrisson en pressant à pleins doigts pour lui faire la « tête parisienne » ! Il paraît que c'est du dernier genre dans nos campagnes. Les Parisiens n'auraient pas la même forme de tête que les Creusois ! Je l'ai chassée, tu peux m'en croire !

— Tu t'emportes trop vite, Abel, interrompit Marie. Elle ne faisait pas cela pour nuire.

Abel eut une expression de déconvenue.

— Tu ne comprends pas qu'elle risque de le rendre idiot, ce gamin, en lui appuyant sur le crâne comme un sculpteur qui travaillerait la glaise ?

Marie hocha la tête.

— Si, je le comprends.

— Sans compter que la pauvre fille en est déjà à son

cinquième accouchement en sept ans. Combien de temps va-t-elle tenir à ce rythme ?

Abel marchait de long en large dans la salle à manger.

— Mais pourquoi ne pas avoir fait appel à moi ? Les Courti relèvent des tarifs de quatrième et dernière classe : un franc la visite de jour, deux francs la saignée, deux francs une cautérisation au nitrate d'argent, trois francs l'ouverture d'un abcès, trente francs un accouchement au forceps.

— Je t'en prie. Tu ne peux imaginer à quel point tous ces gens sont pauvres.

— J'ai sermonné le mari. Je lui ai dit que ça suffisait, qu'ils avaient assez d'enfants à présent et que sa femme risquait d'y passer la prochaine fois. Rien à faire. Il rigolait, le bougre ! Je suis même convaincu qu'il la bat.

Marie regarda Abel.

— Les bleus sur le corps, c'est toujours la même chose. « Je me suis cognée aux meubles, docteur. » Je n'en ai rien cru, bien sûr.

Cette conversation avait laissé à Marie un goût amer qui l'avait poussée à préparer une série d'articles sur le rôle et la place de la femme. Le premier reprenait un lieu commun connu de tous les lecteurs de *L'Écho de Bourganeuf* : « Lorsque l'anneau nuptial est usé, la femme est sur le déclin. » Marie développait l'idée que le temps use aussi cruellement hommes et femmes et montrait quelle importance dans les foyers pouvaient conserver certaines femmes âgées.

Au lendemain de la publication de cet article, Marie se rendit à Pontarion. Sur le parvis de l'église, elle vit les Joffre qui baptisaient leur petite dernière. La marraine tenait dans ses bras le nourrisson de cinq jours protégé sous le châle de mariée de sa mère. Marie s'avança vers la famille et félicita les parents. Le bébé était installé sur un petit matelas de plume et emmailloté dans sa brassière, d'une couche et de deux *bourrassous*. Sur la tête, il portait un bonnet de piqué blanc.

— Nous sommes bien tranquillisés, confia la jeune mère. La *sagette* l'a assuré dès la naissance.

— Mieux vaudrait un village en feu que des enfants morts sans baptême, reprit la grand-mère en se signant.

Marie leva la tête vers le clocher.

— Mais je n'entends sonner que la petite cloche ? remarqua-t-elle à haute voix.

— Ce n'est qu'une fille, lâcha le père.

Le sang de Marie ne fit qu'un tour. Elle entra dans l'église et se dirigea d'un pas décidé vers le parrain, qui tirait mollement sur la petite cloche. Elle le repoussa et se mit à sonner à toute volée la grosse cloche, comme si l'enfant baptisé était un garçon.

L'abbé Guibert arriva.

— Je répare une injustice ! cria Marie, tout essoufflée.

Le jeune prêtre secoua la tête.

— D'où je viens, on ne sonnait même pas pour les filles, remarqua-t-il.

— Croyez-vous vraiment, mon père, que Dieu se livre à ces comptes ?

— Je ne le crois sincèrement pas, répondit le jeune abbé.

Marie remarqua de la défiance sur les visages de la famille.

— Que se passe-t-il encore ? demanda-t-elle au prêtre.

— La croyance locale veut que ce soit un homme qui sonne les cloches, répondit l'abbé. Faute de quoi la mère n'aura pas de lait. Vous avez transgressé deux tabous, en somme.

Marie le regarda. Elle retourna dans l'église et s'agenouilla.

Lorsqu'elle se releva, l'église était déserte. Du dallage de pierres appareillées montait un souffle humide qui glaçait les jambes. Les dossiers des prie-Dieu brillaient au fil d'une lumière prisonnière de la nef. Au pied de l'autel, deux grands vases clairs se faisaient vis-à-vis. Le bruit d'une porte refermée doucement troubla le silence. Marie tourna la tête.

Elle passa dans le chœur, se signa devant le maître-autel et se dirigea vers la sacristie.

— Père Guibert ?

— Oui ? répondit l'abbé qui pliait son surplis sur une table de chêne.

— Mon père, j'ai dû vous paraître bien impulsive tout à l'heure.

Le jeune homme sourit.

— À moi aussi, il me vient parfois le désir de brusquer les choses.

— L'injustice me fait horreur, murmura Marie.

L'abbé regarda sa visiteuse. Ils restèrent silencieux.

— Je me demande parfois si je ne devrais pas rejoindre mes frères missionnaires, dit-il soudain d'une voix désemparée.

— Vous êtes découragé, mon père.

Il eut une expression navrée.

— On m'avait prévenu que mon ministère dans ces terres serait difficile. Mon prédécesseur avait vu nombre de cœurs se refermer à lui. J'ai longtemps cru qu'à force d'amour je parviendrais là où il avait échoué.

— Au contraire ! interrompit Marie. Partout on parle de vous en termes flatteurs. Beaucoup de familles ont retrouvé le chemin de l'église depuis que vous êtes là.

— Lorsqu'il s'agit de se faire signer des certificats de bonne vie pour rentrer dans l'administration !

Le jeune abbé Guibert s'assit sur une chaise paillée, les mains croisées sur sa soutane étriquée.

— Mon vœu le plus profond est d'être à la fois républicain et catholique. Le malheur est que Dieu est devenu un personnage politique et qu'on L'a fait siéger à droite.

Il regardait le parquet.

— Les mentalités évoluent lentement, remarqua Marie. Comment vous entendez-vous avec l'instituteur ?

L'abbé haussa les épaules.

— Ce jeune homme n'est pas, loin s'en faut, le plus cruel de mes adversaires. M. Thomas est de formation plutôt scientifique. Quant à moi, j'ai enseigné les mathématiques.

— Les mathématiques ! s'exclama Marie.

— J'ai été professeur dans un établissement de La Flèche. Cela crée des liens. Sur bien des points nous œuvrons dans le même sens. Par exemple, nous faisons tous les deux la guerre à la superstition.

— Mon mari est aux prises avec le même problème, remarqua Marie.

— L'autre jour, les Rougnat ont trouvé dans leur grenier un exemplaire du *Grand Albert*. Passant outre la croyance qui veut qu'on ne doive pas détruire ce livre de magie, ils ont essayé de le faire brûler. En vain ! Les pages étaient probablement trop humides et mangées par la moisissure. Tout le village a crié au miracle. Ce sont plusieurs années d'efforts qui furent ainsi anéanties.

Ils restèrent muets. L'abbé Guibert se ressaisit.

— Pardonnez-moi. Ce découragement n'a pas lieu d'être.

Il avait une voix forcée. Ses petites lunettes rondes lui faisaient un visage grave. La fossette qu'il portait au menton se creusait quand il essayait de sourire.

— C'est à la communauté tout entière de faire des efforts dignes de votre confiance, reprit Marie.

— Je suis d'une nature pessimiste. Je peux l'avouer, l'éloignement d'avec ma mère que j'ai laissée à La Flèche me pèse terriblement.

Marie baissa les yeux.

— Plus sérieusement, reprit l'abbé, je voudrais vous parler du jeune Simon Ribière.

— Le fils cadet de Louis ?

— Oui. Depuis deux étés déjà, au cours des vacances au château de La Chapelle, votre neveu m'a rendu visite.

— Je l'ignorais, répondit Marie.

C'est un enfant sensible, très proche de sa mère. Nous avons eu de longues conversations.

L'abbé prit une voix grave.

— Je crois pouvoir le dire : ce garçon est en chemin pour

rencontrer Dieu. Sa foi se construit sous nos yeux. Je souhaiterais que vous soyez mon interprète auprès de sa famille pour transmettre cette nouvelle.

— Que voulez-vous dire, mon père ?

— Je veux dire que ce jeune homme, à l'insu de tous, a entrepris une quête vers Dieu. Je pense sincèrement que Simon décidera de consacrer sa vie à Notre-Seigneur.

Lorsque Marie quitta l'abbé Guibert, elle songea à son père. Gerbeau prétendait que le simple brouillard sur les étangs et les marais guidait les nuages. « Si le bon Dieu était brave homme, pensa-t-elle, Il se laisserait conduire par des humbles gens comme le père Guibert. »

De retour à Sardent, elle retrouva Abel de bonne humeur. L'après-midi, il s'était rendu au chevet de la fille Pradet, à Couergne. La malheureuse, en raccommodant, avait avalé une épingle.

— Une belle épingle toute brillante que je pouvais apercevoir avec un petit miroir ! racontait Abel un verre à la main. Coincée au tiers supérieur de l'œsophage.

— Comment tu as fait ? demanda Marie, dont la curiosité était avivée.

Abel porta le verre à ses lèvres.

— J'ai fixé à l'extrémité d'une petite sonde en argent un morceau d'éponge très sèche. Avec l'index...

Abel marqua un temps pour ménager son effet.

— J'ai porté la sonde dans l'arrière-gorge et je lui ai fait franchir l'obstacle de l'épingle qui était bel et bien fichée par les deux extrémités. Enfin j'ai injecté par la sonde un demi-verre d'eau !

— L'éponge gonfle ! interrompit Marie.

— Et je ramène le tout vers moi ! L'épingle était pliée en son milieu.

Marie retira le verre qu'Abel avait à la main. Elle s'assit sur ses genoux. Ses mains passèrent autour de son cou. L'image du prêtre abandonné dans sa cure traversa son esprit comme un souvenir rebelle qu'elle chassa. Ses lèvres se posèrent sur celles d'Abel. Elles avaient un goût de raisin.

Lorsque Abel eut repris son souffle, il dit à Marie :

— Ce n'est pas tout pour aujourd'hui. J'ai une proposition à te faire.

Marie le regarda d'un air espiègle.

— Non ! Sois sérieuse. Tu sais que j'ai été commis pour expertiser auprès du tribunal de première instance de Guéret. J'ai rencontré ce matin le procureur de la République, M. Giacobbi. Comme il se plaignait de la difficulté à comprendre les prévenus qui ne s'expriment qu'en patois, je lui ai fait remarquer que j'avais le même problème. Il m'a dit : « Mais alors, comment faites-vous ? » Je lui ai répondu que j'avais recours aux services d'une traductrice. « Une traductrice ? C'est une excellente idée. Mais avez-vous confiance en elle ? Est-elle assez précise pour ne pas déformer les propos ? — C'est ma femme ! » lui ai-je dit. Sais-tu ce qu'il m'a demandé ?

Marie, qui était toujours sur les genoux de son mari, secoua la tête.

— Il m'a dit : « Croyez-vous que votre épouse accepterait de nous servir de traductrice ? Nous avons un procès délicat la semaine prochaine et l'accusée ne parle pas un strict mot de français. »

— Il n'en est pas question, trancha Marie. Tu admettras que j'ai une opinion déplorable de la justice. Ce sont des tribunaux qui m'ont envoyée à l'autre bout de la terre et qui ont brisé ma vie.

— Réfléchis bien, insista Abel. Tu peux rendre un grand service à la justice et aux justiciables. Rares sont ceux qui peuvent prétendre écrire dans un journal et parler patois.

— Il est inutile d'insister, dit Marie.

Le soir, vers onze heures, alors qu'Abel était sur le point de s'endormir, Marie lui demanda :

— De quel procès s'agit-il ?

— Comment ? grommela Abel en se retournant dans le lit.

— Oui. De quoi est accusée la personne que l'on veut juger la semaine prochaine ?

Abel bredouilla, le nez sous les couvertures :

— Une fille placée en condition, une domestique qui est accusée d'infanticide. Pas de quoi attirer les foules.

Marie jeta un regard furieux vers son mari, dont seuls les cheveux dépassaient du drap.

— Abel, j'ai réfléchi.

Abel ne répondit pas. Il ronflait.

— Abel ! s'écria Marie hors d'elle. Je te parle et tu dors ! Je te dis que j'ai réfléchi au sujet de la proposition du procureur.

Abel ne bougeait pas. Son ronflement se faisait plus sonore.

— Abel ! Réveille-toi ! dit Marie en le prenant par les épaules et en le secouant énergiquement. Je veux bien aider la malheureuse accusée d'infanticide. Mais vas-tu m'entendre !

Abel, qui ne pouvait plus réprimer le fou rire qu'il dissimulait depuis le début, se retourna et enveloppa sa femme de baisers. Aux carreaux de la fenêtre, une pluie d'automne frappait du bout des doigts.

Marie fut appelée régulièrement pour servir d'interprète au tribunal de Guéret. La précision et l'intelligence de ses traductions permirent à la justice d'y voir plus clair. Au début de chaque audience, elle devait prêter serment. Au président, qui un jour s'indignait que la jeune fille sur le banc des accusés ne comprît pas un traître mot de français, Marie répondit : « *Que soy era Immaculada Conception* » furent les premières paroles de la Sainte Vierge à Bernadette Soubirous, monsieur le président. La justice française peut bien s'adresser à cette femme avec les mêmes mots que la très immaculée Mère de l'Enfant Jésus. »

Au cours de l'année 1895, Marie participa aux procès de trois infanticides, d'un couple de bordiers accusés de l'assassinat d'un mage par qui ils pensaient être envoûtés et d'un homme qui, après avoir frappé son voisin pour un motif apparemment dérisoire, était allé se coucher dans son lit en attendant l'arrivée des gendarmes. Elle avait enfin traduit les débats autour d'un rebouteux que les médecins poursuivaient pour exercice illégal de la médecine. L'homme était arrivé au tribunal avec un agneau entièrement désarticulé qu'il avait posé sur le plancher en disant aux docteurs de la partie civile : « Remettez-le donc sur pied si vous êtes si savants ! » Devant l'impuissance des hommes de l'art, il avait lui-même replacé toutes les articulations du pauvre animal qui était parti en trottinant bêler sous la robe du procureur.

Ce fut en été 1895 que François put rentrer en France. Dès qu'elle connut la nouvelle, Marie éprouva une joie intense. Profitant de la seconde amnistie qui touchait Rochefort pour son engagement boulangiste, Louis avait obtenu que son neveu revînt en France sans être inquiété, pour peu qu'il ne se livrât à aucune activité politique. François ne resta qu'une semaine auprès de Marie. Il prit bientôt la direction de Crozant, où il retrouva son ami Guillaumin qui logeait à l'hôtel Lépinat.

— J'ai toujours pensé que Crozant n'était pas un endroit pour peintre débutant, lui dit en guise d'accueil son aîné, persuadé d'avoir enfin trouvé le pays de sa peinture.

— J'ai tant à apprendre, avait répondu François, son matériel sur le dos, au milieu des bruyères qui dominaient les ruines du château médiéval.

Deux ans plus tard, dans les premiers jours du mois d'octobre 1897, Marie retrouva Élise au château de La Chapelle. La jeune fille, âgée de vingt-quatre ans, se rendait régulièrement en Creuse, à la plus grande satisfaction de Louis. Marie la rejoignait et elles partaient pour de longues promenades ponctuées de bavardages, de fous rires et de profonds silences. Élise n'avait pas la grâce de Marie, avec son nez fort séparant deux grands yeux noirs, et sa taille modeste. Une sorte de gaucherie lui était demeurée comme une mue qui ne serait pas entièrement achevée et qu'une maigreur adolescente accentuait encore. Mais, à l'image de Marie, une exigence intérieure l'embellissait.

— Je ne peux me résoudre au médiocre, ma tante, avait-elle dit ce matin-là, dès les grilles du parc franchies.

— Je sais, Élise.

— Mes parents voulaient me faire épouser Philippe Cognéras sous prétexte qu'il est l'héritier d'une grande entreprise de travaux publics avec laquelle père a construit un tunnel entre Tulle et Argentat. Surtout parce qu'il est creusois !

— Ce n'est pas un handicap, remarqua Marie.

— Je veux épouser selon mon cœur, ma tante. Vous pouvez comprendre.

Les deux femmes étaient arrivées au pied des Bruges sur la rive opposée au château. Les cheminées, qu'Élise, frileuse, avait fait allumer retenaient accroché aux toits un ruban gris qui s'envolait au-dessus des sapins du parc. Élise saisit le bras de Marie.

— Vous souvenez-vous lorsque nous nous baignions toutes les deux sur cette berge ?

Marie hocha la tête.

— Je vous ai demandé : « Peut-on mourir d'amour ? »

— Je m'en souviens, répondit Marie.

Élise hésitait.

— Vous êtes la première personne à qui je fais cet aveu, ma tante : j'aime.

Marie ne détourna pas les yeux. Les eaux grises de l'étang miroitaient, poussées par une brise qui creusait des vaguelettes aux têtes plates de serpents.

— Qui donc ? demanda Marie.

— Vous ne le connaissez pas ! s'exclama Élise. C'est le plus bel homme de Paris. Pierre de Castegnac. Un Gascon !

Blond comme un ange. Un séducteur qui m'emmènera au bout du monde sans même que je m'en aperçoive.

— Couvert de maîtresses, probablement ?

— Qu'importe ! Chaque matin, il passe sous nos fenêtres de la rue de Courcelles dans son plus bel équipage. Je me moque des duchesses et des princesses qui soupirent après lui.

— S'est-il déclaré ? s'inquiéta Marie.

— Il a posé deux baisers respectueux sur chacune de mes mains. Oui, ma tante ! Mais je vais tout vous raconter.

Élise serra le bras de Marie, qui ne pouvait détacher son regard de l'eau. Toute la nostalgie du puy du Mont Gatu, des Mangettes, de Longéroux, des terribles Baudes, des Grandes Raies plombait la surface de l'étang. Élise babillait. Ses yeux ne regardaient personne et ses mains blanches traçaient dans l'air frais des gestes de petite fille.

— Il est sincère ! La première chose que je lui ai dite, tant je me sentais attirée par lui, c'est : « Je ne vous épouserai jamais, monsieur. » Depuis je pense à lui comme à un héros de roman. Mais il est bien vivant ! Avec ses moustaches d'Aramis et sa chevelure rejetée en arrière de son grand front. Si vous le voyiez monter, on dirait un guerrier antique sur son cheval ! Quand il n'est pas auprès de moi, je me sens absurde. Le soir, je m'endors avec un miroir sous mon oreiller pour rêver à lui.

— Qu'en pensent tes parents ?

— Je ne vous cacherai pas qu'ils étaient hostiles. Pierre a su les séduire. Mère en particulier. Personne ne peut lui résister. Il le sait. Nous allons annoncer nos fiançailles.

— Tu m'as dit que Louis était hostile. Que reproche-t-il à ce garçon ?

— Ma tante, vous connaissez mon père. Il peut être le plus doux des hommes mais aussi le plus violent.

— Que pense-t-il exactement ? insista Marie.

— Il prétend que nous ne sommes pas du même milieu. Il reproche à Pierre sa connivence politique avec Hugues et leur haine de la République contre laquelle ils luttent tous les deux de belle manière. Il a longtemps tenu rigueur à Pierre, qui a le plus bel esprit de Paris, d'avoir brocardé la fille Say.

— Dans quelles circonstances ?

— Mlle Say avait renversé du sucre sur sa robe. Pierre, qui appartient à l'une des plus vieilles noblesses de France, lui a dit : « Prenez garde, madame, le sucre tache. »

— Et la fille Say lui a répondu : « Moins que le sang, monsieur de Castegnac », ajouta Marie.

Déconfite, Élise regarda sa tante :

— Comment le savez-vous ?

— Quand on a pour soupirant un homme en vue, il faut s'attendre à ce genre de ragots, ma nièce. C'était dans *Le Figaro* à la rubrique « Charité ».

Se reprenant, Élise poursuivit :

— De toute manière, ma tante, en ce moment mon père est l'homme le plus heureux de la terre. Il voulait vous l'annoncer lui-même, mais tant pis ! Paris doit se doter d'un chemin de fer souterrain pour l'Exposition universelle de 1900. Père en a enlevé l'adjudication. Si vous l'entendiez dire : « Je vais le construire, ce foutu métropolitain ! » tout seul dans la salle à manger quand il croit que personne ne l'entend ! C'est d'un comique.

Élise, qui avait pris une voix d'homme pour imiter son père, s'esclaffa :

— Alors songez que mon mariage, en ce moment !

Marie hocha la tête.

— Comment va ta mère ?

— Mal, ma tante. Nous courons les spécialistes.

Elles reprirent le chemin du château.

— Pierre a promis de me conduire aux battues de Saint-Firmin, chez monseigneur le duc de Chartres. Il doit me présenter à ses amis.

Au moment de se quitter, Élise avait confié à Marie :

— Notre mariage est prévu pour l'été prochain.

Quelques jours plus tard, alors qu'Abel était absent, Marie reçut la visite à Sardent du père Guibert.

— Quelle surprise ! Comme vous avez bien fait de passer ! Avec Abel, nous parlions justement de vous, hier. Nous aimerions vous avoir à notre table la semaine prochaine.

— Je me suis permis de...

— Entrez au salon. Je vous en prie : installez-vous, mon père.

— Ce que j'ai à vous dire est grave.

— Je vous écoute, dit Marie d'une voix qu'elle tenta de rendre la plus douce possible.

— Voilà, dit l'abbé Guibert.

Il s'interrompit et se tourna vers la porte.

— Vous pouvez parler, dit Marie pour l'encourager.

— J'ai voulu vous dire, avant qu'il ne me soit plus permis de m'exprimer, que j'ai le sentiment... Non. J'ai la certitude qu'une horrible injustice a été commise dans ce pays.

— Une injustice, mon père ?

— Oui, madame. Je suis arrivé à cette conclusion à la lumière de la raison. J'ai fait taire en moi la rumeur et les passions qui brouillent la vérité. J'ai lu, écouté, tenté de comprendre à mon niveau.

— Expliquez-vous, dit Marie.

— Je suis parvenu à la conviction que le capitaine Dreyfus est innocent du crime de trahison dont l'accusent ses supérieurs !

— Dreyfus innocent ? reprit Marie. Est-ce là l'injustice dont vous parliez, mon père ?

— J'en suis persuadé comme au terme d'une démonstration. Il s'agit d'une terrible erreur judiciaire.

Depuis qu'en septembre 1894 les services de renseignements français avaient découvert, dans une corbeille à papier de l'ambassade d'Allemagne, une pièce volée à l'état-major, l'affaire Dreyfus soulevait les passions. Le capitaine, condamné à la suite d'expertises graphologiques contradictoires, avait été expédié dès janvier 1895 au bagne de l'île du

Diable. Le lieutenant-colonel Picquart, qui avait découvert le coupable en la personne du commandant Esterhazy, avait été muté en Tunisie. Maître Leblois, ayant obtenu le soutien du sénateur Scheurer-Kestner, venait de porter l'Affaire devant le public.

— Le dossier est vide, insista le prêtre.

— Qu'est-ce qui vous a mené à cette conclusion, mon père ? demanda Marie sur un ton brusque.

— Les experts en écriture n'ont jamais été d'accord. Or, toute l'accusation repose sur eux.

— C'est tout ?

— Si le moindre doute subsistait, l'engagement du grand historien Joseph Reinach aux côtés du capitaine Dreyfus suffirait à le balayer, répondit l'abbé Guibert, à court d'arguments.

Comme Marie restait impassible, il poursuivit :

— Je suis convaincu que l'armée se refuse à envisager la révision d'un procès qui n'a été qu'une parodie. Moi, simple prêtre, je ne peux vivre avec l'idée qu'un innocent est là-bas, sur cette île jadis réservée aux lépreux du bagne.

Toute l'animation du prêtre retomba. Marie restait silencieuse.

— Vous ne dites rien, madame ? s'inquiéta-t-il.

— Qu'attendez-vous de moi, mon père ?

— Votre influence est considérable. Vos liens de famille avec notre député, votre billet hebdomadaire dans *L'Écho de Bourganeuf*... Il faut aider ce capitaine qui est condamné injustement parce que son appartenance religieuse en faisait un coupable tout désigné.

Comme Marie ne réagissait pas, il ajouta :

— Cette idée-là est insupportable à quiconque croit en Notre-Seigneur.

Marie se leva. Elle alla vers l'une des fenêtres du salon et resta silencieuse, les yeux tournés vers la place de Sardent.

— Pour ce qui me concerne, ajouta l'abbé, j'ai l'intention, quelles qu'en soient les conséquences pour ma personne, d'exprimer ma certitude dans une petite brochure que je vais publier à mes frais.

— L'armée ! trancha Marie en se retournant. Qu'ils lavent leur linge en famille ! J'ai vu de trop près leurs uniformes galonnés à Nouméa. J'ai de trop cuisants souvenirs du colonel Charrière, directeur du bagne, et de ses chiourmes. Je me désintéresse totalement de leurs affaires.

L'abbé resta pantois.

— Mais M. Ribière, qui a tout lieu d'être bien informé, a peut-être une opinion au sujet de...

— S'il avait une opinion, elle se serait exprimée clairement dans les colonnes de *L'Écho de Bourganeuf*, monsieur l'abbé. Réfléchissez donc ! Vous me demandez de me préoccuper d'un capitaine lorsque ce sont des militaires qui ont assassiné mon mari.

Devant l'air défait du curé, elle ajouta :

— Vous êtes déraisonnable et je m'étonne que vous connaissiez si mal le cœur humain. Quant à mon beau-frère...

Marie reprit son souffle.

— Il songe aux élections prochaines. Il s'inquiète, comme l'immense majorité de nos concitoyens, de la fièvre aphteuse qui décime nos troupeaux et de l'interdiction des foires décrétée par le préfet, motivée par le souci de freiner l'épidémie. Voilà ce qui préoccupe Louis Ribière en ce moment, monsieur l'abbé !

Elle termina :

— J'ajouterai qu'étant nationaliste et soucieux de la grandeur de l'armée il ne pourrait envisager un instant quelque démarche que ce fût qui altérerait l'image de notre drapeau

9

L'été 1900

HUGUES RIBIÈRE LANÇA un coup d'œil à Pierre de Castegnac.

— C'est lui ! s'écria Hugues.

Pierre de Castegnac serra dans sa main gantée une canne plombée.

— Faut pas le rater.

Autour d'eux une multitude d'hommes à moustaches, portant binocle, à la démarche militaire, se mêlait aux badauds. Une femme, le col de son manteau relevé, cria :

— V'là le satyre !

Les têtes se dressèrent. Plusieurs bourgeois en redingote entouraient un homme à l'air épuisé qui jeta un regard traqué de myope sur la foule agglutinée aux grilles.

— On va lui faire payer son *J'accuse !* s'écria Hugues à l'adresse de Pierre de Castegnac.

L'autre, sans même écouter, s'accrocha aux barreaux qui protégeaient la sortie du Palais de justice et hurla :

— À mort Zola !

Joseph Reinach, qui se tenait à droite de l'écrivain, tourna la tête. À ses côtés, un personnage trapu, la moustache épaisse, regarda les manifestants en souriant.

Des coups de sifflet partirent dans l'air glacé de ce mois de janvier 1898 qui balayait la place Dauphine. Un quart d'œil, dont on devinait malgré l'habit civil qu'il était en service, tapait sur les grilles avec sa canne.

— À bas Zola ! Vive l'armée ! cria un type au visage émacié.

— Mort au syndicat Dreyfus ! reprit Pierre de Castegnac.

— Le bouffon ! Le dindonnant Zola ! Le clown ! hurlait un gamin de Paris qui finit par chanter, sur l'air des lampions, « À la Seine, l'Italien ! ».

La calèche dans laquelle s'était engouffré Zola, entre Clemenceau et Reinach, tourna vers la sortie du Palais de justice. Hugues fit un signe à son futur beau-frère. Ils arrivèrent à la hauteur des vitres. Hugues sauta sur le marchepied.

— Crapule ! Tu n'es pas un Français ! hurla-t-il en crachant sur le carreau.

Le visage de Zola se pencha vers lui. L'écrivain le reconnut pour avoir dîné chez les Ribière. Une expression douloureuse passa dans ses yeux. Comme le cheval allongeait le trot, Hugues se laissa retomber du marchepied tout en donnant un dernier coup de canne sur la capote. La foule qui courait le rattrapa. Pierre de Castegnac s'approcha, tout essoufflé.

— Un an de prison ferme, trois mille francs d'amende, dit-il entre deux ahan.

— C'est sur l'île du Diable qu'il eût fallu lui faire rejoindre son coreligionnaire !

Les deux hommes se rendirent au bureau de Guérin, l'agitateur qui orchestrait les manifestations antidreyfusardes. Puis ils rentrèrent rue de Courcelles. Ils trouvèrent Louis au salon, observant le parc, debout devant une porte-fenêtre. L'internement de Clémence dans une institution, à Passy, six mois plus tôt, après une seconde tentative d'empoisonnement, avait durement touché Louis. Deux fois par semaine, il rendait visite à sa femme. Ces rencontres le laissaient sans force. Le désespoir qu'il lisait dans les yeux de Clémence le poursuivait bien au-delà des murs élevés de la clinique.

— Mes respects, monsieur Ribière, avança Pierre de Castegnac.

— Nous venons de secouer ce vieux Zola à la sortie du Palais de justice, plastronna Hugues. Il faisait grise mine, le « père la Débâcle ».

Louis regarda Hugues.

— Je ne trouve guère d'honneur à accabler un homme seul, remarqua-t-il. Tu ferais bien de prendre un peu du recul de Simon.

— En me faisant bénédictin comme lui ? N'y comptez pas, père ! Je vis dans mon siècle.

Hugues, sortant brusquement un journal de sa poche le lança sur un guéridon devant son père.

— Comment pouvez-vous tolérer que ma tante ait pris le parti dreyfusard dans votre feuille de Bourganeuf? On croirait lire du Saint-Just !

Il ouvrit le journal et lut en forçant la voix : « Il ne s'agit pas d'éviter la lumière. Il s'agit tout au contraire de savoir comment, maintenant que l'honneur et la vie d'un homme sont brisés, on arrivera à la manifestation de la vérité. » Ce n'est plus *L'Écho de Bourganeuf* ! C'est le « Courrier de l'île du Diable » que vous financez !

Louis ne réagissant pas, Hugues s'emporta.

— Mais qui est le patron de ce journal ? Ma tante doit se plier à la ligne éditoriale que vous définissez. Cette femme a une emprise sur vous qui est intolérable.

— Lorsque j'ai confié ce billet à ta tante, je lui ai promis qu'elle écrirait selon sa conscience. Je ne reviens pas sur ma parole.

Louis se retourna vers la fenêtre.

— Cet après-midi, j'ai rencontré vos parents, monsieur de Castegnac. Nous nous sommes mis d'accord sur les différents détails du mariage. Les noces sont prévues en juin de cette année 1898. Nous avons longtemps achoppé sur un point. Je souhaite que les jeunes mariés soient présentés à l'ensemble des limousinants qui travaillent dans mon entreprise. Je vais prendre mes dispositions afin de faire dresser, cours de Vincennes, un chapiteau digne d'accueillir mille personnes. Il suffira à ma fille de recevoir une gerbe que ne manquera pas d'offrir le plus vieux des compagnons de l'entreprise.

Pierre de Castegnac, jugeant la décision de Louis irrévocable, fit contre mauvaise fortune bon cœur.

— Je serai ravi de cette cérémonie, qui procurera un peu de dépaysement à nos invités.

Louis l'observa d'un air froid.

— Vous m'avez mal compris, monsieur de Castegnac. Élise et vous seuls participerez à cette petite fête.

Hugues et Pierre saluèrent Louis. Par la porte ouverte Louis entendit Hugues qui grondait : « Ce soir, le trottoir doit être à nous ! »

— Constant ? murmura Louis.

Constant se leva d'un fauteuil dont le dossier l'avait dissimulé à la vue des jeunes gens.

— C'est dur pour un père. Tu peux m'en croire. S'il n'y avait pas tous ces *pays* qui comptent sur moi pour leur donner du travail, je crois que je renoncerais à tout.

Constant s'approcha de la fenêtre et regarda les arbres en silence.

Le chantier du métropolitain débuta en octobre 1898, quatre mois après le mariage d'Élise et de Pierre de Castegnac. Deux mille terrassiers s'étaient lancés dans un travail gigantesque. L'entreprise Ardouin-Ribière avait concessionné six des onze lots qui découpaient la ligne Vincennes-Porte Maillot. La petite équipe que dirigeait Francœur, dans le lot numéro quatre qui allait de Saint-Paul au Châtelet en suivant la rue de Rivoli, s'était heurtée à l'énorme collecteur de Sébastopol.

— Nous allons devoir passer sous l'égout, avait conclu un

ingénieur de la Ville, un plan à la main. Cinq mètres sous le niveau de la Seine !

— Pourquoi s'entêter à creuser les galeries sous les rues et les avenues ? avait maugréé Francœur. Si nous pouvions trancher droit, nous éviterions bien des obstacles !

L'ingénieur s'était retourné vers Francœur. C'était un petit homme en veston croisé, l'air vif et autoritaire, qui avait toute la confiance de Fulgence Bienvenüe, l'ingénieur en chef de la Ville.

— Les Parisiens sont propriétaires du sous-sol jusqu'au centre de la Terre ! Que ferait la Compagnie du métropolitain si chacun d'entre eux réclamait une redevance ?

Francœur haussa les épaules.

— Sous la place de la Concorde, les terrassiers se sont heurtés au collecteur d'Asnières. Ils sont obligés de descendre à six mètres sous la nappe souterraine pour le franchir.

— À deux mille francs par jour de retard, il ne faut pas s'amuser.

Les deux hommes avancèrent vers le front de taille. Des terrassiers pelletaient dans un sable de Beauchamp, peu argileux et reposant sur une marne constituant le fond de la cuvette alluviale de la Seine. Par moments, les pics frappaient de petits rognons de grès en faisant un bruit métallique. Le boisage qui étayait la voûte sentait encore le sapin. Des wagonnets, tirés par des chevaux, évacuaient les déblais vers un ascenseur installé dans un des trente-trois puits d'attaque répartis tout au long de la ligne. Les lampes électriques, accrochées aux parois brutes du tunnel, dispensaient une lumière crue qui brûlait les yeux.

— Vous serez postés la semaine prochaine au bouclier qui va sur l'église Saint-Paul, dit l'ingénieur.

Il salua et disparut dans la pénombre de la galerie. Francœur s'approcha des Limousins qui attaquaient précautionneusement sous le radier de l'égout.

— Vous allez commencer par descendre un puits d'assainissement, dit-il.

Les gars levèrent le nez. Il y avait Séverin, au sourire édenté depuis qu'il avait vendu ses plus beaux crocs à un fabricant de dentiers, un jour de foire à Gioux. Près de lui, Lionar, un terrassier de Bellac, écoutait en silence à côté de Marcelin, un *pays* originaire de Felletin. Un ancien contrebandier, qui creusait des tunnels sous l'octroi, complétait l'équipe. Marcelin demanda :

— Est-ce qu'on ne pourrait pas être mis sur une partie creusée à ciel ouvert, comme au Châtelet ?

— Je demanderai, répondit Francœur.

Il sauta au fond des fouilles et reprit sa pioche. En tapant, il lâchait régulièrement un ahan qu'il appelait le « cri de la terre ». Vers deux heures de l'après-midi, il vit Louis à l'autre bout de la galerie. Le patron était accompagné de Fulgence Bienvenüe, à la silhouette si reconnaissable avec la manche plate de son veston pliée dans la poche de gauche.

Tout en creusant, Francœur se remémorait le mariage de la fille du patron, en juin dernier. Tous les limousinants de l'entreprise Ardouin-Ribière et leurs épouses se pressaient devant les tables dressées. On ne parlait que patois sous le grand chapiteau, cours de Vincennes. C'était lui, Francœur, qui avait eu l'honneur de remettre une gerbe à Élise. Il l'avait embrassée sous les ovations et les cris limousins. Julie, qui avait confié sa loge à une autre pipelette, avait remarqué que c'était la première fois qu'elle voyait une mariée en blanc. « On dit qu'il l'épouse pour son argent, avait grondé un paveur de Bellac. — Il vaut mieux dire : “ Laide, allons souper ”, que “ Belle, qu'avons-nous à souper ? ” » avait rétorqué une femme avec l'accent du plateau de Millevaches.

Après leur visite sur le point de contact avec le collecteur de Sébastopol, Louis et Fulgence Bienvenüe se rendirent à la station voûtée de la rue Marbeuf. Ils passèrent par la rue de Rivoli, éventrée sur sa longueur. Les deux hommes scrutèrent les fouilles parallèles au grand collecteur, dans lesquelles des équipes bâtissaient les murs en piédroits qui allaient soutenir la voûte au-dessus de l'égout. Ils arrivèrent place du Palais-Royal, qui était entièrement défoncée. Les murs de soutènement du plafond métallique de la station n'en étaient qu'aux fouilles. Des badauds tournaient autour des palissades qui protégeaient les bords du puits. Louis sourit en entendant :

— *Mai vau engenh que força.*

— Que dit-il ? interrogea Fulgence.

— Mieux vaut ingéniosité que force, répondit Louis.

Fulgence acquiesça.

À l'angle de la rue Marbeuf, ils demandèrent des précisions à un maître d'œuvre. Ils descendirent par un escalier en planches dans la galerie élargie qui allait servir de station.

Un géomètre de la Ville vint à leur rencontre.

— Vous ne m'ôterez pas de l'idée, Fulgence, que vos stations sont trop courtes ! Soixante-quinze mètres pour des trains de soixante-douze mètres, ce n'est pas assez, avait dit Louis.

— Mon cher, un mètre de station coûte trois fois plus cher qu'un mètre de voie, avait répondu Fulgence.

Dès le début des travaux, les deux hommes avaient su qu'ils apprécieraient de travailler ensemble. La première fois que Bienvenüe avait été présenté à Louis, c'était chez Édouard Empain, ingénieur et homme d'affaires belge, qui avait créé la Compagnie du métropolitain. Fulgence avait scrupuleusement respecté la volonté des élus parisiens qui souhaitaient freiner les échanges de population avec la banlieue. Aussi le métropolitain se faisait-il contre les compagnies de chemin de fer qui désiraient que leurs lignes se croisent et se raccordent à l'intérieur de la ville. Bien que la Chambre ait contraint l'ingénieur à porter les voies à une largeur normale, l'étroitesse des tunnels rendait impossible le croisement de deux trains. Pour être plus sûr encore d'interdire l'utilisation du métropolitain aux compagnies, il avait été même décidé de faire rouler les rames à droite, alors que tous les trains du monde circulent à gauche.

La semaine suivante, Francœur et son équipe furent postés de nuit sur le bouclier qui avançait vers l'église Saint-Paul. L'énorme machine, construite selon les brevets déposés par Louis Ribière, était constituée d'une voûte métallique ayant la forme du cintre du tunnel à creuser. Les ouvriers pouvaient travailler sur le front de taille, à l'abri de cette carapace qui les protégeait des éboulis. Une fois le travail terminé, huit vérins, exerçant chacun une pression de cent dix tonnes, poussaient d'un mètre en avant le bouclier qui découpait à l'emporte-pièce une nouvelle voûte. Le travail des terrassiers pouvait alors reprendre.

Francœur et ses compagnons piochaient sans relever la tête. Parfois, le pic glissait sur une pierre, et un homme laissait échapper un juron. Séverin et Lionar, le terrassier de Bellac, assuraient le déblaiement. Soudain le pic de Marcelin traversa la paroi sur laquelle il cognait. Le Creusois de Felletin appuyait tant ses coups qu'il fut emporté par l'élan. Francœur le retint par la veste. Devant eux, un trou s'ouvrait d'où parvenait un léger souffle.

— Apporte une lampe ! cria Francœur à Séverin.

Le gamin tendit une lampe à pétrole. L'ancien contrebandier s'approcha de l'orifice de soixante centimètres de diamètre.

— C'est peut-être un puits ou une carrière. Le sous-sol de Paris en est plein.

— Il faut abattre la paroi, commanda Francœur.

— Place de la Bastille, ils ont été retardés par des murailles anciennes, remarqua Lionar.

Aucun des hommes ne semblait très soucieux de crever le front de taille. Finalement, Francœur prit son pic et cria :

— Reculez-vous, j'y vais !

Les premiers coups qu'il donna résonnèrent étrangement. Il agrandit l'orifice par lequel on entrevoyait une salle vaste de cinq mètres carrés. Dès que le passage le permit, Francœur pénétra dans la pièce maçonnée. À peine eut-il mis le pied sur le sol que ses camarades le virent disparaître en poussant un cri.

— Une corde ! cria Marcelin.

— Au secours ! hurla Francœur, dont la voix paraissait monter du fond de la nuit.

Séverin, plus leste que les autres, fut le premier à pénétrer dans la salle. Il descendit prudemment au bord d'un puits de trois mètres de profondeur au fond duquel Francœur criait :

— Remontez-moi !

Le Creusois saisit l'extrémité du filin. En quelques secondes, Francœur fut sorti.

— Tu n'as rien de cassé ? s'inquiéta Lionar de Bellac.

Encore choqué, Francœur secoua la tête. Il avait sur le visage en sang une expression horrifiée. Séverin, qui avait accroché sa lampe à l'extrémité de la corde, cria :

— Regardez !

Les terrassiers se penchèrent. Un amoncellement de crânes et de tibias renvoyait l'éclair mat des os polis par le temps.

Le bouclier qui creusait en direction de l'église Saint-Paul fut ralenti par le rocher. La lame, poussée par les vérins hydrauliques, partait de travers dès qu'elle butait sur des coupes de grès dur. Au cours du mois de décembre 1899, l'avance de l'engin ne fut plus que de deux mètres par jour. Les équipes se relayaient toutes les douze heures. Au fil des semaines, les visages s'assombrissaient. En octobre, Combes avait reçu un éboulement sur la jambe. Depuis, il était reparti en Creuse réparer ses forces dans sa petite propriété de Villesauve qu'il était parvenu à agrandir à douze hectares. Francœur était allé le saluer sur le quai de la gare. Les larmes aux yeux, il avait vu son vieux compagnon de limousinage monter dans le train qui menait au pays.

— Celui qui n'a pas d'ennuis doit s'attendre à en avoir, avait dit Combes d'une voix douce en songeant à sa jambe déchirée.

Francœur avait hoché la tête.

— On ne sait jamais de quelle mort on mourra.

Dans les premiers jours de décembre 1899, Abel Florand se rendit à Paris pour visiter sa mère, qui demeurait rue des Archives. Louis avait insisté pour qu'il vînt dîner rue de Courcelles. Arrivé en avance, Abel eut la surprise de rencontrer Élise, qu'il n'avait pas revue depuis son mariage. La jeune femme avait pris cette assurance que donne la découverte de la volupté. Son teint jadis terne s'était légèrement carminé et son regard avait acquis une mobilité et une grâce sans effronterie.

— Bonsoir, Élise. Comment va notre jeune mariée ?

Élise avait embrassé Abel.

— Votre voyage de noces n'a-t-il pas été trop éprouvant ? Vous savez que des sommités du monde médical réprouvent ces voyages.

— Pourquoi donc, Abel ? avait demandé Élise en s'asseyant.

— Il semblerait que la conjugaison des tourments du voyage et, pardonnez-moi, de l'éveil au plaisir aient des effets néfastes sur la jeune femme. Personnellement, je n'en crois rien.

— Comment se porte ma tante ? avait demandé Élise.

— Infatigable ! s'était exclamé Abel. Elle vient d'adresser à *La Fronde* son premier article sur la détresse des institutrices de campagne. Elle correspond avec Mmes Marguerite Durand et Marie-Anne de Bovet dont on parle pour la Légion d'honneur. À les entendre, il faudrait vous donner le droit de vote !

Élise avait soupiré.

— Je n'ai pas eu le plaisir de rencontrer votre époux depuis votre mariage, dit Abel. Comment va-t-il ?

— Le mieux du monde, répondit-elle un peu brusquement. En ce moment, il court les antiquaires. Pierre souhaiterait une résidence plus en rapport avec notre train de vie. Il songe à un hôtel particulier dans le Marais. Mais père préférerait que nous construisions.

Par moments, Élise regardait la pendule du salon.

— Père ne devrait pas tarder.

— Toujours avec Constant dans ses pas ? s'inquiéta Abel.

— Ce Constant est devenu son ombre ! s'emporta Élise. Il ne le quitte pas. Il me semble que père a plus confiance en cet ancien voyou qu'en aucun d'entre nous.

— J'avoue que Marie a eu du mal à admettre sa présence aux côtés de Louis.

Élise tourna nerveusement la tête vers la porte-fenêtre. La calèche de Louis venait d'entrer dans la cour de l'hôtel. Des grilles se refermaient. Les sabots des chevaux claquaient sur les pavés. Élise se pencha et saisit la main d'Abel.

— Abel, pourriez-vous passer à mon domicile ? Demain. À seize heures. Je souhaite vous consulter. Je vous en prie, demanda-t-elle d'une voix hachée. C'est au médecin que je m'adresse.

Abel marqua sa surprise.

— Je ne suis qu'un médecin de campagne, Élise. Je suppose que vous êtes entourée de grands professeurs.

Une lueur de détresse passa dans le regard de la jeune femme.

— J'y serai, souffla Abel alors que Louis pénétrait dans le salon, Constant sur les talons.

Le lendemain, le docteur Abel Florand se présenta à seize heures, rue La Boétie, chez Élise de Castegnac. Élise, nerveuse, lui demanda de bien vouloir la suivre dans sa chambre.

Lorsque la porte se rouvrit, une demi-heure plus tard, le médecin avait la mine pâle. Élise, livide, le suivait.

— Vous avez bien fait, Élise, de me consulter. Vous n'avez que trop tardé. Il faut vous rendre chez le professeur Metchnikoff, à l'Institut Pasteur. C'est le grand spécialiste du moment.

Élise se laissa tomber dans un fauteuil. L'envie de pleurer lui montait aux yeux. Elle lança un regard brillant à Abel.

— J'ai grandi sans savoir que j'avais un corps, commença-t-elle.

Abel s'assit.

— On m'avait appris à fermer les yeux pour faire ma toilette.

Ses mots étaient détachés par la colère.

— Et lorsque mon corps m'est révélé, c'est pour être souillé par cette ignoble maladie.

— On parle de l'imminence de la découverte d'un vaccin, interrompit Abel. Ce ne serait qu'une question d'années. Nous consulterons le professeur Fournier également.

— Je suis souillée sans avoir jamais failli à ma conscience. Qui m'a empoisonnée ? L'être auquel j'ai fait don de ma vie.

— Votre mari a beaucoup vécu avant de vous connaître. Il a usé et abusé des plaisirs.

— Depuis, j'ai eu la curiosité de feuilleter un ouvrage de médecine dans la bibliothèque de père, poursuivit-elle. Des portraits de malades de l'hôpital Broca atteints de chancres y sont représentés. Est-ce ainsi que je mourrai, Abel ?

— Il n'en est pas question ! trancha Abel. Les traitements sont très avancés. Seulement, ce sera long.

— On dit que dans les hôpitaux les filles atteintes sont traitées de la plus dure manière qui soit. Que leurs lits n'ont pas de rideaux pour les soins.

— C'est fini, tout cela. D'ailleurs, vous n'irez pas à l'hôpital. Vous serez prise en clientèle privée.

— Mais pourquoi tout ce qui concerne l'amour est-il entaché de honte, de maladie, de douleur ? Les sœurs qui m'ont éduquée n'avaient-elles pas finalement raison ?

Abel laissa Élise dans un grand état d'abattement. Il ne parvint pas même à convaincre la jeune femme d'entreprendre des soins. Alors qu'il avait déposé un carton sur lequel il avait griffonné le nom et l'adresse du professeur Metchnikoff, Élise l'avait jeté dans la cheminée.

Sur le trottoir de la rue La Boétie, Abel avait longtemps hésité.

— En parler à ce viveur de Castegnac ? À quoi bon ! C'est un pourceau.

Abel marcha longtemps sans parvenir à prendre une décision. Il remonta la rue du Faubourg-Saint-Honoré. Prenant brusquement à main droite, il regagna la rue de Courcelles. À peine entré dans le salon où Louis fumait devant la cheminée en bavardant avec Constant, il dit :

— Louis, il faut que je te parle.

Louis avait fait un geste de la main en direction d'un fauteuil.

— Il faut que je te parle, seul.

Constant s'était levé et avait disparu par une porte protégée d'une tenture.

Le lendemain matin, Louis accompagnait lui-même sa fille à la clinique privée du plus grand vénérologue de Paris.

Au retour de son voyage où il avait visité plusieurs antiquaires de la région de Lyon, Pierre de Castegnac eut la surprise d'apprendre que sa femme était partie précipitamment avec son père pour une destination inconnue des domestiques. Très intrigué, il arriva dans le bureau de son beau-père, rue de Courcelles.

— Bonjour, père. J'apprends que vous êtes venu chercher ma femme. Les domestiques sont incapables de m'en dire davantage.

— Asseyez-vous, ordonna Louis d'une voix glaciale.

Pierre de Castegnac blêmit. Il n'était pas dans ses habitudes de recevoir des ordres. Il s'exécuta cependant. L'homme qui s'adressait à lui versait cent mille francs de rente à sa famille.

— Il est effectivement normal que vous sachiez où se trouve ma fille Élise.

Pierre de Castegnac acquiesça.

— J'ai fait conduire ma fille dans la clinique privée du professeur Fournier, le grand vénérologue.

Pierre de Castegnac eut un haut-le-corps. Il se tourna vers Constant et demanda :

— Croyez-vous, devant la tournure que prend notre conversation, qu'il soit bien nécessaire que cet homme demeure ici ?

— J'ai toute confiance en mon secrétaire, répondit sèchement Louis.

Constant, debout contre le coffre-fort du bureau, ne broncha pas.

— Monsieur de Castegnac, vous avez souillé ma fille de la plus ignoble manière.

Castegnac pâlit.

— Ma fille est pour moi ce qui compte le plus au monde. En la meurtrissant, vous vous êtes mis dans un mauvais cas.

— Monsieur, je n'ai pas l'habitude d'être traité de la sorte. Ces questions ne relèvent que de notre vie privée, à Élise et à moi.

— Il n'y a plus de vie privée entre ma fille et vous, monsieur de Castegnac. Mes avocats travaillent déjà sur le dossier de divorce.

— De divorce ! Il n'en est pas question. Ce que Dieu a uni, vous ne pouvez le défaire ! s'insurgea l'autre.

Il se leva.

— Je me battrai, vous m'entendez ? Moi aussi, je peux me montrer froid et calculateur à votre image !

— Vous êtes ruiné, Castegnac. Le seul bien immobilier qui vous demeurait, avant ce mariage miraculeux, c'était votre château familial de Saint-Sauvy, qui est hypothéqué jusqu'à la dernière lauze.

Castegnac jeta un regard furibond sur son beau-père.

— Est-ce vous qui me donnez des leçons de moralité ? Croyez-vous que quiconque ignore votre histoire du temps où vous faisiez les nuits de la Montalan, cette ignoble catin qui a fini par épouser un Prussien ?

Louis ne broncha pas.

— Cette catin, comme vous la nommez, je l'ai sûrement plus aimée que vous n'avez jamais aimé ma fille.

Castegnac eut une expression révoltée.

— Je vous ai apporté mon nom. De Castegnac, c'est quand même autre chose que Ribière, convenez-en !

Louis ne répondit pas.

— Je vous apporte le luxe dont vous n'avez pas le moindre sentiment. Je vous apporte le goût français dont vous ignorez tout.

— Vous nous avez apporté la mort, monsieur de Castegnac. Quant à votre nom, la particule est un chancre à l'image de celui qui vous ronge déjà jusqu'à l'os. Je m'emploierai à ce que vous finissiez vos jours dans la misère la plus absolue.

Castegnac se planta devant Louis.

— La noblesse que j'ai en moi est une propriété de la liqueur séminale que vous ne pouvez imaginer. Ma syphilis est le ferment qui fera lever la pâte lourde de vos quatorze quartiers de paysannerie.

Louis fut sur le point de se lever.

— D'ailleurs, ajouta Pierre de Castegnac hors de lui, vous m'avez trompé sur la marchandise ! Il est bien connu que déflorer une vierge guérit !

Il tourna les talons et quitta le bureau d'un pas d'officier de spahis.

Trois semaines plus tard, à Sardent, au soir de Noël, alors qu'ils s'apprêtaient à partir pour la messe, Marie et Abel entendirent frapper à la porte.

— Que se passe-t-il ? demanda Marie.

— Nous ne serons jamais tranquilles, s'amusa Abel. Ils trouvent le moyen d'être malades en cette sainte nuit. Quels rustres !

Ricou alla ouvrir. Un homme aux épaules couvertes de neige s'avança dans le couloir en tapant des sabots.

— Qu'est-ce qui vous arrive, André ? cria Abel du fond de la cuisine.

— C'est pour la femme. Le petiot est en avance. Il se présente mal. La *sagette* m'a dit de venir vous quérir.

— Elle n'aurait pas pu attendre un jour de plus, votre femme ? La prochaine fois que vous fabriquerez un petit Français, mon vieux, il faudra vous arranger pour que la naissance ne tombe pas le soir de Noël.

— Le soir de Noël, reprit Marie d'un ton rêveur.

— Tu as raison, remarqua Louis. Ricou ! Va seller Scarlatine.

— Elle a perdu un fer, répondit Ricou, qui enfilait sa veste.

— Alors selle Oreillons ! commanda Abel, penché sur ses bottes.

— Je vais avec toi, dit Marie.

— À deux sur Oreillons ? Tu plaisantes ? Avec notre pauvre Rougeole je n'aurais pas dit non. Mais Oreillons est trop nerveux. Tu habites bien au Mont de Sardent ? demanda Abel en se tournant vers André.

— La première maison en arrivant.

Marie regarda Abel avec une expression inquiète.

— Passe devant ! dit Abel à André. Dis à la *sagette* qu'elle ne fasse rien. J'arrive. Avec un peu de chance, ton petit naîtra à minuit.

Se tournant vers Marie, Abel la prit dans ses bras.

— Tu vas te rendre à la messe. Tu m'excuseras auprès du bon Dieu. Je ne peux pas être partout. Si j'arrive à délivrer cette pauvre femme, ce sera une jolie manière de saluer Sa naissance.

Abel pressa Marie contre lui et déposa un long baiser sur ses lèvres.

— Je t'aime, Marie. Je t'aimerai toujours.

Marie resta sur le perron jusqu'à ce que la silhouette d'Abel juché sur son cheval disparût sur la route du cimetière qui menait au Mont de Sardent. Elle songea à Rougeole, qui s'était brisé une jambe dans une fondrière en novembre et qu'il avait fallu abattre. La robe noire du fringant Oreillons se mêla à la tourmente. Seule la lanterne qu'Abel tenait à la main mouchetait la nuit comme une étoile filante apprivoisée autour du cavalier.

Marie s'emmitoufla dans sa pèlerine.

— Ricou ! Vous tiendrez les feux pour le retour d'Abel.

Marie prit la direction de la petite église vers laquelle convergeaient des silhouettes noires et silencieuses. Les hommes tapaient du talon sur le parvis pour décrocher la neige de leurs sabots. Les femmes frottaient leurs pieds en silence sur la pierre. Marie alla prendre sa place dans la travée de droite.

La messe était commencée depuis une demi-heure lorsque Marie se leva. Le prêtre se retourna. Ernestine, la boulangère, qui était assise à côté d'elle, lui demanda :

— Qu'est-ce qui vous arrive, madame Florand ? Vous ne vous sentez pas bien ?

Marie ne répondit pas. Elle quitta sa place en dérangeant toute la travée. Les chaises grinçaient. La grosse Léontine dut se lever pour lui laisser le passage. Le prêtre releva la tête d'un air inquiet. Quand elle fut dans l'allée centrale, Marie regarda les fidèles. Elle tremblait. Elle se dirigea vers le parvis et ouvrit la porte. Les autres se retournèrent.

— Abel ! hurla Marie, en se précipitant dehors.

Sans attendre, tous se ruèrent vers le porche. Sur la place de Sardent, devant l'église, Oreillons attendait seul sous la neige.

— Abel ! hurlait Marie qui avait déjà pris la route du Mont de Sardent.

Mazeron, le maréchal-ferrant, qui avait attrapé Oreillons par la bride, examinait le cheval.

— Il est tombé. Regardez. Là, il est éraflé. Il boite.

— Prenez vos lanternes ! cria le prêtre.

— Je vais chercher ma carriole, répondit Dayras, le boucher.

La troupe d'une cinquantaine de fidèles partit aussitôt en direction du cimetière. La neige redoublait. Les arbres gémissaient sous le gel. Un chien hurla à la mort dans la direction de Bassegeas. Les sabots encollés de neige déhanchaient les courses. Duvernet, qui avait des bottes, filait en tête. Ils entendirent le trot de la jument de Dayras.

— On n'y voit rien, cria Ernestine qui, malgré sa forte taille, allait devant.

Sitôt le mur du cimetière dépassé, la forêt se referma sur eux. Des coulées de lierre ruisselaient du ciel avec des reflets de bronze.

— Toujours on se méfie trop ou pas assez, s'époumona une femme.

La carriole de Dayras dépassa la petite troupe puis s'arrêta à une centaine de mètres.

— Madame Florand ! appelait le boucher, les mains en porte-voix.

Des hurlements de chiens lui répondirent. Ernestine se signa. Les hommes regardaient la nuit.

— Elle est là ! En bas !

— Où ? On ne voit rien !

— Apportez les lanternes ! Madame Florand, répondez-nous !

Dayras et Mazeron s'élancèrent dans le ravin en se retenant aux genêts. Marie était agenouillée dans la neige contre le corps d'Abel qu'elle venait de recouvrir de son manteau.

Mazeron se laissa tomber à genoux. Il avait vu tant de cadavres en 1870 qu'il n'eut pas besoin de poser la main sur le visage du médecin. Il se releva, prit Marie par les épaules et l'enveloppa dans sa cape.

— Ernestine, viens !

Il s'agenouilla et saisit le docteur Abel Florand dans ses bras. Il remonta avec peine le talus dans lequel le cheval avait boulé en brisant les reins de son cavalier. Le corps d'Abel Florand fut ramené sur le char que suivaient les villageois en silence.

Ils arrivèrent à Sardent vingt minutes plus tard. Ricou, sur le seuil, ouvrit la porte à deux battants. Mazeron transporta le corps dans le cabinet médical où il l'allongea. Marie suivait comme une ombre. La neige était rentrée dans la maison, sur les coiffes des femmes, sur le dos voûté des hommes qui ne savaient que faire de leurs mains.

— Je vous en supplie, madame, soyez forte, murmura le prêtre au visage couperosé par le froid.

Vingt personnes se pressaient dans le bureau. Marie entendit : « Quel malheur ! Qu'allons-nous devenir ? »

Mazeron recula. La lampe à pétrole éclairait Abel. Dans son sommeil, le docteur Florand souriait.

— Sortez ! Sortez tous ! hurla Marie.

Six mois plus tard, le 22 juin 1900, Marie se rendit à Paris aux côtés de François, qui exposait pour la première fois chez Durand-Ruel. Louis, qui les avait conduits à l'accrochage, avait insisté pour qu'ils visitent le chantier du métropolitain dont l'inauguration officielle avait lieu dans moins d'un mois.

— Si vous saviez comme ce chantier compte pour moi, avait dit Louis.

— Où allons-nous ? demanda François.

— Je vous propose de partir de la seule station à l'air libre, celle de Bastille.

La Panhard-Levassor les laissa au pied de l'escalier qui conduisait à la station. Ils grimpèrent tous les trois les marches métalliques qui menaient aux quais posés sur un entrelacs de poutrelles.

— On se croirait dans la tour Eiffel, remarqua Louis.

Une rame les attendait. Louis fit signe au conducteur d'ouvrir les portières. Ils grimpèrent et s'installèrent contre la vitre arrière.

Le convoi démarra. Il roula en plein soleil puis s'enfonça

lentement dans le sol en direction de l'église Saint-Paul. Marie était debout entre les deux hommes. Louis passa le bras sur son épaule au moment où François lui entourait la taille. Leurs trois visages restèrent longtemps tournés vers le ciel, avant de disparaître.

Épilogue

Quatorze ans plus tard, le 16 septembre 1914, les grilles du cimetière d'Auteuil s'ouvraient sur un convoi mortuaire tiré par quatre chevaux noirs. Derrière le cercueil recouvert du drapeau tricolore, Simon Ribière allait en tête, vêtu de sa bure bénédictine, le visage émacié par la longue quête vers Dieu qui le dévorait depuis l'enfance. Louis Ribière venait ensuite, amaigri, les cheveux blanchis.

Alors que le saisissait l'odeur funèbre des buis, l'entrepreneur de travaux publics releva le col de son pardessus. Il posa le regard sur le cercueil dans lequel reposait son fils, Hugues Ribière, capitaine d'infanterie mort au champ d'honneur, à l'âge de quarante et un ans. Cela faisait à peine un mois que Hugues avait quitté la rédaction de *L'Action française* pour monter au front. Officier de réserve, mobilisé dès le repli de Joffre sur Verdun, il conduisait ses hommes contre les divisions de von Kluck, sur les rives de l'Ourcq, lorsqu'une balle allemande lui avait brisé la tête.

Deux pas en retrait de Louis avançait Marie, la main gauche serrée à hauteur de la gorge sur les revers de son manteau d'astrakan. Marie pinça les lèvres et reprit son souffle. Élise, sa nièce, s'approcha et lui saisit le bras.

— Appuyez-vous contre moi, ma tante, dit-elle à voix basse.

Depuis que le divorce avec Pierre de Castegnac avait été prononcé, en février 1901, Élise ne s'habillait que de noir. La maladie, tout autant que la solitude, avait desséché ses traits.

À deux reprises, en 1902 et 1905, Élise avait refusé le mariage avec des prétendants honnêtes, alliés de son père. Le suicide de Pierre de Castegnac, acculé par les créanciers, avait précipité la pauvre fille dans un deuil qu'elle ne méritait pas.

Tout en marchant aux côtés d'Élise, Marie écoutait, derrière elle, le pas de son fils. Le temps avait épaissi la silhouette de François, auquel un honnête succès de paysagiste ouvrait les portes des galeries parisiennes. En janvier 1901, la décision du peintre de s'installer à Paris avait incité Marie à quitter définitivement la Creuse. Une dernière fois, elle s'était fait conduire par Gilles Pirolo aux Couteilles. Cela faisait treize ans maintenant. Dans la cour de la ferme natale, elle était restée longtemps près de la fontaine, devant la grange où elle s'était mariée autrefois, avant de remonter précipitamment dans la voiture qui avait filé vers la gare.

Quelques mois après son installation à Paris, François avait épousé Hélène, une jolie fille qui posait pour lui. Au fil des années, Hélène avait apporté à son mari cet apaisement qui ressemble au bonheur et fait croire à la sérénité. Marie s'était appliquée à ne pas s'imposer auprès du jeune couple qui avait emménagé rue de l'Université. Elle avait acheté un appartement, boulevard Saint-Germain, bien décidée cependant à continuer à veiller discrètement sur son fils. Sa nouvelle existence à Paris lui avait permis de s'engager plus avant dans le journalisme. Après avoir écrit dans les colonnes de *La Fronde*, elle avait couvert, pour *La Presse*, la deuxième conférence internationale des femmes socialistes, à Copenhague. Et lorsque, en 1909, l'Assemblée avait décidé que le port du pantalon par une femme n'était plus un délit, à condition de tenir à la main un guidon de bicyclette ou des rênes, Marie avait eu le sentiment d'une victoire dérisoire qui la renvoyait près de trente ans en arrière sur la route de Pontarion.

La naissance de deux enfants avait éclairé le ménage de François. L'aîné, Louis-Alexandre, était né en décembre 1901. Ses cheveux bruns, l'élégance de ses traits, son regard profond rappelaient étrangement Louis. Âgé de treize ans, le jeune garçon étonnait ses professeurs du lycée Louis-le-Grand par ses aptitudes en mathématiques et en physique. Un soir, au cours d'un dîner rue de Courcelles, Marie avait entendu Louis dire à propos du garçon : « Voilà le grand ingénieur que notre famille attend. » Quant à sa sœur, Marie-Joséphine, née en 1905, Élise s'était prise d'affection pour elle, la comblant d'attentions et de cadeaux.

Le vent, qui balayait le cimetière depuis la rue Michel-Ange, emportait les prières du père Simon Ribière. Le souvenir de son fils accaparait l'attention de Louis. Jusqu'à sa mobilisation, Hugues était resté cet homme violent, de toutes les luttes contre l'internationalisme, membre influent de la Fédération nationale des jeunes de France, compagnon de Maurras, sabrant le champagne à la nouvelle de l'assassinat de Jaurès, accumulant les duels politiques au fil d'éditoriaux au vitriol. Louis revoyait le bonheur qui éclairait le visage de Hugues venu lui annoncer, rue de Courcelles, son départ pour le front. Les deux hommes s'étaient pressés l'un contre l'autre, d'abord timidement, puis de toutes leurs forces, dans le bureau où ils s'étaient tant de fois affrontés.

Louis songea à tous ceux que la mort allait saisir. Depuis la contre-offensive lancée par Joffre, la Faucheuse moissonnait inlassablement, des marais de Saint-Gond à la place de Verdun. « La victoire est maintenant dans les jambes de nos fantassins », proclamait le généralissime, oubliant que les régiments de sa V^{e} armée avaient couvert six cent cinquante kilomètres en vingt-cinq jours. Autour des Ribière, de nombreuses familles étaient déjà meurtries, et Louis ne pouvait détacher ses pensées des deuils qui touchaient, chaque jour, son entreprise. Hier, c'étaient deux frères Vallade qui avaient été tués dans l'Oise. Ce matin, on venait d'apprendre qu'un fils Parouty avait été cruellement blessé au ventre, aux portes de Montmirail. « Cette guerre mangera les derniers hommes qui restent en Creuse », se disait Louis.

Il se retourna. Ses yeux croisèrent ceux de Marie. Depuis la mort d'Abel et malgré la brûlure d'un amour impossible, les deux amants de la tour Eiffel ne s'étaient jamais retrouvés. Ils avaient appris à vivre l'un sans l'autre, découvrant que le temps et la douleur apaisent la passion.

Marie s'approcha de Louis. Leurs mains se rencontrèrent comme le jour où, franchissant les portes du château des Duvaucel, ils allaient chercher la grâce de François, voilà plus de cinquante ans. Sous leurs gants, leurs doigts frémirent.

— Nous ne sommes plus que huit autour de ce caveau, murmura Louis. Clémence ne sait pas que son fils est mort. Elle ne me reconnaît plus.

Il s'interrompit. Le bruit de la dalle, glissant sur des cales et condamnant l'entrée du tombeau, lui arracha un frisson.

— Simon s'est donné à Dieu. Élise ne se remariera pas, poursuivit-il d'une voix glacée... À soixante-sept ans, sans espoir de succession, j'ai perdu ma vie.

Marie se tourna vers son petit-fils, qui attendait à côté de François.

— Il reste Louis-Alexandre. Regarde comme il te ressemble.

— Je sais, dit Louis.

Après un silence, il ajouta :

— Il est le seul à pouvoir prendre ma suite. Le voudra-t-il ?

— Je crois que oui, dit Marie.

Elle lâcha la main de Louis. Loin devant, François et Hélène se dirigeaient vers leur voiture, suivis par Élise et Marie-Joséphine, qui lançait en avant la pointe de ses souliers vernis dans les gravillons de l'allée.

— Louis-Alexandre ! cria Louis.

— Mon oncle ? répondit le jeune homme en s'approchant.

— Viens. Il faut que nous parlions.

Épilogue

Près du tombeau, Marie vit Simon, agenouillé, dont la silhouette avait l'immobilité d'une statue. Le vrombissement d'un avion militaire survolant Paris tira son regard vers la porte de Saint-Cloud. Depuis près d'un mois, chaque nuit, Marie rêvait à la Creuse : jeune fille, elle partait des Couteilles, à l'aube, pour cueillir un bouquet de Saint-Jean. Elle traversait les Grandes Besses en direction de l'étang de la Genête. Sa course finissait à Maisonnisses où reposaient ses chers disparus.

Près de l'entrée du cimetière, sous l'œil réprobateur d'Hélène, Marie-Joséphine éclata de rire en tournant la manivelle d'une fontaine qui éclaboussa Élise. Dans une contre-allée, Louis, tenant son petit-neveu par le bras, tendait la main vers le ciel, au-dessus des croix. Le cœur déchiré, Marie repartit vers les grilles, d'un pas hésitant.

Bibliographie

VIE QUOTIDIENNE

Eugen Weber, *Fin de siècle*, éditions Fayard, 1986, 359 pages.

Eugen Weber, *La Fin des terroirs*, éditions Fayard, 1992, 839 pages.

Theodore Zeldin, *Histoire des passions françaises*, tomes I, II, III, IV et V, collection « Points Histoire », éditions du Seuil, 1979.

Jean-Louis Deaucourt, *Premières loges. Paris et ses concierges au XIXe siècle*, éditions Aubier, 1992, 255 pages.

Louis Chevalier, *Montmartre du plaisir et du crime*, collection « Les hommes et l'histoire », éditions Robert Laffont, 1980, 452 pages.

Bernard Marchand, *Paris, histoire d'une ville*, XIXe-XXe siècle, collection « Points Histoire », éditions du Seuil, 1993, 438 pages.

Jacques Hillairet, *Dictionnaire historique des rues de Paris*, Les Éditions de Minuit, 1972, 1 613 pages.

Linda Aimone, Carlo Olmo, *Les Expositions universelles*, éditions Belin, 1993, 317 pages.

Christian Guy, *Une histoire de la cuisine française*, éditions Les Productions de Paris, 29, rue Coquillière, 75001 Paris, 1962, 245 pages.

Robert Courtine, *Le Ventre de Paris. La Vie parisienne*, Librairie académique Perrin, 1984, 371 pages.

Jacques Léonard, *La France médicale au XIXe siècle*, collection « Archives », éditions Gallimard-Julliard, 1978, 287 pages.

ASPECTS POLITIQUES

Gilbert Guilleminault, *Le Roman vrai de la IIIe et de la IVe République*, première partie 1870-1918, collection « Bouquins », éditions Robert Laffont, 1991, 1 257 pages.

Léon Daudet, *Souvenirs et polémiques*, collection « Bouquins », éditions Robert Laffont, 1992, 1 398 pages.

Zeev Sternhell, *La Droite révolutionnaire*, collection « Points Histoire », éditions du Seuil, 1978, 441 pages.

Jean-Marie Mayeur, *Les Débuts de la IIIe République 1871-1898*, collection « Points Histoire », éditions du Seuil, 1973, 256 pages.

Mona Ozouf, *L'École, l'Église et la République, 1871-1914*, collection « Points Histoire », éditions du Seuil, 1982, 259 pages.

Autobiographies d'instituteurs présentées par Jacques Ozouf, *Nous, les maîtres d'école*, collection « Archives », éditions Gallimard-Julliard, 1983, 269 pages.

Pierre Guiral, Guy Thuillier, *La Vie quotidienne des députés en France de 1871 à 1914*, collection « Hachette littérature », éditions Hachette, 1980, 379 pages.

Jean Allemane, *Mémoires d'un déporté de la Commune*, Publications de la Société d'études historiques de la Nouvelle-Calédonie, n° 15, Nouméa, 1977, 188 pages.

Louise Michel, *La Commune*, éditions Stock, 1978.

Léon Blum, *Souvenirs sur l'Affaire*, collection « Folio Histoire », éditions Gallimard, 1993, 152 pages.

Présentation d'Henri Guillemin, *J'accuse ! La vérité en marche*, collection « Historiques-Politiques », éditions Complexe, 1988, 237 pages.

HISTOIRE ET PORTRAITS DE FEMMES

Philippe Perrot, *Le Travail des apparences. Le Corps féminin, XVIIIe-XIXe siècle*, collection « Points Histoire », éditions du Seuil, 1984, 280 pages.

Rebecca Rogers, *Les Demoiselles de la Légion d'honneur*, éditions Plon, 1992, 373 pages.

Annie Stora-Lamarre, *L'Enfer de la IIIe République. Censeurs et pornographes 1881-1914*, Auzas Éditeurs IMAGO, 1989, 248 pages.

Martine Segalen, *Mari et femme dans la société paysanne*, bibliothèque d'ethnologie historique, éditions Flammarion, 1981, 211 pages.

Sous la direction de Michelle Perrot, *Une histoire des femmes est-elle possible ?* éditions Rivages, Marseille, 1984, 227 pages.

Roseline Rey, *Histoire de la douleur*, collection « Histoire des sciences », éditions La Découverte, 1993, 414 pages.

Colette Cosnier, *Marie Bashkirtseff, un portrait sans retouches*, éditions Pierre Horay, 1985, 345 pages.

Jean Thuillier, *Monsieur Charcot de la Salpêtrière*, éditions Robert Laffont, 1993, 309 pages.

PEINTURE, PHOTOGRAPHIE, MODE

Sophie Monneret, *L'Impressionnisme et son époque*, Dictionnaire international, tome I, 1 178 pages, tome II, 997 pages, collection « Bouquins », éditions Robert Laffont, 1987.

Christophe Rameix, *L'École de Crozant*, éditions Lucien Souny, 1991, 196 pages.

Tucker, Paule Hayes, *Monet, le triomphe de la lumière*, éditions Flammarion, 1990, 324 pages.

Jean-Paul Crespelle, *La Vie quotidienne des impressionnistes, 1863-1883*, éditions Hachette, 1989, 279 pages.

Antoine Coudert, photographe ambulant, documents Archives départementales de la Corrèze, éditions et diffusion : Cahiers de la photographie de Saint-Benoît-du-Sault, mairie de Saint-Benoît-du-Sault, 36170.

Jean Leroy, *Atget, magicien du vieux Paris en son époque*, éditions Paris Audiovisuel / Pierre Jean Balbo, 1992, 124 pages.

Molly Nesbit, Françoise Reynaud, *Intérieurs parisiens Eugène Atget*, éditions Carré / Paris-Musée, 1992, 118 pages.

André Rouillé, *La Photographie en France*, éditions Macula, Paris, 1989, 550 pages.

L. Rowland-Warne, photographies de Liz MacAulay, *Le Costume et la mode*, éditions Gallimard, 1992, 63 pages.

Catherine Lebas, Annie Jacques, *La Coiffure en France du Moyen Âge à nos jours*, éditions Delmas International, 1992, 358 pages.

Grazietta Butazzi, *La Mode, art, histoire et société*, éditions Hachette, 1983, 281 pages.

TECHNIQUES

Alain Beltran, Patrick A. Carré, *La Fée et la servante. La Société française face à l'électricité*, éditions Belin, 1991, 347 pages.

C. Lamming, J. Marseille, *Le Temps des chemins de fer en France*, éditions Nathan, 1986, 191 pages.

C. Hamilton Ellis, *Les Locomotives à vapeur*, éditions Hatier, 1984, 251 pages.

C. Bailhé, *Trains d'autrefois et de toujours*, éditions Milan, 1988, 167 pages.

Le Génie civil, Revue générale hebdomadaire des industries françaises et étrangères, n° 945, 21 juillet 1900, *Le Métropolitain de Paris*.

Simon Lacordaire, *Histoire secrète du Paris souterrain*, éditions Hachette, 1990, 234 pages.

Roger-Henri Guerrand, *L'Aventure du métropolitain*, éditions La Découverte, 1986, 190 pages.

Bernard Marrey, *La Vie et l'œuvre extraordinaires de M. Gustave Eiffel*, éditions Graphite, 1989, 111 pages.
Charles de Bures, *La Tour de 300 mètres*, collection « Construction + Architecture », éditions André Delcourt, Lausanne, 1988, 159 pages.
François Landon, *La Tour Eiffel superstar*, éditions Ramsey, 1981, 159 pages.
Winnie Denker, Françoise Sagan, *La Sentinelle de Paris*, éditions Robert Laffont, 1989, 110 pages.
Dominique Barjot, *Fougerolle, deux siècles de savoir-faire*, Institut d'histoire moderne et contemporaine (CNRS), éditions du Lys, BP 1653, 14020 Caen cedex, 1992, 286 pages.

LE LIMOUSIN

Mémoires de la Société des sciences naturelles et archéologiques de la Creuse, imprimerie Lecante, 8, boulevard Carnot, Guéret.
Christian Madec, préface de Claude Michelet, *Limousin d'autrefois*, éditions Lucien Souny, 1993, 165 pages.
Michel Blondonnet, *La Creuse oubliée*, 1993, 245 pages.
Grand Annuaire-Almanach de la Creuse, imprimerie Betoulle, Guéret, 1888, 194 pages.
Jean Anglade, *La Vie quotidienne dans le Massif central au XIXe siècle*, éditions Hachette, 1971, 288 pages.
Joseph Roux, *Pensées*, Alphonse Lemerre éditeur, 1887, 224 pages.
L'association « Les maçons de la Creuse », 23500 Felletin, s'est fixé pour objectif de faire revivre la mémoire du limousinage.

Table des matières

Achevé d'imprimer
en juillet 1995
par Printer Industria Gráfica, S.A.
08620 Sant Vicenç dels Horts
Depósito Legal: B. 30691-1995
pour le compte de
France Loisirs
123, boulevard de Grenelle,
Paris

Numéro d'éditeur : 26592
Dépôt légal : Août 1995

Imprimé en Espagne